黄歇傳奇

余士明 著

线装書局

图书在版编目（CIP）数据

黄歇传奇 / 余士明著． -- 北京：线装书局，2023.6
　　ISBN 978-7-5120-5309-0

Ⅰ．①黄… Ⅱ．①余… Ⅲ．①传记小说－中国－当代 Ⅳ．①I247.5

中国版本图书馆CIP数据核字（2022）第234045号

黄歇传奇
HUANGXIE CHUANQI

作　　者：余士明
封面题字：罗　鸣
责任编辑：姚　欣
出版发行：线装书局
　　　　　地　　址：北京市丰台区方庄日月天地大厦B座17层（100078）
　　　　　电　　话：010-58077126（发行部）010-58076938（总编室）
　　　　　网　　址：www.zgxzsj.com
经　　销：新华书店
印　　制：成都市兴雅致印务有限责任公司
开　　本：710mm×1000mm　1/16
印　　张：22
字　　数：395千字
版　　次：2023年6月第1版第1次印刷
印　　数：0001—1000册

定　　价：88.00元

黄歇画像　叶良玉绘（上海市松江区人，中国著名工笔人物画家，首任上海云间中国画院院长）

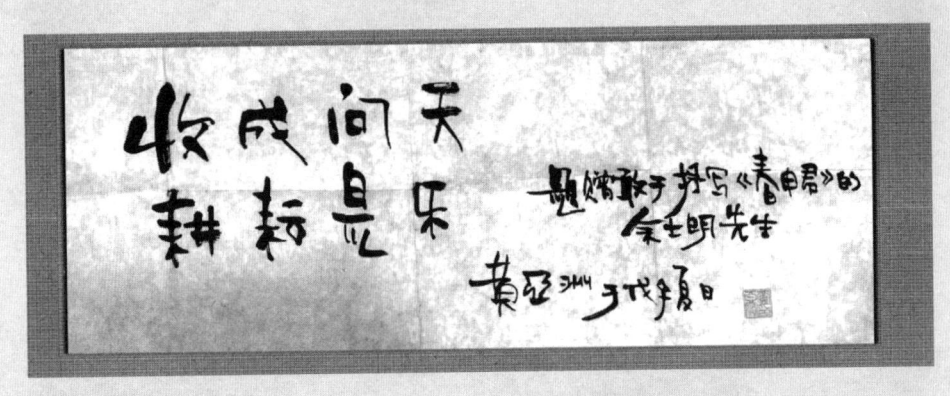

黄亚洲（中国作协第六届副主席，浙江省文联原副主席）为本书作者题词

余士明与上海戏剧学院院长黄昌勇教授的合影

余士明与上海戏剧学院院长黄昌勇教授在上海戏剧学院健吾楼合影

黄昌勇教授为余士明题词

河南省信阳市作家协会名誉主席黄振国（中）、中国著名环保志愿者叶榄（右）和本书作者（左）的合影

内容简介

春申君黄歇,战国时期楚国黄邑县(今河南潢川县)人,战国四君子之一。他在楚国官拜左徒、太傅和令尹,因功被封为春申君。黄歇是黄国国君的后裔,出身于黄国故地(今河南潢川县隆古乡境内),幼年父母双亡,沦为遗孤,在黄姓"众亲院"内长大。他勤奋好学,忍饥苦读,学有所长;年长后,娶妻申氏,婚后生子,后外出游学交友,增长知识才干。他回国后,恰逢老太傅协助楚顷襄王粉碎子兰、郑袖之乱。楚顷襄王三请黄歇,官拜左徒。此时,秦国联合韩、魏欲攻楚,楚国有灭顶之灾。黄歇挺身而出,在秦国朝堂上写下千言《上秦王书》,说服了秦昭王撤军,使得楚国免遭灭顶之灾。秦、楚议和后,左徒黄歇兼职太傅,陪太子熊元入秦为质十年。他在秦国结交权臣范雎,最终设计让太子熊元回国嗣位,因功受封淮北十二县,官拜令尹,被封为春申君,执掌了楚国的军政大权。

春申君在执政期间,治理了黄国城,使其成为"无囚地";他又治理淮北十二县,救赵灭鲁,任荀况为兰陵县令,使楚国又变得强大了。春申君与孟尝君、信陵君、平原君齐名,史称"战国四君子",又有人称为"战国四公子"。春申君治水修城非常有经验,他在改封江东十二县的十年内,充分利用吴地的"三江五湖"之利,治理无锡湖,开凿无锡塘,治理苏(今苏州)沪(今上海),今天的上海黄浦江(又名申江)和上海的简称——申城皆源于此。黄歇是第一位开发上海的河南人,至今,上海松江区新桥镇春申村建有春申君祠堂,苏州城内王洗马巷的春申庙,也是为春申君而建,苏州的城隍神也是春申君黄歇。苏、沪流传千古的"春申理水",亦因黄歇而来,上海市的城隍庙也供奉着春申君黄歇。

春申君黄歇晚年虽遭门客谋杀,结局是个悲剧,但他的历史功勋彪炳史册,作为黄姓人的杰出人物,就连权威的历史学家司马迁也浓墨重彩为他立传。

历史会记住这一切。

一个人,只要做过于国于民有利的事情,是不会被历史和后人遗忘的!

一个人,两千多年,十二座城,多少城市名,多少山水名,多少春申陵,尽在现实中。春申君,战国四君子之一;楚国的中兴,永远的黄歇!

作者的话

我们为什么要读历史,因为现实生活中的很多问题,让我们困惑,找不到解题的步骤和答案,只好到历史书里去寻找经验与教训。

培根说过:"读史使人明智。"

黑格尔说:"历史的题材有现实的东西,找到了就永恒。"

其实,我们一直活在中国的春秋战国时期,因为那是一个人类的"轴心时代",春秋战国时期诸子百家的思想和谋略,至今仍然深刻地影响着每一个中国人的思维方式和生活习惯,尤其是战国时期四君(公)子,能够拥有三千宾客、统率数十万雄兵,他们的管理决策和用人之术,会让人眼前一亮。翻开此书,查寻中国人思维方式的源头,会不会茅塞顿开?尤其对现代集团公司和他们的工作人员在"识人、用人"方面,或许有些帮助吧!

最后,笔者引用了刘基"五心"格言:

大丈夫能左右天下者,必先左右自己。曰:大其心,容天下之物;虚其心,受天下之善;平其心,论天下之事;潜其心,观天下之势;定其心,应天下之变。

愿与亲爱的读者朋友,共同学习,共同进步!

憧憬美好的未来!

序一

后来

　　我清楚地记得：士明老弟是在2002年的某天，在河南省文学院首届作家培训班的一次课堂发言时，他举手提问，把主讲老师问得回答不了，我才与他相识。他是旁听生，交不起文学院2000元的培训费。听他口音，才知道我俩都是信阳市潢川县人，我们相距不远，就互留电话。第二天，文学院的主管老师就不让他来听课了，他也就没来了。

　　后来，他说他想写我们家乡的历史名人春申君黄歇。

　　后来，他到工地打工，我辗转几家报社谋生，我俩少了联系。

　　在2008年12月5日夜晚11点半左右，叶榄打来电话说："余士明在武汉协和医院住不上院，他的亲人正在抢救室里焦急地等待！"我当时在中新社武汉站当站长，认识武汉协和医院一位院长。我听后，就急忙给那位院长打电话，才帮他联系到病房，很快动了手术。他的小肠拉断，做八九个小时的缝合手术，他大脑蛛网膜下腔出血。其间，我曾到病房见过他，给他鼓励。他的妻子说他在昏迷之中，还在喃喃述说：

　　"我要拍片，我要拍片！"

　　后来，我俩有过几次见面。

　　2016年，我的母亲仙逝，他没能赶到。在我母亲复三时，他打出租车带着一大挂鞭炮来到我母亲的坟前。

　　他说："百善孝为先，伯母仙逝，我未能及时赶到，深为歉意！"

　　我说："你在郑州，相距甚远，心意我领了。"

　　透过此事，我觉得士明老弟是位可以值得深交的朋友。

　　后来，我俩各忙各的。

　　再后来，他说他花了20多年时间，写了一部长篇历史人物传记小说《黄歇传奇》，请我作序。我仔细阅读了他的大作，看到了他作品的关键点，就是鸿钧道人留下5句谜底：

4

九龙争珠，

二龙戏珠，

一蟒卧槽，

美女惑主，

一猿舔底。

西周建立即是牧野之战之后，也是《封神演义》中的万仙阵，从公元前1046年到公元前256年东周灭亡，周共存续790年，离800年只差10年，也是周文王礼贤下士，为姜子牙拉车，拉了不到800步拉不动了，少走10步，不到800年江山。从周朝开始到1915年袁世凯称帝，共计2961年。二龙戏珠，即秦、楚文化。九龙即是九个统一中国的九个封建王朝。秦（尚黑，即为黑龙），汉（西汉、东汉，白龙），晋（西晋、东晋，赤龙），隋（橙龙），唐（黄龙），宋（绿龙），元（青龙），明（蓝龙），清（紫龙）。中国有好几个地方有九龙壁。一蟒卧槽，即为王莽（公元前25年到公元前8年）。美女惑主即为武则天称帝，改国号为周。一猿舔底即为袁世凯当了83天皇帝。另外，小说的语言是评判小说质量的重要标准。余士明小说中的一句偈语道尽了中国九个统一中国的封建王朝。宝镜这个关键词是此书的核心点：天帝见状，就将两人同置一面宝镜，此宝镜能明察人的过去和未来，以及人的所思所想。众仙端坐天庭内，审视宝镜就可知来龙去脉。宝镜的审判其实就是历史的审判和时间的审判。因为，过去是现在和将来的镜子。李世民言："以铜为镜，可以正衣冠；以史为镜，可以知兴潜；以人为镜，可以明得失。"同理，"女人是男人的镜子。丑妻家中宝，美妻惹祸根"。丑妻申玉凤是黄歇前半生成功的助力；他晚节不保，只因美女李嫣。"当断不断，反受其乱！"

他又说书号难求，想让我为他提供一些帮助。我深为其诚实所感动，就帮他联系我认识多年的书商朋友，并为他的大作做了点策划方面的建议工作。

是为序。

潘新日

2022年5月18日

（潘新日：中国作家协会会员，河南盛世园林集团副总裁，诗人，作家。）

序二

一位农民工的作家梦

某天的早上,"咚,咚!"我被一阵有节奏的敲门声打断了甜梦,开门看见一位穿着质朴、海拔较高的人。他放下手中一个编织袋的草稿和一份厚厚的打印好了的文稿,自我介绍说他叫余士明,潢川县人,是一位农民工,在外打工20多年。他边打工边用20多年的业余时间,写了一本历史人物传记小说《黄歇传奇》,通过朋友联系了一家出版社,因为没钱,就把自己的伤残赔偿金全部用来出版这本书。他说他是从河南省潢川县黄姓文化研究会看到了我的一本书《为绿而歌》上的一篇文章,知道我是黄姓文化研究会的兼职副秘书长,就想请我为他的这部与黄姓人有关的历史小说作一篇序言;他还说他打工之外的业余时间,在上海、江苏、浙江、安徽、湖南、湖北一带,实地走访了许多留有春申君黄歇遗迹的地方,并采访了当地的老年人,收集很多有用的素材。为写这本书,他遭受了很多磨难,家人反对,旁人讥讽,他又几次租房写作和修改,改好之后没钱出版,最后把自己的伤残赔偿金全部用来出书。面对很多挫折、失败,他没有动摇,他说我们家乡最为杰出的历史人物春申君黄歇,不仅是黄姓人的中兴之才,而且,是我们家乡的骄傲。他在实地走访中,才知道这位故乡人留名千古的丰功伟绩,他是抱着寻访英雄足迹的心情去写作这部小说的,中间虽有几度被迫放弃,可最终还是坚持下来。

闻听此言,我欣然应允,因为我从他的眼里看出了我的影子。当年,我在希望工程和绿色环保方面,独自一人旅行全国,亦是遭遇了很多艰辛和磨难,在寂寞的人生旅途中,能与这位意志坚强的人,于春申君黄歇的故里黄国故城相遇,实属难得的缘分;或许是春申君黄歇在天之灵冥冥的帮助,促使了我们的相识。我俩同病相怜,惺惺相惜,大有相见恨晚之感。

我花了两天的时间,通读了这部历史小说,才知道我们家乡的春申君黄歇,真不愧是一位胸怀大志、能言善辩、智勇双全、礼贤下士、留名千古的英雄人物,正是因为春申君开江修河、整治水患、修城建廓,使当地水系日益分明,为后世留下治水修城的经验和宝贵的遗产,所以,上海、苏州、无锡、江阴、安徽、湖南、湖北、河南等许多地方,为春申君黄歇修建了庙宇和陵园,许多地名、水名因春申君黄歇而起,人们视他为"保护神",供奉在庙宇里。历史不会忘记这位英雄人物。

余士明曾经对我说过,他很清楚地记得著名导演张艺谋先生曾经说的一句话:"英雄就是胸怀天下的人。"正是因为这种英雄情结,才使他能够坚持到现在。我不禁为我家乡历史上的英雄春申君黄歇的丰功伟绩所感动,也为农民工余士明的这种执着精神所感动。实话实说,这是余士明的处女作,有些地方难免有写作经验的不足,但是,作为草根阶层,没有任何背景,没有任何外援,能以一个农民工的身份,在种种艰苦的条件下写成此书,足见其精神专一。他能够从无人指点到无师自通,也印证了那句古谚:"精诚所至,金石为开。"这也让我想起了老子的名言:"慎终如始,则无败事。"

此书的出版,圆了余士明的一个出书梦,但成为一个作家,圆他的作家梦,还有待来日。我又想起了田径赛场上的跑道:弯道前面是直道。余士明已跑过弯道,前面就是顺风顺水的直道。但愿我的家乡人余士明,能够百尺竿头,更进一步。

以此为序,实无虚言。

愿与余士明先生共勉吧!

叶榄 书
壬寅春

(叶榄:中国十大杰出志愿者,中国墨子绿色与和平奖发起人,诗人,作家。)

序三

石头缝里开出的花朵

　　认识余士明是在2020年某天的一个微信群里，我俩互加微信后，他就在微信上转给我看了他的很多作品。我感到他非常有潜力，也知道了他的创作环境很艰辛，创作道路很曲折。我就答应免费给他提供一间房子，比起他和几个工友挤在一间房子里读书写作，条件会好些。

　　2020年阳历年年底，士明就从驻马店的某个工地坐火车来到郑州，找到了我，只见他扛着两个蛇皮袋，一个蛇皮袋装着被子和衣服，另一个蛇皮袋装着他的手稿和他爱看的书籍。见到了我，他就双手捧着两本他曾经出版的书，并且，赠送一封他用毛笔书写的小楷字《与留余居士书》：

　　时维季冬，序为冰月。今有余氏名味，字士明，号民心居士，豫南光州仁和人氏，年届知天命。士明乃一个寒士，数世布衣，草根农家之子也。慕鸿鹄之高远，鄙燕雀之低俗；人穷志不穷，浩气贯长虹。幸逢盛世，政通人和，百废俱兴；周公吐哺，天下归心；唯才是举，魏武圣明。然冯唐易老，李广难封；盛世好逢，佳期难遇。悲叹跃千里之马，岂做推磨之驴；时运不济，只能忍辱负重，砥砺前行。今幸遇本家，英茂留余居士，虽未谋面，仅网络相见，心有灵犀，一点即通。想吾余氏先祖由余，辅助穆公，开疆拓土，并吞西域，位列三公；念我本家同宗良公，一门三太守，四代五尚书；近及良公后裔，普清妙真，同赴鄂豫，普清迁商城，据山封平章；妙真居潢光，躬耕为农商。你我之情，血亲流淌；近水楼台，向阳花木；送人玫瑰，手留余香；成人之美，君子本性。伯乐既遇，何不昂首嘶鸣；知音相逢，高山流水即奏。仅呈小文，略表寸心，盼君援手一助，振兴余氏，共谋发展；否极泰来，吾定当枕戈待旦，万里征程奏凯旋。

　　　　　　　　　　　　　　　　　　庚子年大雪士明恭书于郑

2021年3月份，士明在驻马店工地的木工活完工了，就到郑州西郊尖岗水库附近的尖岗村租房打零工。白天跟着他人干活，夜里闲时看书写作，笔耕不辍。没有活时，他就转两次公交车，到我给他提供的房间写作看书。他说他习惯了每天清晨4点半就起床写作和看书，累了就写点小楷字《心经》。2021年6月，我单位因为人员变动，不得不退掉房间，他就咬牙用网贷租下了这个140多平方米、每月3000元的大套房，他一次性交了9000元，他说是为了将来做一个书画工作室，以图有更好的发展前景。

　　2021年7月20日，郑州遭受特大暴雨灾害，市内的所有工地都停工了。士明就在7月22日随工友们到信阳市光山县一个工地打工。8月14日，他不幸从工地三米多高的钢管架子上摔了下来，腰椎骨折了三节，住院治疗40天，出院后，带着伤又来到郑州租下的房子里写作、看书、写字。他曾经对我说：他自幼酷爱文学，小时候常听说书人讲大鼓书，又喜欢看连环画，看了很多小说和诗集，因为太偏科，不会英语，所以，几次高考都不幸名落孙山。他曾经写出了1000多首诗歌，早在1997年，就在浙江省文联机关刊物《东海》上发表过10首短诗，由于地址不固定，他也断断续续在几家报纸副刊发表过一些短篇小说。

　　我与他同属"60后"，又都是从大别山区走出的家乡人，他却称我为老师，喊我茂叔。我不让他这样叫，他却答曰："茂叔，您出了56本书，比我水平高，我理应尊您为师。一日为师，终身为父。您永远是值得我尊敬的长辈。"

　　通过交往，士明的人品，我非常认可。同时他的学识，尤其是他对文化领域的研究，有他自己的一套很深的研究体系。他珍藏了很多从各地书店购买的文化专著，曾经编著了一部20多万字的《文化源流学》。他说在2008年12月5日出过一次车祸，住院6个月，为了出书，正好赶上2009年世界黄姓人大会，他少要了25000元，与保险公司尽快达成和解协议。他说，有幸在武汉世界黄姓人大会上，结识了黄兴的孙子黄伟民先生。2016年，他又在湖南长沙岳麓山下见到了黄伟民先生，黄伟民先生赠送他一本签名的《黄兴传》。他说从2021年8月到现在，一分钱也没有挣到，他写了100多幅《心经》，大多免费送人了。他从亲朋好友和他的母亲处借了40000多元，支付了房租和水电费。2021年的小区物业管理费，他实在没钱，支付不起，我就替他支付了。后来，他的伤残赔偿金拿到后，他加了点钱凑个吉利数，微信转给我，我没有接收。我实在为他不屈不挠的精神所感动。他花了20多年的时间写成了20多万字的长篇历史人物传记小说《黄歇传奇》，总共修改了12稿。

前不久，余士明从电脑包里拿出厚厚一叠打印稿，请我为他作序。看着这部厚厚的书稿，我不由心生一种敬畏之情：这真是一朵用20多年心血浇灌的花朵，好像是从石头缝里长出的花朵。我敬佩这种坚强不屈的灵魂。我花了几个夜晚的时间对其深读后，不由联想到了曹雪芹先生的"满纸荒唐言，一把辛酸泪，都云作者痴，谁解其中味！"的著书之苦。苦命的孩子终有救，唯有自救，方可被救。"艰难困苦，玉汝于成"。他的精神可以借用蒲松龄的一副对联形容：有志者，事竟成，破釜沉舟，百二秦关终归楚；苦心人，天不负，卧薪尝胆，三千越甲可吞吴。著书之苦，个中滋味，还望读者诸君，仔细品读他的作品，方可知晓。

是为序。

留余居士
壬寅仲夏夜于郑州

（留余居士：本名余英茂，中国作家协会会员，留余集团董事长，留余文化研究院院长，诗人，作家。）

目录
CONTENTS

001　第一回
　　　通天教主修天地　　新到弟子放龙蛇

004　第二回
　　　遭暗算黄歇遇难　　通天庭李园受审

008　第三回
　　　楚灭黄遗留祸根　　黄覆楚复仇火种

012　第四回
　　　黄国城内黄君修　　桃花园里黄歇生

015　第五回
　　　遭变故忍饥苦读　　始发愤勤练本领

020　第六回
　　　齐王智纳钟离春　　黄歇幸娶申玉凤

028　第七回
　　　生儿育女忠孝节　　游学交友男儿歌

032　第八回
　　　蔡侯见色惹祸根　　息侯因恨献殷勤

038 第九回
    楚王重颜夺美人　蔡侯好色遭报应

045 第十回
    熊恽智取子元命　潘崇勇报潘国仇

053 第十一回
    孙叔勤政治芍陂　优孟摇头劝庄王

059 第十二回
    张仪巧言骗怀王　靳尚奸语疏屈原

070 第十三回
    众人皆醉我独醒　端午吃粽慰忠魂

075 第十四回
    楚太子回国即位　老太傅一箭双雕

080 第十五回
    见兔顾犬犹未迟　亡羊补牢仍未晚

082 第十六回
    楚王用计请黄歇　左徒奏书退秦兵

089 第十七回
    楚王尽情戏美人　左徒舍身陪太子

093 第十八回
    范雎无意收礼物　魏齐有心发死难

099 第十九回
    范雎凭智助秦王　张禄用计灭魏齐

108 第二十回
　　黄歇解剑赠知音　晚雪仰慕暗生情

112 第二十一回
　　芈月情迷义渠王　太后宠爱魏丑夫

116 第二十二回
　　扮车夫熊元脱险　救太子黄歇舍身

123 第二十三回
　　因功受封令尹府　衣锦还乡黄邑城

128 第二十四回
　　磨盘山上桃花洞　桃花庙里桃花诗

131 第二十五回
　　修身敬祖黄邑城　教育子孙好寻根

136 第二十六回
　　善行天下肩上挑　击壤歌声乐逍遥

139 第二十七回
　　毛遂自荐救赵国　黄歇领兵解邯郸

144 第二十八回
　　信陵君窃符救赵　武安君无罪获杀

152 第二十九回
　　春申门前珠履客　平原帐内惭愧人

156 第三十回
　　知错能改春申君　任用大儒兰陵令

03

162 第三十一回
　　痛失宝鉴申玉凤　侠骨柔肠春申君

167 第三十二回
　　移师江东修水利　解甲归田盼和平

171 第三十三回
　　治理苏沪功当代　春申黄浦泽后世

179 第三十四回
　　好吃懒做王小二　恻隐慈心春申君

181 第三十五回
　　苏秦合纵抗秦军　巧计连环荐张仪

186 第三十六回
　　张仪连横破联盟　方知背后有高人

199 第三十七回
　　黄歇掌五国相印　王翦破合纵联盟

203 第三十八回
　　迁都寿州避强秦　扩建城郭为寿春

209 第三十九回
　　英雄难过美人关　谁知天外还有天

215 第四十回
　　遭暗算偷梁换柱　兄妹成楚国权贵

221 第四十一回
　　坏李园阳奉阴违　好朱英识破忠奸

223 第四十二回
   朱英道出无妄灾　黄歇未纳埋祸根

229 第四十三回
   明是非英灵宛在　泪洒地彪炳史册

234 附录一　黄歇大事年表
236 附录二　歌咏春申君
240 附录三　余士明的走访日记
298 附录四　媒体文摘
311 附录五　知名教授、作家、评论家谈余士明
314 跋一
315 跋二
317 跋三
320 后记
324 感恩榜

第一回
通天教主修天地　新到弟子放龙蛇

　　当年通天教主被其师兄太上老君和元始天尊在万仙阵内打败，三人的师傅鸿钧道人驾着五彩祥云飘然而至，命令三人跪伏在他面前，并且让他们服下了自己炼成的仙丹，告诫他们不要反悔，否则将会自灭其身。此话实乃一句诓仙诓人之语。试想三人经过多少年月修炼，方成万劫不坏身躯，一粒仙丹能让三教教主死亡，岂不笑谈?!

　　老爷子驾着五彩祥云，带领通天教主冉冉行至一风景绝佳处，按下云头，立于一棵古松树下。鸿钧道人从百宝囊中取出一只宝瓶交给通天教主，吩咐他收尽山中龙蛇，潜心修炼，等待时机，放出龙蛇，颠倒周室，以报惨败之仇。

　　老爷子再三叮嘱不可过早放出龙蛇，否则天下大乱，不可收拾，嘱咐完毕，老爷子踏着五彩祥云飘然而去。真乃是一位来无影去无踪的万仙之首。

　　此山盛产龙蛇，故曰龙蛇山。山高水清，草木茂盛，风景宜人，正是修炼的好去处。通天教主环绕山脚一周，看见山中似蛇非蛇、似龙非龙的长虫太多，就想起了师父的吩咐，他就取出宝瓶，对着青山，念动咒语，只见那宝瓶如旋转的涡轮，"嗞嗞"地把山中长虫尽收瓶中。通天教主厌烦喂养琐事，就于山外寻收几名弟子，交付他们喂养。通天教主潜心修炼，不知经过多少年月，功力大增。有道是：山中无甲子，寒岁不知年。

　　一日，通天教主准备前往鸿钧道人的紫宵宫听道。临行前，他再三再四地嘱咐弟子们看好宝瓶，千万不要放走龙蛇。谁知，脱了师傅管束的众弟子们酒瘾大发。众人喝酒，愈喝愈猛，杯盘狼藉，几近大醉。他们摇摇晃晃至宝瓶前，准备给长虫喂食，其中一名刚入山的弟子醉眼蒙眬地问道：

"师兄们，师傅不许我们打开宝瓶盖，我们如何喂食?!"

"师弟，我们只将食物置于瓶边，宝瓶自会吸入，无须打开瓶盖，再者，师傅也不让我们打开。"

"那……师傅不让打开瓶盖，到底为何？"

"我们也不知道！"

"师兄，我们偷着打开瞧瞧，行吗？"

"师傅不让，我们不敢，你也不敢！"

"有何不敢，我非打开瞧瞧！"

借助酒力，新来的弟子猛地掀开宝瓶盖，只听"唰唰叽叽""嗯嗯啦啦"的声响。

光明乍现的龙蛇，争先恐后，俱皆逃走。弟子们如遭雷击，顿时目瞪口呆……

通天教主伏于鸿钧道人面前静听讲道。突然间，鸿钧道人说道：

"通天徒儿，你的弟子已放走龙蛇，逃至人间，将要作乱天下。"

通天教主闻言，忙抬头回首，慧眼眺望自己的龙蛇山上，只见烟雾缭绕，龙蛇四处逃窜。他急忙转身叩问老爷子，如何收服。

鸿钧道人叹息一声说："此乃天数，在劫难逃！"

通天教主忙问："师父，龙蛇下山，怎能作乱天下？"

"徒儿，你有所不知，众龙蛇乃是性灵之物，在山中已采天地之灵气，吞日月之精华，于宝瓶里又养精蓄锐、沾染仙气。它们下了山，降到人间后，必脱胎成人形，或为王侯，或为将相，龙蛇混杂，不辨真假，它们都想争夺真龙天子宝座，势必拼命厮杀，胜者为王，败者为寇。"

"师父，有道是：帝王轮着坐，明年到吾家，天下只有大乱，方可大治，谁是真龙天子，就看其造化了！"

"可怜周室，本该千年江山，却被众龙蛇搅混得，不到八百年了！"

"乱了周朝天下，方解吾心头之恨！"

"徒儿，此乃天数，非仙凡所为。只是可怜天下苍生，要遭刀兵之灾！"

随后，鸿钧道人说出了五句谜底：

九龙争珠，

二龙戏珠，

一蟒卧槽，

美女惑主，

一猿舔底。

"师父，此语怎讲？"

通天教主不解地问道。

鸿钧道人从百宝囊中取出一幅画，打开一看，上面是九条龙在争抢宝珠，下面有无数蟒蛇和美女蛇绞缠着，左下角是一只大猿猴，正在低头舔着一只鼎。

"790年之后，打开此图就会知晓，2961年看完此画就会明白。"

"……"

后来，鸿钧道人为了收回龙蛇，就用一颗夜明珠来吸引龙蛇。谁先得到夜明珠，谁就可以得到天下。众龙蛇皆争先恐后，故此就有了"九龙争珠""二龙戏珠"之说。

题外话：

九龙争珠，

二龙戏珠，

一蟒卧槽，

美女惑主，

一猿舔底。

790年之后，打开此图就会知晓。

2961年看完此画就会明白。

第二回

遭暗算黄歇遇难　　通天庭李园受审

　　周朝自从周武王姬发灭掉暴君商纣，定都镐京（今陕西省西安市），到了公元前771年，经历了十二代帝王，只因周幽王宠爱褒姒，为博美人一笑，竟日燃狼烟、夜放烽火，戏弄诸侯；他又听信谗言，废申后、贬嫡子、立庶子，惹怒了申国的申侯（申后的父亲，申国都城就在今河南信阳市城阳城遗址内），引来了犬戎兵攻破镐京，犬戎兵杀死周幽王，掠走褒姒，把周朝搞得几近亡国。迫不得已，申侯在众诸侯的帮助下，驱走犬戎兵，救出申后，立申后之子宜臼（周幽王的儿子，太子城就在今信阳城阳城遗址内）为天子，史称周平王。可是，不甘心失败的犬戎兵车轻路熟，日益侵扰，致使周平王被迫东迁洛邑。此时，周朝乱了朝纲，王室日渐衰微，虽经齐桓公"九合诸侯，以匡天下"，晋文公"尊王攘夷"，秦穆公两次救驾，但他们都是打着"尊王攘夷"旗号，实则是"奉天子以令诸侯"，周天子在他们手中只是发号施令的旗牌，由此引起其他诸侯纷纷效仿。齐桓公、宋襄公、晋文公、秦穆公、楚庄王车轮似地相继逐鹿中原，称霸诸侯。后来，吴王夫差、越王勾践又在南方的疆土闹得天昏地暗；再后来，晋国三分为韩、赵、魏；吴、越为楚所灭；宋为齐、魏、楚三国瓜分；北方又出现燕国。齐、楚、燕、韩、赵、魏、秦，历史进入了战国时期。七国之中，唯有楚国疆域最大，人口最多，军队也最多；秦、赵次之，齐、魏、燕又次之，韩国最小。可是，秦国经过商鞅变法，国力大增，有吞并六国的气势。六国的君臣各怀"鬼胎"，鬼谷子的两弟子苏秦、张仪打着合纵、连横两面大旗，他们既是对手又是朋友，相互利用，把七国搞得天翻地覆。他们时而"合纵"得势，得相印如探囊取物；

时而"连横"得势，六国争相割地以贿秦。楚国终因受到张仪欺骗，损师失地，楚怀王被囚秦地，客死他乡。楚国元气大伤，经过令尹春申君黄歇治理，一度复强，二十五年未遭秦国兵戈之灾，只是可惜后来，春申君遭到了他的"门内人"李园的暗害。幼主寡后，李园独揽大权，把个楚国搞得日渐衰落，终被秦王嬴政所灭。此段历史，二周相继、七雄争霸，龙蛇混杂，不辨真假，由此引起一段佳话，为后人传诵，稗官野史，尽在众人笑谈中。

日月如梭，光阴似箭，转眼就到了公元前238年。那年十月初一中午，在楚国的都城寿春（今属安徽淮南市），楚国令尹春申君黄歇于上午刚探视过重病中的楚考烈王，回到令尹府，还未坐定，突然得到国舅李园的心腹卫士密报：考烈王驾崩，请令尹大人入宫，国舅有要事相商。

黄歇听后大惊，他没有和门客们商量，就急忙带领两位心腹卫士，驱车前往楚王宫；他们火速驶进头道宫门，急忙停下车。黄歇下车就和卫士们向楚王寝宫疾奔而去，正走之间，忽听后面有人高喊：

"令尹大人，请留步！"

春申君停下脚步，回头一看，原来是国舅李园。他不知从何处鬼影子般冒出来。只见李园紧追上来，气喘吁吁地说道：

"令尹大人，大事不好啦！大王驾崩啦！"

"大王驾崩啦？不会吧！上午我还见到大王呢！"

"可是，大王现已驾崩，不信，请令尹大人快去看看。"

春申君听罢，只觉得心中阵阵绞痛，他急忙随李园往楚王寝宫跑去，刚跨进楚王寝宫外的棘门，只听身后李园大喝一声：

"壮士们，还不快动手！"

话音刚落，两边即刻窜出四五个蒙面大汉，他们手提明晃晃的宝剑向春申君刺来。此时，春申君的脑际忽然闪过一道朱英的影子，耳旁响起了朱英的话语：

"令尹大人，如果您不听我朱英的忠言相劝，到时候恐怕后悔莫及啦！"

春申君此刻追悔莫及：李园这家伙果真包藏祸心，要杀我黄歇灭口，真是知人知面不知心！李园，我黄歇最信任的"门内人"！

黄歇转身逼视李园，愤怒地说声：

"李园！你好……"

话还没说完，一道白色的剑光便闪电般刺向他的咽喉，那剑光一转弯，春申君的头颅便被砍掉，抛往棘门之外。黄歇的两个心腹卫士也被几剑穿心，倒在宫内。

刹那间，天色骤然大变，刚才还是朗朗晴日，转眼便狂风大作、乌云翻滚，只见一条黄龙从寿春南门的护城河里訇然冒出。黄龙腾空，摇头摆尾，"噗"的一声响，一道黄光拖住棘门外还未落地的黄歇的头颅，"噗"的又是一声响后，"呼呼"一阵大风刮起，卷走棘门内还未倒下的黄歇的尸身。头颅一见尸身，立马合拢，黄龙当即驮着黄歇向东南方向飞去……

李园暗害了楚国令尹春申君黄歇后，急令心腹卫士们紧闭城门，然后才为楚考烈王发丧，他拥立太子熊悍为楚幽王。楚幽王当时才三岁，国舅李园自封令尹，尊其妹李嫣为王太后，幼主寡后，国舅大权独揽，从此，楚国朝纲大乱，日渐衰落。李园诬陷春申君谋反，传令侍卫和他豢养的杀手们包围令尹府，要把黄歇的后代一网打尽，就连黄姓之人也在劫难逃。众多黄姓人为避杀身之祸，有的隐姓埋名，有的远走他乡，避乱于深山老林。平时信誓旦旦、忠心为主的三千门客，也大多树倒猢狲散，闻风而逃，各奔东西，只有少数忠心耿耿的门客，有的宁死也不走而被杀害，有的暂时躲避起来，伺机报仇。

李园的打手从黄歇的内寝宫搜到了一块竹简，上面刻着一首诗，被其后裔视为歇公遗诗：

少年初拜太长秋，半醉垂鞭见王侯。
马上把鹦三市闹，袖中携剑五云游。
玉宵金结迎归院，锦绣红妆拥上楼。
昨日庭中新灵宅，碧溪流水对门头。

可怜见！黄姓人满门忠烈，春申君贵为令尹，不知道为了楚国做出多少好事，立下了多少功勋，竟然被他一手提拔的"门内人"李园无辜暗害！黄歇虽被黄龙救走，藏于吴地一座名为君山（今江苏江阴市境内）的洞里养伤，可是，闻听李园疯狂屠杀他黄歇后裔及黄姓人，黄歇无法静心养伤，他就乘着黄龙漫天飞舞，搭救他的后裔及黄姓人。

那些侍卫和杀手抓住黄歇的子孙和众多的黄姓人，把他们押往刑场，准备一批批地屠杀，眼见得刽子手屠刀挥下，黄姓人头颅"扑通扑通"落地乱滚，尸体横七竖八倒地，鲜血淋淋，惨不忍睹。

黄歇空中乘黄龙远远望见，心中阵阵绞痛，他急忙双手捶击龙首，黄龙当即摇头摆尾，一阵大风卷走几个人，黄歇的十三个儿子中，只卷走那拥有铜锣碎片的五人，随风抛入四处，任其逃命。等到黄歇乘黄龙回来再救时，他的另外八个儿子和众多的黄姓人及甘心殉主的门客惨遭屠杀。黄歇在半空中看到地上尸横遍野，头颅如一只只血染的葫芦，猩红的地上尽是黄姓人的鲜血，分不清哪个是他的儿子。黄歇腹中怨气愈来愈多，他猛捶龙首，黄龙长吟一声，驮着黄歇直冲九霄，上达天庭，直奔天帝灵霄宝殿，告起御状来。

　　天帝闻奏，当即传下金旨，令招魂使者到人间捉拿李园，上天庭对质。只因李园寿命未到，招魂使者手执招魂幡，将李园摄走两魂五魄，只留一魂两魄存身于楚国令尹府内的床上，任其苟延残喘。

　　招魂使者直达天庭，当着众仙，取出招魂幡，晃了几晃，抖落李园魂魄附于一木偶上，现了人形。只有两魂五魄的李园心中有鬼，自知理亏，一见黄歇，当即唬得跪于天庭阶下，身子如筛糠般乱抖。天帝见状，令将两人同置一面宝镜，此宝镜能明察人的过去、未来及人的所思所想。众仙端坐天庭内，审视宝镜，就可知来龙去脉……

　　最后，天帝说道：

　　"无毒不丈夫，无善不君子。自古以来，已成定律。黄歇，汝不能做大丈夫，却能做成真君子，此足慰汝生，汝又有何求？"

　　"哈哈！好一个无毒不丈夫，无善不君子。黄歇我做不成大丈夫，却能做成真君子，此生真乃死而无憾也！"

　　黄歇临终前的自豪大笑声伴随着那五片破碎的黄铜锣，化成片片桃花雨洒向华夏大地。

题外话：

(1) 知人知面不知心。

(2) 无毒不丈夫，无善不君子。
　　自古以来，已成定律。

(3) "门内人"就是"掘墓人"。

(4) 恶有恶报，善有善报；
　　不是不报，时辰未到。

第三回
楚灭黄遗留祸根　黄覆楚复仇火种

"唰啦啦",天上闪电当空;"轰隆隆",雷声响过。转瞬间,乌云密布,狂风大作,飞沙走石,天昏地暗。地上,楚、黄两国士兵和黄国城内的黎民百姓都像傻了一般眼睁睁地看着天空。朦胧中,只见一黄、一白两个人面龙身的怪物在半空中凶猛地打斗,你来我往,使出浑身解数拼命地厮杀着。一柄白龙剑舞得天花乱坠,如同道道弧光闪电;一根桑木杖击得密不透风,恰似层层铜墙铁壁。"叮叮当当""噼里啪啦",响声震天动地。黄龙长吟,声声震颤人心;白龙咆哮,阵阵让人发狂。他们从天上打到地上,又从地上打到天上;一会儿变成龙,一会儿变成人面龙身,一会儿又变成人。三天三夜,就这样艰难地拼斗过去,他们仍然未分胜负。

第四天凌晨,体力逐渐不支的老黄龙眼看渐处下风,被越战越勇的白龙连砍三剑,惨遭重创。老黄龙败落在地上,"唿"地变成老黄君,那条白龙也飘然而至,"唿"地变成楚成王。

在黄国城的南方旷野上,手持白龙剑的楚成王与身负重伤血流不止的老黄君,又是一番唇枪舌剑:

"好你个楚成王熊恽,你竟有如此狠心,不顾你我皆为黄帝子孙后代的情谊,弱肉强食,鲸吞我千年黄国。"

"哈哈!手下败将老黄君,你竟敢掩护弦子逃跑?寡人看你倒是自己惹祸上身!"

"弦子是我黄国忠诚的盟友,我岂能置他生死不顾?"

"哈哈!老黄君,你已自身难保,还有何能力保护他人?寡人劝你还是乖乖地交出弦子吧！否则，你们黄国城池，必遭受战火兵戈之灾，你们黄姓人将要破家亡国！"

"楚成王，你白日做梦吧！姓黄的决不出卖朋友，黄姓人誓死保卫自己的家国！"

"好！老黄君，佩服！寡人佩服！你是条汉子，寡人看你是引火烧身，自取灭亡！"

说罢此话，楚成王挥剑直奔老黄君。

"好哇！楚成王，你既然如此绝情，我也就不顾礼仪！"

老黄君拼出一口长气怒骂道：

"楚成王熊恽，你个混帐，你妈息妫勾引姐夫蔡哀侯，使得蔡、息两国都亡了国，绝了后。你爹大强盗楚文王，硬从息侯手中抢娶了你妈，生下你兄弟两个活败类，你妈又勾引你叔。你那样的妈能生什么好儿？！你谋杀你哥和你叔，强夺王位，四处攻打他国，抢占别人家园，你还装什么假仁假义……"

"嗷呀呀！气杀寡人！老黄龙，你个老蝗虫！"

楚成王闻言，气得暴跳如雷，他手握白龙剑，猛地直奔老黄君的脑门，老君急忙低头闪过。"呼"的一声巨响，一股熊熊燃烧的大火，从老黄君口里冒出，直扑楚成王；"哗"的也是一声巨响，一股强劲的水柱，从楚成王口里冲出，只听"噗嗤"声响，转瞬间，水柱扑灭了大火。

"熊恽，你今天虽然打败我，四百年后，我黄姓人定会灭掉你姓熊的！亡楚者，必为我黄姓家族也！"

"哈哈！"

楚成王一阵狂笑：

"老黄龙，你个老蝗虫，你已是泥人过河——自身难保，你还有什么身后打算？老蝗虫，看剑！"

老黄君连忙用桑木杖招架，"嘭"的一声巨响，老黄君被力达千钧的白龙剑震得虎口发麻，就在那一闪念间，白龙剑如游龙般连续袭来，老黄君被刺得遍体鳞伤，倒在地上痛苦呻吟。

身负重伤的老黄君苟延残喘，趾高气扬的楚成王步步进逼。

此时，急中生智的老黄君，赶忙化成一条黄龙，急忙向黄国城的西南飞去，楚成王一见，旋即化成一条白龙迅疾追赶。老黄龙情急之中，忙将自己的精魂附入那根桑木杖，他的龙身疾速回撞白龙，欲与白龙同归于尽。

白龙慌忙侧身闪过，白龙剑却"唰"地一剑刺中老黄龙的心脏，只听

"哗啦""轰隆"的巨响声,老黄龙巨大的身躯,把黄国城南的旷野砸成一个巨大的龙形大坑,后来也就形成现在河南省潢川县隆古乡境内的老龙埝水库。那根桑木杖也落入黄国城内黄氏祖庙前面,化成一棵小桑树……

公元前649年冬天,楚成王熊恽率领楚国精锐部队"申息之师",以黄国胆敢接纳楚国政敌弦国国君弦子,并且,以黄国不向楚国进献贡品为罪名,兴师动众,讨伐黄国。黄国国君老黄君带领军民严阵以待。他们同仇敌忾,万众一心抵抗楚军侵略,拒不出卖自己的朋友弦子,并誓死与国家共存亡。

经过大半年的激战,双方损失惨重;可是,楚国强大的后援仍在源源不断地涌来,而黄国仅凭着城坚池深和男女老幼齐心协力拼命死守,双方酣战已达到了白热化程度。城外,楚军的尸体横七竖八,血流满地,铜箭头遍地皆是,砍折的刀、剑、矛、戟历历在目。城内,虽然没看见多少将士尸体,实际上已被黄姓族人抬到暗处掩埋;从那些头破血流仍在战斗的将士和面带稚气的年轻士兵,就可看出黄国的将士伤亡更大。城内粮草日渐减少,水源已被楚军切断,幸亏城内有十二座"莲花井",不然黄国军民早已渴死。弦子和老黄君的公子早在楚、黄两国未战之前,已被几位武功高强的侠士护送出城,直奔齐国求援,可是,大半年过去了,未见齐国援军的影子,面积十二平方公里的黄国城四周,早已被"申息之师"围得铁桶般水泄不通。

公元前648年仲夏的一天清晨,久攻不下黄国城的楚成王恼羞成怒,他马上化成一条白龙,在黄国城上空侵扰,老黄君见状也立即化成一条黄龙,在黄国的上空和城南旷野跟白龙进行一场又一场殊死搏斗。三天三夜激战过后,这条能喷火的老黄龙,被那条能喷水的白龙打败,惨死在白龙剑下,幸亏老黄君把自己的精魂附在桑木杖上,坠入黄国城内祖庙南边的"天池"旁,化成一棵小桑树,保存了复仇的火种。

黄国城四周,暮霭沉沉,楚军的精锐部队"申息之师"越聚越多。"申息之师"都是由申国和息国的穷苦青壮年组成,他们作战非常勇敢,能"以一当十",又善于攻坚,是楚王称霸诸侯开疆拓土的主力军。"申息之师"排山倒海般推进,包围圈愈来愈小,可是,尽管黄国国小且国君被杀,群龙无首,黄国将士们依旧前赴后继顽强抵抗,宁死也不投降。铜箭如暴雨般钻射在双方阵地。黄国城,斗大的"黄"字旗下,双方战士短兵相接,展开血身肉搏,黄国城池顿时血流成河。最终,因为双方实力悬殊,黄国又无外援,寡不敌众,作战凶狠如狼似虎的"申息之师",如洪水冲毁大堤般涌进黄国南、北、东、西四座城门，一面面"黄"字大旗被纷纷拔掉，扔在地上惨遭践踏；一面面"楚"字大旗，随即插在四个城门之上，猎猎作响。烧杀砍夺声震天动地连绵不断，黄国的宫殿冒起冲天火焰，百姓房屋也跟着到处冒烟。不甘屈服拼死抵抗的黄姓人血流成河。他们的鲜血染红了黄国那片黄土地。

好一座黄姓人居住一千四百多年的黄姓家国！好一座富丽又堪称"淮上文明"的黄国古城！就这样在楚成王熊恽的魔爪下惨遭凌辱：宫殿倒塌、祖庙被毁、房屋烧焚、黄姓人的妻女惨遭楚军奸淫后，又被掠进楚国当奴隶，倍受煎熬，黄姓青壮年被强迫迁出黄国，分批迁往江南各地，以充实楚国南疆的劳力，将很多老弱病残遗留在黄国城内不管其死活。大火硬是烧了七天七夜，黄国城变成了一片焦土，成了一座废城。

悲哀的气氛笼罩着整个西郊，空气仿佛凝固一般。荒郊野外，芳草菲菲，乌鸦长啼，透人肌肤的阴风吹得人毛骨悚然。楚军所过村落，杀人放火，狼藉一片，凹凸不平的黄土荒丘上，随处可见新的坟茔。

老黄君死难之后，众多的黄姓人觉得家园已破，无脸去见先祖，就用布、帛将死者的脸蒙盖起来。后来在此地逐渐演化为死者愧见先祖，就用火纸盖脸的习俗。

黄国亡国之后，老天突降暴雨，瓢泼似的大雨下了七天七夜，下得天昏地暗，日月无光。就是这样也没有将黄姓人的鲜血洗净，直至今天，这片黄土地的黄土里，时常有血色的红土出现，这里的桃花也特别红艳。

题外话：

(1) 君子报仇，十年不晚。

(2) 斩草要除根。

第四回
黄国城内黄君修　　桃花园里黄歇生

　　三百年间，黄国城虽是楚国的一个城邑，可是，迁移江南的黄姓人眷念故土，相继回来不少，他们和那些侥幸逃脱楚军屠刀的黄国遗民，在这片染有黄姓人鲜血的黄土地上繁衍生长，三百年时光虽然已把那些断墙残垣掩住，可是，饮恨亡国的黄姓人仍不忘国耻，他们在黄国宫殿的遗址"天池"旁的那棵大桑树北面，建造了一座黄君庙，供奉着那位英勇不屈的老黄君的塑像。大桑树沐风浴雨，日渐长大，发芽、抽叶开花、结满长穗形的桑葚，紫红紫红的，却无人敢食。大桑树南边，有一个"天池"，一泓池水清澈见底，一年四季永不干涸，里边有莲花，有红、白鲤鱼游戏其间。黄龙精魂附入大桑树之上，渴饮"天池"水，饥食桑葚，日夜修炼，经过多年总算得天地之灵气，吞日月之精华，年长月久，又变成一条小黄龙。三百多年，十万个日日夜夜，黄龙日潜"天池"底，任红白鲤鱼游戏头顶；夜行大桑树上，食桑葚，静心修炼。小黄龙时而去黄君庙里偷食供果，众多黄姓族人惊奇地发现供果丢失，他们都认为黄君显灵，就纷纷前来庙里烧香许愿，乞求祖先保佑。

　　三百三十三年后的一个初夏早晨，黄君庙内，一片氤氲的烟雾中，一位年轻的女子虔诚地跪在黄君像前烧香许愿，嘴里不停地祈求黄君保佑她怀孕。因为她结婚多年没有怀孕，"不孝有三，无后为大。"为了免受夫家歧视，她跪在黄君像前，接连不断地磕头，嘴里还在不停地祷告着。当她磕了无数个响头后，她的虔诚感动了庙里的黄君。

　　"下跪之人，你摸一把庙前大桑树，吃了树上掉下的东西，就会怀孕！"
　　声音好像是从黄君像传出的，年轻女子闻言，很惊诧地走出庙门。她在大桑树前徘徊好久，最后才勇敢地在大桑树上摸一把，只听"啪哒"一声，从树上掉下一颗明亮的东西，似珠非珠，似玉非玉，明晃晃地非常惹人喜爱。年轻妇女赶忙弯腰拾起，捧在手里，像欣赏宝贝一样仔细端详良久，才吞下肚里，她只觉得腹中灵动一下便无事了。临走时，年轻的女子又进庙连磕三个响头，回去不久，便怀孕了。

第二年，那年的春天来得特别早，虽是乍暖还寒时节，已属楚地的黄邑城，杨柳却开始发芽泛绿，青草纷纷钻出地表。

"二月二，龙抬头，男女老少皆春游。"

二月初二，这是一个非常隆重的节日，饱受寒冰之苦的人们纷纷走出家门，出外踏青。天上已有放飞的风筝，空中散发着早春的气息。

黄邑城内，有一处桃花园，外面的杨柳虽然泛绿，桃花园里的桃花苞儿却还在黑黝黝的树枝上沉睡，那位年轻的孕妇在丈夫和丫鬟的陪护下，来到桃花园里踏青散心。

桃花园里的空气真好！

那位已有九个多月身孕的妇女腆着大肚子，望着园里的桃花苞儿若有所思，她的丈夫也随着她的视线注视着枝头。正在这时，突然间，只听见天上一声炸雷，"轰隆"一声巨响，年轻女子突遭惊吓，当即跌了一跤，她顿觉腹中疼痛难忍，丫鬟此时惊得手足无措，丈夫忙扶她在桃花树下坐下，昏迷状态下的女子嘴里总是不停地念叨着："血！血！黄血！"她的眼前朦胧地出现那个血流成河的场面，黄姓人的鲜血流过来染得到处皆是……

她连忙睁开眼睛，血没有了。

"唉哟！唉哟！疼死我啦！疼死我啦！"

她只觉得腹中痛如刀割。她忍不住痛苦地呻吟着：

"唉哟！我要死啦！唉哟！我要死拉！唉哟！"

她的下身流出鲜血，血浸湿了裤子，从裤脚里流下来，淌在地上，染红了脚下的黄土。

"哎呀！老爷，老爷，夫人要生啦！夫人要生啦！"

"夫人，夫人，你怎么啦？"

"唉哟！疼呀，疼呀！"

她闭上眼睛又惊奇地叫道：

"血！血！黄血！"

"夫人，夫人。"

"唉哟！疼呀！血！血！老天爷，老黄君，你们救救我吧！"

"轰隆"又是一声炸雷，一道金光一闪而过，只听见"苦哇""苦哇"的婴儿啼哭声。

昏迷的女子嘴里不停地念着：

"黄血！黄血！"

"老爷，老爷，夫人生个少爷，夫人生个少爷！"

"啊！夫人生个少爷？夫人生个少爷！"

"黄血，黄血，黄血！"

产妇不停地唠叨着。

守护在夫人身旁的丈夫急忙问道：

"他叫黄歇？"（潢川方言，"血"与"歇"同音）

产妇艰难地点一下头，脸上露出产后疲惫的笑容，染以虚汗点点，丈夫充满感激地用衣袖擦拭夫人脸上的汗珠。产妇幸福地闭着眼睛，昏睡过去。丈夫赶紧吩咐丫鬟去喊来家人，把夫人和少爷抬回家调养。

题外话：

(1) 带血出生，流血去世。

(2) 不忘国耻。

第五回
遭变故忍饥苦读　　始发愤勤练本领

这户人家就把这个桃花树下流血产出的、不足十月的婴儿，起名叫黄歇。已是十世单传的这家黄姓人，从齐国途经鲁国和赵国又到陈国，辗转几国，方才回到他们的祖地黄国城，现在黄家又喜得贵子，可想黄家何等地高兴。其实，黄家的祖先就是当年老黄君的公子，他在与弦子奔齐求援时，途中失散了。

一路上，黄公子只好在几位侠士的帮助下，风餐露宿，日夜兼程，非常艰难地到达结盟之国齐国，并且，想尽一切办法去拜见齐桓公。当黄公子见到齐桓公，请求他救助黄国时，齐国的相国管仲却认为黄国距齐太远，又是偏僻小国，远水难救近火，再加上荆楚势头正旺，不可与之争锋，贸然救黄，得不偿失。齐桓公听后，点头赞同，随后寻个借口，支走黄公子，救援之事不了了之。黄公子只有满怀悲痛地遥望祖地，眼睁睁地听任黄国惨遭强楚蹂躏，宗庙被毁，黄姓人血流成河，家破国亡。

黄君的后代回到已是楚地的黄国城，就是在黄国被灭的三百多年后，此时的黄国城今非昔比，一片片屋舍，灰砖灰瓦，错落有序，茶馆客栈和冶铁炼铜的高炉分布其间。冶炼生铁和青铜的高炉旁，熊熊的炉火映红了那铁匠们古铜色粗犷的脸庞，铁匠们"叮叮当当"的锤打声此起彼伏，连绵不断。黄国城内的街市商铺，琳琅满目地排满各种各样的玉器，颜色有红、黄、白、绿，品种有玉龙、玉凤、玉虎、玉兔、玉象、玉鸡。这些玉器小巧玲珑、形态逼真，着实让人喜爱。街市上还有专门卖农用物品和日用物器的摊位，竹耙、扫帚、石镰、石刀、竹筛、簸箕等等，虽是席地而置，倒也摆放得十分整齐。

日出三丈，街道上已是熙熙攘攘，人声鼎沸。看到购物人群陆续赶来，摊主们便扯开嗓子叫卖着。黄国城经过多年的建设，早已恢复了元气，到处呈现一派欣欣向荣的景象。

黄家喜得贵子，"三天"之际，拜神祭祖；"九天"之日，大会宾客。亲戚皆来祝贺，高朋满座，众皆欢娱，正值众人酒酣之时，黄家仆人来报：

"老爷，门外闯来一白发乞丐，手持龙头拐杖，说话疯疯癫癫，口口声声要少爷讨给他，否则黄家必遭大火。"

黄家主人闻言，怎能舍得！忙吩咐众仆人将老乞丐赶走，老乞丐无奈，临走之际放出话来：

"八年之后，此处必成一片焦土！"

黄家主人闻之，怎能相信，就把此话当作疯人狂语。岂料八年之后的一个夜晚，黄家果真突发一场大火，黄家好大的一片家园化为乌有，黄家夫妇及众仆人皆被大火烧死，唯独黄家公子幸免于难。当时，黄国城内的人们，提水赶来扑火，却看见黄家的上空有一条火龙在喷火，众人皆恐惧得不敢去救，直待火龙将黄家烧得一干二净方才罢休。有人看见那条火龙变成一条黄龙，将黄家夫妇驮走。黄国城皆为黄姓人，黄姓族长怜此遗孤，就把他领进"众亲院"，由黄姓族人共同抚养。

小黄歇家突遭火灾，家园沦为一片焦土，父母双亡。孤苦无助的小黄歇蹲在老族长黄道的膝前，鼻子一酸，泪水就涌了出来。

他哽咽道：

"老族长，俺父母都死了，俺还能靠谁呢？"

黄道伸手一把抱住小黄歇，动情地说道：

"孩子，别哭！天下黄姓人皆一家，只要你长大为黄姓人争光，能出人头地，光宗耀祖，俺们再苦再累也要把你养大成人。"

小黄歇泪眼婆娑地跪在老族长面前，连磕三个响头。

"俺黄歇就是拼死，也要完成振兴黄姓大业，恢复黄国！"

"好！好！好样的，孩子！"

老族长黄道连声赞叹道。

老族长把小黄歇安排在"众亲院"内供他读书。

小黄歇自遭家庭变故，如梦方醒，变得非常懂事。从此以后，他日夜勤学苦读。

老族长看在眼里喜在心里。

枯黄的油灯前，黄歇静静地坐在那里。

他苦苦地思索：当年苏秦头悬梁锥刺股地刻苦学习，还不是为了功成业就？而我黄歇，为的是光复黄国，继承祖业，面对这些竹简，我只有刻苦用功，不要荒废学业。

常言道：书中自有黄金屋，书中自有颜如玉。只要用功学习，一切都有了。

黄歇时时回忆他的童年。他的童年实在令人难忘，欢乐的童年，公子似的童年。可是，一场大火烧毁了他美好的童年记忆。父母双亡，老族长把他领进了"众亲院"，他的一切都随之改变，在这里，没有父爱母爱，在这里他饱尝人间的喜怒哀乐，一下子成熟许多。老族人对他的悉心呵护，真让他感激不尽。他要努力呀！不为别人，就为老族长吧！

他也有欢乐，他在黄君庙前的大桑树下，像猴子一样爬上爬下，轻松自如地摘吃那些熟透了的紫红的桑葚，他能叫他儿时的伙伴黄田、黄地和其他小伙伴们听从他的指挥，拥他为王为相。

小黄歇手拿竹简在桃花园里的一棵大桃树下诵读，读了很久，读得累了，他就在桃花树下躺着。

忽然，他仿佛看见：

一条白蛇，一条黄蛇，一条乌龙蛇，还有五颜六色的长虫都在争夺一颗非常耀眼的明珠。它们争斗厮咬了不知多少个回合，这时，一条桃花蛇也参入其间，最后那条黄蛇咬伤了白蛇，抢到了宝珠。黄蛇把宝珠含在口中吞吐着，一会儿，那条桃花蛇变成美女模样，引诱了正在玩耍的黄蛇。黄蛇听信其言，就把宝珠吐出口，抛向桃花蛇，正在二龙戏珠时，后面窥视良久的乌龙蛇一口抢走，黄蛇、花蛇顿时惊呆了，随后紧紧追赶乌龙蛇，其他龙蛇也紧跟其上，十几条龙蛇又混战起来。眼看龙蛇又向他奔来……

黄歇陡然惊醒，原来是一场怪梦，小黄歇百思不得其解。

天寒地冻，时近黄昏。

黄邑城内，灯火次第亮起，夜幕下的黄邑城，好像披上一层朦胧的面纱。

"众亲院"内，孤灯之下，一群顽皮的野小子皆已酣然入睡。

独有一人，还在苦读。

那个人就是小黄歇。

小黄歇此时正读荀子《劝学》：

"积善成德，而神明自得，圣心备矣……"

"蚓无牙爪之利，上食埃土，下饮黄泉……"

"好文！好文！"小黄歇连声赞叹道。

此时，老族长黄道和儿子黄德前来查夜。

他们从窗户外窥见小黄歇还在苦学，其他孩子皆已酣睡，深恐打扰，就退下了。

"黄歇这孩子刻苦用功，将来必有出息，定成大器。"

"是啊，父亲。孟夫子所言：天将降大任于斯人也，必先苦其心志，劳其筋骨，饿其体肤呀！"

"唉，可怜的孩子，他的身世也太苦了。八岁时，好端端的家突遭大火，父母双亡，家什烧成灰土一堆，可怜无依无靠，只好住进了'众亲院'。这一班孩子，只有他一人苦读诗书，钻研《易经》，观其言行，大有长进，我的一番功夫真没别费！"

"唉，太让人佩服了！"

"将来我们黄姓家族崛起，还要靠他了！"

"是啊！父亲，听人说他是我们老黄君的十代子孙，不知真假？"

"噢！傻儿子，别乱说！我们其实都是老黄君的后代，周襄王四年（前648）为蛮楚所灭，我们其实都是亡国奴呀！"

黄德默默无言。

良久，黄道又嘱咐道：

"傻儿子，以后别再乱说了，邑长知道后要杀头的！"

黄邑邑长熊宝，排行第二，人称"熊老二"。他原是楚国一贫苦子弟，只因姓熊，又在战场因伤致残，断了一只右手，楚王就派他任黄邑邑长。

常言道："官帽一戴，嘴就歪了！"熊宝一上任，就欺压黄姓百姓，强收各种苛捐杂税，令黄邑城的黄姓人敢怒而不敢言。黄邑人就送他外号叫"一把手"。有人说：黄邑城里的小孩哭闹时，大人就说：你再哭闹，"一把手"来啦！小孩吓得不敢再哭。

在"一把手"熊宝的淫威之下，黄姓人备受煎熬。

楚人尚红，衣物以红绿居多；可是，黄姓人尚黄，衣物多以黄色居多。熊宝一到，强令黄姓人穿红衣。黄姓人明穿红绿衣裳，却暗着黄内衣，始终不忘黄姓习俗，以此心怀祖先。

光阴似箭，日月如梭，转眼春去秋来，花开花落，岁月荏苒。

黄歇家道中衰，父母双亡，他只好在黄姓的"众亲院"里忍饥苦读，黄歇这时已是八九岁了。他的生活异常艰苦，每天早上很早就起床，先熬一锅稀粥，等到稀粥冷后凝结，把稀粥划成六块，早上、中午、晚上各吃两块，他再切几根咸菜，就着冷凝的稀粥块糊口。吃完稀粥，他就埋头苦读竹简，有时他会在木板或竹板上刻下很多心得体会。白天，他苦读勤学用功，夜晚，实在点不起油灯，只好躺在床上回忆或背诵白天所读的竹简内容。就这样用了五年时间，黄歇把"众亲院"里的所有书简全部读完。

在黄歇的记忆里，苏秦头悬梁锥刺股刻苦用功学习，最后终于身掌六国相印的故事深深地感动了他。他就以苏秦为榜样，不分白天黑夜地勤学苦读。实在困倦极了，就用凉水洗头洗脸；实在瞌睡极了，就和衣躺下睡一会儿，醒来后继续攻读。有时，他一天连三顿稀粥也吃不上，往往直到黄昏时才吃一顿既是早餐又是晚餐的稀粥，就这样黄歇废寝忘食地勤学苦读了五年，终于掌握了很多知识。可是黄歇还有个缺点，他是一个早产儿，先天不足，有点口吃，虽然满腹经纶，却是"茶壶里煮饺子——有货倒不出"。为了改正这个缺点，黄歇想尽一切办法，终未能见效。

有一天夜里，他偶得一梦：一只小黄鸟叼着小石子，叽叽喳喳地鸣叫着。

黄歇醒来，恍然大悟，他就学着小黄鸟，找来几块小石子，用清水洗净，含在口里，对着一盆清水苦练发音，经过很长时间的刻苦练习，黄歇终于能够发出一腔吐字清晰、纯正圆润的口音了。

题外话：
（1）每一个人心里，都埋藏着排山倒海的激情，
并且勇敢地追寻他那完美的童年梦想。
（2）苦难是进步的阶梯。
（3）书中自有黄金屋，书中自有颜如玉。
（4）孟夫子所言：天将降大任于斯人也，必先苦其心志，劳其筋骨，饿其体肤！

第六回

齐王智纳钟离春　黄歇幸娶申玉凤

> 婚姻是命运的基石。
> 每一个成功男人的背后，
> 必有一个旺夫的女人。

黄国城向东四十余里，有一条河，古名为诏虞水，河水由南向北流入淮水。由于此河历年秋冬干涸、春夏疏浚，所以，人们又把它叫作春河。在诏虞水边有一个亭子，不知何年何月所建，人们就把它叫作诏虞亭，又名春河亭。在黄国和蓼国（今河南固始县）交界处，旁依着春河边有一个集市，名叫春河集，由于春河秋冬几近干涸，只有河床中间有一线溪流，所以，两岸住户皆于河床排摊交易，四周乡民商贾皆会于此，其间也有不少富户。

春河两岸，绿草丛生，几处桃园，桃花盛开。槐树、银杏、松柏、绿竹掩映其间，在这片风景如画的地方，有一姓申的人家，这家主人名叫申思贤，他们是申国王室的后裔。当年楚国大兵压境时，申国人有的向北方陈国逃去，有的向东方的黄国、蓼国、蒋国和江国逃去。当逃乱至此的申家先祖看到该地风景甚好，就在此处扎下根来。申家临行时带了很多金银财宝和竹简诗书，虽经十数代，申家的家业仍然很殷实，美中不足的只是申家子嗣甚稀，十多代单传到申思贤时，申恩贤夫妇仅此一个女儿，可她长得并不好看，手脚粗大，面色黑黄，尤为突出的是，她的脸上还有几颗黑黑的小麻子。

女儿虽丑，可她毕竟是亲骨肉，且物以稀为贵，人以少为宝。申恩贤夫妇皆视她为掌上明珠，就给她取名为申玉凤。小玉凤虽然长得丑，可她天资聪慧，再加上父亲很有才学，受家风的影响，她就跟着父亲饱读诗书，申思贤看见女儿如饥似渴地好学，就倾尽全力教她。日长月久，申玉凤就变得学识渊博。她除了读书外，还跟着母亲学习料理家务，尤其是学会了一手针织刺绣的好活计。

转眼间，申玉凤年及二八，到了女大当嫁的年龄。申思贤为她的婚事操了不少心，可是，女儿高不成，低不就，年龄渐渐大了，申思贤问她对自己的婚事有何想法？

申玉凤就说：

"父亲，女儿知道，自古以来都说'郎才女貌'是美满姻缘，可我不这样认为，我虽然长得丑，可从小跟您学习，熟读诗书，才学已不让天下须眉，要让我选女婿，我一定要选一个才貌出众的男子，这叫'女才男貌'。父亲，我嫁人必像无盐君钟离春那样，嫁给琴瑟相合、举止端庄的人呀！"

无盐君钟离春，一个嫁不出的丑女却成了齐宣王夫人，申思贤当然知道，为何这样，这里还有一段故事：

当年，齐宣王继位时，齐国是个比较强盛的国家，由于祖上功劳，齐宣王安于现状，经常不理朝政，整日游山玩水，整夜宴舞作乐。有一天，齐宣王在王宫里大摆酒宴，歌舞玩乐招待群臣，十分热闹，正值高兴的时候，待从报告：大王，有一位丑妇人闯到宫门外，口口声声要面见大王。

齐宣王闻言很不高兴，碍于情面，他还是允许那位妇人进来。那妇人长得确实丑极了：她前额很宽，眼睛深陷，身体粗笨，背有点儿驼，头发乱得像稻草，再加上她身着破旧衣裳，举止轻率又鲁莽，给正在进行的宴会，带来很不协调的气氛。

齐宣王看也不愿看她，就命左右传话问道：你这丑妇人，为何要见大王？

那妇人回答：

"我叫钟离春，家住无盐，年过四十，找过不少人家也没嫁出，听说大王在宫里宴乐，特来求见。恳请大王留我在后宫，朝夕侍候大王。"

左右侍从见钟离春这样貌丑，令人掩鼻，竟敢抛头露面，自愿送上宫来侍候大王，真是癞蛤蟆想吃天鹅肉——痴心妄想，实在好笑。有人暗地骂她是一个不知羞耻的疯女人。只见钟离春一步步地走向齐宣王，众侍从皆掩面而退。

齐宣王看见这个丑女人很奇怪，就惊问道：

"本王宫中侍女、宫妃众多，而你此等妇人在乡间都没人要，为何来找本王，并且口口声声要侍候本王，难道你有什么高才奇能？"

钟离春面朝齐宣王微微一笑：

"大王，我没有什么高才奇能；可是，我会做各种动作，能准确地比喻国家政事！"

说罢，钟离春就扬扬双目，咬了咬牙，举了举手，拍了拍膝盖。然后，她问齐宣王：

"大王，您懂得我的意思吗？"

齐宣王摇头不懂。

钟离春请求道：

"大王，请您先饶恕我冒昧之罪，我再为您解说。"

齐宣王感到很有趣，就点头同意，表示赦免了她的鲁莽之罪。

钟离春才说：

"大王，我扬扬双目，是提醒大王警惕国家有烽火之乱；我咬咬牙，是建议大王不要拒绝臣下劝谏；我举举手，是劝告大王赶走奸臣邪贼；我拍拍膝盖，是请求大王拆除宴乐宫台！"

钟离春话音刚落，齐宣王就勃然大怒：

"好你个丑陋村妇，胆敢诬蔑本王，本王难道竟有如此多的过错，要你指责？左右侍从，还不给本王将她拿下！"

左右侍从连忙围上来，欲拿下钟离春，只见钟离春十分镇定地说道：

"大王，您不是已赦免我的冒昧之罪了吗？君子一言，驷马难追，更何况大王，乃是千乘大国的一国之君呢？"

"这，这……"

"大王，请您听完我的解释，再拿我问罪也不迟。其一，齐国与秦国皆是大国，可是秦王重用商鞅变法改制，使秦国变得国富民强，不久秦军将会东出函谷，攻打我们齐国。而我们齐国不重用良将，边境日渐松弛，难道我们齐国不会面临烽火刀兵之灾吗？其二，大王好女色，喜宴乐，不理政事，忠臣志士谏而不纳，难道大王不应广开言路，招纳忠谏吗？其三，大王周围，有一伙小人，阿谀奉承，高谈阔论，华而不实，阳奉阴违，大王难道不该驱逐他们吗？其四，大王宫馆楼台，宴乐歌舞，劳民伤财，荒废朝政，大王难道不应把它拆除吗？大王，我认为此四点过失，真的如同叠垒鸡蛋一般危险，可是，大王却苟且偷安，尽情享乐，不管祸害就在身后。我今日冒死为大王明言，愿大王猛醒，更愿大王能够光大先王齐桓公'九合诸侯，以匡天下'之大志，我纵是获罪大王，被大王千刀万剐，也是死而无怨无憾呀！"

齐宣王听了钟离春这番慷慨激昂、有理有据的陈词，受到很大触动，他立即下令罢宴，用车载钟离春回王宫，并立她为王后。

钟离春又请求道：

"大王，您既然立我为王后，为何不用我的主张呢？"

于是，齐宣王听从钟离春的建议，做了一番政事改革，封田婴为相国，遣散一批奸诈小人，起用一些良将，很快增强了齐国实力，使齐国成为名副其实的大国。

齐宣王因为钟离春有功，就把无盐这块宝地封给她，又封她为无盐君。

"钟离春丑女闯宫和齐宣王纳丑女为王后"的故事，成了脍炙人口的千古美谈。

黄歇在"众亲院"读完了黄国城的所有竹简，他愈读愈感到自己的知识不足。有一天夜里，他忽然做了一个奇怪的梦：一车、两车、三车、四车、五车，满满的五辆车里装的尽是竹简。他又惊又喜，赶忙去翻阅，谁知忽然不见了。一位黄衣白发老人叫他到春河集的一户姓申名思贤的人家去借书，黄歇醒后不相信。谁知接连几天黄歇都做了同样的梦，黄歇就去恳请老族长帮忙，他的求学精神感动了老族长。老族长就在一块竹简上写几句话作为介绍信，叫他带着干粮，前往春河集去借书看。

黄歇带上干粮和介绍信，背着行李，动身前往春河集。几经打听，终于见到了申恩贤。他怯怯地掏出介绍信，双手恭敬地献上。申思贤看了竹简，又审视一番来人，只见他虽是一身布衣打扮，却很干净整洁，身体并不高大，却很飘逸潇洒，有如玉树临风，他身着祖传的玉佩，更像一介文弱书生。申思贤闻知此位青年乃是黄国国君后裔，只因一场大火烧毁家园，父母双亡，沦为遗孤，寄居在黄姓"众亲院"内，却矢志不忘刻苦用功读书，并且已将黄国城内所有竹简读完，申思贤顿生好感，就把黄歇引进屋内招待，领他进入书房。

申家书房真的很大，两间房屋里分门别类地排着一排排书架，书架上摆满了竹简。申家的书房真不愧为书房。黄歇一走进书房，两眼都直了，他惊喜地看着一排排书架上的竹简，如同饥饿的乞丐走到丰盛的酒桌前。黄歇这卷摸摸，那卷摸摸，不知该看哪卷好。他用充满感激的目光看了看申思贤。

只听申思贤热情地对他说:

"年轻人,看吧!慢慢地看吧!我这里的书可以任你饱览。"

黄歇恭敬地向申思贤鞠了一躬:

"多谢申伯伯!多谢申伯伯!"

说罢,他就转身翻书简去了。

申思贤看到黄歇如饥似渴地看书简,心里非常高兴,此子可教,他想起女儿的婚事……

时近中午,黄歇腹中饥饿,就掏出干粮狼吞虎咽,过后,他又钻进竹简堆里,直到房内昏暗已看不见字了,黄歇才走出书房。申思贤在正屋瞧见,就挽留他,让他住在一间偏房,黄歇感激不尽,睡在床上,还想着竹简之事。接连三天,黄歇的干粮吃尽准备返回,申思贤再三挽留。黄歇盛情难却,再加上仅看了部分竹简,只好留下一头钻进书房看书。

此时,申玉凤闻知有一好学青年前来看书,几天几夜不回,她心中顿生好感,想去会他一会。她的父母也有此想法。可是,申玉凤又想起自己的容貌,就派贴身丫鬟彩玉借口给书生送饭,走进书房,丫鬟彩玉大大方方地把饭送到黄歇面前,黄歇抬头一望,两人四目一对,此时有歌袅袅传来,那是《诗经》中的一首情歌:

> 投我以木瓜,
> 报之以琼琚;
> 匪报也,
> 永以为好也。
>
> 投我以木桃,
> 报之以琼瑶;
> 匪报也,
> 永以为好也。
>
> 投我以木李,
> 报之以琼玖;
> 匪报也,
> 永以为好也。

黄歇连忙施了一礼，多谢小姐送饭。彩玉含羞低头而去。申思贤夫妇得知黄歇把彩玉当作小姐，并一见钟情，就试探黄歇，黄歇低头红着脸默认了。申思贤就让他留下信物，并且，回去找老族长来说媒。黄歇忙摘下祖传的玉龙给申思贤，愉快地回去告诉老族长。

老族长一听非常高兴，连声说道：

"苍天有眼，苍天有眼，能叫孤儿有了依靠。"

婚姻乃是人生的大事，是举家全族的大事，黄歇的婚姻引起了族人的忧虑。老族长以黄姓族人的名义筹办了一份聘礼——大雁一双，并为黄歇在祖庙后的西北边建了几间新房，申家收下聘礼。

黄歇在贴着"囍"字的门槛上刻下了一副对联：

乾坤定矣

钟鼓乐之

黄歇迎娶新娘时，申玉凤被人用一块红布盖住头。黄姓人的男女老少皆来祝贺，有人奏起了流传一千多年的"黄国喧天锣鼓"，人们载歌载舞。众人将新娘迎进新房，黄歇与新娘先叩拜天地，接着叩拜各方神祇，然后叩拜列祖列宗，最后，黄歇又向帮助他完婚的老族长施以叩拜大礼。

此时，祝贺的黄姓人唱起了《桃夭》：

桃之夭夭，灼灼其华；
之子于归，宜其室家。

桃之夭夭，有蕡其实，
之子于归，宜其家室。

桃之夭夭，其叶蓁蓁；
之子地归，宜其家人。

等到夫妻对拜进入洞房时，祝贺的黄姓人又唱起了《螽斯》：

螽斯羽，诜诜兮，
宜尔子孙，振振兮。

螽斯羽，薨薨兮；
宜尔子孙，绳绳兮。

螽斯羽，揖揖兮；
宜尔子孙，蛰蛰兮。

直到晚上，闹房的人皆离去时，黄歇掀开新娘的红盖头时，才发现不是彩玉，心里很不是滋味。两人已拜过堂，生米已成熟饭。

黄歇正在细看申玉凤，申玉凤被看得脸红，急忙问道：

"夫君，你知我因何而来？"

黄歇正色道：

"不知！"

申玉凤神色庄重地说道：

"天帝怕你在世间作恶，特地派我来管制你的！"

申玉凤语出惊人，实在让黄歇怦然心动，肃然起敬。

申玉凤又突然问道：

"夫君，您知道无盐君的故事吗？"

"钟离春丑女闯宫和齐宣王纳丑女为后的故事，谁人不知？"

"夫君既然知道，有何感受。"

"噢，你又有何才能敢与无盐君相比？"

"为妻并无多少才能，但能回答你的很多问题。"

"好！"

黄歇连珠炮似的发问道：

"请问云从何出？雾从何起？何山无石？何火无烟？何女无夫？何人无偶？何牛无粪？何马无驹？何水无鱼？"

申玉凤竟以同样快的速度回答：

"云从山出，雾从地起，土山无石，萤火无烟，仙女无夫，道人无偶，石牛无粪，木马无驹，井水无鱼。"

黄歇闻言，赞许地点点头。

申玉凤狡黠地笑问道：

"素闻夫君多智，可否猜出为妻带来什么嫁妆？"

黄歇笑道：

"当然是你的梳妆衣柜呀！"

申玉凤微微一笑，不再言语，眼神示意他到院中看看嫁妆。两人走到院中，申玉凤揭开盖着红布的牛车，啊！申家的嫁妆乃是五车竹简，其他的一切一应俱全，另有一架漆木琴瑟。

"啊！我黄歇这回，才算竹简垒案满屋香溢，坐拥书城啦！"

黄歇惊奇地道了一声，他用充满感激的目光看着妻子。

这时，申玉凤挽着他的手回到新房，她打开柜子，拿出黄歇赠送的玉龙，她又掏出一只祖传的玉凤。玉龙、玉凤相映生辉，玉凤郑重地说：

"夫君，玉与人是共同生长，人安则玉安，玉也只有在应得玉者手中，玉方可安。妾身赠夫君一只申家祖传的玉凤，愿夫君一生平安。"

春秋战国时期，冠和腰间的饰物皆是身份的象征。有身份的人方才有资格戴着华丽的冠和身着佩玉与青铜宝剑。这真的是"有钱不仅能够改变生活，而且还可以改变命运"，然而"江山易改，本性难移"，人的禀赋气质、情趣和意志是先天生成的，后天的训练，只能增加一个人的能力与学识，无法改变一个人的心境。申玉凤热情大方，直爽颇有风度，虽然其貌不扬，可她很有见地：大丈夫一生一世，为何要默默无闻，不去干一番大事业呢？！

夜深了，申玉凤的琴声略显深沉，时而低旋婉转，时而苍然凄凉，时而如珠落玉盘。她勾挑抹抚，如寒泉滴水，似冰流下滩，继而转浊重幽咽，琴声袅袅缕缕而止……

抚琴过后，申玉凤低头沉思。

夜阑人静，此时的黄歇闻听夫人的琴声，只觉得心中五内俱沸，血脉愤张，乱哄哄暖融融，气流直冲得他心头怦怦直跳，头脑也有些发晕，良久方才定神。黄歇久久地注视夫人，申玉凤被他视得满脸羞愧，忍俊不禁一声娇笑。黄歇顿觉夫人百美俱生，"情人眼里出西施"，她的笑容美极了，就连脸上的麻子也变成一朵朵"小花"，黄歇伸手去握玉凤的纤手，只觉得柔若无骨，赶忙揽玉凤入怀。两情相悦，真乃琴瑟不能喻其和，钟鼓不能鸣其乐。

第七回
生儿育女忠孝节　　游学交友男儿歌

时间过得真快，转眼间，申玉凤已怀胎十月，临盆的日子近了，妻子痛苦地呻吟，接生婆不停地安慰：

"快了，快了，忍着点，使劲！使劲！"

黄歇咬着牙，在堂上急切地来回走动着。

"哎哟！哎哟！"

撕心裂肺的呻吟，大汗淋漓，窒息的疼痛，黄歇的心也随之悬着。突然，啼声洪亮的"呱呱"声响起，婴儿总算降生了，母子平安，是个男孩，黄歇闻言，在堂上高兴地诵着《诗经》：

> 乃生男子，
> 载寝之床，
> 载衣之裳，
> 载弄之璋。
> 其泣喤喤。
> 朱芾斯皇，
> 室家君王。

生下男孩让他玩玉器，生下女儿让玩陶制的纺锤，这是自古流传的习俗，黄歇早为他准备了一只小玉龙，等他过了"三天"，便可以挂在他的脖子上了。儿子出生了，该给他起个名字，黄歇翻查了很多竹简，终于找到一个好字"尚"。

"道德高尚,崇尚之意"。

他就给头生子起名为黄尚。儿子出生的"头天",黄歇就骑马前往申家报喜,申思贤夫妇闻听之后,非常高兴,丈母娘忙逮两只老母鸡交给黄歇,让他给女儿补补身体。黄歇喜得贵子,黄姓人皆来祝贺。老族长更是高兴,亲眼看着长大的孤儿,已经结婚生子,后继有人,众人都来吵着喝喜酒,黄歇满脸笑容地答应着。

申思贤夫妇喜得外孙,就在"九天"那日,带了一大牛车贺礼前来祝贺,九只活鸡、九条活鱼和一整头猪肉,还有小孩的九套衣服。申家想得真周到,黄歇非常感激地迎接岳父、岳母进门,安排了九桌酒席招待亲戚朋友和族人。

黄歇家高朋满座,举杯畅饮,申思贤尤为高兴,多喝了几杯酒,大醉而归,谁知乐极生悲,申思贤回到家中突然得病而死。黄歇夫妇得到噩耗非常伤心,申玉凤想回娘家为父送终,可是,刚生下婴儿的妇女不能进娘家的门。担子就落在黄歇一人身上,他急忙备车前往申家吊孝。申思贤仅此一个女儿,女儿不能来,丧事由黄歇一人操办,黄歇把丧事办得有条不紊,既隆重又严肃,博得众人夸赞。

办完丧事,黄歇怕丈母娘孤单伤心,就把她接到家中。申玉凤一见母亲,抱头痛哭,她既哭父亲死得突然,又哭自己未能为父亲送终。母女俩以泪洗面。黄歇怕两人悲伤过度,就先劝妻子不要惹母亲伤心,人死不能复生,母亲已年迈,哭坏身体怎么办?过后又他劝丈母娘心疼女儿,女儿还在月子里,哭多了,得了"月子病"怎么办?母女皆被黄歇劝住。

直到孩子满月,黄歇夫妇带孩子和岳母驾着马车,前往春河集为申思贤上坟……

一晃两三年过去,黄歇又有了两个儿子,他们是孪生兄弟,黄歇给他们起名为黄俊、黄义。家里又添几张嘴,生活上已是很拮据,丈母娘就叫他把申家的家产变卖,申家只有一个女儿,家产不能落给别人,黄歇就照办了。日子过得太平淡了,所有的竹简都已读完,不会再有更多的长劲。

于是,黄歇想外游交友增长知识才干,可是他又迟迟下不了决心,申玉凤终于窥出了端倪。那一夜,申玉凤的笑容的确很美丽动人。黄歇看在眼里,心中陡然生出了许多惆怅。

申玉凤淡淡一笑,安慰着:

"夫君，好男儿志在四方，岂能羁于帏幔，您又何必仅顾眼前琐事？常言道：'人无远谋，必有近忧。'夫君，您可切莫因小失大呀！"

"夫人，我只是想，我若走了，几个孩子尚且年幼，家中里里外外，千斤重担全落在你一人身上，我故此犹豫不决。"

"夫君，您可曾忘记自己的誓言：'扬我黄姓，复兴黄国'？"

"夫人，我何曾忘记，只是不忍心别离娇妻幼子。外出游学，路途遥远，一年半载乃至三年五载不会回来，到时候你可怎么办呀？夫人，你真的容许我别家远游吗？"

申玉凤此时莞尔一笑：

"倘若夫君游学交友，贱妾当待君归来，谁让贱妾是黄公子之妻呢？'嫁鸡随鸡，嫁狗随……'"

金钱不是万能的，但没钱是万万不能的。

申玉凤转身拿出金子交与黄歇，黄歇不由得发出一阵感叹：

"知我黄歇者，贤妻玉凤也！"家有贤妻如此，真是天助我也！

第二天清晨，黄歇带着书童，与家人挥泪道别。申玉凤两臂抱着二儿黄俊、三儿黄义，后面跟着她母亲和长子黄尚，临别时，申玉凤再三叮咛：

"夫君呀！您游学，千万要拣大路走，大路人多无强盗，还有善人来救济；夫君呀！您游学，千万别从小路走，小路人少豺狼多，遇到难处没人助；夫君呀！为妻临别无物送，赠您一首《男儿歌》，远在他乡别忘了！"

有道是英雄气短，儿女情长。分别后，黄歇仍屡屡回首眷顾：申玉凤怀抱着黄俊、黄义，深情地注视着他，白发苍苍的岳母也在频频地挥手，黄尚像风吹幼树般挥舞着小手，这时阵阵歌声传来：

男儿须立鸿鹄志，
不为将相誓不休！
诗书在勤学苦读，
废寝忘食乐忘忧。

早也研读，晚也研读，
韦编三断不离手。
功名取，莫论先与后，
誓把铁砚磨穿透。

读完五车书，
游学万里路，
锲而不舍终成就。
迎朝阳，精神抖，
江山代有人才出！

题外话：
(1) 婚姻是命运的基石。
每一个成功男人的背后，
必有一个旺夫的女人。
(2)《男儿歌》：
男儿须立鸿鹄志，
不为将相誓不休！

第八回
蔡侯见色惹祸根　息侯因恨献殷勤

　　黄歇与书童渡过淮水，向西北前往息国故城。
　　一路上，绿杨古道，桃杏园林，苍松翠柏，青竹绿柳，言不完诸多美景。
　　一路上，饥餐渴饮，晓行夜宿，朝登黄土，暮践红尘，道不尽几多艰辛。
　　他们来到了息国故城，昔日的国都不见踪影，有的仅是繁华的街市。黄歇心中感慨万千。他们又来到一座桃花山，看见了息夫人墓，就在墓前凭吊息夫人……

　　黄歇身世刚到此处，忽听三人吵吵嚷嚷由远而近，及至近处，只见三人拉拉扯扯，来到天帝灵霄宝殿，跪在殿下向天帝申诉。原来是息国国君息侯、蔡国国君蔡哀侯献舞、楚国国王楚文王熊赀三位王侯，只因桃花仙子息妫命已归天，息、蔡、熊三人恩恩怨怨未曾了断，同到地狱申辩，被阎王打入地狱，十世不得超生，四百年恩怨依旧未解，三人仍争执不下，阎王只好让他们同赴天庭对质，恳请天帝公判。天帝也命三人同置另一宝镜中。
　　原来，那息侯与蔡哀侯还是连襟，他们同娶陈国国君陈侯妫氏二女，蔡哀侯先娶是姐，息侯后娶为妹。姐妹俩虽为一母所生，却有天壤之别，正如桃花树上的桃花与桃枝，姐姐形如东施效颦，妹妹貌赛浣纱西施。蔡哀侯娶回就非常后悔，怎奈生米已成熟饭。
　　蔡哀侯伴随妇人来到陈国"头年"省亲，瞧见姨妹貌美如花，惊为天人，当即垂涎三尺，厚着脸皮搭话，姨妹虽心底厌烦粗黑如牛的姐夫，顾及情面，她只得含笑应对几句，蔡哀侯听得如喝蜜糖，遂生痴心妄想，就于席间佯装酒醉，冒昧向岳丈大人再求娶姨妹。陈侯闻言拍案怒叱：

"胡说！妫氏女儿岂能二女同嫁一夫！"

翁婿不欢而散，蔡哀侯偕妇只得径回蔡国。陈侯仍怒气不止，也未派人送客。恰逢此时，息侯亲带厚重聘礼，来陈国求婚。

陈侯一见来人，不高不矮不胖不瘦好身材；又见来人，面如白玉唇似桃红，未言先含笑，举止更文雅的仪表，料定必为息侯，他的烦恼顿时抛至"爪哇国"去了。陈侯眉开眼笑，收下聘礼，点头应许。妫氏女一见息侯，恍若故人，于是就眉里含笑，眸中送情，两情相悦，其乐融融。陈侯看在眼里喜在心中，就择吉日送女儿入息国完婚。息侯妫氏喜结连理，夫妻恩爱情投意合，日子好比蜜样甜。转眼他们到了"头年"省亲的时候，息侯因为有要事不能陪同夫人，就派人护送。

"夫人，你妹妹第一次回娘家省亲，沿途要经过我们蔡国，你何不见她一面，姐妹俩也好叙叙旧情，拉拉家常？"

蔡哀侯激动地对夫人蔡妫说。

"叙叙旧情，拉拉家常，真的吗？献舞。"

蔡妫用疑虑的目光盯着丈夫。

"夫人，你咋这样想，我说的是你们姐妹，与我无关。"

"哼，恐怕你是旧情复燃吧！"

"哎呀，夫人，我敢对天发誓，我把她早已忘到九霄云外，再说她也看不上我这个粗人，我也自知配不上她。"

"哼，你也算有自知之明，但愿如此！"

"夫人，我们作为姐姐和姐夫，妹妹省亲路过家门而不入，岂不太丢面子？"

蔡妫沉思片刻才说：

"好吧！不然也太对不起父母和妹妹了。"

于是，蔡哀侯就派人在郊外三里迎接息夫人息妫，执意邀请她到宫中与蔡夫人相见。见礼完毕，姐妹相谈甚欢，晾在一旁的蔡哀侯，就派人备好筵席，盛情款待息妫。席间，由于一时高兴，蔡哀侯猛喝了很多酒，旧情复燃，他厚着脸皮，似醉非醉地说："姨妹貌如桃花，实在令人心动；姨妹美若天仙，人间少有，盖世无双！唉，真不该呀！当初若不是你父亲反对，说什么二女不嫁一夫，说不定姨妹就成我蔡献舞的夫人啦！"

蔡哀侯几句话把息妫说得粉面上青一阵，红一阵。蔡夫人也怒骂丈夫该死，喝酒太多，尽说鬼话。然而，不知好歹的蔡哀侯，借着酒劲又发疯道："若不是那个瘦猴似的息侯，说不定你们姐妹与我蔡献舞同床共枕，一边一个美人儿……"

蔡哀侯的胡言乱语还未说完，息妫早已又羞又怒，当即拂袖而去，筵席搞得不欢而散。蔡妫死活拉住息妫，劝她明天再走。

当夜，息妫气得一夜无话，整夜未眠。次日黎明，息妫不顾姐姐劝阻就离开蔡国，径直奔往陈国。息妫不敢向父亲讲述受辱经过，怕惹他老人家动怒气坏身体，她只有偷偷地向母亲哭诉此事。

"蔡哀侯，你吃着碗里看到盆里，吃着盆里看到锅里，你个禽兽不如的家伙，你也不撒泡尿照照，你是啥模样！若不是我大女儿长得丑，她也不会嫁给你，你还打我小女儿的主意，蔡献舞你是癞蛤蟆想吃天鹅肉，白日做梦！"

陈夫人一连串怒骂，使得息妫如坐春风，心里稍微宽舒些。

"女儿，听娘的话，别把此事告诉你父亲，也别告诉你丈夫，不然就要惹麻烦了。"

息妫虽被母亲劝好，可她心中的怨气犹未解了。在她省亲回国路过蔡国时，也没在蔡国停留，径回息国。刚至息国边境，息侯就亲自来接夫人。一路上，息妫隐忍恼恨，强作欢颜，夫妻同车回城。可是，回到宫中，细心的息侯却窥出端倪。在息侯追问下，息妫才如雨打桃花般哭诉受辱经过。息侯听罢，当即拔剑击断桌子说：

"息某人也贵为王侯，今生不报此辱妻大仇，誓不为人！蔡献舞，本王与你势不两立！"

当天下午，息侯就派人到楚国进献贡品，并且密告楚文王道：

"大王，蔡国哀侯恃着与东方大国齐国联姻，他不肯向贵国南方大楚进献贡品，对此我们息侯深感不满，如果贵国假装派兵攻打我们息国，我们就向蔡国求救。蔡哀侯暴虎冯河，有勇无谋，他又与我们息侯是'一刀砍不断'的连襟，必定会亲自带兵，救援我们息国。果真如此，我们息军就和贵国楚军联合起来，一齐攻打蔡军，那么，蔡哀侯不就成了贵国的阶下囚吗？大王您还愁什么蔡国不进贡品？"

楚文王熊赀听完此话，心中大喜，当下他就厚赏息国使者。几天后，楚文王就召集楚国大军，假装攻打息国，息侯心中领会，马上派人向蔡哀侯求救。

蔡哀侯因有上次戏言姨妹，惹得她拂袖而去，省亲回息，路过蔡国而不入的芥蒂，闻讯楚国伐息，立即带领大批蔡军来救息国，以寻求和解。谁知蔡军刚到息国边境内，还未安营扎寨，早已等候多时的楚国伏兵，立即一哄而上，如虎狼扑向羊群。蔡军退路也被切断，蔡哀侯只好慌慌张张率领部下向息国都城逃去，只见路上惨死的蔡兵横七竖八，受伤的蔡兵痛苦地呻吟。楚军如影随形紧紧追赶，蔡军拼命地向前奔跑，只恨爹娘少生两条脚。

"快了，快了，前面就是息都，我们有救啦！"

"我们有救啦！"

"对，那就是息侯！"

当蔡军仓促逃到息都城外时，息城的大门却紧紧关闭。蔡哀侯惊魂未定，上气不接下气地冲城楼上镇定自若的息侯喊道：

"息……息侯弟，快……快打开城门，后……后面楚军追……追来啦！"

"啊，后……后面楚军追……追来啦！"

息侯故意学着蔡哀侯的腔调说道。

"唉哟！息侯弟，我……我们可是来救……救你息国的呀！"

"噢，那就多谢蔡侯兄了！"

"息侯弟，那你就快……快打开城门，放……放我们进去吧！"

"唉哟，蔡侯兄，楚军来势凶猛，我们不能打开城门，万一他们冲破城门，我们息国也自身难保。"

"那该怎么办？息侯弟！"

"蔡侯兄，你们顺着城河往西跑吧！"

正说之间，楚军逼到跟前，息侯借故躲进城内，蔡哀侯无心恋战，落荒而逃，只有少数心腹尾随其后，剩余的残兵败将任楚军砍瓜削菜般宰杀，死伤无数，仍挡不住高呼着"活捉蔡哀侯，赏金千两"的楚军脚步。蔡哀侯在前面匆匆逃跑，不时扔下几具心腹的尸体，楚军于后面急急追赶，一直追到息蔡两国边界莘野（蔡地），楚军把蔡哀侯团团围住，里三层插翅难飞，外三层水泄不通。

蔡哀侯内无粮草外无救兵，虽经多次拼杀，仍难突重围，终被楚军生擒。楚军上下一片欢腾。大获全胜的楚军在班师回国时路过息国都城，息侯急忙率领文武官员迎接楚文王，并且极为隆重地犒赏楚军将士。

押在囚车里的蔡哀侯，此时方才明白：是该死的息侯搞的鬼，寡人中了他的奸计啦！囚车里，蔡哀侯的牙齿咬得"吱吱"地响，眼眶里的"火星"直冒，他紧紧地盯着正在满脸堆笑、卑躬屈膝欢送楚文王的息侯，眼角里吐出了两条毒蛇信子样的东西。

凯旋的楚文王想杀掉蔡哀侯,祭祀楚王祖先,幸亏有一大臣据死力谏,才把蔡哀侯从楚文王的屠刀下救出来,楚文王答应释放蔡哀侯回国。

临行前,楚文王大摆筵席为蔡哀侯饯行,席间,有一大群美女歌舞伴奏,其中有一个弹古筝的女子,仪容秀丽,楚楚动人。

楚文王指着她对蔡哀侯问道:

"蔡哀侯,这个女子古筝弹得怎么样?"

"启奏大王,她弹得妙极啦!"

"这个女子的容貌如何?"

"启奏大王,她真的貌若天仙,秀色可餐!"

"哈哈!好个'秀色可餐'哇!蔡哀侯,你可要多喝一杯。"

楚文王挥手叫来古筝女,用大杯倒满美酒恭敬献上,蔡哀侯忙把酒杯捧在手中,笑容满面地对着楚文王一饮而尽,然后举杯亮了一下杯底,干干净净一滴不剩,赢得众人不住的喝彩。

蔡哀侯又斟一满杯,面朝楚文王恭恭敬敬地举起酒杯,用略带颤抖的声音为文王祝寿。

"微臣祝大王龙体安康万寿无疆,微臣还祝大王社稷如山岳千年永固,福祉似河水万古流长!"

"好!好!哀侯,你真会说话,寡人爱听,哈哈!"

"大王,微臣实在笨嘴拙舌。"

"哀侯,你平生所见美女有比此古筝女更加漂亮的吗?"

"……"

蔡哀侯立马想起息妫和息侯,是这对男女让他做了楚国"阶下囚",这仇恨使得蔡哀侯的心灵在怒火中燃烧……

"蔡哀侯,你咋不回答寡人问话,你见过绝色美女吗?"

楚文王的再次问话令蔡哀侯从愤怒中清醒过来,他急忙凑到楚文王面前说:

"大王,微臣以为全天下美女,再没有一个像息侯夫人息妫那样漂亮的了。"

楚文王忙问:

"哀侯,你说说息妫容貌到底如何?"

蔡哀侯激动地说:

"启奏大王,息妫吗?她的眼睛像秋天的清水那样明亮,她的面色如三月的桃花一般鲜艳；她的个头高矮适中，身体不胖不瘦；更绝的是她的肌肤如柔玉，沾体欲融；她的举止行动仪表大方，她柔声细语楚楚动人，让人一日不见如隔三秋。微臣以为就连妲己和褒姒都比不上她，眼前的古筝女更不在话下，微臣此生此世再没有看到比息妫更美的女子了，微臣眼里的息妫，简直是天仙中的天仙呀！"

"蔡哀侯，此话当真？"

蔡哀侯连忙"扑通"一声跪倒在楚文王面前，神色庄重指天发誓道：

"苍天在上，大王在上，微臣献舞所言句句是实，若有半点虚假，请大王当即杀掉微臣，微臣也会死无怨言。"

"噢，息妫果真如此漂亮？"

"对，大王，息妫果真如此漂亮！"

"哀侯？"

"求大王明鉴，微臣正是因为爱慕息妫而得罪息侯，他们夫妇为报复我，让我获罪大王呀！"

"噢！息妫果真如此漂亮，寡人能够见她一面，就是死了也会闭眼。"

蔡哀侯连忙站起来说道：

"大王，凭着您的威信和实力，就是齐国、宋国的公主们娶来尚且不难，更何况她息妫，仅是大王宇内的一个小小妇人？"

楚文听罢，如同六月天喝了冰水一样非常受用，当即哈哈大笑起来，君臣们也跟着大笑起来，笑声如席间新上的热气腾腾的肉汤，在大殿里荡来漾去。

"来！来！哀侯，我们君臣不醉不休！"

"好，好！大王，我们君臣不醉不休！"

那一天，他们君臣上下尽情喝酒，尽兴而归。蔡哀侯回到蔡国，马上派人向楚国献上很多很多贡品，蔡国方保无事。

题外话：

"秀色可餐"，色是刮骨利刀和穿肠毒药。

第九回
楚王重颜夺美人　蔡侯好色遭报应

连续一段时间，楚文王总是想着蔡哀侯的话语：

"微臣此生此世再没有看到比息妫更美的女子了，微臣眼里，息妫简直是天仙的天仙呀！"

楚文王想得几夜难眠，吃饭味同嚼蜡。

"大王，凭着您的威信和实力，就是齐国、宋国的公主们娶来尚且不难，更何况她息妫，还是大王宇内的一个小小妇人？"

楚文王的耳畔又响起蔡哀侯的话语。于是，楚文王就假意以巡察属国为名，亲自来到息国。

息侯知道后，赶忙率领文武官员，亲自在郊外十里道旁迎接楚文王。息侯非常恭敬地为楚文王接风洗尘，并派人马上在都城内盖好一座馆舍供楚文王一行居住。

第二天上午，息侯又率领文武大臣在朝堂上大摆筵席，盛情款待楚文王一行。息侯拿着大爵斟满美酒，来到上座楚文王面前，十分恭敬地为楚文祝寿。楚文王随意接过大爵，微笑着对息侯说：

"息侯，前段时间，寡人为你夫人出口闷气，报了受辱之仇。今天，寡人到你息国巡察，你不让夫人向寡人敬杯酒，以表感谢，岂不太有失待客之礼吗？"

息侯闻听此言，低头沉思，心中踌躇良久，可又不敢违背楚文王的要求，楚文王是他的天、他的地、他的再生父母，楚文王叫他怎样，他敢说不吗？

"息侯，你听见没有？叫你夫人为寡人敬杯酒，还能不行！"

息侯当即叫人传话到宫中。一会儿，只听见玉珮"叮叮当当"的响声传来，众人看见息侯夫人妫氏，身着鲜艳衣裳，美得令人眼花缭乱。众人仿佛闻到三月桃花香味，浓浓地一阵阵扑面袭来。

息妫由两名姿色可人的宫女陪伴款款而至。

朝堂前，马上就有人在通往楚文王和息侯的酒席前用红地毯铺成一条柔软小径。息妫轻轻地从红地毯上行至楚文王席前，朝楚文王拜了两拜，樱桃小口轻启，再三柔声道谢。

楚文王只觉得息妫好眼熟，又闻到阵阵桃花香气和兰花香味幽幽而来，他连忙激动地站起来，频频地拱手还礼。

"叮叮当当！"又是一阵玉珮声响过，息妫来到丈夫席前，拿起白玉杯轻轻斟一杯上好美酒。楚文王的眼球真如夜间的两只红灯笼，直直地对着息妫身上照，照见息妫那双粉嫩的白玉小手与那只洁白的玉杯相映生辉。照着照着，文王心头照出火星来：

"这个美妙妇人，真乃人间罕见、天上才有的美人。莫非她是天女下凡？莫非她是仙子变的？蔡哀侯这家伙，话语果真不假，息侯这小子真是艳福不浅！"

"叮叮当当"的玉珮声响起，楚文王也没听见，他只看见那粉嫩玉手捧着白玉美酒，慢慢地向他眼前移来。照着看着，楚文王就想用手，触摸那双粉嫩的白玉小手，可是，息妫却不慌不忙地把那只斟满美酒的白玉杯，递到随她而至的宫女手中，让宫女转递给楚文王。

楚文王激动地从宫女手中，接过带有桃花、兰花香气的白玉杯，一饮而尽。息妫粉面含春地望着楚文王饮完美酒亮了杯底、开怀大笑起来，众人随声哈哈大笑，笑声在朝堂内回荡很久。

等众人收住笑声，息妫面朝楚文王轻柔地拜了两拜，微启樱桃小口，请求告辞回宫。

叮叮当当！又是一阵玉珮声响，息妫由宫女陪伴轻轻离去，直到进入宫门，没了踪影，众人方才回过神来。

楚文王心中想念着远去陌生而熟悉、迷人又勾魂的美人儿，他无心再多饮酒，经过息侯多次相劝，楚文王才装着非常尽兴的样子，等到酒席散后，回到馆舍，他一夜未眠……

第二天一大早，楚文王就派人在馆舍里摆下筵席，名义上是为答谢息侯，而实际上，楚文王却在屏帐后暗埋伏兵。

楚文王与息侯分宾主坐下，纵情饮酒，喝到半酣之际，楚文王佯装酒醉，半真半假地对息侯说："息侯，寡人帮你夫人报了仇、雪了恨，功劳大吗？"

"启奏大王，您的功劳很大。"

"功劳很大！那么息侯，你拿什么酬谢寡人？"

"大王，只要是我们息国所有，大王您就尽管提吧！"

"好，息侯，你果然爽快！寡人很欣赏你。"

"大王夸奖了，大王，至于酬谢问题，您尽管提吧！只要属我息侯所有。"

"好，爽快！息侯，现在寡人到你息国，难道你就不能，用你夫人慰安寡人吗？"

息侯听后，连忙推辞："对不起，大王，我们息国虽是偏僻小国，不能很好地酬谢大王，请让我再想其他办法吧！"

"大胆贼匹夫，竟敢花言巧语拒绝寡人，你是不想活啦！"楚文王一听，马上拍案而起，厉声怒叱："来人，还不给寡人拿下！"

息侯想要申辩，那些伏兵手执刀剑突然从屏帐后蜂拥而至，两员大将立即在席间将息侯君臣生擒捆住，喝令他们为其带路。馆外息侯随从一哄而散，逃回息宫。

楚文王率兵径直奔向息侯宫里，来寻息夫人。息妫闻听随从急报，知道息侯被捕，楚文王追来。她长叹一声：

"唉！悔不该呀！夫君，是我们自己引狼入室呀！"

叹息过后，息妫疾急奔后花园，想投井而死，以此殉情。正当她奔向后花园一口井边，却被尾随而至的楚将一把拉住衣裙。

"息夫人，息夫人，你不要死，你不要死！"

息妫沉默不语。

"息夫人，难道你不想保全你夫君的性命吗？"

楚将停顿片刻又说：

"你一旦死了，息侯不也要被杀吗？息夫人，你为何非要夫妇一同送命呢？你若活着，我们大王定会不让息氏香火灭绝呀！"

息妫默然一叹，眼睛一闭，听凭楚将把她带到楚文王面前。楚文王连忙好言好语安慰息妫，并许下诺言：

"息夫人，只要您跟着寡人，寡人就会答应你任何要求。"

息妫摇摇头，粉白色的桃花泪从她脸庞上片片飘落，楚文王连忙用衣袖为她擦拭。

"大王，息妫只有两件事求您，若得应允，息妫就跟大王上车；若不答应，息妫誓死不从！"

"唉哟，息夫人，别说两件事，就是两百件事，寡人也答应您，只要您跟寡人上车！"

"一件事是：不杀息侯，不灭息氏香火！"

"好！这个好办，寡人答应您。"

"另一件事是：息妫坐不更名，行不改姓，息妫生虽不再是息家人，死后还做息家鬼，定要埋在息国。"

"这个……这个好办！息妫，寡人还这样称呼您。寡人绝不杀害息侯，灭息氏香火。息妫，那就请您上车吧！"

沉思良久，息妫才点一下头，默默地走入楚军为她准备的车上。

欣喜若狂的楚文王当即就在楚军营中，立息妫为夫人，当夜就和她共寻鱼水之欢。不久，楚文王就用车把她载回楚宫，立为王后。因为，息妫生得面如桃花，楚国人就称她为"桃花夫人"。

楚文王熊赀自从立息妫为王后，对她万分宠爱。捧在手里怕掉了，含在口里怕化了，一天不见她的身影、不闻她的肤香，就吃饭不甜、睡觉难眠，楚文王夜夜与她同床共枕，她的玉体比灵丹妙药都见效，其他粉黛，楚文王皆视而不见。可是，息妫虽在楚王宫中三年，却从不和楚文王说一句话，自从那天她和楚文王说了几句非说不可的话后，就不再言语。三年之内，息妫为楚文王生下两个儿子，长子叫熊艰，次子叫熊恽。

有一天，楚文王醉后搂着息妫的杨柳细腰，追问道：

"爱妻，你与寡人同床共枕三年多，又为寡人生下两个儿子，你为何不跟寡人说一句话？"

息妫听后，低头沉默。

"你为什么不说话？爱妻呀！一日夫妻百日恩吗？你为何不说一句话？"

楚文王拼命地摇晃着息妫肩头问道：

"心爱的夫人，你为何不说话？寡人为了你，把心肝都掏出来，你还嫌没摘胆吗？"

息妫依旧沉默，俨然一尊玉石塑像。

"寡人并不嫌弃你嫁过人，立你为王后，掌握宫中一切：山珍海味任你吃，绫罗绸缎随你穿，珠宝美玉由你选，宫女奴仆听你遣，三宫六院皆不爱，夜夜与你共缠绵。你为何不说话，爱妻呀！"

息妫肩头被楚文王按得生痛，最后，她才轻启樱桃小口，柔声说道：

"大王，贱妾息妫只是一个小国侯君的夫人，一生却嫁了两个丈夫，既然贱妾不能保全贞节，苟且偷生，贱妾又有何脸面，在人们面前说话呢？"

息妫说罢，眼泪"唰唰"地滴落，好像桃花林里下了一场春雨。

楚文王看着心疼，急忙伸手去为息妫拭泪，他搂着柔身如玉的息妫连声安慰道：

"爱妻，爱妻，你不要哭！寡人知道啦！都是蔡献舞惹的祸，寡人当为爱妻报此深仇大恨，爱妻，请不要再为此忧伤！"

息妫一听，马上破涕为笑，羞羞答答掏出丝帕拭泪。楚文王看见此时息妫，粉面真如刚下过一场春雨的桃花，别有一番情趣。楚文王欢喜异常，当即轻解罗带，拥息妫入龙床。此时息妫更与往日不同，惹得楚文王受宠若惊，欲火猛增……

第二天，楚文王就召集十万楚军攻打蔡国。楚军声势浩大，蔡军稍触即溃，闻风而逃，楚军只遭到零星抵抗，便挥师蔡国都城上蔡。蔡哀侯深恐步息侯灭亡后尘，就连忙肉袒服罪，把蔡国国库里的珍宝美玉都搬出来，任随楚军挑选，楚军得此厚重贿赂，方欲班师回国。息妫闻听蔡献舞仍留蔡国，眉头紧皱失去笑容。楚文王窥见，心知其意，立命楚军回师袭蔡，务必活捉蔡哀侯献舞。

蔡哀侯毫无防备，当即被擒，押在囚车里的蔡哀侯破口大骂楚文王言而无信，出尔反尔，楚军是虎狼之群，残暴无情。可面无表情的楚兵任其辱骂，囚车"吱吱呀呀！"地载着蔡哀侯献舞二度入楚。

息妫知道蔡献舞已做"楚囚"，顿时眉开眼笑，犹如桃花绽放。楚文王当即龙颜大悦，重赏掠蔡的楚军将士。

蔡哀侯献舞被拘楚国整整九年，九年"楚囚"，受尽折磨，抑郁得病，最终被他的冤家对头息侯的亡魂索命而亡。

几年以后，穷兵黩武的楚文王在攻打巴国时，兵败受了箭伤，只好移兵攻打黄州，为鼓舞楚军士气，楚文王亲自击鼓督战。被鼓动的士兵争先恐后所向披靡，士气旺盛的楚军在踖陵打败黄州军队。

当天夜里，楚文王在营地里养伤，睡到半夜，忽然梦见息侯怒气冲冲地来到他面前质问道：

"楚文王，你个十恶不赦的家伙，我息国每年都向你楚国进献那么多贡品，你还不满足，你个欲壑难填的家伙！熊赀，你个挨千刀的孬种，你鲸吞我息国疆土，掠夺我息国财宝；你又淫占我娇妻，生下两个孽子。天帝呀！我息侯到底犯了什么罪？你让我息国国破家亡，让我息侯忧闷而死。我息侯死不瞑目，魂魄已向天帝请命，天帝让我息侯索你性命。熊赀，你个偷妻老贼，拿命来！"

说罢，只见息侯伸出白厉厉的双手向楚文王扑来。

原来，楚文王虽然表面答应息妫请求，可实际仅将息侯安置汝水旁，封给他十户人家供养，让息侯守着祖宗牌位，不灭香火。可想堂堂息国国君遭此破家亡国之痛、失妻流放之苦，心中何其悲伤！息侯一恨楚文王太绝情，霸占家园又掠走娇妻，二恨蔡哀侯太卑鄙，污辱娇妻又挑拨离间。

息侯终日对着祖宗牌位，以泪洗面，悲悲凄凄，不久就郁闷而亡。平生遭此不白之冤，他临死时眼睁睁地发下誓言：天帝若在，我魂魄定到天庭论理；天理若在，我息侯化成厉鬼，找熊、蔡二贼索命。一口气未来，息侯就倒地而死，死后犹未瞑目。楚文王知道息侯闷死，深恐息妫追问，就命下人草草把他私葬于汝水河边的一棵柳树下。息侯尸体虽经安葬，埋入地下几年仍未腐化，只因息侯腹中怨气难消，魂魄不散，借助怨气直上九霄，面见天帝，奏诉冤情，天帝许他伺机索命熊赀和蔡献舞……

只见白厉厉的一双手爪扑来，楚文王心惊胆寒，连连躲闪。那双白厉厉的手无所不在，楚文王顿时头晕目眩。突然间，楚文王感觉息侯用手对着他的面颊伤处奋力一击，"唉哟！"楚文王躲闪不及，着了致命一击，当即大叫一声，滚落床下，箭伤处当即破裂，带脓的伤口血流不止。楚文王一下子昏死过去。他的手下大将急忙传令班师回国，还未回到都城，楚文王就在半路上驾崩。

楚文王长子迎丧归葬，被群臣拥立为王。

息妫闻听楚文王死讯，如同三月天的桃花突遭冰雹，落下桃红一片般，昏厥过去。宫女疾呼御医抢救，半晌方醒。息妫号啕大哭成了泪人，数日后才得苏醒。想念楚文王待她好处，她就传懿旨不再叫息妫，改为文夫人，自称"未亡人"。

楚文王长子继位几年，却对政事不感兴趣，终日打猎游玩，无所事事，朝中大臣对他怨恨已久。他的同胞弟弟熊恽私畜死士，趁他外出打猎，残忍地将他射杀。熊恽对众人声称其兄途中暴病身亡。文夫人虽然心中怀疑，怎奈长子已死，不想追根究底，只好让文武百官拥立小儿子熊恽为王。

熊恽就是楚国历史上有名的楚成王。

题外话：

(1) 红颜祸水。

(2) 青春饭不好吃。

第十回
熊恽智取子元命　潘崇勇报潘国仇

楚成王熊恽继位，任命叔叔子元为令尹。子元自他哥哥楚文王死后，就有谋朝篡位的野心，兼有爱慕嫂子之心，想强娶她为妻。试想：那"桃花夫人"乃是天下绝色，楚宫留此遗孀，岂能不让好色之辈垂涎三尺？况且，文夫人两个儿子都很年幼，子元就妄自尊大，全不把他人放在眼里。为了亲近文夫人，楚国令尹子元就在他嫂子的寝宫旁，大筑馆舍，每天都在馆舍里歌舞奏乐，想以此蛊惑文夫人。

文夫人听到宫外飘来漾去的歌舞声，就惊奇地问手下侍人：

"宫外歌舞，是从何处传来？"

"启奏文夫人，宫外歌舞是从令尹新建馆舍传来。"

文夫人闻听此言，长叹一声，摇头叹息道：

"楚国先王崇尚武事，屡次率兵征讨其他诸侯，方使他们臣服，并连年向楚进献贡品，而今，令尹子元执政，楚师已有十年未曾逐鹿中原了。先王以称霸诸侯为荣，令尹不图雪耻，却在'未亡人'寝宫旁筑馆舍，日夜歌舞行乐，岂不太有负先王遗愿和历代祖宗圣恩了吗？"

侍人就将文夫人的话语传给令尹子元听后，子元当即对天发誓：

"嫂子乃妇道之家，尚且不忘逐鹿中原，称霸诸侯，吾堂堂令尹，五尺男子汉反倒忘了，惭愧呀！惭愧！从今天起，不派兵讨伐郑国，吾就不算大丈夫！"

于是，子元当天就发兵六百乘，率领精锐的"申息之师"，浩浩荡荡地杀奔郑国，一路上狼烟滚滚，旗风猎猎。郑国君臣闻听楚兵来犯，一方面坚兵以待，另一方面派人向齐国求救。本来操着必胜之心的子元，想以大获全胜来讨好嫂子，内心却深恐万一失利，有何脸面去见文夫人。"申息之师"虽然作战勇敢，如狼似虎，可是在如此统帅率领下，只是围而不攻，踌躇数次未曾出战。后来，听到斥候报告：齐侯率宋、鲁、齐三路大军前来救郑。

子元当即大惊，就对众将说：

"齐、鲁、宋三国大军，如果截断吾军去路，吾军将会腹背受敌、损失惨重，吾军现已攻到郑国境内，也算大获全胜，此时不班师国更待何时！"

众将皆唯唯诺诺，点头称善。于是，楚国令尹子元就暗传号令，人衔枚，马摘铃，连夜率领全军撤兵，他们怕郑军追赶，就叫人不拆掉军中大营，用来迷惑郑军。等到楚军偷偷撤出郑国边境时，才鸣锣击鼓，高唱凯歌回到楚国。为了炫耀自己功劳，子元预先派人向文夫人报告：

"令尹大人率领楚军，大获全胜回来啦！"

文夫人当即答道：

"令尹大人如果能歼敌成功，应该向楚国大众宣告，堂堂正正地奖赏立功将士，把他们的胜利告诉太庙里的列祖列宗，并以此来告慰先王英灵。他把此消息告诉我这个'未亡人'，又有何用？"

子元知道后，感到很惭愧。楚成王熊恽听到子元不战而返，心里很不高兴，从此就萌生杀叔之心。

楚成王熊恽杀兄夺位数年之后，他召集"申息之师"越过大别山，向北挺进，开始征讨淮水南岸的诸侯小国，潘、黄、徐、蒋等诸多小国，皆成了他鲸吞的对象。楚成王携数万大军，来势汹汹，所到之处，攻无不克，战无不胜。

潘国国君权涌深感大势已去，亡国已成定局，他紧急招来众文武官员，焦急地说道：

"众位爱卿，楚国大军压境，眼看我潘国已是危在旦夕，你们有何办法？"

众文臣和武将们议论纷纷，有的主张拼死一战，有的主张求和投降。这时，有一位侍从慌慌张张跑进大殿来报：楚军已经开始攻城，来势凶猛，恐怕城池要被攻破！

此言一出，潘国大殿之内一片混乱，国君权涌只觉心头一阵阵疼痛。他站起来高声说道：

"我潘国已难免灭顶之灾，众爱卿投奔陈国，或远走他乡，或投降楚国，我都不会怪罪。我只有一个心愿：那就是为了纪念我潘国几百年兴盛，我潘国臣民都要以国为姓，永远不忘我潘国故土。"

众位文臣和武将们都"唰"地跪在国君面前，发誓世世代代以潘为姓。当众人走出殿外，权涌就将太子潘崇叫到跟前：

"儿啊，父王已年迈体弱，以后我潘国的复仇和再兴，全靠你了，你可千万别忘了自己姓潘，叫潘崇，你要永远牢记我潘氏先祖，复兴我潘国，壮大我潘氏家族。"

说罢，权涌拔剑自杀于殿堂之上，潘崇扑向淌着热血的父王尸体，号啕大哭，潘国臣将闻讯赶来，围着国君尸体悲声一片。此时，楚军喊杀声传来，潘国臣民真个悲愤、凄凉！

潘崇不忘父王遗言，忍痛带领家人葬了父王，他身着孝服，投降楚国。楚成王一怜他有丧父之悲，二怜潘国并没有过多抵抗，就欣然接受潘崇的降表。潘崇从此卧薪尝胆，刻苦读书、习武，他将仇恨埋在心底，从不外露，他极力装出非常忠诚楚王的样子，处处为楚王着想。时间一长，楚成王就对他不再有戒备之心，后来又委以重任。

令尹子元自从伐郑无功而返，内心很是不安，加上楚成王已对他心生怨恨，子元的谋位之心更加强烈。他想先通过文夫人做内应，刚好文夫人得了一场小病，子元就以问安为名，来到文夫人寝宫。后来，子元又借机叫人搬来卧具，摆在文夫人的寝宫中。三天三夜，子元不曾出去。子元又密令手下几百人围绕宫外守护，楚人不敢轻举妄动，独有楚国大夫斗廉听说后，只身闯入宫门，径直闯进子元卧榻处，看见子元正对着镜子打扮，就责备子元说：

"这里是楚王太后的寝宫，岂是臣下居住的地方！令尹大人，您应该快快退下！"

子元摸着他漂亮的胡须说：

"这是我熊家的宫室，与你斗廉何干？"

"令尹虽为王室，贵为先王兄弟，但也是楚王手下大臣。大臣到宫殿必须下马，到祖庙必须下跪，这是祖上圣规。大臣在宫殿地吐口痰，就算不敬，更何况在楚王太后的寝宫睡觉呢？况且男女有别，令尹难道不懂此理？"

子元闻言大怒：

"楚国大权在吾手中掌握，吾为所欲为，你个斗廉竟敢多嘴多舌，吾看你活得不耐烦了！"

子元命左右抓住斗廉，囚在宫内。斗廉绳索加身犹还破口大骂：

"子元，你会死无葬身之地呀！"

文夫人闻听后，派人向楚成王求救，楚成王密派大臣半夜围住太后寝宫，众人将子元手下士兵杀散。子元此时已喝得烂醉如泥，拥着宫女入睡，梦中忽闻喊杀声，就仗剑而出，遭到众人围攻，寡不敌众，被砍下头来，众人又放出斗廉，一起到文夫人寝宫问安而退。

第二天，楚成王早朝，百官朝见已毕，楚成王命人将子元全家尽皆斩首，并把他的罪状招贴于市井。可怜子元因见色起心，惨遭灭门之灾。后人有诗议论此事：

堪嗟色胆大于身，不论尊兮不论亲。
莫怪狂且轻动念，楚夫人是息夫人。

楚成王平乱之后，任用斗谷於菟为令尹，呼为子文而不名，把他视为管仲那样的人物。子文上任后就向楚成王建议说：

"国家的祸害都是由于君权弱而臣权强所导致的，从今以后，百官的食邑都要上交一半给国家。"

令尹子文先从斗氏开始，其他人不敢不从。后来，子文又建议楚成王迁都到郢城（今湖北荆州市），他又选贤任能、治兵训武，使楚国大治。后来，楚成王闻听齐桓公"救邢存卫"称霸中原，他也想图霸中原，就起兵攻打郑国。齐桓公纠集七国之师讨伐楚国，楚成王派屈完于召陵（今河南漯河市召陵区）与七国会盟。楚向周天子进献金帛，周天子就把祭祀先王的肉胙赐给楚国，并允许楚国："镇尔南方，夷越之乱，无侵中国！"

从此以后，楚成王就大肆侵略吞并江淮诸侯小国，楚国地盘逐渐扩大成了东周时的第一大国。

楚成王的长子叫商臣，长得蜂目豺声，极为顽皮。楚成王要为商臣找位好太傅，有位大臣向楚成王推荐潘崇，称其忠厚老实，能文能武，做太傅非常合适。

楚成王点头同意，当即就下诏任潘崇为太子太傅。潘崇趁此良机，一方面勤奋地教导商臣，另一方面，他寻机离间楚成王与商臣父子。在立太子时，令尹斗勃曾反对楚成王立商臣，商臣就怀恨在心。等到斗勃征讨郑国兵败时，商臣极力挑拨楚成王逼斗勃自杀谢罪。后来，楚成王幡然悔悟，欲废长立幼，可又于心不忍，正在犹豫不定。宫人将此消息传播出去，商臣知道后犹还不信，潘崇就献计说：

"太子殿下，你那位嫁到江国的皇姑归宁楚国，在宫中已住很久，她必定知道此事，你的皇姑性情急躁，你可设宴故意先恭敬、后怠慢来激怒她，她愤怒之余，必然口吐真言。"

商臣听从潘崇计谋，设宴招待皇姑。开始时商臣待她极为恭敬，过后就渐渐疏慢。中午吃饭时，商臣只让厨师送来饭菜，他故意和手下人窃窃私语，皇姑两次问话，商臣都装着没有听见，置之不理。皇姑见状，勃然大怒拍案吼道：

"商臣，你个不肖子，粗俗无礼，你待皇姑尚且如此，王兄早想杀你，立你弟弟，你还不知道！商臣，你死期已到啦！"

商臣连忙起身，假装谢罪挽留皇姑，可是，皇姑执意不理，径直上车而去，骂声犹不绝口。

商臣探得真相，就连夜向太傅潘崇问计，他在潘崇面前跪下，叩头请教道：

"太傅，父王果真有杀吾之心和废长立幼之意，您有何良策使吾自保。"

潘崇先是不言，等商臣再三请求后，才说道：

"太子能否面北背南，给你弟弟俯首称臣？"

商臣愤然说：

"吾商臣决不能以兄长向弟弟俯首称臣！"

"如果你不能以长事幼，何不投奔他国？"

"投奔他国也不是好办法，反而自取其辱。"

"除了这两个办法，别无良策。"

商臣跪地不起，再三请求，潘崇吊足商臣胃口，方才开口说道：

"还有一个办法，非常好又非常简单，但老臣担心你于心不忍。"

商臣焦急地说：

"太傅，商臣处此生死关头，还有何不忍？请太傅快讲吧！"

潘崇就在他的耳边说：

"除非弑王自立，方可转祸为福。"

商臣一咬牙，坚定地说：

"别无良策，只此一法，方可自保，此事吾能办到！"

商臣派潘崇带领很多武士，到了半夜，假传宫中有政变，带兵围住王宫，潘崇仗剑，领着几名大力士闯进王宫，径直奔向楚成王面前。楚成王手下一见，如石投鸟群状惊散。

楚成王惊问潘崇：

"潘爱卿，夜半仗剑来王宫何事？"

潘崇以剑指着楚成王道：

"大王在位四十七年，早已功成业就。自古功成者退，老大则无用。大王早该退位了！现在楚国人皆盼望新主已久，请大王传位给太子吧！"

楚成王惶恐地说道：

"寡人应当立即让位，但不知能否保全性命？"

潘崇怒目威严地斥道：

"一王欲立，一王必死；一国岂有二君，一山能容二虎？大王真的老得这么糊涂了，还不该死！"

楚成王闻言，唬得要死，他怯怯地请求：

"潘太傅，寡人正叫人煮熊掌，等它煮熟后，寡人吃完熊掌，虽死无憾。"

"不行！"

潘崇厉声道：

"熊掌难熟，大王想拖延时辰，等待救兵吗？"

楚成王浑身筛糠般乱抖。

"请大王自便吧！不要等臣下动手，免得尸首不全。"

说罢，潘崇解下腰带，扔在楚成王面前，楚成王仰天大呼：

"天呀！天呀！我的白龙剑何在？"

"你的白龙剑早被黄龙蟠缠住，别抱幻想了！"

一个声音从天空传入楚成王的耳鼓。

"天呀！寡人没听忠臣斗勃之言，自取其祸，还有何怨言？自灭其身，是天将亡我呀！"

楚成王就用腰带束住脖颈，潘崇命左右咬牙拽住腰带，一会儿楚成王就气绝身亡。然而，楚成王腹中怨气未绝，魂魄犹化为一条小白龙，云游天地之间。皇姑闻听楚成王已死，追悔莫及：

"是吾害了吾家王兄，吾还有何脸面活在世上。"

说罢，皇姑也自缢而亡。当时，正值周襄王二十六年（前626）冬十月丁未日。

商臣弑其父后，就以楚成王暴病身亡向外发丧，而后又自立为王，史称楚穆王。楚穆王商臣把潘崇尊为太师，让他掌管宫中大权，后来又把原来的东宫也赐给潘崇，并让他掌管国家大事。

自从潘崇帮助太子弑父自立为王，潘崇暗中庆幸自己虽未灭楚复潘，却除掉了仇人楚成王。他屏退左右随从，只留妻儿在身边，领着他们在楚国东宫的一间密室亲自祭奠父王一番。

潘崇神色庄重地在那庭堂上方的一张供桌上，摆了一块上书"先考潘国国王权涌之位"的牌位，牌前供奉三只香炉，炉前有三只碗：一碗熟肉，一碗水果，一碗糍粑。碗前有三只酒杯，一壶美酒，奠品两边有两只蜡烛，潘崇点燃蜡烛后，又点燃三炷香，很虔诚地插在香炉上。

潘崇示意妻子和儿子到灵牌前与他一同跪下，潘崇一连磕了几个头后说道：

"父王在上，儿等不能脱身为父王扫墓添土，请恕儿等不孝。今日，儿孙们于楚王东宫廷堂告慰父王英灵。父王啊，灭我潘国的楚成王熊恽，已被儿臣逼杀而亡，儿臣虽未灭楚，总算也为我潘国报了灭国亡父之仇。"

潘崇说罢，又磕了几个响头，妻儿也跟着磕头拜奠。

"父王啊，今日儿孙们特备水酒薄菜，请父王来食。"

潘崇斟满三杯酒。端起，对着潘国方向倒在地下，稽首祷告，连续三次方停。完毕之后，潘崇命妻儿退出，左右观之无人，他才将父王灵牌用丝布包好藏于暗室的墙内封好。

后来，因为楚穆王羽毛已丰，就排斥潘崇，潘崇心中苦闷，却别无良策。无奈之下，他就悄悄带领家眷回到潘国故地。故国重游，物是人非，潘崇心中涌起无限感慨。可他顾不了许多，风尘仆仆地赶到父王权涌墓前亲为父王扫墓添土，又在坟前摆满祭品，焚香叩首告慰父王一番：

"父王在上，儿孙们跋山涉水，千里迢迢来到您的坟前。儿臣不知有多少次梦中为您扫墓，今日总算实现愿望。父王啊，儿臣虽没能复兴潘国，可灭我潘国的仇敌楚成王，已被儿臣逼杀，得到应有下场，父王啊，您在九泉之下的英魂，也该安息吧！"

潘崇及妻儿在原潘国国王权涌坟前拜祭后，正准备在潘国故地找个地方安身，忽听随从来报楚穆王已派大军攻打陈蔡两国。潘崇知道楚国势大，无人能挡，他把儿子潘尪、孙子潘党叫到身边，嘱咐他们回到楚都继续在楚国谋生，以保潘家后继有人。儿孙们点头称是，随后他们分手各奔前程。

题外话：

(1) 潜伏。

(2) 借刀杀人。

第十一回
孙叔勤政治芍陂　优孟摇头劝庄王

伟人说过：榜样的力量是无穷的。

黄歇和他的书童来到了淮河之滨的期思故里，这里就是曾经三任楚国令尹的孙叔敖的故居。孙叔敖，芈姓，名敖，字孙叔，一字艾猎。春秋时期思邑（今河南淮滨县）人。祖父芈吕臣曾任楚国令尹，父芈贾曾任楚国司马，被叛臣令尹子越擅杀。孙叔敖与他的母亲惧怕株连，避乱于期思，隐姓埋名，力耕而食。楚庄王时，经过前令尹虞丘推荐，任孙叔敖为令尹。孙叔敖"三任令尹，施教导民，上下和合，世俗盛美，政令禁止，吏不奸邪，盗贼不起"。他日夜不息，操持国事，首先编修《仆区》（楚国刑名书），并以实际行动首先拿自己家族开刀，维护法律尊严。他依法治国，执法如山，使楚国法制大振。为了积极发展生产，促使国强民富，孙叔敖在任令尹前，"决期思之水，而灌雩娄（今河南商城县境内）之野。"利用大别山上流下来的水在泉河、石槽河上游修建蓄水陂塘，形成长藤结瓜式的期思陂，既防下游水涝，又供上游灌溉，使楚国"收九泽之利，以殷国家"，水稻面积激增。

他担任令尹后，又开凿"芍陂"（今安徽寿县城南永丰塘），"陂有五门，吐纳百川"，既可使芍陂接受水源，又可使陂水经芍陂渎（水沟）和其他水道与肥水相通，调节水量，达到防涝抗旱的目的。此外，孙叔敖又修建了阳家大业陂（今安徽霍邱县）及荆地的沮水和云梦泽等水利工程。

孙叔敖还善于用兵，楚庄王十七年（前597）他率领"申息之师"在邲地（今河南荥阳东北）大败晋兵。由于孙叔敖的聪明才智和鼎力相助，楚庄王才得以"并国二十六，开地三千里"，由蕞尔小邦，跻身春秋五霸之列，成为当时国力最强盛的国家。

可是，黄歇对孙叔敖生前遗产无分文，死后子孙无辜受穷，不得已才受瘠薄之地，致使后世无昌的做法不敢苟同。"人之初，性本恶，其善也伪"。人生博得封妻荫子、后世景仰恰似衣锦还乡；倘若富贵显赫，不露声色，不去伸张，恰似锦衣夜行，无人知晓，有何意义？

孙叔敖三任令尹，治理淮水、荆江，使楚国大振，楚庄王成为春秋五霸之一，正是他的功劳。当孙叔敖病重时，他的儿子孙安静候床前，孙叔敖再三嘱咐孙安：

"儿呀，我有一道遗表，待我死后，你就把它转呈庄王。倘若庄王封你官职，你千万不可接受，因为政途险恶，伴君如伴虎，你才智浅薄，万万不可从政，免得你遭杀身之祸，使我后世无人。倘若庄王赏赐你很多封地，你也应设法推辞，实在推辞不掉，你就请求他封你寝邱，因为，此地瘠薄，众人皆不愿要，你若接受，或许可以延续数代后人。"

说罢，孙叔敖就断气了。孙安痛哭流涕，可是，父亲总是不瞑目，孙安就跪在床前，按照父亲遗愿发下重誓后，孙叔敖的眼睛方才闭上。

次日，孙安将孙叔敖的遗表呈献楚庄王，庄王启开遗表一读：

臣以罪废之余，蒙君王拔之令尹，数年以来，愧乏大功，有负重任。今赖君王之灵，获死牖下，臣之幸矣！臣只一子，不肖，不足以玷冠裳。臣之从子芫凭，颇有才能，可任一职。晋号世伯，虽偶遭败迹，不可轻视。民苦战斗已久，惟息兵安民为上。"人之将死，其言也善。"愿王察之！

楚庄王读罢，手拍龙案，长叹一声说道：

"唉！令尹孙叔临死不忘报国，老天夺我良臣，真是寡人莫大不幸！"

楚庄王当即罢朝，率领文武百官，亲临令尹府吊孝。楚庄王一见令尹灵堂正中的棺材，就不顾大王礼仪，扑向棺材，拍棺痛哭流涕，直呼：

"苍天，苍天，为何夺我良臣？为何夺我良臣！"随从官员及孙叔家人见状，无不痛哭涕零。

楚庄王亲率文武百官，以上卿大夫之礼，厚葬了孙叔敖后，就按照孙叔敖遗表，办理后事。楚庄王欲封孙安为官，孙安遵守父亲遗命，坚决推辞，楚庄王方才罢休。孙安随即就搬出令尹府，到郊外耕种，过着清贫的日子。

有一天，楚庄王宠幸的伶人优孟前往郊外访友，不期碰见孙安砍了柴，自己背着回来。优孟远远看见，十分惊讶，他快步迎上去就问：

"喂！背柴人，你不是孙叔公子孙安吗？"

"在下即是。"

"公子，你为何自己砍柴，你的仆人呢？"

"唉，别提啦！先生！家父虽说当令尹多年，可他一生廉洁，两袖清风，他生前，一文私钱都不入家门。为葬家父已耗尽他的所有俸禄。搬出令尹府，我家已是空无一文，我不自己砍柴背柴，又有何法？我家徒有四壁，一贫如洗，又如何请起仆人呢？"

优孟闻言，叹息一声：

"唉！真想不到孙叔如此廉洁。噢，对了！孙公子，你好生准备一下，不久楚庄王就会召见你啦！"

优孟匆忙告别孙安，回到住处，就自制孙叔敖衣冠佩剑和鞋履一套。优孟穿戴衣冠，佩好宝剑，整好鞋履，模仿孙叔敖生前的言行举止，模仿了三天，以至惟妙惟肖。优孟又让另一个伶人扮演楚庄王，两人把各自台词背得滚瓜烂熟，演练多次后才在其他伶人面前表演，众伶人皆惊叹优孟真棒，活脱脱孙叔敖再世！

等到楚庄王在宫中大排宴会招待群臣，招来优孟演戏时，优孟就先让一个伶人扮演楚庄王正在作思念孙叔敖之状，然后优孟扮演孙叔敖粉饰登场。

假楚王见故作大惊问道：

"孙叔，原来您没有病逝，寡人万分思念你呀！爱卿，您还来辅助寡人吧！"

"回启大王，臣下不是真孙叔，仅为模仿而已。"

"寡人实在太想念孙叔，纵是假的，也可稍慰寡人之心，寡人虽是两次罢孙叔官职，使爱卿遭受委屈，可是寡人幡然省悟，立即使爱卿官复原职，爱卿还怨恨寡人吗？"

"大王，臣下死时尚思报国，岂敢怨恨大王？"

"那好，爱卿，您就快接寡人诏书吧！"

"大王，如果您真要任用臣下，臣下非常感激。可是，臣下家有老妻，她很通达世间情理，让臣下回家，与老妻商议商议，方敢奉诏。"

席间的楚庄王看见优孟与假楚王的表演，宛然真的，心中已是凄然，闻听此言，心中更是忐忑不安。

优孟下场一会儿，又上场凑近假楚王奏道：

"大王，臣下刚才回去与老妻商议后，老妻劝臣下不要为官。"

"孙叔，为什么？"

"老妻有首村歌，劝告臣下，请让臣下唱给大王听听！"

于是，优孟摇头晃脑唱道：

贪官与清官

人说贪官不能当，
当面不敢讲，
背后戳脊梁。
有朝一日垮台后，
骂他硕鼠算轻的。
诅咒其名恶语伤，
遗恨万年臭名扬。

人说贪官也能当，
纵是骂死也无妨。
名声虽坏金钱多，
衣食无忧住楼房。
金银财宝用不尽，
子孙后代万世享。

人说清官也能当，
品德高尚，万世景仰。
忠诚为国热心肠，
廉洁奉公人夸奖。
一身正气传千古，
两袖清风美名扬。

人说清官不能当，
纵是夸赞何用场？

名声虽好金钱少,
缺吃少穿住茅房。
身无金银留后人,
子孙后代无福享。

君不见,
楚国令尹孙叔敖。
生前金钱无分毫,
一朝身亡没私房。
一人离去没法说,
后代子孙倍受伤。

子孙如乞丐,
吃了上顿没下顿。
住所如茅房,
可怜命运苦呀。
无人去帮忙,
劝君莫学孙叔敖。

两眼泪汪汪,
肚里有话讲。
功劳再大没有用,
君王不念前功劳。
子孙后代受煎熬,
劝君莫学孙叔敖。

优孟歌罢,当即叹息一声,不再言语。

楚庄王听罢优孟村歌,不觉凄然泪下,当即流泪说道:

"孙叔功劳,寡人不敢忘记!"

楚庄王当即就派优孟去召孙安。优孟见到孙安,故意让孙安身穿破旧衣裳、脚穿草鞋,拜见楚庄王,楚庄王一见孙安,就问道:

"孙安,你怎么穷到这种地步?"

优孟从旁边代答道：

"大王，孙安不如此穷困，怎能见前令尹清廉呢？"

"孙安愿意当官，寡人应当封他万户领地。"

孙安坚决推辞。楚庄王说：

"寡人主意已定，爱卿不要再推辞，否则也太对不起令父孙叔了。"

孙安跪着启奏道：

"大王，倘若您念及先父的尺寸功劳，给臣下衣食，仅得到寝邱，臣下的心愿已经满足啦！"

楚庄王讶然问道：

"寝邱瘠薄之土，不毛之地，爱卿得到它又有何用呢？"

"先父有遗命，不是此地，臣下不敢接受。"

"真是聪明一世，糊涂一时呀！孙叔！"

楚庄王叹息一声，随即答应了。

题外话：

贪官与清官的不同下场。

第十二回
张仪巧言骗怀王　靳尚奸语疏屈原

　　黄歇最敬佩的人是屈原和孙叔敖。黄歇对他们了如指掌。屈原是楚国大夫，官拜左徒，他与楚国王室宗族同姓。屈原博闻强记，口才极佳，尤其是他非常善于外交辞令。在楚国的朝堂上，他可以和楚怀王商议国家大事，并且为楚国制定、颁布法令。对外，他可以接待外国使节或出使外国，应对诸侯。那时，楚怀王非常信任屈原，楚国人也都非常敬仰他。可是，与屈原同列的上官大夫靳尚非常嫉妒他的才能。

　　有一次，楚怀王派屈原和靳尚共同起草法令时，精通法令的屈原很快写好了草稿，但还未完成，靳尚伸手想一把夺过去看看，却被早有防备的屈原紧紧护住，说道：

　　"上官大夫，没有我屈原，你就不能完成吗？"

　　靳尚无言以对，结果两人不欢而散。由此，靳尚就对屈原怀恨在心，当下，靳尚就向楚怀王打小报告：

　　"大王，是您让微臣和屈原共同制定法令的，制定好的法令让我国人无不知道他鼎鼎大名。可是，每当一个法令贴出时，屈原就对微臣说没有他屈原，楚国法令就不能完成。微臣看他那种旁若无人、唯我独尊的样子，实在气愤极了，所以，微臣就向大王奏报真实情况。"

　　楚怀王一听，当即拍案大怒：

　　"好呀！他个屈夫子，真乃可笑！没有他，楚国自有能人，照样能制定法令。"

　　于是，楚怀王下旨不让屈原起草法令，叫他回家反省，并贬他为三闾大夫。

蒙受不白之冤的屈原心中十分痛恨。他一恨楚怀王不明事理,偏听偏信谗言;二恨上官大夫靳尚嫉贤妒能。那段时间,屈原既怨天又恨地,在忧愁苦闷之中,屈原就写出了那部旷世杰作《离骚》。

楚国发迹于申国西部的丹阳(今河南南阳淅川附近),后来经过几代楚王不断地向南扩张,才占领郢城,楚王就迁都郢。楚国是个以征讨他国、开疆拓土为荣的国家,自楚国的先祖称王之后,楚国就一直企图和周朝平分天下,因此被周朝视为心腹大患。据说,楚国君王自称蛮夷,他们专力攻伐中原诸侯,五年不出兵就算非常耻辱,一生不征讨他国开疆拓土,死后就不得见先祖。有的楚王野蛮成性,在征战他国遭到顽强抵抗时,就疯狂残酷地屠杀当地民众。可是,一旦征服了该地,他们就颁发新的安民告示,使百姓尽快从战乱中摆脱出来。号令一出,人心逐渐稳定,遭受战火蹂躏的城市也慢慢地恢复了昔日的繁华和喧闹,冶铁炼铜炉边的号子,又嘹亮地响起,城边的人们纷纷拥出,奔向田野,忙碌着田间的农活,但是,战争给予人们心灵的创伤,并非短期就能恢复的……

楚国历史悠久,是传说中五帝之一颛顼的后代子孙,而颛顼乃是中原人文始祖轩辕黄帝的后裔,所以,楚人与中原诸国同祖共宗。西周初期,楚国建于江汉之间,那时的楚地还是一片荒芜未开垦的处女地,正如楚人所言:

"昔我先王熊绎,辟在荆山,筚路蓝缕,以处草莽,跋涉山林,以事天子。"

后来的楚王不知经过多少年的征讨,致使"楚国地方五千里,带甲百万,车千乘,骑万匹,粟支十年。"楚国是鱼米之乡,物产丰富,山水如画,境美人秀。楚人多才,又是一个音乐舞蹈之邦,每逢节日庆典,婚丧祭祀,必歌之舞之。楚人之歌,名曰楚歌,歌中多有"兮"音,无论高歌低吟,皆慷慨激越,充分表达出深沉悲壮之情。

楚都南郢规模很大,自从公元前689年楚文王开始建都,一直到公元前278年被秦将白起所破,前后历经二十代国君,历时四百一十一年。它的富庶繁华,可与齐国临淄、赵国邯郸、秦国咸阳相媲美。南郢的布局,符合周朝对各诸侯国都城建制的规定:"左祖右社,前朝后市。"以王宫为中心,左面是宗庙,右面是祭祀社坛,前面是朝堂,后面是百官、工商、市民、百姓居住的市场。

在这繁华的楚都里,屈原却过着异常苦闷的生活。屈原被罢黜后,过了一段时间，秦国想攻打齐国，可是齐与楚国联姻。秦惠文王惧怕齐楚联合对抗秦国，秦国无法取胜，更无利可图。他就派张仪假装辞掉秦国相印，离开秦国，带着很多黄金美玉，先去贿赂楚怀王的宠臣靳尚，然后才去拜见楚怀王。在靳尚的吹捧下，仰重张仪名声的楚怀王率领文武大臣，在都城郊外迎接张仪。当张仪的车仗驶来时，楚怀王欣然迎上去，问礼完毕，楚怀王就在朝堂上设宴款待，把张仪奉为贵宾。楚怀王欣然问道：

"张先生远道而来，光临敝国，但不知先生有何见教？"

张仪笑着答谢：

"大王，说有何见教，臣下实在不敢。臣下此次拜访贵国，拜见大王，主要奉吾王圣命，想与贵国修好。"

楚怀王连忙说：

"张先生，寡人怎能不愿结交贵国大秦呢？只是由于大秦总是好攻伐侵略我们楚国，寡人才不敢亲近贵国呀！"

张仪朗声说道：

"现在天下的诸侯国虽然有七个之多，然而实力强大的大国，也仅有楚国、齐国和秦国三个而已，其他的仅是徒有虚名，不值一提。实力雄厚的秦国如果向东方与齐国联合，那么齐国就会在众诸侯国中举足轻重；秦国如果向南方与贵国联合，那么，楚国的实力非同小可。然而，我们大王的真正意愿，是偏向贵国楚地，而不是远在东方的齐国。为什么这样呢？因为齐曾与我们秦国缔结婚姻，可是，齐国总是背叛我们秦国，屡次让我们秦王大伤脑筋，所以，我们秦王想与楚国结成联盟，臣下张仪也愿为楚国效力，然而，你们楚国与齐国结盟，这犯了我们秦王的大忌。假若大王您能与齐国断绝一切关系，我们秦王甘愿把商鞅占领原属楚国商、於两地的六百里地盘，归还楚国，并且让秦王的公主做大王夫人，为大王铺床叠被，侍候大王。到那时，秦楚世代为婚姻兄弟，秦楚组成军政联盟，共同抵御其他诸侯，两国共同成就平分宇内的大业。臣下张仪只盼望大王您，能接受这些金玉良言呀！"

楚怀王一听，龙颜大悦：

"好！好！张先生，贵国若肯归还楚国故地，寡人还跟齐国搞什么楚齐联盟呀！"

满朝文武大臣都认为：楚秦既能和好，又得到六百里故地，实在是绝好之事，他们都连声向楚怀王祝贺。唯独客卿陈轸和三闾大夫屈原出面反对：

"大王，张仪乃是反复小人，决不可轻信他的鬼话呀！臣下请求大王明察！"

张仪一闻此言，脸上顿时青一块，白一块，非常难看。

楚怀王宠臣靳尚连忙站出来说：

"大王，据微臣所知，张仪先生名声远扬，从未欺骗过他人，他决不会丢掉他的好名声。再者，假若我们不和齐国断绝外交，那么秦王会甘心情愿，给我们六百里的故地吗？"

楚怀王点头说：

"对！名声远扬的张仪先生，肯定不会辜负寡人的意愿。陈卿、屈卿，你们不要再多讲了，不然得罪张仪先生就麻烦大了。寡人还要请你们看看，寡人是怎样接受楚国故地的！"

楚怀王当即把楚国令尹大印授给张仪，并赐给他黄金百镒，良马十匹。接着，楚怀王又单方面撕毁齐楚合约，下令楚国北方边疆守关将领，拒绝齐使通过。过后，楚怀王派使者随同张仪到秦国，接受许给楚国的六百里故地。等楚使随张仪快到秦都咸阳时，张仪诈醉失足摔伤，自顾离去养伤。三个月后，等到齐楚真正断交，齐国派使者入秦结盟时，他才面见楚使。

张仪狡猾地对楚使说：

"我与你们楚怀王，约定的不是什么商於两地的六百里地，而是我张仪自己的封地六里。商於六百里地盘，乃是秦王历经百战方才得到，他怎肯拿尺寸土地送人，更何况六百里那么大的地盘呢？！如果你们楚王，真要我六里封地，那么，我张仪甘愿献给楚王，决不让人说我张仪是不守信义之人。"

楚使一听，心知受骗，满面怒容地离开秦国，回报楚怀王。楚怀王闻奏，大发雷霆，咬牙切齿地骂道：

"张仪果真是反复小人，他竟敢欺骗寡人。有朝一日，寡人捉住张仪，定要剥他的皮，抽他的筋，吃他的肉，以报受辱之仇！"

愤怒不已的楚怀王，当天就兴兵十万，取路天柱山，向西北而进，径直袭击蓝田。秦惠文王一方面也兴兵十万，迎击楚军，另一方面派人向齐国请求援兵。齐王派兵十万助秦。楚军虽然作战勇敢，但怎能抵挡秦齐两国大军。几次交战均被打败，秦齐两军追至丹阳，楚军主将聚集残部再战，终被秦将斩杀，十万楚军被斩首八万，残兵败将逃回楚国。乘胜追击的秦军，很快鲸吞了楚国汉中的六百里地。

楚军战败的消息传出后，韩魏两国也想趁火打劫。楚怀王知道后非常恐惧，连忙派人请出屈原，委派他带上厚礼出使齐国，并带着太子熊横入齐为质，向齐王谢罪，请求和好如初。楚怀王又派人到秦国军营，献两座楚城来求和。

秦楚两国使者飞马传书，往来如梭。

秦惠文王说："寡人想用商於两地的六百里来换楚国黔中（今贵州省），如果你们楚王同意，我们秦国就此罢兵。"

楚怀王说："寡人不想要什么商於六百里地，寡人只想得到张仪这个卑鄙小人就心满意足。如果你们秦王能够把张仪送到楚国，寡人就情愿献出黔中之地，以表感谢。"

秦惠文王身边嫉妒张仪的几位大臣都说：

"大王，用区区张仪一人，换来黔中几百里疆土，我们秦国可占了大便宜啦！"

秦惠文王慨然说：

"张仪先生是寡人的股肱大臣，是寡人的左膀右臂，失去他就像割去寡人心头之肉，寡人宁愿不得地，也不愿抛弃张仪先生！"

张仪闻听此言，马上站出来慷慨地请求道："大王，臣下张仪愿意出使楚国。"

秦惠文王说："爱卿，你让楚国失地几百，损兵八万，楚怀王已对你恨之入骨，你到楚国能有好果子吃的吗？说不定，他们会残忍地杀害你！寡人才不忍心你入楚。"

张仪当即跪下启奏秦王：

"大王，就算楚王杀了张仪，用臣下一条生命，为大王换来黔中几百里疆土，臣下就算千刀万剐，也是心甘情愿和莫大的荣幸，更何况臣下此去楚国，未必就是死路一条呢？只是……"

张仪环视左右一遍，默然不语。

秦惠文王心知其意，挥退众臣，又连忙去扶张仪起来。

"爱卿，快快起来，快快请讲，你用何计谋，能够逃脱楚王魔爪，快讲给寡人听听？"

张仪站起来说：

"大王，臣下知道楚怀王夫人郑袖很漂亮，她的鬼点子又特别多，很得楚王宠爱。再者，楚王的宠臣靳尚跟郑袖关系密切，臣下凭着黄金跟靳尚结交，比他亲兄弟还要亲，大王只要让臣下多带黄金美玉打通关节，在他们的庇护下，臣下就无生命之忧。另外，大王您只要让秦国大军留在汉中，摆出要攻打楚国之势，楚王必定不敢冒险杀害臣下，臣下凭着三寸不烂之舌，出入楚国如入无人之境，何有丧命危险？"

秦惠文王听罢，点头称善。他当即就让张仪派人带着很多黄金美玉，预先到楚国打通靳尚和郑袖的关节，然后张仪才到楚国。一到楚都，楚怀王就令人把张仪囚入大牢，准备择日在太庙祭告先王，然后杀掉张仪，以雪丧师失地之耻。

当天夜里，楚怀王最宠爱的夫人郑袖，就在他的龙床上带着哭腔地吹起枕头风来：

"大王，贱妾听说您要杀张仪，来祭告祖先，有这事吗？"

"是的，心爱的夫人，张仪这个无耻小人，凭着他的三寸不烂之舌，不仅骗走寡人的令尹大印和黄金良马，还让寡人损兵八万，失地几百，真是气煞寡人也！寡人恨不能生食他的肉。"

"可是，大王您想过没有，您用黔中几百里地换他张仪一人，地还没给秦国，而张仪就先到了，这说明秦王还算讲信用的。"

"是的，秦王此次未失信于寡人。"

"大王，您的几百里黔中还没割给秦王吗？"

"是的，寡人还未割给他，可是，寡人舍不得那几百里黔中，那都是先王多次征战方得到的呀！"

"唉！大王，这样就大祸临头了！"

郑袖突然起身趴在龙床边跪下，泪眼婆娑地说道。

郑袖一番话语，把楚怀王说愣住了，过了一会儿，楚怀王才急切地问道：

"爱妻，有何大祸临头？请快讲。"

"大王，贱妾认为秦国确实强大，他们一出兵就占领了我们的汉中，看那架势，有吞并我们楚国的野心。如果您贸然杀掉张仪，惹怒秦王，那他们一定会增加兵力，攻打我们楚国，由此看来，我们夫妻朝不保夕，早晚要分离！贱妾要整日整夜为大王担惊受怕，深恐不能与大王相伴终身，贱妾所以才情不自禁地啼哭，求大王能宽恕贱妾，体贴贱妾此番苦情。"

楚怀王闻言，连忙扶起郑袖：

"唉，爱妻呀！你有所不知，张仪这家伙，寡人受他蒙蔽，损兵折将又失地，丢尽脸面，寡人不杀他，难消心头之恨！"

郑袖连忙拭泪道：

"大王，贱妾闻知两国交兵，各为其主。张仪乃天下能言善辩之士，他掌管秦国相印多年，为秦王立下汗马功劳，他与秦王关系非同寻常，秦王也一定会竭尽全力保护他。大王您又为何责怪于他？这不正是人臣各为其主吗？他对秦王忠心耿耿，即使是上刀山下火海，他也敢去，这样的忠心死节之臣，我们楚国能有几个？难道大王您不佩服吗？"

楚怀王连连点头说：

"是的，张仪这家伙也真是的，他明知到楚国只有死路一条，他还敢来，由此可见，他的确是个忠臣。"

"大王，贱妾认为，张仪是个大忠臣，大大的忠臣！"

"爱妻说得不错，像他这样的大忠臣，就是我楚国也难找一个呀！"

"大王，既然您认为张仪是个大忠臣，您还忍心杀掉他吗？"

"嗯，寡人于心不忍。"

"假若大王真心实意厚待张仪，那么张仪侍奉大王，也一定会像他侍奉秦王那样。"

"唉哟，爱妻，你不要再为你的大忠臣张仪担忧了，且容明日寡人和靳尚商议商议如何？"

"啊，大王，您果真不杀张仪？"

"爱妻，寡人何时骗过你！"

"哈哈！"

郑袖这才破涕为笑，轻解罗裙，如鲜花绽放，纷呈眼前，楚怀王见状，欲望大涨。当即拥入龙床，颠鸾倒凤……

第二天早朝，众文武大臣刚于朝堂站定，只见靳尚出列，走近楚怀王龙案前跪下启奏：

"大王，微臣靳尚有本参奏。"

"靳爱卿所奏何事？"

"大王，臣下认为杀掉一个张仪，对秦国损失不大，秦王还可以选其他人做丞相。可是，大王却要失去黔中数百里疆土，这疆土可都是我们先王，不知道经过多少次征战方才夺得的呀！"

"嗯，不错，靳爱卿说得对！"

"大王，臣下认为把张仪退回秦国，我们也不会损失黔中数百里疆土。"

朝堂内，马上有人站出来反对，有人立即回击。文武大臣们喋喋不休地争论着，吵得不可开交。楚怀王左思右想，舍不得黔中，损失汉中已让他心痛，再要割出黔中，这无异剜他心头之肉，再者，他又怕违背夫人郑袖的意愿，惹她啼哭烦人。

于是，楚怀王就派人释放张仪，让他重整衣冠朝堂相见。后又设宴招待张仪，楚怀王亲为张仪斟酒压惊。席间，张仪侃侃而谈：

"大王，您若能委派臣下张仪游说秦王，劝他退回汉中之兵，定能成功。"

"对，大王，凭着张仪先生与秦王的多年交情，让楚国与秦国结盟，定会大有裨益。"

靳尚也添油加醋道。

宴席毕后，楚怀王就派张仪带着厚重礼物回秦，以通好秦楚。张仪得此良机，如漏网之鱼，日夜兼程、马不停蹄地往西奔去。

当屈原出使齐国回来时，闻听张仪已走，就急忙上朝劝谏楚怀王：

"大王前次被张仪欺骗，此次张仪来楚，臣下以为大王必定烹食其肉。可是，大王却赦免他，又听信他胡言乱语，在诸侯国内率先侍奉秦国。臣以为就是平民百姓，尚且不忘他的仇人，更何况是泱泱大国的一国之君呢？大王此举未必能结好秦国，反而触怒其他诸侯，臣下认为此举，非为良策！"

楚怀王闻奏，幡然悔悟，立即派人去追赶张仪。可是，张仪早已驶出郊外几天几夜，无法追上。

张仪回到秦国，奏明秦王，秦王立即传旨汉中之兵，班师回朝。

张仪又向秦王建议：

"大王，臣下张仪九死一生，又见到大王，真乃万幸！臣下到楚国，感到楚王及臣民都很敬畏秦国，虽然如此，大王您也不要让臣下失信于楚国，大王若能割出刚占不久一半汉中之地，与楚通婚，欲擒故纵，臣下张仪就把楚国当作开端，来游说六国'连横'事秦。"

"好，一切听从爱卿调遣！"

秦王当即点头应允。秦国割出汉中五县，遣使至楚修好，双方又互通婚姻，秦王公主成了怀王的小儿媳妇，怀王的女儿成了秦王太子夫人。楚怀王大喜，以为秦王和张仪并未欺骗楚国，他心里庆幸未听屈原的建议。

张仪凭他三寸不烂之舌，先后挑起赵、齐、魏混战。后来，因秦惠文王死后，秦武王继位，秦武王因厌恶张仪反反复复，乃奸诈小人，张仪只好弃相印奔魏，病死于魏国。秦武王力大无穷，因问鼎周室，举鼎时，被鼎压断膑骨流血而亡。他的异母弟秦昭王继位。

秦昭王听到楚王派遣质子到齐国，怀疑楚背叛秦国，他就派大兵攻打楚国，楚王派大将景阳迎战，兵败被杀。楚怀王非常恐惧，正在这时，秦昭王派使者送交一份国书给楚怀王，大意是：

"楚怀王殿下，寡人与你，结为兄弟婚姻之国，结好多年，可是，你却背弃寡人，向齐国结好，寡人实在难以容忍，所以才派兵攻打楚国边境，然而这并不是寡人想做的事情。现今天下大国，只有楚国和秦国，我们两国君王不和睦，拿什么来向其他诸侯发号施令呢？寡人想与您在武关约会，当面签订和约，缔结盟约。寡人并且退还楚地，再续前好，寡人希望楚怀王陛下答应。假若你不听从，拒绝寡人，寡人定不退兵。"

楚怀王看罢此书，当即召集群臣商议：

"寡人想不去赴约，又担心会激怒秦王，如果去了，又担心被秦王欺骗，众位爱卿，寡人该怎么办？"

三闾大夫屈原进谏道：

"大王，秦国乃是虎狼之国，楚国被秦国欺骗，已不止一次两次，大王若去武关，恐怕难以回来。"

楚国令尹也从旁边劝道：

"大王，屈大夫所言，乃是至理忠言，大王千万不要去。楚国应该发兵自守，防备秦军入侵。"

上官大夫靳尚却道：

"大王，臣下认为并非如此，楚军实力不如秦军，所以才兵败将亡，割地求和。现在秦王愿与楚国结盟，而大王却拒绝日益强大的秦国。倘若秦王震怒，又派更多军队攻伐楚国，那该怎么办？"

楚怀王的小儿子子兰，自恃娶了秦国公主为妇，也极力劝道：

"父王，秦楚两国互通婚姻，两国亲如一家。倘若秦王派兵攻打楚国，我们倘还可求和，更何况秦王只是约会父王去武关结盟，秦昭王又是姐夫秦武王的异母弟，谅他不会加害父王。上官大夫靳尚所言极对，父王不可不察！"

楚怀王因为楚兵新败，心里畏惧强秦，又被靳尚、子兰二人蒙蔽，就拒绝了屈原的忠谏，入太庙问巫官，择吉日带靳尚起程，入秦国武关赴会。而秦昭王派他弟弟泾阳君和大将白起，在武关劫持楚怀王入咸阳，并故意漏掉靳尚逃回楚国报信。楚怀王身遭软禁，叹惜道：

"唉，寡人真后悔不听屈大夫忠言，被靳尚蒙骗呀！"

说罢，泪流满面。

楚怀王被劫入咸阳，秦昭王就召集臣将和诸侯使者。秦昭王面南背北坐在秦庭大堂之上，让楚怀王如藩臣一样朝拜。楚怀王一见大怒，他愤恨地抗争道：

"秦昭王，你是请寡人来结盟的，为何以此礼节相待？寡人相信秦与楚真心结盟，才轻身赴会，你诈称有病，诱骗寡人至此，是何道理？"

"楚怀王，你想得未免太天真了，寡人请你来，是让你践约的。"

"践约，践什么约？"

"楚怀王，你可曾忘了，先前你答应先王，割黔中之地换张仪，先王把张仪送入楚国，可你黔中之地还未给寡人。"

"张仪不是回秦国了吗？"

"那是你自愿送回，与寡人无关。黔中之地今日必须割给寡人，否则你无法脱身。倘若你早上割让，寡人晚上就送你回到楚国。"

"秦昭王，你们秦国不就是想得到那块地吗？你也应当光明正大地讲，何必施此诡计？"

"不这样做，恐怕楚怀王一定不会听从。"

楚怀王闻言，心中一惊，迟疑了一会就说：

"秦昭王，寡人愿意割让黔中与您结盟，您只需让一位将军随寡人到楚国，就能够接受地约，秦昭王，您看怎么样？"

秦昭王一听，鼻孔里哼出一声冷笑道：

"楚怀王，寡人相信什么盟约，寡人一定先派使者前往楚国，将地界交割分明回来，方才给你送行。"

楚怀王听了，半晌无语，秦昭王的群臣都上前规劝楚怀王割地，楚怀王不听则已，一听更加愤怒：

"你们君臣诱骗寡人至此，又强逼寡人割地，寡人就是死，也决不割地！"

说罢，楚怀王坐在大殿地上号啕大哭，各国使者神态各异。秦昭王只是冷笑，挥手让侍卫将楚怀王押入密室软禁起来。

靳尚如脱笼之狡兔逃回楚国，回报楚国令尹。

"国不可一日无君"！楚国令尹命靳尚到齐国迎回太子熊横，史称楚顷襄王。楚顷襄王继位，子兰、靳尚用事如旧，仍得宠爱。

楚国君臣商议完毕，就派使者告诉秦国：

"楚国已有新君王。"

秦昭王欲留楚怀王，未得寸土，更加愤怒，就派大将白起率十万大军攻打楚国，一气攻下十五座城池，方才班师回国。

楚怀王困留秦地一年多，秦国看守的人日久懈怠，楚怀王就变换服装，偷偷逃出咸阳。秦昭王闻听楚怀王逃跑，便派兵追赶，楚怀王不敢向东走，就向北从小路逃奔赵国，谁知赵国怕秦王报复不敢接纳。楚怀王走投无路，就往南投魏国大梁，秦兵追来，抓住精疲力竭的楚怀王押回咸阳。楚怀王身囚秦地，悲愤异常，日久吐血，秦王也不派人医治，不多久就客死秦地。

秦昭王只好派人将楚怀王尸体送回丧葬。

当楚怀王的灵车回到楚国时，楚人无不悲痛哀伤，一是因为楚怀王为秦王所欺，宁死也不割地，客死他乡；二是楚怀王死后，无一亲人在他身边送终。楚国百姓望见灵车，无不痛哭流涕，如丧考妣，他们唱着《招魂歌》：

> 归来兮，怀王！
> 归来兮，国魂！
> 归来兮，父母！
> 归来兮，美人！

其他诸侯国也感到秦王惨无人道，又重新拾"合纵"大旗，联合抗秦。

第十三回
众人皆醉我独醒　端午吃粽慰忠魂

屈原晚年的流放生活，充满了凄苦、不平和愤恨。他眼睁睁地看着楚国受人欺负，却无法挽救危急的政局。他一心想使楚国强大，别人却诬告他自高自大，瞧不起楚怀王。他痛恨那些玩弄权势的奸臣，偏偏又是奸臣得志，忠良遭陷害。他被逼得走投无路，就发愤写作，借以抒发自己的情感，他怀着满腔的忧愤写出了大量的诗篇。

那是一个凄风苦雨的夜晚，屈原经过一天的劳苦奔波，在一家小草房借宿下来。他又冷又饿，换了衣服，喝点酒，仍觉得阵阵心寒。夜深了，人静了，只有屈原面对着孤灯闷坐。淅淅沥沥的秋雨一阵大一阵小，感情的潮水在他心中汹涌澎湃。他想起自己一生悲惨的遭遇，想起危在旦夕的楚国，不由得老泪纵横。他忘了自己病弱的身体，挣扎着拿起刻笔来，多年积聚心中的情感突然在手中的刻笔尖上爆发："我本是五帝高阳氏的后裔，号为伯庸的是我已故的父亲，太岁在寅的那一年，正月庚寅的那天，是的我生辰……有些糊涂小人，苟且偷安，他们暧昧而又狭隘……我诚然知道耿直不能讨好，但我却忍着痛苦不肯抛弃。"写着写着，屈原忽然一阵晕眩，他知道自己病了，但是，他忍不住胸中的激愤，咬咬牙又挣扎着写下去。

鸡叫了，天亮了，仆夫醒来一看，屈原还坐在那里，小小灯盏里的油都快烧光了。屈原挣扎着在整篇的最前面，写上"离骚"两个字，就一头栽在桌子上。

后来，有人把屈原的诗偷抄一份，献给靳尚和子兰，说屈原讽刺楚王。楚顷襄王则听信靳尚和子兰的谗言，一怒之下，将屈原彻底革职，放逐到远离楚都的汨罗江边。屈原满怀救国救民的志向、一腔富国强兵的热情，却遭受这般无情的打击，这种不幸之事向谁诉说，这满腔愤怒向谁呼喊？他不想吃、不想喝、不梳头、不洗脸，蓬头垢面，整天浪游在汨罗江边，吟咏在湖泽堤畔，面容十分憔悴，身体枯瘦如柴。屈原时不时仰天长叹，问天天不语，问地地不应，真个好凄凉。

屈原的一位朋友劝他：

"屈夫子，既然楚王如此待你，你何不离开楚国，凭着大夫的才能，在哪里不能做高官呢？"

屈原流着泪说：

"不，不能啊，我的朋友！这里是我的家乡，这里是我的祖国，这里有养育我的黎民百姓，这里有我依恋的山山水水，这里牢牢地牵挂着我的情感和思念，这里深深地埋藏着我的爱恨情仇！荆楚大地，我不能没有她，更不能离开她呀！我屈原生是楚国人，死也要做楚国鬼！"

屈原始终忘不了自己高贵的出身，忘不了那满怀壮志遭遇挫折，忘不了那满腔热忱遭受冷遇，他无法得到满足和释放就陷入了苦闷之中。屈原问苍天问大地问鬼神，他终于又写出了一首长诗《天问》。

有一天，屈原又在江边久久地站着，这时，从江上漂来一叶扁舟，从舟中走出一位老渔夫，见到屈原如此情景，渔夫就问：

"这位老先生，您不就是三闾大夫屈原吗？您怎么弄到这般地步？"

屈原叹息道：

"唉！天下人都是混浊的，只有我是干净的，众人皆醉生梦死，唯独我一人清醒，所以我才被放逐，到这里来呀！"

老渔夫撇了撇嘴说：

"唉！三闾大夫，我认为，是圣人就不能把目光总停留在一件事情上，应该随时势发展，与世俗共同变化。世人皆混浊不清，您为何不淈泥扬波，与他们同流合污呢？众人都醉生梦死，您为何不与他们，一同醉生梦死呢？您为何还要忧国忧民，举止清高，使自己被坏人诬陷，遭到楚王的罢黜而放逐江湖呢？"

屈愿听后感到很刺耳，他严肃地回答：

"不！先生，我听说，人若刚洗了头，定要弹弹帽子；刚洗完澡，定要抖抖衣裳。人们怎能让洁净的身子，蒙受肮脏之物的玷污呢？我屈原宁愿投扑湖江碧波，葬身鱼腹之中，也不愿让洁白身躯，去蒙受世俗的尘埃，不与奸

071

邪之辈同流合污。"

老渔夫听后微微而笑，独自摇着船橹顺流而去。一首歌随他身后向远方飘散：

> 沧浪之水清兮，
> 可以濯我缨；
>
> 沧浪之水浊兮，
> 可以濯我足。

屈原听后若有所思，他痴痴地站在江畔，望着那叶扁舟渐渐远去，望着那滔滔的江水，那个久久思考的意念越来越清晰，变得更加坚定了。以身殉国，用死抗议子兰和靳尚这群奸诈小人的祸国殃民，唤醒楚王主持正道，唤醒人们对国事的关切。

公元前278年春天，秦军攻占楚都郢城，烧毁楚王皇陵，楚顷襄王被迫迁都负函（今河南信阳城阳城遗址），并准备向陈转移。远在汨罗江边的屈原听到这个消息，百感交集，老泪纵横，他向北方叩拜再三，然后吟唱他的绝命诗《怀沙》，其辞曰：

陶陶孟夏兮，草木莽莽。伤怀永哀兮，汩徂南土，眴兮窈窈，孔静幽墨。冤结纡轸兮，离愍之长鞠；抚情效志兮，俯诎以自抑。

刓方以为圜兮，常度未替；易初本由兮，君子所鄙。章画职墨兮，前度未改；内直质重兮，大人所盛。巧匠不斫兮，孰察其揆正？玄文幽处兮，矇谓之不章；离娄微睇兮，瞽以为无明。变白而为墨兮，倒下以为上。凤皇在笯兮，鸡雉翔舞。同糅玉石兮，一概而相量。夫党人之鄙妒兮，羌不知吾所臧。

任重载盛兮，陷滞而不济；怀瑾握瑜兮，穷不得余所示。邑犬群吠兮，吠所怪也；诽骏疑桀兮，固庸态也。文质疏内兮，众不知吾之异采；材朴委积兮，莫知余之所有。重仁袭义兮，谨厚以为丰；重华不可牾兮，孰知余之从容！古固有不并兮，岂知其故也？汤禹久远兮，邈不可慕也。惩违改忿兮，抑心而自强；离愍而不迁兮，愿志之有象。进路北次兮，日昧昧其将暮；含忧虞哀兮，限之以大故。

乱曰：浩浩沅、湘兮，分流汨兮。修路幽拂兮，道远忽兮。曾唫恒悲兮，永叹慨兮。世既莫吾知兮，人心不可谓兮。怀情抱质兮，独无匹兮。伯乐既殁兮，骥将焉程兮？人生禀命兮，各有所错兮。定心广志，余何思惧兮？曾伤爰哀，永叹喟兮。世溷不吾知，心不可谓兮，知死不可让兮，愿勿爱兮。明以告君子兮，吾将以为类兮。

吟完后，屈原整顿好衣冠，怀抱着一块大石头，一步一步向汨罗江走去……

无情的江水吞噬了屈原，这一天正好是夏历五月初五。

屈原沉江后，汨罗江两岸的百姓知道了这个消息，纷纷赶来，他们划着小船寻找屈原，寻遍两岸不见屈原的踪影，只余奔流不息的江水；人们叩问江河神灵，江水无语，只有匆匆的脚步。

人们非常难过，他们向苍天和大地齐声呼求祷告后，就唱起了《招魂歌》：

天夺其魄，地夺其魂；
世无斯人，何其哀哉？

天遂人愿，地成人盼。
世无斯人，鬼神俱哀！

俯盼亡者，魂兮归来！
仰盼亡者，魄兮归来！

这时，有人告诉大家，赶快拿来竹筒装满糯米抛入江中，去喂江里的鱼鳖虾蟹，好让它们不要吃掉屈大夫的尸首。人们赶忙将缠上五彩丝线的竹筒盛了糯米抛入江中，霎时，汨罗江漂满竹筒。

正在这时，那位老渔夫驾着一叶轻舟疾驶而来。他告诉大家，江里的鱼鳖虾蟹最怕的就是龙和锣鼓声，大家赶快用龙形长舟驱赶它们，还要敲锣打鼓恐吓它们，才能保全屈大夫的尸首。

人们赶忙照办。

很快，汨罗江上出现了数十艘画着龙头龙鳞的龙形长舟，长舟上，人们拼命地敲锣打鼓，争先恐后地划着长舟，在汨罗江往来如梭。

就这样，每年的五月初五，楚国人就约定了，以端午节食粽子、划龙舟竞赛来纪念屈原的风俗。

题外话：

（1）端午节吃粽子的来历，原来是纪念伟大的爱国主义诗人屈原。

（2）没有内鬼，引不来外贼。

第十四回
楚太子回国即位　老太傅一箭双雕

　　黄歇与书童来到齐国国都。

　　齐国国都临淄城（今山东淄博市临淄区）的街头，完全是东方大国的气派。此时的临淄已有八万户人家，大抵有三十多万人口，在东周时代，可以说是最繁华的城邑，走在大街市上，车轮相击，路人摩肩接踵，真可谓"连衽成帷，挥汗成雨"。马声、人语声和叫卖的喊声不绝于耳，十分热闹。

　　这里客栈店铺林立。有悠闲的富人，有吹竽鼓瑟、强琴击筑的艺人，有飞鸡走狗、招摇过市的闲人，齐鲁之人喜斗角力，街市上随处还可见围观角斗的玩马戏的人群。然而，齐鲁到底是齐鲁，受儒家先贤影响，很容易看到讲学的乡校和会馆。在一棵大银杏树下，黄歇见到了出游以前不曾见到的规模很大的讲堂。他见到了大儒荀子，与他结成莫逆之交。

　　黄歇亲耳聆听来自齐鲁大地的学者声音，听到了"礼数"和"道义"这些在楚地不曾听到的新名词，他聚精会神地听着。这些高深的学问引起了他的思索。他思索着治国安邦与礼法的关系。

　　早在楚怀王被扣时，楚国大臣闻讯后，一个个都很忧虑，他们纷纷议论道：

　　"大王被秦国扣留，太子又在齐国做人质，如果秦齐两国来攻，那我们就要亡国了。"这时，靳尚献计道："国不可一日无君，我们就拥立大王的庶子子兰为王吧！"

　　令尹昭睢反对道：

　　"不能！此举有违大王之命，为今之计，可派使者到齐国假报大王已薨，迎回太子即位为王。"

大臣们听了他的话都表示同意。见风使舵的靳尚也慷慨地请求道：

"令尹大人，我靳尚不能为大王免除灾难，此次迎接太子，臣下愿尽全力保太子回国继位。"

昭雎当即派靳尚出使齐国，假称楚怀王已薨，要迎太子熊横回国奔丧继位。

齐闵王听说楚太子要回国，便趁机要挟道：

"楚太子要回去可以，但必须割让楚国东部土地五百里给齐国，否则寡人决不放你回去。"

楚太子说：

"大王，等我回去问问我的太傅，然后再给大王答复吧！"

"好吧！寡人宽限你几日！"

楚太子回去向老太傅一讲，老太傅毫不犹豫地说：

"太子殿下，割让土地是为国保身，不献地就无法回国为父亲送终，乃是不孝，老臣以为还是献地为妥。"

于是，楚太子入宫见齐闵王道：

"大王，我愿献楚国东部土地五百里。"

齐闵王一听大喜，立即召来御使拿出早写好的字约，让楚太子签字。楚太子接过笔，手腕颤抖着签完字，齐闵王接过字约看了看，非常满意地答应，明日即送楚太子回国。

熊横在秦国为质人时，出于义愤杀了欺凌他的秦国大臣陆，最后闯关夺隘，机警骁勇地逃回了楚国，足见一个楚国太子的骨气，因此，对联齐抗秦起到了一定作用。

楚怀王后来又派熊横为质人，随同屈原前往齐国，与齐国签约。楚怀王被张仪所骗，屈死秦地。楚人拥立太子熊横为王，坐镇义阳楚王城（今河南信阳城阳城遗址）。

楚王城乃是当年周太子居住的地方。它控据三关，为全楚襟要。义阳三关，北接陈汝，襟带许洛，南过襄郡，肘腋安黄。故古书有言："天下九塞，义阳其一"。义阳三关乃是平靖关、武胜关、九里关，三个关口成"品"字状，天造地设的在大别山与桐柏山及其交汇处，形成中原通往楚地的三个天然门户，可谓"一夫当关，万夫莫开"。楚地势异，车不分轨，马不并骑。立于楚王城城墙上向北远眺，一马平川，天地合璧。远观楚王城犹如大海中的一艘战舰，翘首起锚、虎视中原。回首南望，只见群峰叠翠，雾海茫茫。楚王城进可攻中原，退可守三关。若三关失守，大军越过，便如一泻千里饮马长江。

楚太子回国即位为王，也就是楚顷襄王，他很隆重地办完了楚怀王的丧事。

不久，齐闵王派出使者，随车五十辆带着字约，到楚国索地。

楚顷襄王对老太傅说：

"太傅，齐国使者前来索地，我们该怎么办？"

老太傅说：

"大王可于明日召见群臣，让他们献计献策。"

次日早朝，上柱国子良第一个上朝，楚顷襄王问道：

"上柱国，寡人之所以能够从齐国归来继位，就是因为寡人曾答应齐闵王，将楚国东部五百里土地割让给齐国，并签下字约。现在，齐国使者前来索地，爱卿有何良策？"

子良朗声回答道：

"大王，臣下认为楚东五百里地不可不割！因为'君子一言，驷马难追'，何况大王乃万乘之主，更应一言九鼎。大王既已签字割地予齐国，若不守信，此后，何以结交诸侯？！臣下恳请大王先给齐国土地，而后再出兵夺回，给他土地是守信，出兵夺回是示威。因此，臣下认为，大王非给齐国土地不可！"

子良退出后，大臣昭常入见，楚顷襄王问他：

"齐国使者前来索取方圆五百里地，寡人如何是好？"

昭常闻言，态度坚决地说：

"大王，臣下认为坚决不给！楚国之所以称为万乘大国，就是因为疆域大，如果割去五百里，失去大片国土，那么，楚国徒有万乘虚名，却无千里之实。楚国寸土皆是先王不知经过多少浴血征战方才得到！臣下认为坚决不能割地予齐，臣下率兵坚守楚东国门，誓与国土共存亡！"

昭常退出后，景鲤入见，楚顷襄王向他道：

"齐国使者前来索地五百里，寡人该怎么办？"

景鲤答道：

"大王，千万不能给！但是，我们楚国无力独守国土，请大王派臣下前往秦国求援吧！"

景鲤退后，老太傅进来。楚顷襄王向老太傅谈了子良、昭常、景鲤的意见，然后问道：

"太傅，这三人的建议寡人该听谁的呢？"

"大王都要听！"

楚顷襄王怫然变色道：

"太傅，这是什么话？你真老糊涂了吗？"

"大王，请听我细讲，便会明白。"老太傅不动声色道："大王先让上柱国子良带上五十辆车，北上出使齐国割地。子良走后第二天，再派昭常带兵出发守卫东方国土。昭常走后第二天，再派景鲤带着五十辆车，向西到秦国求援，请求秦王出兵救楚。"

楚顷襄王听了惊喜道：

"啊，原来如此，太好啦！太好啦！太傅。"

上柱国子良到齐国后，见到了齐闵王，表示愿意割地，齐闵王十分高兴，就派齐兵前往楚东接收土地，谁知昭常早已守护在楚国东方，昭常持戈正色道：

"我奉楚王圣旨，守卫东土，誓与东土共存亡。楚东之地，自三尺少年到六十老汉，旨共计三十余万，虽是敝甲钝兵，却愿与齐兵，决一死战！"

齐兵齐将一见楚将威风凛凛，楚兵士气旺盛，不敢与之交锋，只得派人回国请示齐闵王。齐闵王当面质问子良："大夫前来献地，而昭常不肯割地，这是怎么回事？"

子良镇定地回答：

"大王，臣下亲奉楚王之令献地，昭常乃是假传王命守土，大王可以增兵攻他。"

于是，齐王调动大批兵马，进攻昭常守军，可是，齐军还未到达楚境，秦国五十万大军已到齐楚边境，严阵以待。

等到齐军已到，秦军主帅放出话来：

"齐王阻拦楚太子归国，此乃不仁；强夺楚国东土五百里，此乃不义；齐王此次攻楚，不仁不义。倘若退兵，万事皆休，如果不撤兵，就等着大战一场吧！秦军五十万，楚军十万，你齐军有多少？！"

齐闵王闻讯，十分恐惧，慌忙请子良代他南下向楚王道歉，并派人去秦国，向秦王谢罪，就这样老太傅用计，使楚国未伤一兵一卒，便保住了楚国东部五百里土地。

楚顷襄王继续任用子兰和靳尚，引起了老太傅的不满，他决定先除掉靳尚。恰逢此时，秦昭王因用兵攻击韩魏，就派人与楚结盟。

老太傅认为时机已到，就对楚顷襄王进言道：

"大王，楚秦结盟，当派上官大夫靳尚出使秦国，他对秦国了如指掌，又与秦王关系非同寻常，此去定不负大王重托。"

令尹子兰也认为只有靳尚，方能不辱使命。

靳尚知道此去秦国，凶多吉少，可是王命难违，只好听从。老太傅暗中派人对魏国张相国说：

"相国大人，秦王联合楚国，势必强力专攻韩魏，以秦楚之强，韩魏必败，那时大人将无路可走，不如现在派人假扮秦人，在半途中杀掉靳尚，楚王闻讯，必然迁怒于秦，楚秦两国反目为仇，魏国自然无恙，大人也会受到魏王重用，相位无忧。"

张相国听了觉得言之有理，就派人假扮秦人，在半路上暗杀了靳尚。楚顷襄王闻报，以为秦王派人杀了靳尚，不禁勃然大怒，不久，楚顷襄王派大军与秦军开战。就这样秦楚两国，都争着联合魏国，张相国果然得到重用。

老太傅此计一箭双雕，除掉了上官大夫靳尚，使子兰少了心腹助手，势单力弱，为后来粉碎子兰、郑袖宫廷政变创造了条件，另一方面，秦楚战争打响，楚、韩、魏合力败秦，楚国最后收回了黔中故地。

题外话：

一箭双雕。

第十五回
见兔顾犬犹未迟　亡羊补牢仍未晚

大臣庄辛对楚顷襄王说："君王左边州侯，右边夏侯，车后面跟着鄢陵君和寿陵君，一味放纵无度，不管政事，郢都肯定危险了！"顷襄王说："是先生年老糊涂了，还是认为这是楚国不祥的征兆？"庄辛说："臣确实看出你这样做的必然结果了，不敢以为是国家的不祥之兆。君王始终宠幸这四个人，楚国一定要亡国了。臣请求到赵国避难，留在那里看楚国的变故吧！"庄辛离开楚国到了赵国。在赵国住了五个月。秦果然攻破了鄢郢。巫郡、上蔡、陈之地。顷襄王流亡躲避到城阳城。老太傅向他进言道："从前有个人，养了几只羊。一天早上，他去放羊，发现少了一只。原来羊圈破了窟窿，夜间狼从窟窿里钻进来，把羊叼走了。"邻居劝告他说："赶快把羊圈修一修，堵上那个窟窿吧。"他说："羊已经丢了，还修羊圈干什么呢？"他没接受邻居的劝告。第二天早上，他去放羊，发现又少了一只。原来狼又从窟窿里钻进来把羊叼走了。他很后悔，不该不接受邻居的劝告。他赶快堵上那个窟窿，把羊圈修得结结实实的。从此，他的羊再没有被狼叼走的了。"见兔而顾犬，犹未迟也；亡羊补牢，犹未晚也。"于是，顷襄王派遣卫士到赵国去请庄辛。庄辛说："行。"庄辛到了城阳城，顷襄王说："我没有听你的话，事已经到了这一步，怎么办呢？"庄辛说："俗话说：'看见兔子再放狗去追，不算晚；丢了羊再去补羊圈，不算迟。'臣听说：从前商汤、周武王只有百里而兴盛，夏桀、纣王拥有天下而灭亡。今楚国虽小，截长补短，也有数千里，岂止是·百里呢！大王难道没看见那蜻蜓吗？六脚四翅，飞翔在天地之间。低头吃蚊虻，仰头接露水喝，自己以为没有忧患，和人也没有争执。不知那五尺孩童，正在调和糖浆黏在丝线上，把它在三丈高的地方黏住，拽下来做了蝼蚁的食物。蜻蜓的事是小事，黄雀也是这样。俯身啄食白米，仰身栖息茂树。鼓起翅膀，抖动羽翼，自以为没有忧患，也不与人争执。不知道王孙公子，左手挟弹弓，右手捏弹丸，瞄准黄雀的脖颈，射向八丈高空。黄雀白天还在树林游荡，晚上就加上佐料，做成了美食。那黄雀的事是小事，天鹅也是这样。在江海中游荡，在沼泽地停留，低头啄食鳝鱼鲤鱼，仰头撕咬菱角荇草。展开翅膀，凌风直上，在空中飘摇高翔。自以为没有忧患，与人也没有争执。不知道射箭者，已准备好利箭黑弓，将射向八十丈的高空，黄鹄将带着箭，拖着轻细的丝线，从清风中落了下来。白天还游荡在江海中，傍晚就烹调在锅鼎中。那黄鹄的事是小事，蔡灵侯的事也是这样。他南游高陂，北登巫山，喝茹溪的水，吃湘水的鱼；左抱着年轻的侍妾，右搂着宠爱的美女，和他们驰骋在高蔡之中，而不管国家大事。不知道那个子发，正在接受宣王的命令，用红绳子把他绑去见楚灵王。蔡灵侯的事是小事，君王的事也是这样。君王左边是州侯，右边是夏侯车后跟着鄢陵君和寿陵君。吃的是封地收取的赋税，用的是地方上贡的金银，与他们驰骋在云梦大泽，根本不把国家大事放在心上。不知道那穰侯，正受命于秦王，在塞南布满军队，而把君王抛在塞北。"顷襄王听了，脸色大变，浑身发抖。于是，把执圭的爵位，授予庄辛，封他为阳陵君。不久庄辛为楚顷襄王收复了淮北的土地。

题外话：

(1) 见兔而顾犬，犹未迟也；亡羊补牢，犹未晚也。
(2) 引荐人很重要。

第十六回
楚王用计请黄歇　　左徒奏书退秦兵

历史的长河，
在需要英雄的时候，
一定会有英雄出世，
任何民族都不例外。

黄歇通过在外游学交友，增长不少见识，他博学多闻，又能言善辩，在楚地已很有名气。

他了解到义阳三关的重要性：平靖关（冥扼）、武胜关（直辕）、九里关（大隧）。从大隧—直辕—冥扼是楚国的要道。黄国与申国，北接陈汝，襟带许洛，肘腋安黄，南趋江汉，北逾淮水，此时正是他要重振黄国雄风、中兴黄姓家族的好时机。

知理不怪人，怪人不知理，知理不言，非忠臣。咏桑寓柳，遥以心照。

不在乎风雨中的凄凉，只在乎成功的辉煌。胸中热血沸腾，别人笑吾太痴情，吾笑他人看不穿。凡是走过，必然留下痕迹。楚国曾经对黄国鲸吞，让黄歇永远铭记，可是为施展自己的才华，只有在自己最熟悉的地方去。

那时，楚顷襄王刚平定楚国令尹子兰及怀王宠姬郑袖的宫廷政变，他求贤若渴，当闻听黄歇的贤名后，马上派人请黄歇到朝廷做官。可是，楚顷襄王万万没料到，前两次都被黄歇冷言拒绝。因为，黄歇知道楚王善变，翻手为云，覆手为雨，他不愿涉足朝堂。经夫人申玉凤劝说，黄歇才萌生出山的念头。

有了贤内助，啥事都好做。

申夫人穿着简朴素雅，双手相扣，笑声动人。

"贱妾闻晏子言：'为者长成，行者长至。'只要做，就有成功的那一天，只要行动，就有到达的那一天。贱妾虽然无才无德，却也知道'好男儿，志在四方'的道理，此时天下大乱，正是建功立业的好时机，守着老婆孩子，会有出息吗？凭着官人卓尔不群的才学，又身怀济世报国之志，哪会有无用之地？夫君正值壮年，此时还不出去求得功名，荒废时光，岂不可惜？"

"相处数载，没想到爱妻竟有如此胆识，简直令男儿汗颜，只是苦了你呀！贤妻！"

黄歇说着，满怀感激地看着灯前的女人。

"其实，贱妾又何尝不想与夫君厮守？只是这般生活，实在辱没夫君。夫君只要记得就好，有朝一日，夫君发达，光宗耀祖，为妻也不枉活此一生。"

夫人肺腑之言，令黄歇心里好不喜欢，果真如此，真是天助我也。他弯腰道：

"夫人既然如此，黄歇就恭敬不如从命了。"

申玉凤又莞尔一笑道：

"夫君何必如此多礼，俺俩谁跟谁啊！？"

后来发生的事情更坚定了黄歇出山的决心。

一日，黄邑邑长熊宝看见黄歇正在与黄姓族长黄道交谈，就寻找借口辱骂黄道是"亡国之人"，只配做下人，还当着黄歇的面打了黄道两鞭。黄歇见状，真乃是可忍，孰不可忍！

他挺身上前，仗义执言。

可是，熊宝却当面讽刺他：

"你是何人？有何权力管我楚国政事？"

"我是黄歇，楚地远近闻名。"

"楚地远近闻名有什么用！你又不是什么官，有何权势！据我所知，黄姓人皆是亡国后裔，没有一个是好人，只配低三下四做'人下人'。"

黄歇闻听此言，义愤填膺。他当众指天发誓道：

"苍天在上，列祖列宗在上，黄姓人不仅要做好人，更要做'人上人'，三军可以夺帅，匹夫不可夺志。我黄歇身为黄姓人，不做'人上人'，誓不为人！"

官吏指着黄歇说道：

"好吧！黄歇，我倒要看你，如何做得'人上人'?!"说罢，转身离去。

黄歇回去与夫人申玉凤商议，觉得"不入虎穴，焉得虎子"，不入楚王朝廷做官，难以施展抱负。所以了当楚顷襄王第三次派人来请黄歇出山时，黄歇爽快答应，楚顷襄王听到后非常高兴，当即任命黄歇为左徒。原来是庄辛为楚顷襄王献计，故意找人辱骂黄道，激怒黄歇，引他出山。

黄歇上任不久，楚国便面临迎战秦国的危机。秦昭王下令大将白起率十万大军攻打楚国，很快就攻下鄢郢（今湖北荆州市、襄阳一带）、竟陵（今湖北天门市）。楚国举国上下震惊，君臣仓皇迁都于陈，改陈为陈郢（今河南周口市淮阳区）。秦昭王不肯罢休，准备继续伐楚。楚国君臣商议，是战是和，正在朝堂争得不可开交。

战，双方力量悬殊，加上楚国新近惨败，人心惶惶，士气不振。唯有和谈，然而，谁敢出使秦国？因为秦国还是呼鹰唤犬、茹毛饮血、凶残成性的国度，许多诸侯国习惯地贬称秦国为"虎狼之秦"。出使秦国，恐怕是肉包子打狗——有去无回。楚国新都陈郢的朝堂上，哑然一片。

"臣下黄歇愿意前往！"

响亮的声音，在寂静无声的朝堂上空回荡，不啻一声炸雷，惊醒了楚国君臣。正在低头沉思的楚顷襄王猛然抬头看见，新任左徒黄歇出班抱拳请缨道：

"大王，臣下甘愿冒死出使虎狼之秦，凭着臣下三寸不烂之舌，说服秦昭王和谈。"

由于格外激动，黄歇脸上泛起了红光。

"危难思良臣，贫贱思贤妻。值此紧要有关头，唯有黄爱卿，可以担当如此大任，亦不愧寡人三请盛情呀！"

楚顷襄王点头赞称道。沧海横流方显英雄本色，在这紧要时刻，黄歇挺身而出，主张以和谈退兵，并甘愿冒死出使秦国，楚顷襄王立刻赏给黄歇许多金郢和珠宝。（金郢，楚国的一种金币，柿饼状。）

北方四月初夏，空气清新，绿草青青，日月交替，星星点点。马啸啸朔风凛冽，寒风刺骨，轰轰的车轮声响过，一位男子现出身来，他就是黄歇。

黄歇以左徒身份奉命来到秦国，请求拜见秦昭王。秦昭王置之不理，不准他入宫求见。可是，早已愤怒不已的黄左徒，冲开宫廷侍卫的重重阻拦，强行来到秦昭王面前。

看到手无寸铁的黄歇怒气冲冲的样子，秦昭王只得喝退把刀架在黄歇颈上的宫廷侍卫，满脸不悦地说：

"黄歇，寡人早已听说你能言善辩，此次前来强秦，莫不是想凭你那三寸不烂之舌，说退寡人十万伐楚大军?!"

黄歇朗声回答：

"大王在上，外臣黄歇实在无此本领。当今秦王，威仪天下，黄歇岂能不自量力，敢以空口白牙，说退秦王十万雄兵猛将？"

秦昭王听后，心里非常受用，笑着注视黄歇。

黄歇转而严肃地说道：

"虽然如此，外臣黄歇认为秦楚两国征战，犹如两虎相斗，不是同归于尽，便是两败俱伤。"

秦昭王听后，转喜为怒。

此时，黄歇旁边一员秦将上前启奏道："大王，休听他黄歇一派胡言乱语，请大王再派一支兵马，末将率领大军，从韩魏两国借路，直捣楚国新都陈郢，不擒楚顷襄王，末将誓不回兵。"

黄歇听后，冷笑不语，面对秦将，故意露出一副不屑一顾的神色。

秦昭王看见因而发问道：

"黄歇，你为何发此冷笑？"

黄歇大声说道：

"你们秦国貌似强大，现在却岌岌可危了！"

"危言耸听！"

"大王，请让外臣黄歇当庭写完《上秦昭王书》，再下定论不迟。"

秦昭王一挥手，当即就有御史拿来竹简和刻刀。黄歇手拿刻刀，只见他凝神屏气，"唰唰"地一会儿就写了一篇《上秦昭王书》：

天下的诸侯没有谁比秦、楚两国更强大的。现在听说大王要征讨楚国，这就如同两个猛虎互相搏斗。两虎相斗而劣狗趁机得到好处，不如与楚国亲善。请允许我陈述自己的看法：我听说事物发展到顶点，就必定走向反面，冬季与夏季的变化就是这样；事物积累到极高处，就会危险，堆叠棋子就是这样。现在秦国的土地，占着天下西、北两方边地，这是从有人类以来，即使天子的领地也不曾有过的。可是，从先帝文王、庄王以及大王自身，三代不忘使秦国土地同齐国连接起来，借以切断各国合纵结盟的关键部位。现在大王派盛桥到韩国驻守任职，盛桥把韩国的土地并入秦国，这是不动一兵一辛，不施展武力，而得到百里土地的好办法。大王可以说是有才能了。大王又发兵进攻魏国，堵塞了魏国都城大梁的出入通路，攻取河内，拿下燕、酸枣、虚、桃等地，进而攻入邢地，魏国军队如风吹白云，四处逃散而不敢彼此相救。大王的功绩也算够多了。大王停止征战，休整部队，两年之后再次发兵；又夺取了蒲、衍、首、垣等地，进而兵临仁、平丘，黄、济阳则退缩自守，结果魏国屈服降秦；大王又割取了濮磿以北的土地，打通了齐国、秦国的通道，截断了楚国、赵国联系的桥梁，天下经过五次联合而相集的六国诸侯，不敢互相救援。大王的威势，也可以说发挥到极点了。

大王如果保持功绩，掌握威势，去掉攻伐之心，广施仁义之道，使得没有以后的祸患，您的事业可与三王并称，您的威势可与五霸并举。大王如果依仗丁壮的众多，凭靠军备的强大，趁着毁灭魏国的威势，而想以武力使天下的诸侯屈服，我恐怕您会有以后的祸患啊！《诗经》上说："没有人不想有好的开头，却很少人能有好的终结。"《易经》上说："小狐渡水将渡过时，却湿了尾巴。"这些话说的是开始容易，结尾难。怎么才能知道是这样的呢？从前，智伯只看见攻伐赵襄子的好处，却没料到自己反在榆次遭到杀身之祸。吴王夫差只看到进攻齐国的利益，却没有想到在干隧被越王勾践战败。这两个国家，不是没有建树过巨大功绩，而是由于贪图眼前的利益，结果换得了后来的祸患。因为吴王夫差相信了越国的恭维，所以才去攻打齐国，在艾陵战胜了齐国人之后，回来时却在三江水边被越王勾践擒获。智伯相信韩氏、魏氏，因而攻伐赵氏，进攻晋阳城，胜利指日可待了，可是，韩氏、魏氏却背叛了他，在凿台杀死了智伯瑶。现在大王嫉恨楚国不毁灭，却忘掉毁灭楚国，就会使韩、魏两国更加强大，我替大王考虑，认为不能这样做。

《诗经》道："出动大军，不应远离自家宅地，长途跋涉。"从这种观点看，楚国是帮手，邻国才是敌人。《诗经》说："狡兔又蹦又跳，遇到猎犬跑不掉；别人的心思，我能揣摩到。"现在大王中途相信韩、魏两国与您亲善，这正如同吴国相信越国啊！我听到这样的说法，敌人不能宽容，时机不能错过。我恐怕韩、魏两国，低声下气恳请秦国消除祸患，实际是欺骗秦国。怎么见得呢？大王对韩国、魏国没有几世的恩德，却有几代的仇怨。韩、魏国君的父子兄弟接连死在秦国刀下的将近十代了。他们国土残缺，国家破败，宗庙焚毁。上至将领下至士卒，剖腹断肠，砍头毁面，身首分离，枯骨暴露在荒野水泽之中，头颅僵挺，横尸遍野，国内到处可见。父子老弱被捆着脖子绑着手，成了任人凌辱的俘虏，一群接一群地走在路上。百姓无法生活，亲族逃离，骨肉分散，流亡沦落为男仆女奴的，充满海内各国。所以韩、魏两国不灭亡，这是秦国最大的忧患，如今大王却借助他们一起攻打楚国，不也太本末倒置吗！

再说大王进攻楚国怎么出兵呢？大王将向仇敌韩国、魏国借路吗？若是，则出兵之日，就是大王忧患他们不能返回之时，这是大王把自己的军队，借给仇敌韩国、魏国啊。大王如果不从仇敌韩国、魏国借路，那就必定攻打随水右边的地区。而随水右边地区，都是大川大水，高山密林，深溪幽谷，这样一些无粮地区，大王即使占领了它，也等于没有得到土地。这是大王落个毁灭楚国的恶名声，而没有得到占领土地的实惠啊！

再说大王从进攻楚国之日起，韩、赵、魏、齐四国必定全都发兵，对付大王。秦、楚两国一旦交战，便兵连祸结不会罢休，魏国将出兵攻打留、方与、铚、湖陵、砀、萧、相等城邑和地方，占领的原先宋国土地必定全都丧失。齐国人向南攻击楚地，泗水地区必定攻克。这些地方都是平坦开阔四通八达的肥沃土地，却让他们单独占领。大王击败楚国而使韩、魏两国在中原地区壮大起来，又使齐国更加强劲。韩、魏两国强大了，完全能够同秦国抗衡。齐国南面以泗水为边境，东面背靠大海，北面依恃黄河，便没有以后的祸患，天下的国家，没有谁能比齐国、魏国更强大，齐、魏两国得到土地，保持已得的利益，进而让下级官吏审慎治理，一年以后，即使不能称帝天下，但阻止大王称帝，却是富富有余的。

以大王土地的广大，壮丁的众多，军备的强大，一旦发兵而与楚国结下怨仇，就会让韩、魏两国尊齐称帝，这是大王的失策啊。我替大王考虑，不如与楚国亲善友好。秦、楚两国联合而成为一个整体，进逼韩国，韩必定收敛，不敢轻举妄动。大王再经营设置东山的险要地势，利用黄河环绕的有利条件，韩国就必定成为秦国的臣属。如果造成了这种形势，大王再用十万兵力驻守郑地，魏国则心惊胆战，许、鄢陵退缩固守不敢出击，那么上蔡、台陵与魏国的联系就被断绝，这样魏国也会成为秦国的臣属了。大王一旦同楚国交好，那么关内两个万乘之国——韩与魏就要向齐国割取土地，齐国右边济州一带广大地区，便可轻而易举地得到。大王的土地横贯东、西两海，约束天下诸侯，这样燕国、赵国没有齐国、楚国作依托，齐国、楚国没有燕国、赵国相依傍。然后以危亡震慑燕、赵两国，直接动摇齐、楚两国，这四个国家不须急攻便可制服了。

如此千言《上秦昭王书》，黄歇倚马而就，轻松放下手中刻刀，如庖丁解牛一样释然于怀。秦国御史将黄歇所写的竹简呈上，秦昭王看罢，当即鼓掌大笑道：

"好！好！黄先生所言极是，寡人佩服！"

过了一会儿，秦昭王又说：

"黄先生，寡人马上传旨，命令武安君白起：辞退韩魏两国大军，可是楚国必须将太子送到咸阳为质人，方可准许楚国求和。"

秦昭王提出的和谈条件，早在黄歇与楚顷襄王的预料之中，黄歇就满口答应下来。秦楚签订和约，黄歇圆满完成楚顷襄王的任务，受到很高奖赏，被封为太子太傅。为了践约，不久，黄歇以太子太傅身份伴随太子熊元入秦为质，临行前，黄歇带了足够的金银财宝，并且带着义阳茶叶、蜂蜜和上好的宝剑出使秦国。

第十七回
楚王尽情戏美人　左徒舍身陪太子

公元前273年隆冬，黄歇以左徒兼太子太傅身份，与太子熊元踏上迢迢征途，入秦为质。

风沙滚滚，黄沙弥漫。前面九名铁骑开路，中间三辆轩车紧紧相随。

三辆轩车，最前面的那辆导车，上面端坐着左徒太傅黄歇。

只见他气宇昂扬，气度非凡，他虽目视前方，心里却感觉此次出使虎狼强秦的任务是光荣而艰巨的使命。

中间那辆轩车里坐着还需人扶、稚气未脱的太子熊元，他只觉得此次出行好像一次好玩的旅游，他时不时把轩车前面的帘子拉开看看。

后面是一辆装满珠宝礼物的轩车，断后的是九名护卫的铁骑将士。

沿途，真乃塞外大漠，十里不同天的景象，不比江淮风光。

只见铅色的天空，风鞭打着云，云碾轧着风，山谷林莽间，不断地发出一阵阵凄厉的怪响：

"呜——呜！"

"呜——呜！"

那是风在号叫，云在嘶吼。

北方大漠，凛冽寒风，刺得人眼生疼。

此情此景，轩车上的黄歇哽咽流泪了。

泪水，一滴，一滴，一滴……

一滴，一滴，一滴……

这滴着的，不是黄歇的眼泪，而是从一只碧玉虬龙大酒杯里溢出来的美酒。

　　此时的楚顷襄王正在陈郢的细腰宫里开怀畅饮。他情致极佳,高高地举起美酒四溢的碧玉虬龙大酒杯,对着翩翩起舞的嫔妃们说:

　　"寡人外有左徒结秦,内有阳文安邦;上仰天恩,远承祖荫,子民颂德,文武感惠,成此大治,不乐何为!"

　　说罢,他将杯中美酒一饮而尽。

　　身着细腰裙裳、骨瘦如柴的宫女连忙去上酒。

　　楚王爱细腰,楚女皆饿死。楚王爱细腰,乃是祖辈流传之嗜好,故此楚顷襄王也不例外。他从楚郢被毁到迁都城阳城,又迁都到陈国旧宫,扩建为陈郢,每次建楚郢必建细腰宫,故此,楚都陈郢的细腰宫里,宫女嫔妃成群,三千粉黛皆国色。

　　陈郢宫室的嫔妃们,惯着长袖细腰裙裳,它与楚王龙袍玉带、百官高冠长袍相配,形成楚地衣着服饰的习俗,显现楚人特有的古朴典雅,不然哪里会来的《诗经》中"衣冠楚楚"之句和"楚楚动人"之辞。"楚楚",鲜艳而明朗,整洁而具有风采之意,就是取之于楚国的"楚"字。

　　楚国之君因为十分喜欢细腰美人,上行下效,文武百官、市井村夫尽皆喜欢,所以说:"楚王好细腰,楚女皆饿死。"

　　此话的确不假。试想楚女若博人爱,必尽皆减食缩肥,弄得一个个骨瘦如柴,弱不禁风,特有骨感,故今人美女,哪一个不以瘦为美,似有先朝楚人遗风。

　　楚国嫔妃服饰,束带缠腰罗裙,这种细腰裙裳,要下摆曳地,肩坠胸突,腰身配上巴掌宽的束带,裙边下摆尽其粗大,前后分开,就如一朵倒挂着的牵牛花,袖筒要长,即谓长袖如竿,领口遮颈并收紧,襟身微曲,镶上黄红相间的绲边。

　　这些嫔妃宫女们虽着装华丽,却是伴君如伴虎,度日如年,强作欢颜。

　　此时,楚都陈郢的细腰宫里充斥着歌声、笑声、欢哗声与一直伴随不止的丝竹管弦鼓乐声和编钟声。

　　细腰宫里飘飞着红红紫紫、五色缤纷的彩花。

　　彩花,一瓣瓣,一瓣瓣,又一瓣瓣……

　　一瓣瓣,一瓣瓣,又一瓣瓣……

　　飘过来,落下去,落在黄歇的头上、身上……

但这不是彩花，而是雪花；这不是陈郢，而在千里之外的大漠塞北。先时那风停了，云住了，四面八方，纷纷扬扬飘着雪花，原先那一层层相连的山山岭岭，这时全都模糊了，融合了，消失了。

仿佛整个天宇，混沌一片。

雪，飘着飘着，这飞舞的六瓣琼花，开始着地便融化，后来渐渐地在山上、树上、路上和人们的头上、身上飘积起来。

黄歇眼带泪痕，身披雪花，可他的神色非常执着。

黄歇知道这次远赴与狄戎并无二致的虎狼强秦的底细：

秦国原是一个西方小国，居于晋国和狄戎之间。秦国远祖是嬴姓少昊的后裔。据说其始祖因吞食玄鸟的蛋，而生伯益。伯益在周王手下做事，得到一个为周王牧马的小官，由于他勤勉劳作，得到周王的赏识，世代把凤鸟作为自己的图腾，供奉在祖庙里。说起来黄姓与秦国还是一个共同祖先。

有一回，正当夜阑人静的时候，一块陨石自天而降，落到秦地，照得天地通亮，惊得野鸡乱飞，彻夜啼叫。巫者以为是天降神石，凤凰显灵，所以，秦国国君，就命人建祠祭之，名曰宝鸡（即今陕西省宝鸡市）。

此后，秦国国君就把那块宝石作为上天神谕、天命所归的证据，世代相传，奉作宝物。秦国并非开始就有诸侯之位，且秦国国君还多次与狄戎通婚，在诸侯国眼里：秦国属蛮夷之邦，与狄戎并无二致。秦国自秦襄公开国以来，经商鞅变革逐渐强大，有吞并六合、一统天下之势。然而，中原各国皆怕与秦国交往，称秦国为虎狼强秦。

前面就是中原通往秦都的险要关口函谷关。此关西据高原，东临绝涧，南接秦岭，北塞黄河，关在谷中，因而得名函谷关，它也是秦都通往中原的门户。函谷关，"车不分轨，马不并鞍"，只有一个小小通途，容纳一车一马过关，可见其道之窄，真可谓"一夫当关，万夫莫开"。

黄歇一行下马，交了通关文牒之后，方可过关。

又行数日方到秦都咸阳。

黄歇车马进入咸阳，驶向秦王宫殿。

秦国的宫殿高大宏伟，却都是粗砖大瓦。

宫殿大廊下的石柱子也砌得十分粗糙。

宫内走上一趟，西部狄戎之气就一览无余。

黄歇面见秦昭王，呈上国书。

秦昭王命人将黄歇与太子送进馆舍，明为款待，实为软禁。

题外话：

（1）引荐人很重要。

（2）急中生智。

第十八回
范雎无意收礼物　魏齐有心发死难

借助他人的力量，成就自己的梦想。

黄歇一卷竹简，洋洋千字的《上秦昭王书》，使五年后的秦国相国范雎对他非常佩服。常言道：英雄所见略同，必定惺惺相惜。经过秦昭王的介绍，他俩结为好朋友，经常在一起喝酒谈天说地。黄歇把自己的经历向范雎讲过后，感动了范雎，范雎也向黄歇道出他的身世，真是一吐为快：

我乃魏国大梁人，父母早亡，只有兄妹二人相依为命。我幼时勤奋好学，也曾忍饥苦读，虽有满腹才华，却无人赏识，只好先到中大夫须贾门下做个舍人（亦即门客）。当时，齐王昏庸无道，燕将乐毅纠集燕、秦、赵、韩四国军队一起攻打齐国，迫于政治压力，魏国也派兵助燕攻齐，五国联军打得齐国丧师失地，几近亡国。后来，齐国大将田单使计离间燕国君臣，乐毅被免职，田单趁机火牛破阵，打败五国联军，收复故地七十余城，助齐复国。齐襄王继位，魏国怕齐国报复，就派须贾和我出使齐国。齐襄王召见了我们，寒暄几句，就当场责问须贾：

"当年寡人先王与魏国先王意气相投，亲如兄弟，何等之好。谁料想齐燕结仇，你们魏国不助齐反助燕，成了帮凶，五国打一国，乘人之危，落井投石，鲜仁寡义。寡人一想此事，就咬牙切齿，义愤填膺。今天你们又假惺惺地诱惑寡人，寡人怎敢相信你们此等反复无常的魏人？"

齐襄王一番话竟问得须贾无言以对，羞得无地自容，恨不能地上有个洞，他就钻进去。我从旁边代答道：

"大王，此言大错特错！请恕臣下直言，我们魏国先王是奉你们齐国先王之命讨伐宋国，当时约定三分宋地，谁料齐国先王违背盟约，将所得宋地尽皆占去，未分一份于魏，反倒出尔反尔，又侵扰我魏国，此乃齐国先王先失信于魏。齐燕战争，众诸侯惧怕齐国强大，妄自称霸，众皆助燕。济西之战，燕、秦、赵、韩、魏五国同仇敌忾，齐国损师失地，几近亡国，齐国岂能仅埋怨魏国？况且，魏国只是虚张声势，未尽全力。而今大王英武盖世，慧眼识才，任用田单为主将，重整旗鼓，再助军威。田单火牛破燕，大败五国，收复故地，重整河山，光复齐国，也算报仇雪耻。我家大王认为，您有先祖齐桓公齐威王之雄心壮志，一定会振兴齐国，弥补齐闵王过失，所以，我家大王才派使者来齐修好，准备结盟。谁知大王您只知责备别人，不知反躬自省。请大王恕外臣直言，齐闵王覆辙，外臣是清清楚楚地看到了！"

齐襄王愕然一惊，当即站起来赔礼道：

"先生说得很对，这是寡人的过错呀！"

他转身向须贾问道：

"这位先生是何人？须大夫。"

须贾慌忙回答：

"大王，他是微臣舍人范雎。"

齐襄王窥视我一眼，就很客气地派人送须贾和我到馆舍，很隆重地设宴招待我们，很巧妙地把我们安排在不同住处。齐襄王偷偷派人对我说：

"范先生，我们大王非常钦佩先生才华，他诚心诚意地想挽留范先生在齐国当客卿，请您切莫错失良机！"

我当即推辞道：

"多谢大王美意，外臣与主人须贾同来不同归，乃是不义行为，世人必定唾骂外臣，外臣也无脸面活在世上。"

齐襄王闻言更加敬重我们，又派使者给我带来黄金十斤，还有好多牛肉和酒。我一见，坚决推辞不接受，使者马上跪在屋内地上，请求道：

"范先生，这是我们大王圣命，完不成，大王责备事小，说不定小人饭碗难保呀！"

说到这里，使者"咚咚"地磕起头来。

"范先生，请您高抬贵手，救救小人！"

看他怪可怜的，我就连忙扶起使者，收下牛肉和酒，退回十斤黄金。使者叹息一声，带着黄金拱手道谢，转身离去。

谁知隔墙有耳，早有人报给须贾，须贾召我去他住处，当面就责问我：
"范雎，齐国使者带何礼物到你住处？"

我回答道：

"齐王把十斤黄金和一些牛肉与酒赏赐给臣下，臣下坚决不接，使者就不回去，还跪在地上磕头请求，迫不得已，臣下就只好收下牛肉和酒，退回黄金。"

"齐王为何赏赐你这么多东西？"

"臣下实在不知，或许因为臣下在大夫您手下做事，他才敬献大夫和臣下的吧！"

"齐王赏赐给你而不给我，一定是你与齐王有私情吧！"

我当即就跪在须贾面前指天发誓：

"大夫，臣下所言句句是实，若有半点虚假，定会不得好死！齐王先前曾派人欲留臣下为客卿，被臣下义正词严地拒绝；这次经不住使者跪地磕头请求，臣下仅只收下牛肉和酒，退回十斤黄金，臣下实在与齐王并无半点私情。所言非实，定遭五雷轰顶。大夫也该知道臣下一生，总是清贫自守，恪遵信义，臣下岂敢有半点私心，背叛祖宗之国？"

须贾低头沉思一会儿，就若无其事地挥一挥手道：

"算了吧，范雎，下不为例。不过，范雎，你本人必须随我回魏待命。"

谁料我们回到魏国，须贾当即就将此事告诉魏国相国"千八女鬼"魏齐：

"齐襄王想留臣下舍人范雎为客卿，又赏赐他黄金、牛肉和酒，臣下怀疑他可能将魏国秘事泄露给齐国，所以，齐襄王才厚赏于他。"

老贼魏齐听罢，当即拍案大怒：

"卖国贼范雎，看老夫如何整你！"

老贼特意召集宾客，借此机会，将我捉去押至阶下，当众审讯，魏齐硬说我私通齐国，我没做此事，如何招供，就将事情原原本本地叙说一遍，老贼死活不信，当众破口大骂：

"卖国贼范雎，还再多说，既然你收了人家酒肉，这难道不是证据？"

我说：

"我是看使者磕头请求很可怜，才收了他酒肉。"

"好呀！我看你不可怜！"

咆哮如雷的老贼呼来狱卒，将我外衣剥去，用绳子牢牢捆住，要杖责一百。蒙此不白之冤，我心有不甘，大声称：

"相国大人，臣下实在没有半点私情，您叫臣下如何招供？"

老贼闻言更加暴怒：

"给我打！打！狠狠地打杀此叛贼，不要留下祸根！"

木杖如鞭炮乱鸣，"噼里啪啦！噼里啪啦！"雨点般砸向我的浑身上下。

"打！狠打！给我往死里打！"

我的牙齿也被打掉几颗，血流满面，疼痛难忍，我呼天抢地高喊：

"老天呀！冤枉！冤枉！老天呀！"

"冤枉？你既收酒肉，何来冤枉？打死也不亏！"

众宾客看见相国魏齐盛怒之下，无一人敢出面劝阻制止，最为可恨的是那老贼一面教左右用巨觥斟酒，饮酒作乐，一面又教狱卒加力杖打。自辰时到未时，打得我遍体鳞伤，血肉模糊，阶下地面滚满血迹。也许是老贼看我怪经打的，他就喝令狱卒将我翻过来，胸腹朝上猛打。狱卒对准我的胸部死命用力一杖，只听"咔喇"一声，我的肋骨被打断，可怜我范雎惨叫一声，当即昏死过去。

后来，也许是左右报告范雎被打死了，老贼魏齐才走下席来，他看见阶下的我，牙齿掉落，肋骨下陷，浑身上下没有一块好肉，衣服也被打得破烂不堪，直挺挺地躺在血泊中一动不动。老贼就手指阶下骂道：

"该死的卖国贼，死了好！把他用苇席卷起来，塞起厕坑，你们都要在他身上屙屎屙尿，让他死也做不成干净鬼！"

老贼又指指宾客和狱卒，狂笑几声，回到席中继续饮酒……

天可怜见苦命的好人，范雎我实在命不该绝，死里复活，伸头张目窥见天色已晚，只有一个狱卒旁边守着，我就叹了一声，守卒听见，慌忙来看，我就在席里装着要死的样子对守卒说：

"大哥，好心人，我伤得这么重，虽是暂时醒来，离死也不远了。"

停顿一会儿，我又上气不接下气地说：

"好心肠的大哥，求你开开善心，让我死在家中，落个全尸，好让家人安葬我，这也算大哥积德，救人性命，必得神灵保佑。另外，我家还有黄金十两，定当拿出赠送大哥，以表感激。"

真是有钱能使鬼推磨，守卒见有利可图，就答应帮忙。

守卒对我说：

"喂，你还装着死去的样子，我这就去禀报相国。喂，你可记住，千万别动呀！"

当时老贼与众人都喝得酩酊大醉，守卒进去禀报：

"相国大人，厕间死人腥臭难闻，把他背出去喂狗好吗？"

众宾客从中相劝：

"相国大人，范雎虽然有罪，对他这样惩罚，也算罪有应得，把他扔到野外吧！"

老贼醉醺醺地说：

"好吧！看在众人面子上，就把他尸体抛到野外喂狗吧！"

说罢，老贼挥一挥手，众宾客皆各自散去，老贼魏齐摇摇晃晃地由卫士扶回室内，躺在床上如死猪般沉睡。

守卒挨到夜深人静时，才敢偷偷用苇席卷起快要屈死的我，送到我家中。我妻子和妹妹范晚雪一见，痛哭流涕，我忙叫妻子和妹妹不要哭响，快取黄金十两送给守卒，以表感谢。我妻子拭泪照办，取出黄金十两塞给守卒，守卒欣然接受，藏纳于怀内。我又示意妻子将苇席交给守卒，请他抛于野外，以掩众人耳目，并请求守卒代为我开脱，守卒满口应答离去。

守卒去后，我妻子流泪将我身上血迹擦洗干净，换上干净衣服，把我伤口包扎好后，扶我躺在床上。

我妹妹在厨房弄来酒食喂我，我边吃边对妻子和妹妹说：

"老贼魏齐恨我入骨，虽然听说我已死，可他仍有疑心。我是趁他酒醉才被守卒送出，等到明天，他酒醒不见我尸体，肯定会派人到家里查看，那我就没法躲藏。我有个八拜之交的兄弟郑安平，他家就住在西门口简陋的巷子里，你们要趁此夜色将我送到他家，千万不可走漏风声，否则，我命休矣。等过一个多月，我的创伤痊愈，就向西往强秦逃命，寻机报仇雪恨。另外，你在家中，如同我死掉一样发丧，以掩人耳目，不然引起老贼怀疑，我也会在劫难逃。"

妻子依照我的话派人到郑安平家报信，郑安平闻讯赶来，兄弟相见，抱头痛哭，泪流满面。随后，安平与我家人连夜将我带到郑家，躲藏起来养伤。

第二天，老贼魏齐果然疑心于我，担心我会死而复活，就派人询问守卒：

"范雎尸体在哪儿？"

守卒回报：

"死尸早已扔在野外，只有苇席还在，尸体想必被猪狗衔去吃掉。"

老贼仍不放心，又派人窥视我家，看见我全家人披麻戴孝。使者如实禀报，老贼魏齐这才心中一颗石头落地。

题外话：

(1) 有钱能使鬼推磨。

(2) 真心朋友少。

第十九回
范雎凭智助秦王　张禄用计灭魏齐

　　我在郑安平家养伤一个多月，伤势逐渐好转，身体复原，但是筋骨被打断，无法接补，落下终身遗憾。一想此事，我就恨之入骨，咬牙切齿，恨不能生食老贼魏齐之肉。为了安全起见，郑安平与我逃到一座山里隐居。从此，我就改名换姓叫张禄，山中无人知道我的真实姓名。过了半年，秦国大夫王稽奉秦昭王之命出使魏国，机会来了，我就让郑安平扮装成驿卒，在王稽住的公馆里侍候他，郑安平悉心侍候王稽，深得他的喜爱。他视郑安平为心腹，称安平为郑兄。

　　一天中午，吃过午饭，王稽就私下问郑安平：

　　"郑兄，你们魏国还有未做过高官的贤才吗？"

　　"没做高官的贤才，那当然有啦！安平听人说过先前有一个叫范雎的人，他是智勇双全的贤才，可惜，他被妒才嫉贤的相国魏齐活活打死，抛在野外喂狗，尸骨都没了……"

　　话未说完，王稽就摇头叹息道：

　　"太可惜啦，此人未能到我大秦施展雄才大略就被打死，实乃令人惋惜！"

　　郑安平闻言急忙道：

　　"王大夫，安平巷里隐居着一个名叫张禄的贤才，他的才智并不逊于范雎，大夫想不想见此人？"

　　"即有如此贤人，何不请来相见？"

　　"可是……"

"可是怎么啦？郑兄，请您直言！"

"可是，此人在魏国有仇家，白日里，他不敢出行，害怕遭遇仇家寻仇。若无此仇家，此贤才恐怕早为高官，也不至于埋没今日。"

"此事无妨，我在公馆等候，今夜郑兄可否带领张禄先生来此一晤？"

"多谢王大夫！安平遵命就是。"

"唉哟，郑兄，何必客气，王稽恭候佳音。"

郑安平拱手道别，急忙返回山中，让我也扮成驿卒，我们两个趁着夜色前往公馆拜见王稽。见面寒暄几句，王稽就询问我几句天下大势，我便指画画，天下大势藏于胸腹，娓娓道来，如在眼前。王稽闻言大喜，连忙施礼道：

"我明白先生非常有才，先生埋没多年，非常可惜，但不知先生能否随我一同往西诣强秦，寻求发展？"

我当即还礼道：

"'士为知己者死，女为悦己者容'。承蒙大夫赏识，慧眼识才，在下张禄感谢不尽。只因在魏国，我有仇家一手遮天，在下诸多抱负施展不开，倘若大夫带我入秦，荐给秦王，此乃我平生所愿，梦寐以求之事也！"

王稽掐指一算道：

"估计我的使事完毕尚待五日，过了五日，张先生和郑兄可在城西郊外三亭冈无人处等我车仗，顺便同赴秦国，以谋大业。"

过了五日，王稽辞别魏王，魏国君臣饯送至郊外方回。王稽车仗西行至郊外三亭冈上停留片刻，我与郑安平从一处密林中走出，王稽一见我俩，如获珍宝，立即招呼我俩进车。三人同车，虽说有点挤，可是，我们说说笑笑，谈得非常投机，一路上，三人起居坐卧同车，亲如兄弟。

谁知刚到秦国地界，远远望见对面尘土飞扬，一群车骑自西而来。原来是秦国丞相魏冉，又是一个"八千女鬼"，听人说此人非常嫉贤妒能，每当有人出使别国回来时，他就一定亲自出城迎接，表面上是关心下属，实则察看使者，是否从东方各国带回贤才。

我和郑安平赶忙躲进车厢里，不一会儿，只见魏冉车马行至跟前，王稽慌忙下车拜见丞相，魏冉也从车内走出，立在车前慰问王稽。听不到他们说些什么，只瞧见魏冉一双白多黑少的三角眼，滴溜溜地扫视王稽车仗一遍，没发现陌生人。幸亏此时有人急报东方发现敌情，魏冉就和王稽寒暄几句，上车挥手而去，转眼就没了踪影。

我料想此人生性多疑，此次未搜车厢，一定会再派人搜查，查出后，定会祸及众人。我就说与王稽听，王稽点头称赞。我和安平下车步行，绕道疾走，王稽车仗在后面缓行。果不其然，王稽车仗行不到十里，只听背后马蹄"哒哒"疾响，二十余骑从东如飞而至，赶到王稽车仗前停下，其中一人说道：

"我等奉丞相口谕，担心王大夫带有东方游说之客，派我等再来查看清楚，请王大夫不要见怪。"

他们搜遍车仗，没有任何可疑之处，方才转身扬鞭驰去，身后留下一溜灰烟。王稽叹息一声：

"张禄先生果然才智高人一等，吾辈自愧弗如。"

王稽急命随从催马前行，又驰五六里遇见我与安平二人，就招手邀请我俩入车，一同驶进秦都咸阳。

王稽回秦后，立即向秦昭王告出使情况，趁机向秦昭王推荐：

"大王，魏国有位张禄先生，他智谋出众，勇冠三军，乃天下奇才。臣下与他谈论天下大势，他说秦国貌似强大，实则危若叠加鸡蛋，叠加高了，鸡蛋必碎。他有良策能使秦转危为安。百闻不如一见，大王需当面与他交谈，方可领会，所以臣下就特意用车载他入秦留置在臣下住处。"

秦昭王闻言，脸上露出不屑神色：

"东方各国游说之士，皆好大言不惭，危言耸听，哗众取宠，此乃游说客惯用之术，寡人早已领教。"

停顿片刻，秦昭王又说：

"王爱卿，你既已载来，就暂且把他置于客舍，以备召用。"

秦昭王就派人将我和安平置于下等馆舍，一年多也不曾召见。我只好在苦闷中寻找时机。苍天不负苦心人，机会终于来了。

有一天，我和安平在街上听人说：秦国丞相魏冉为了扩大自己封地，主张越过韩魏两国而去攻打齐国。机不可失，失不再来。我就和安平赶忙回到馆舍，我在竹简上刻下了《上秦昭王书》。

"羁旅臣张禄，死罪，死罪！奏闻秦王殿下：臣闻明主立政，有功者赏，有能者官；劳大者禄厚，才高者爵尊。故无能者不敢滥职，而有能者亦不得遗弃。今臣待命于下舍，一年于兹矣。如以臣为有用，愿借寸阴之暇，悉臣之说。如以臣为无用，留臣何为？夫言之在臣，听之在君，臣言而不当，请

101

伏斧锧之诛未晚。毋以轻臣故，并轻举臣之人也。"

秦昭王早已遗忘张禄，当他看到署名为张禄的上书时，才要亲自派人来请。秦昭王御驾未到时，随从已先到馆舍，我故意装着不知道，径直往永巷里走去，秦王侍者就赶忙从后面追赶我，对我说：

"张先生，张先生，我们大王来了，请您不要走！"

我停下来回头，故意说：

"秦国只有太后和丞相，哪有什么大王呀！"

"胡说！秦国怎能没有大王！"

我故意就在永巷与侍者争论不休。秦昭王赶来，就问侍者为何与客人争论，侍者将我的话语复述一遍。秦昭王听后，也不发怒，满面笑容地请我入他御驾，载入内宫密室，待以上客之礼。我再三谦让，也不言语，秦昭王又挥退左右，三次屈膝长跪请求赐教。我吊足秦昭王胃口，方才把"远交近攻"策略讲出，秦昭王听后，连连鼓掌道好，并且深悔自己一年多不曾召用，几乎将此贤才埋没。

次日早朝，秦昭王当庭封我为客卿，尊为张卿，停止伐齐，并联合齐国，攻打韩魏。魏冉与白起，一相一将，看见我骤然得宠，心中不悦。秦昭王每天半夜召我入宫议事，每每言听计从。我知道秦昭王对我非常信任，就建议他削夺太后和"四贵"特权。秦昭王第二天，就收了魏冉相印，又驱逐华阳、高陵、泾阳三君于函谷关外，并把太后置于深宫，不许她参与政事。诸事完毕，秦昭王又择吉日拜我为丞相，封在应城，号为应侯。秦国人都把我范雎当成张禄，只有郑安平一人知道，如此兄弟，不用告诫，他也不会讲出真相。

没多久，魏昭王薨，太子安釐王即位。我建议秦昭王趁魏王新立，国情未稳，派大军攻打魏国。魏王急派中大夫须贾来秦议和，我知道后暗自高兴，须贾此来，正是报仇雪耻之日。

我脱下相衣，穿上破旧衣裳，潜出府门，来到馆驿，装着寒酸落魄的样子，怯怯走进，求见须贾。须贾一见我，大吃一惊。

"范叔原来还活着？"

"我还活着！"

"我还以为你被魏齐打死了，范叔，你咋逃得性命来到此处？"

"狱卒那时将我抛掷郊外，第二天我才醒来，刚好有个商人路过，听到我的呻吟，赶来救起我，我侥幸捡得一命，不敢回家，就跟随商人来到秦国。想不到在秦，我能见大夫一面，真乃苍天有眼！"

"范叔欲于秦国游说秦王吗？"

"能逃得一命，我范雎已是上天保佑。亡命秦地，苟全性命，便是知足。我怎敢在秦国游说秦王？"

"那么，范叔在秦国何以谋生？"

"我仅是依靠当富家佣人糊口。"

须贾此时动了怜悯之心，挽我入座，取来酒食赐给我吃了，当时正值寒冬天气，我衣破衫薄，冷得直打寒战。须贾看见叹息一声：

"范叔如此寒贫，真乃人见人怜！"

他就叫人取来一件袍子让我穿上。

"大夫之衣，范某怎敢穿？"

"唉，范叔，别客气！我俩是老朋友，你何必这等谦让？"

我穿上袍子，再三道谢，又趁机问道：

"大夫，您此次来秦国，有何贵干？"

"秦王听信丞相张禄计谋，准备攻打我们魏国，魏王派我来秦议和。因为秦王对张丞相言听计从，只要说通张丞相，议和就好办了，可惜无人引荐。"

"噢，原来如此。"

"范叔，你在秦国多年，是否认识熟人，为我与张禄丞相通融通融？"

"范某主人与张禄丞相交情甚好，范某曾随主人到过相府。张丞相喜欢与人辩论，我曾助主人一言，张丞相认为我口才极佳，当即赐我酒食，因此，得以结交丞相。大夫如果拜见张丞相，我就陪你同往。"

"既然如此，就麻烦范叔约个日期。"

"丞相事忙，今日刚好空闲，大夫何不立即就去？"

"真可惜呀！范叔，我的车轴折坏，马腿受伤，不能立即就去。"

"我家主人有车马，我可以借来。"

"那太好啦！多谢范叔帮忙。"

"唉，老朋友嘛，何必言谢！"

须贾目送我出了馆驿，犹还立于馆前良久。

我回相府取出车马，驾至馆驿报给须贾听：

"车马已备，范某当为大夫驾车。"

须贾应声登上马车，我驾着马车驶向丞相府。街上过往行人远远望见应侯驾车，都急忙停下，拱手垂立两旁。须贾飘飘然，还以为是敬畏他。

等到了相府门前，我下车对须贾说：

"大夫在这里少待片刻，范某先进相府，为大夫通融通融，如果丞相允许，就来请你。"

说罢，我径直进入府门。

须贾下车，立于门外等候多时，只听府中鸣鼓三声，门内大声喧哗：

"丞相升堂！"

相府内大小官史、门客都急忙涌入府堂。须贾不闻召他，就于怀中掏出一块金子送守门人，问道：

"兄弟，刚才有一个我的老朋友范雎，到相府通报丞相，好久不见出来，你能为我叫他一声吗？"

守门不敢接受金子，就说：

"先生说范雎，何时进入府中？"

"刚才，那个为我驾车的人就是。"

守门人说：

"驾车人是我们丞相张大人，他微服到馆驿私访故友，你怎能说他是范雎？！"

"他的确是我们魏国人范雎，字范叔，他曾为我手下舍人，因得罪相国魏齐，被打成半死，后来逃命到秦，听他说他在秦国，给富人当佣人糊口，因为与丞相关系好，我就托他拜会丞相。"

"哎呀，先生，你搞错了，他的确是我们丞相张禄大人。他虽是魏国人，却在我大秦尊为客卿，秦王对他言听计从，不信你进府内看看。"

须贾一听此言，犹如梦中忽听炸雷一声，顿时惊醒，心"突突"乱跳：我被范雎蒙骗，离死不远啦！这可怎么办呀！须贾急得直搓手，在相府门前犹豫不定。

守门人见状就说：

"先生既是他的老朋友，你何必不敢是进府？"

须贾就把由他引起的一番旧事重提，守门人笑着说：

"丑媳妇总得见公婆的。"

于是，须贾只好脱下袍子，解下衣带，跪在地上，磕头拜托守门人入报丞相，只说：

"魏国罪人须贾在外领死！"

守门人入内，好久才出来，召须贾入府。进入威严的相府，须贾更加惶恐，低着头从侧门进入公堂阶前，跪下连连叩头说：

"犯臣须贾，罪该万死！"

我端坐堂上，身着相爷衣冠，威风凛凛，两边站着大小官史和门客，静静注视阶下罪人。我一拍惊堂木厉声问道：

"须贾，你可知罪？"

须贾连忙叩头答道：

"犯臣知罪，犯臣知罪。"

"你有几罪，可否知道？"

"揭须贾头发，数落须贾罪名，尚且不够。"

"须贾，你的罪名还没有那么多，仅有三条。第一条：我因祖坟在魏国，不愿到齐国做官，你还以为我与齐王有私情，并在老贼魏齐面前胡说八道，惹得他大发雷霆之怒。第二条：当老贼魏齐发怒，在众人面前鞭笞辱骂我，直到我被打掉牙齿打折肋骨，你还能忍心不劝谏。第三条：等到我被打昏死，弃于厕中，你又随众宾客，在我身上大小便，想让我死也成不洁之鬼，你于心何忍？"

须贾听到此言，以头叩地，"咚咚"直响。

"须贾！今天你到这里，我本该砍你头、剥你皮、抽你筋、割你的黄油点天灯，方泄我心头之恨呀须贾！"

"咚咚"叩头声更响，几乎快把我的话语压住。

"可是，须贾，今天我不会杀你，你也无须如此叩头，惹人心烦。今日上午，你见我衣着贫寒，赐我酒食，赠我衣袍，你还有点老朋友的情谊，我看你良知未泯，就暂且留你性命，你应当知足感恩，站起来吧，须贾。"

须贾连忙站起来，鞠躬称谢不已。

第二天，我入朝启奏秦昭王：

"大王用兵攻魏，兵马未动而魏国恐惧，忙派使者乞求和谈，无须用兵即可取胜，此乃大王威仪所致，真乃秦国社稷之福也！"

秦昭王闻言，龙颜大悦，当即点头应允。我又趁机奏道：

"大王，臣张禄有欺君之罪，求大王饶恕，方敢讲出。"

"张爱卿乃寡人股肱之臣，纵有欺君之罪，寡人亦不追究。"

"谢大王饶恕！臣的真实姓名叫范雎，臣少时父母双亡，家中贫寒，就在魏国中大夫须贾门下当舍人。臣随须贾出使齐国，齐王责备须贾，臣助须贾一言，齐王认为臣口才极佳，欲封臣为客卿，臣不从，齐王又赠臣很多黄金，臣坚决不要，只收下牛肉和酒。谁知须贾把我收牛肉和酒之事，告诉相国魏齐，魏齐认为臣私通齐王，就将臣押至相府阶下，当众杖打昏死，又扔于厕坑，叫众人在臣身上屙屎屙尿后扔于郊外，幸亏臣又复苏，就改名为张禄，逃奔到秦国，蒙大王重用，封臣为客卿，提拔为相，享尽人间荣华富贵。托大王洪福，臣感激不尽。今天须贾奉命来秦求和，臣的真实姓名已经暴露，臣只盼大王饶恕！"

秦昭王叹息一声说：

"唉！爱卿呀！寡人实在不知，爱卿蒙受如此不白之冤，现在须贾既然已到秦国，就应砍他头颅，以报爱卿受辱之仇！"

范雎奏道：

"多谢大王美意，只是须贾为公事出使秦国。臣闻：自古以来，两国交兵，不斩来使。更何况他是来秦求和的，臣岂敢因私损公，况且致臣于死地的主犯，乃是魏相魏齐，须贾仅为从犯。"

秦昭王说：

"爱卿先公后私，公私分明，可算忠心耿耿！爱卿仇敌魏齐，寡人定要不惜一切代价，竭力捉拿，以解爱卿心头之恨，从犯须贾听候爱卿发落，准许魏国求和。"

秦王虽是准了魏国求和，但我的怨气未出，我就如同老贼魏齐那样，宴请众位宾客，当众羞辱须贾一番。临行前，我又怒叱须贾道：

"须贾，秦王虽然许和，但魏齐之仇，不可不报，今日权且寄你头颅于项上，快快回去禀报，让魏王把老贼魏齐头颅送来，将我家眷送来，方可应允秦魏通好。否则，我将亲率二十万大军攻破大梁，到那时，你们后悔都来不及！"

此番话语，将须贾吓得魂不附体，屁滚尿流，他连连叩头道好退出。

须贾逃得性命，日夜狂奔回到大梁，将我吩咐话语飞报魏王。魏王感到：送范雎家眷事小，要斩相国头颅求和，太丢脸面，有辱国格。正在踌躇不决，老贼魏齐得到消息，慌忙弃了相印，连夜逃往赵国，投奔平原君赵胜府中寻求庇护。

魏王派遣使者，很隆重地把我的妻子和妹妹及其他家人送到秦国，并把责任推脱给赵国。秦昭王又命大将王翦率二十万大军攻打赵国，一气攻下十座城池方才罢兵。后来，我又用计引诱平原君赵胜入秦，将他软禁起来，以他为人质，来讨回我的仇人魏齐。老贼魏齐惶恐不可终日，他身在赵国走投无路只好自杀。赵国就将老贼头颅，星夜送往咸阳。秦昭王将老贼头颅赏赐给我。我一见魏齐头颅，咬牙切齿，用力赐它几脚，啐骂几句，让手下把头颅漆成便器。

夜间我就在上面溺尿并骂道：

"老贼，你让你的宾客在我身上溺屎尿，我叫你死后，永远喝着我的尿水。"

此仇已报，大快我心。过后，我又趁向秦王谢恩之际，推荐王稽和郑安平，秦昭王当即封赏二人，这才叫作以怨报怨，以德报德。

题外话：

（1）以怨报怨，以德报德。

（2）成功源自背后的力量。

第二十回
黄歇解剑赠知音　　晚雪仰慕暗生情

> 英雄见英雄，
> 必然惺惺相惜。

当黄歇听完范雎的故事后，他激动地站起来，伸手解下腰中的宝剑赠送给范雎，并随口吟出一首《季子歌》：

> 延陵季子兮，不忘故；
> 脱千金之剑兮，带丘墓。

这是一首从春秋时期在徐国流传下来的歌，它表达了徐国人对季札恪守信义、生死不渝的高贵品质的尊敬和感激。季子就是当时吴国公子季札。季札贤能多才，人们都很敬重他，由于他的封邑在延陵，所以，就尊他为"延陵季子"。季札在诸侯中比较有威望，吴国国君常派他出使各国。

有一年，季札出使晋国，途中经过徐国，徐国国君徐偃王就在馆舍举行宴会隆重地招待季札。席间，两人一见如故，谈古论今，话语十分投机，大有相见恨晚之意。徐君瞥见季札腰间挂着的那柄长剑，装饰精巧，非同一般，就想起了吴国铸剑素来驰名天下，禁不住连看了几眼。季札发现徐君对他的佩剑感兴趣，急忙解下来，呈递给徐君观赏。徐君接过宝剑，轻轻地抚摸了一阵，"嚯"的一声抽剑出鞘。顿时，一道寒光森然夺目。徐君失声称赞道："啊！真是稀世之宝！"

徐君一时兴起，离席舞了一回剑，舞罢剑，徐君长叹一声说道：

"我徐国所铸之剑极其粗劣，正是缺少能工巧匠啊！今日目睹季子宝剑，真是大开眼界！"

季札很理解徐君的心情，可是，他当时正要出使晋国。按照春秋礼仪，一个使者一定要佩带长剑，他就不能解剑相赠，心里却暗中盘算，回程途中，一定要把宝剑留赠徐君。

季札凭着他的政治才能和卓著的声誉，很快完成了吴晋交好的使命。使事刚毕，他马上驱车返程，盼望早些了却心愿，让徐君欢喜一场。谁知就在季札离开徐国不久，楚国进攻徐国，徐君奋起抗击楚军，不幸血染沙场。季札非常难过，他准备好酒食，亲自去徐君墓前祭奠一番，随后就解下腰中佩剑，挂在徐君墓旁的一棵松树上。

"这是吴国的稀世珍宝啊，公子，您为什么把它挂在松树上呢？"季札的随从奇怪地问。

季札悲哀地说："唉，你们当然不知道啊！当初徐君流露出喜爱这柄宝剑的神情时，我已在心里默许赠送给他。如今他虽然死了，我岂能吝惜宝物，背信弃义？人啊！是应该讲信义的呀！"

季札再次向徐君墓鞠躬行礼，挥泪而别。徐国的遗民们都被季札恪守信义、生死不渝的高贵品质所感动，他们赋诗谱曲，编写此歌表达对季札的尊敬和感激。

范雎接过宝剑，对黄歇连声道谢。

黄歇又向范雎讲述了《俞伯牙摔琴谢知音》的故事：

俞伯牙原是我们楚国人，后来他到晋国做官至上大夫。俞伯牙善于弹琴，荀况先生曾在他的《劝学篇》中赞道："伯牙鼓琴而六马仰秣。"由此观之，俞伯牙的琴艺何等精深。听说他创作并弹奏一首琴曲，无人能解其意。有一天，俞伯牙在琴台上弹琴，一位上山砍柴的樵夫听后，称赞其"巍巍乎若高山"。伯牙一听，心中暗喜，接着他又弹下去，"荡荡乎若江河，先生此曲乃是《高山流水》。"

俞伯牙当即走下琴台，双手握住樵夫的手叩问，才知樵夫名叫钟子期，他虽因家贫而做樵夫，却是如此精通音乐，俞伯牙当下就视其为知音，二人相交，情深谊厚。后来钟子期不幸病逝，俞伯牙失去知音，非常痛心，就在钟子期的听琴处，最后一次弹完《高山流水》，当即摔断琴弦，发誓终身不再鼓琴。后人叹知此事,就在伯牙鼓琴、钟子期听琴处,筑馆建舍称为琴台。作为一位晋国的上大夫,能突破贵贱等级,和樵夫结下生死之交,这本身就值得赞叹。

"世路险恶,人情易老;人心相对,咫尺难料!"

俞伯牙始终不渝地忠实于他们的友谊,确实难能可贵。

"相识满天下,知音能几人?!""春风满面皆朋友,欲觅知音难上难。"

俞伯牙正是感到知音难觅,他才这样摔琴以谢知音呀!

范雎听完故事深受感动,当即握着双手道声:

"太好啦!黄先生,请问贵庚几何,你我结为兄弟,不知意下如何?"

"范丞相,黄歇只怕高攀不上。"

"唉!黄先生,此言差矣!四海之内皆兄弟,哪有高低贵贱之分呢?"

两人互换辰帖,范雎年长为兄,黄歇年少为弟,就于堂中焚香结拜。完毕之后,范雎又邀请黄歇与他一起参观秦军训练。秦军崇尚黑色,黑盔黑甲、黑衣黑旗,秦军将士兵戈整齐,威武无比,齐声同唱《无衣》歌:

岂曰无衣?与子同袍。
王于兴师,修我戈矛,
与子同仇!

岂曰无衣?与子同泽。
王于兴师,修我矛戟,
与子偕作!

岂曰无衣?与子同裳。
王于兴师,修我甲兵,
与子偕行!

歌声嘹亮激昂,士气非常旺盛,黄歇不由感叹:秦军果然威武无比。

范雎与黄歇结成至交,两人同病相怜,英雄惜英雄,大有相见恨晚之意。范雎在家里对妻子盛情夸奖黄歇,引起了范雎妹妹范晚雪的注意。范晚雪缠着哥哥讲述黄歇的故事,范雎就把黄歇的身世原原本本地讲述一遍,最后，范雎总结似地说:"我看黄歇天庭饱满，地阁方圆，鼻子印堂红亮，将来必为楚国栋梁，加官进爵，定为王侯将相。黄歇乃人中之龙，非为池中之物，必为大富大贵之人。他满腹经纶，又是大智大勇之人，决不会久居他人之下，将来必是一人之下，万人之上，说不定子孙后代，还有封侯称王之人。若是我范雎看走了眼，老天尽管瞎我双眼。看黄歇举止言行，透出的那份尊贵，我范雎自愧弗如，做他的夫人，也是前世修来的福分。"

范晚雪听后默识于心，夜间睡觉时，范晚雪梦中依稀窥见，一位飘逸俊俏的公子踏着月光款款而至。只见他面若冠玉，唇如施丹，相貌英俊，风度翩翩，说不尽偶傥潇洒，道不明风流蕴藉，恰似柱立中流，又如玉树临风，他折来一枝桃花送过来，身后月白风清，花影扶疏……

范晚雪忍不住迎拥佳公子，却是空搂枕头，南柯一梦。梦醒时分，晚雪已是黯然神伤。真是奇怪，接连几夜，晚雪都是同样梦境，几回梦中相聚，却是醒时独守空房，长吁短叹，红帏绿幔，寂寞里默然神伤，竟茶饭不思，卧病于绵罗帐内。细心的范夫人发觉小姑子病况，就去探视询问，晚雪羞怩地道出自己的苦相思。范夫人就把晚雪暗恋黄歇告诉范雎，可是，范雎有些担心，经不住妻子的苦苦相求，才答应邀黄歇来相府一见。

范雎设宴招待黄歇一人，席间，范夫人与范晚雪同来敬酒，黄歇一见晚雪，惊为天人。范晚雪一身淡装，恰似月下梨花，雪中梅蕊，别有一番风姿，只见她身材绰约，体态轻盈，肤色白里透红，娇艳清丽，如花沾清露，凄婉动人。只见她媚眼如秋水，细步似微波，声如黄莺。黄歇不为她动，范晚雪知趣而下。

题外话：
(1) 英雄见英雄，必然惺惺相惜。
(2) 单相思。

第二十一回
芈月情迷义渠王　太后宠爱魏丑夫

宣太后（？—前265年），姓芈名月，又称芈八子、秦宣太后。战国时期秦国王太后，秦惠文王之妾，秦昭襄王之母。秦昭襄王即位之初，宣太后以太后之位主政，执政期间攻灭义渠国，一举灭亡了秦国的西部大患。死后葬于芷阳骊山。

宣太后是中国颇有才干、最放荡不羁的女掌权者。她是楚国贵族的后裔，嫁给了秦惠文王，成为诸多妃子中并不显赫的一个。秦惠文王，就是车裂商鞅的那位国君。他虽然非常憎恨商鞅，却非常认同商鞅的那些富国强兵的策略。秦孝公死后，秦惠文仍然像他父亲那样，不遗余力地推行变法，而不像有的诸侯国那样人亡政息。秦惠文王公元前337年登上王位，27年后撒手人寰。在这期间，他继续推行秦孝公的新政，崇尚耕战。除了占领和垦拓越来越多的土地外，他更重视吸收关东六国的先进文明，改变秦国原有的落后习俗。秦国在商鞅变法前，闭关锁国，野蛮落后，被中原的诸侯视为"戎狄"。商鞅变法之后，秦国逐渐强盛起来。它先进的法令，吸引了当时的知识分子"士"这个阶层，诸子百家的门徒欲西趋强秦，秦国也打开国门，招贤纳士。秦惠文王礼贤下士，有一批军事家、政治家、纵横家、思想家、游说家、文学家，甚至还有一些游民流氓、术士骗子、冒险家等，鱼目混珠地麇集于咸阳。其中，不乏真才实学、文韬武略、为秦国的兴盛做过贡献的人才，如著名的纵横家张仪、墨家代表人物田鸠。各种流派的士所具有的文化知识和先进的思想观念，犹如一股清新的风吹遍了八百里秦川。在这种具有东方色彩的先进文明面前，秦国原有的保守落后的文化，相形见绌地退却消融了。因为，秦孝公、秦惠文王等国君大力地倡导革新开放的风气，宣太后和她的族亲华阳夫人，也就成了领风气之先的人物了。

在芈八子默默无闻的后宫生涯中，作为偏妃，她所生的三个儿子之一的嬴稷，为她登上正宫王妃的宝座铺就了基石。

秦惠文王正宫妃子所生的武王，无子而早死，依照秦国的宗法制度，王位由芈八子所生的长子嬴稷继承，他就是异人的爷爷、著名的秦昭襄王。公元前306年，风姿绰约的宣太后把她刚过十岁的儿子抱上大殿时，她明白自己将面临执掌权柄的幸福时代。许多历史学者一讲起太后垂帘听政、治国安民，常津津乐道于吕后、武则天，以为她们是开山鼻祖。其实，宣太后早已捷足先登了。

从为子夺位的过程就可以看出，宣太后不是一个"弱质女流"，任何人如果拿鄙视女人的眼光来看她，必将自尝苦果。百尺竿头，更进一步，这个三十岁上下的成熟美妇人，一跃成为封建社会里后妃掌政的鼻祖。秦国尚武，而尚武最盛大的时期之一，就是宣太后掌政的三十六年（也有说是四十一年）。

三十岁上下的她当上了秦国太后，称"宣太后"。为了巩固幼子的王位，她用了世上最直接的方法：联姻，也就是为自己的儿子迎娶楚国的公主为王后，同时也将秦女嫁与楚国。与此同时，执掌了大权的宣太后开始任用自己的亲信。

不用说，亲信都是宣太后的娘家人。在楚怀王的推荐下，宣太后让自己母亲的族人向寿担任秦国的宰相（从这项推荐来看，芈八子的母亲应该是姓向）。同时，为相并控制兵权的，还有力保外甥为王侯、居功至伟的魏冉，他被封为穰侯，封地即穰（今河南邓州市），后来又加上陶邑（今山东菏泽市定陶区）——这是宣太后的异父弟弟。还有一位宣太后的同父弟弟芈戎，被封华阳君，封地先是陕西高陵，又改封新城君，封地也变成了河南密县。

至于宣太后的另两个儿子，当然更是要封。公子芾封为泾阳君，封地在今陕西泾阳，后来又换了一块封地是宛（今河南南阳）；公子悝封为高陵君，封地在西安高陵，后来又换封地为邓（今河南漯河市郾城区）。

义渠，是秦国西方的一支游牧民族，这支民族虽比秦国落后，但因其强悍善战，长期以来能与秦国抗衡。秦孝公、秦惠文王、秦武王时代都曾多次受到义渠的滋扰。到秦昭襄王继位之后，义渠王来秦首都咸阳，向新登基的昭襄王朝拜，祝贺之时，风韵犹存的宣太后，竟然与义渠王勾搭成奸，也许，守寡数年的宣太后耐不住深宫的寂寞，或者是英俊威武的义渠王，确实吸引了这位美貌的少妇，这一对异族的情人，在一起竟达三十余年之久，并生下两个儿子。在这段时间内，义渠王在温柔乡中乐而忘忧，自然无攻秦之野心，而宣太后在满足了情欲之后，却没有忽略对义渠的防范。公元前272年，宣太后已年届七十，义渠王早已被玩弄于她的股掌之中，此时，义渠王不仅失去了对秦国进攻之心，就是对秦国的戒备之心也没了。趁义渠王不备时，宣太后突然对他情人的民族发动袭击。结果，强悍的义渠军队顷刻间被击溃，威胁秦国西方安全的义渠，终于在宣太后的美人计下瓦解了。宣太后是一个很有魅力的女人，尽管她已是徐娘半老，但是和所有女人都一样，喜欢同外貌漂亮而且又有知有识的男性接触，喜欢同陌生的异性谈自己心灵深处的动机和野心，这是女人们的通病。

宣太后对于性观念的开放程度令人吃惊。她不像后来人那样，把男女之间的性生活，视为什么不光彩的事。为了政治需要，她甚至敢于把自己性生活的感受公之于众。

有一次，韩国的使臣来向秦国求援，当时尚在听政的宣太后，出面同韩国来的使臣尚靳谈判。作为一个王后，直接与外国使臣谈判，这已属罕见。更令人吃惊的是，在谈判中，宣太后竟用自己床笫间的感受作做喻向韩国讨价还价。

"我与先王做爱之时，先王全身都压在我的身上，我一点也不觉得重。那是为什么？"她自问自答地说，脸上一点害羞的表情都没有，"那是因为对我有利，我感到全身舒服！"

韩国使臣目瞪口呆地一句话也不说不出，不知这位太后要说什么。

"可是，"宣太后娓娓而谈，"当先王不和我做爱的时候，就是一条腿压在我身上，我都觉得支持不住。"

说到这里韩国使臣尚靳已完全明白：若对秦国无利，秦国是不会支持韩国的。这次谈判结果如何姑且不说，身为秦国的太后竟把做爱的感受，公然告诉外国使者，这些言论是低级下流，还是先进开放？反正谈判结果是秦国得到了便宜。

宣太后主政时任用弟弟魏冉、芈戎和儿子公子悝、公子芾等四贵主政。宣太后及四贵的专权极大限制了秦昭襄王的权力，造成了秦国国内只知有太后和四贵,不知有秦王的局面。魏国人范雎逃亡至秦国后,受到秦昭襄王的重用。范雎向秦昭襄王建议,收回五人的权力,以免造成楚国将领淖齿、赵国权臣李兑那样弑君篡国的祸乱。秦昭襄王采纳范雎的建议,废宣太后,将魏冉、芈戎、公子悝、公子芾等四贵驱逐出秦国。

这个风流而大胆的宣太后还是个长寿老人。直到秦昭异人去邯郸为质,她才恋恋不舍地离开人世。

宣太后十分宠爱情夫魏丑夫,丑夫虽然名叫丑夫,其实十分俊美。临死之前,这个风流一生的太后,还念念不忘魏丑夫。在弥留之际,她竟提出要魏丑夫为她陪葬。这时,秦国早已废止了陪葬制,这使昭襄王非常为难。而那个魏丑夫当然更害怕,正在不知如何是好之际,一位聪明的大臣庸芮站出来解了围。

"太后认为人死了之后,还有知觉吗?"

庸芮毕恭毕敬、轻声细语地在太后耳边问道。

"当然!"

太后上气不接下气地回答:

"没有知觉。"

"太后圣明!"

庸芮紧接着说:

"以太后如此之英明,明知死者已无知觉,又何必让所爱的人陪着无知觉的死人呢?"

"再者。"见太后没有反应,庸芮又进一步说,下面的话就很难听了:

"如果死人有知,先王对您生活的不检点,积怨日久,您死后,小心先王找您算账都来不及,哪里还有暇和魏丑夫恩爱呢?"

这种极其刺耳的话竟当面向太后讲出来,在病榻旁的大王和贵戚、大臣未免都捏了一把汗,不知宣太后要如何动怒,说不定庸芮的性命就此完蛋,空气立即紧张起来。

"好……"

停了一会儿,只听宣太后有气无力地从嘴里吐出一个字。究竟这个"好"是什么意思呢,是指庸芮说得对?

还是无可奈何地表示:

"随你们怎么办吧?"

反正她无可奈何地放弃了要魏丑夫陪葬的要求。

可怜的面首魏丑夫得救了,在场的人也松了一口气。

第二十二回
扮车夫熊元脱险　　救太子黄歇舍身

为主轻身大丈夫。

楚国太子熊元在秦国做质人已经十年了，十个春夏秋冬寒来暑往，使得入秦时的黄毛孩子熊元成了翩翩少年，虽然他有时神经上有点不正常，但是他仍然过得很好。十年的风风雨雨冰霜雪霁，使得太傅黄歇饱经忧患，更加老成持重。秦昭襄王为了他的政治目的，始终不让楚太子熊元回国，太傅黄歇困在秦国，只有寻找机会，蓄势待发。黄歇与熊元入秦为质十年间，楚顷襄王为他们花了很多黄金珠宝美玉，黄歇用这大把大把的金银，在秦国铺就了一条通向光明的道路。

此时，秦昭襄王继续采用应侯范雎"远交近攻"的谋略，为了集中力量攻打韩、赵、魏，他就派使者到楚国结盟。病中的楚顷襄王为了迎回太子，就与秦国使者签订盟约，过后又派使者朱英（魏国人）随同秦使，入秦与秦王签订和约。

朱英带着楚王的国书和秦国使者，一同来到秦都咸阳，与秦王交换了国书，事后，朱英顺便来到太傅黄歇的馆舍。朱英向太傅黄歇讲述了顷襄王得了重病，非常思念太子熊元；另外，倘若大王薨，太子不在身边，势必另立其他太子。请太傅向太子进言，赶快想办逃脱秦国的牢笼！

太傅黄歇听到此话，心里着急。送走朱英后，他匆匆赶去找太子熊元。熊元一见到他就忙问：

"太傅，您有何事，这般匆忙！"

黄歇说："太子殿下，大王恐怕快不行了，然而，太子您却羁留在秦都咸阳。表面上看您是平安无事，实际上，您却没有活动的自由。万一您的父亲病逝，您又不在他的病榻边，您的兄弟一定会有取代您继承王位，到那时候楚国的江山恐怕就不是太子殿下的了！"

太子熊元听完此话后，赶忙"扑通"跪下请求道：

"太傅、太傅，您快想办法，快想办法救我呀！"

黄歇皱皱眉头说道：

"救救您，叫我怎么办？"

"太傅、太傅，您老人家博学多闻又多智，肯定会有办法救救我的，太傅，快想办法救我吧！太傅，熊元的性命就在太傅手中呀！"

说着，说着，太子熊元的眼泪就淌出来了。

黄歇生平见不得别人流泪，他焦急地直挠头皮，沉思一会儿，忽然一拍头：

"看来只有一个办法可以救您。"

"什么办法？太傅快请讲！"

熊元连声催问道。

黄歇没有言语。

"从今天起，熊元的一切听从太傅安排。太傅若能让熊元回到楚国，登上王位，熊元愿与太傅共同执掌楚国朝政，拱手让出半壁江山。"

太子熊元说罢，后退两步，对着黄歇深深一揖。

黄歇连忙扶起熊元，十分动情地说道：

"太子快快请起，你这样会折杀老臣了，老臣看来，只有到应侯府，向秦相范雎求情，看在我和他的多年交情，他定会全力救我们。"

"好！好！那就请太傅快去吧！"

熊元脸上挂满泪珠。

范雎表面一套，背后却是一套，既是朋友又是对手，既是对手又是朋友。没有永久的友谊，只有永久的利益。

天色已晚，黄歇也顾不了那么多，他乘坐卫士驾的马车，连夜造访秦国丞相府。进了应侯府，先是寒暄几句，接着范雎就问道：

"黄歇弟夜晚光临敝府，有何贵干？"

黄歇连忙再拜稽首道：

"范丞相，我有一件要事向您求救，但不知能否出手相救？"

"黄歇弟不必客气，自家人，有话尽管讲，范兄会尽力而为。"

"好，我黄歇就直说了。范兄，您知道，我家大王得重病了吗？"

范雎说："我已从秦使口中得知此事。"

"顷襄王得了重病，这可是我们楚国危急存亡的紧要关头呀！"

范雎点点头说：

"不错，的确如此。老王将去，新王未立，此皆多事之秋。"

黄歇连忙说：

"可是，我们楚国的太子熊元，在秦国快十年了，他与秦国的左右丞相及大小将领没有一个不友好的。假若楚王病逝，太子熊元能够顺利回去继承王位，那么他在面对秦楚两国外交时，一定会更加谨慎，也一定会采取'亲秦'政策，与秦结成盟国。倘若范兄在此危急存亡之时，帮助太子回到楚王身边，那么太子会永生永世地感激丞相的大恩大德。如果秦国强留太子，以要挟楚国达到割地目的，那么，楚王一定会改立其他公子，那时候，太子留在秦国，也只不过是贵国都城咸阳的一个平民布衣而已。况且，楚国一定会报复秦国强留太子这个事件，日后，楚国也不会再委派质子侍奉约好秦国了。舍弃与万乘大国修好外交关系，而强留一介平民布衣于都城，黄歇私下认为不是个好办法，这是所有聪明人不愿干的事呀！"

范雎点头微笑着说：

"太傅说得对！范某明日早朝，定向我们大王进言。"

第二天早朝时，丞相范雎就把黄歇的话语，以他的口吻复述一遍给秦昭襄王听。

秦昭襄王说：

"范爱卿所言极是，范爱卿所言极是！寡人准奏。范爱卿，你何不叫太傅黄歇先回到楚国，去探视楚王病况，如果真的病重，再让他们楚国迎回太子也不迟！"

范雎连声说道：

"好！好！臣下马上按大王旨意去办！"

退朝以后，范雎就派人叫黄歇一个人先回楚国，探视楚顷襄王病情。黄歇听到太子熊元不能和他一同回到楚国。黄歇知道这是秦王的故伎重演，想趁机逼楚割地。

"决不能让楚怀王悲剧重演！"

黄歇心里想。

黄歇急忙回到他的卧室，取出他家祖传的那根桑木幡龙杖，对它焚香三根。片刻，老黄君从幡龙杖上飘然而至，他开口叫黄歇让太子熊元与朱英的驾车人变换服装，随朱英回国。赶紧去做，离朱英返楚仅剩一天时间。

黄歇听罢，急忙把桑木幡龙杖藏好。

黄歇趁着夜色驾车，马不停蹄地赶往太子住处，太子熊元正在馆舍内焦急地等待。黄歇一见到他就说：

"太子殿下，秦王强留太子不让回去，无非是想重演诱俘怀王的那场戏，他是想趁我们楚国情况紧急，来强求我们楚国割地。如果我们楚国来迎立太子殿下为王，那就中了秦王的奸计，会割去很多土地；如果不来迎立太子，那么，太子您将会终身成为秦国的俘虏，一定会客死他乡，成为异乡之鬼呀！"

太子熊元听了后，吓得面如土色，他骇得赶忙请求道：

"太傅，太傅，快救救我，快救救我呀！"

"太子殿下，不要着急，待老臣想想办法。"

黄歇慢条斯理地说道。

"太傅，快帮我想想办法呀！"

熊元脸上冒出汗珠。

黄歇微笑着捋捋胡须道：

"以老臣愚见，太子殿下不如变换服装，赶紧逃命吧！正好有个机会，我国使者朱英报聘完毕，估计明天将要回去，这可是个千载难逢的好机会，太子殿下千万不要错过呀！"

太子熊元闻言哭了起来，如孩童般"呜呜"哭泣。黄歇连忙安慰他，叫他不要哭了。太子熊元连忙站起来，擦干眼泪问：

"太傅，那您老人家怎么办呢？"

黄歇慷慨陈词道：

"太子殿下，您不要为老臣担心，老臣自留馆舍，为您回归做掩护，老臣性命并不重要，纵是死一千次，也在所不惜！"

太子熊元闻言，感动得泪流满面，他跪下道：

"太傅，您真是我的救命恩人，是我的再生父母！"

太傅黄歇也慌忙跪下道：

"太子殿下言重了,您可折杀为臣了,这只不过尽了为臣的微薄之力。"

太子熊元对天拜了几拜:

"苍天在上,列祖列宗作证,太傅黄歇若能救我出去,使我能够回国继承王位,我愿把楚国的半壁江山奉送太傅。"

太傅黄歇也对天拜了三拜:

"苍天在上,列祖列宗作证,我黄歇忠心耿耿辅助幼主,若要施阴谋,要诡计,必遭天谴,定当身首异处。"

他们立下重誓后,又各自向对方拜了两拜,相互扶起,亲若骨肉父子。

黄太傅当即带熊元驾车到使者朱英住处,朱英连忙把两人迎到室内。黄歇让朱英的驾车人冒充太子熊元,朱英立即答应照办。

太子熊元脱下衣服,穿上驾车人的衣服,留在朱英身边。那个驾车人穿上太子的衣服,与黄歇一同回到馆舍。

第二天一大早,楚国使者就启程回国,太子熊元手拿马鞭,为朱英驾着马车,如飞地往楚国驰去。几天后,他们大摇大摆地驶出函谷关。黄歇留在太子的馆舍里,让朱英的驾车人躺在床上装病,他日夜侍候在"太子"身边,寸步不离。

秦昭王派人让太傅回到楚国,探视楚王的病况。黄歇就托词道:

"真是天大的不幸呀!太子熊元恰恰此时得了重病。他病得实在太严重了,别人照看他,臣下放心不下。十年前,我们大王把太子殿下托付给臣下,临行时,我们大王再三叮嘱臣下要保护好太子,所以,臣下认为,如果太子稍有闪失,会愧对楚王。臣下认为,只有等待太子病情稍微好转后,方能告辞回国,探视楚王病况。"

来人看了看"病床"上的"太子",没说什么,就转身离去。

过了十天左右,黄歇估计太子熊元和使者早已逃出了函谷关,他这才入朝求见秦昭王。黄歇进了秦王宫殿,马上就跪下叩头请罪道:

"秦王陛下,罪臣黄歇该死!罪臣黄歇该死!"

秦昭王连忙问:

"黄歇,你有何罪?快讲!太子熊元是否病愈?"

"回奏大王,太子熊元没病,罪臣黄歇担心,楚王一旦病逝,太子熊元不在身边,楚国会另选其他公子继承王位,到那时楚国就不可能侍奉大王您了。罪臣黄歇已自作主张,让他与朱英的驾车人变换服装,随同朱英回国,现在恐怕早已出了函谷关，回到楚国了！"

秦昭王闻言，气得暴跳如雷：

"好哇！你个黄歇！你胆大包天！你……你，你真是……"

秦昭王怒叱左右：

"把这个奸诈楚人拿下，寡人要用油锅烹他的肉吃！"

秦王侍卫赶忙把黄歇捆绑起来，又在大殿下架起油锅，燃着干燥的木柴，熊熊的火焰炽烈地舔着锅底，不一会儿，锅里的油就沸腾起来，双手反绑的黄歇，神色严肃地望了望秦昭王，又转身朝着热气腾腾的油锅，神色自若地走过去……

在此紧要时刻，丞相范雎赶忙跪下，奏道：

"大王请暂息雷霆之怒，老臣范雎有一本相奏。"

"范爱卿，有何事，请讲。"

"大王，臣认为这个黄歇，是该下油锅！"

"对！他气煞本王！"

"但是，大王，您就是油炸了他，也不解恨呀！臣下认为您，应该一刀刀地割他的肉。"

"对！就是油炸了他，也不解本王心头之恨，应该一刀刀地割他的肉，可是他……"

"可是，大王您想过没有，您就是千刀万剐黄歇，也追不回太子熊元，反而得罪了万乘大国的楚国，这可与我们的'远交近攻'策略大相径庭呀！"

"范爱卿，您说，那该怎么办呢？"

"大王，臣认为您不如因此嘉奖黄歇忠心为主的精神，赏他金银财宝，让他满载而归，势必得到楚王的信任。楚王死后，太子熊元继位，黄歇有如此救主大功，必定被新楚王封为令尹，到那时楚国的君臣定会感激大王的恩德，他们一定会与我们秦国交好，这样会对我们秦国大有裨益呀！臣请大王三思而行。"

秦昭王说：

"好！范爱卿言之有理，那就请范爱卿为黄歇松绑吧！"

范雎连忙下殿为黄歇松绑。

黄歇整好衣冠与范雎一同上殿。

秦昭王笑着走下御座，迎向黄歇，他亲切地拍拍黄歇的肩膀说：

"黄太傅，请你原谅，本王原本是试试你的忠心和胆量，想不到太傅竟是如此忠心耿耿，实在是条汉子，让本王好生佩服。其实，本王早就有意，派你和太子一同回楚国，为了表达本王的歉意，本王将重赏你。来人！把几车黄金和美玉，赏给楚国太傅黄歇，让他荣归故里，衣锦还乡！"

秦昭王又大摆筵席，举行了隆重的欢送仪式，让黄歇与那个假太子一同回到楚国。

楚顷襄王及太子听到黄歇回来，派人在楚国的都城陈郢举行了隆重的欢迎仪式，楚顷襄王还重重地封赏太傅黄歇。后人有诗礼赞黄歇道：

更衣执辔去如飞，
险作咸阳一布衣。
不是春申有远见，
怀王余涕又重挥。

题外话：
为主轻身大丈夫。

第二十三回

因功受封令尹府　衣锦还乡黄邑城

黄歇回到楚国三个月后，楚顷襄王病逝。临死前，楚顷襄王用他瘦黄的手拉着黄歇的手，对着床榻前跪下的太子熊元说：

"太傅，孤已不久人世，太子元儿年幼，全靠太傅扶持。元儿，你要视太傅如父，切记！切记！"

黄歇闻言，感动得热泪盈眶，当即跪在楚顷襄王床前，立下誓言：

"大王，臣下黄歇当全力保护楚国社稷，纵是赴汤蹈火，也在所不惜。倘有偏私，天地定当不容；臣下黄歇定当全力保护太子，使楚国江山代代相传。若有异心，定遭天谴，身首异处，死无葬身之地！"

楚顷襄王这才满意地闭上眼睛。楚国上下哀悼三天，太子熊元被黄歇拥立为王，史称楚考烈王。楚考烈王元年（公元前263年），熊元封黄歇为令尹，尊他为春申君，赏赐淮北十二县。

楚国国都迁到陈，在陈国旧城宫殿上重新扩建，使陈郢规模更大。城墙周长有三十多里长，城墙四方开着八孔高大城门。城门就是两个门墩三个门道，车马、人畜、什物的进出门径都有严格规定，各行其道。在陈郢东南有一个巨大的粮仓叫平粮台，贮藏着大量粮食。

陈郢城里整天都拥挤着来来往往的车马行人，异常繁华兴隆，市井稠密，不愧为楚国都城。有人形容陈郢也是"连衽成帏，举袂成幕"。真个是"朝衣鲜、暮衣蔽"的郢都。

莫看陈郢如此挤挤攘攘，喧声不宁，而在市井之外，却是一番景象：

天高气爽，大地一派勃发气象。

城外的小河旁，十几个劳碌奔忙的农人正在河里洗浴。

浣纱的姑娘、媳妇三三两两地来到河边洗衣捣衣。

两三个火辣大胆的女子，正兴致勃勃地在河里沐浴打闹戏水，煞是显眼。

在京郊空旷的草坡上。

一个祭坛高高地耸起。

远远望去，那面丈书"楚"字的大旗，在风中猎猎作响，高高飘扬。

大旗四周插满了红、橙、黄、绿、蓝五色龙旗。

拜尹仪式按照楚国惯例进行。

先是楚王斋戒三日，淋浴更衣，求之于筮法。

主管卦辞的巫官向神灵询问，按照卦辞择定良辰吉日。

然后，楚王命工匠们建筑了一座高大雄伟的拜尹坛，举行盛大的拜尹仪式。

一个风和日丽的早晨，装饰华丽的车马一队队驶往郊外。

身着崭新红色朝服、峨冠博带的文官，长长的衣袖随风来回鼓荡，显得那么高大伟岸。

身着红盔红甲的武将神采奕奕，威风凛凛。

三丈多高的拜尹坛，饰以鲜红的漆面，绘上各种龙虎图像。

坛四周插满五色的龙旗。

面南背北，十八层的台阶。

主持祭礼的巫官在虔诚地祈祷着。

一群专管杂役的人们有条不紊地忙碌着。

他们备好了煮熟的猪头、牛头、羊头祭品。

德高望重的巫官亲自将这些祭品摆放在祭坛上。

台下，众乐师们在早已准备的编钟、琴瑟、鼓、箫边安静地坐着。

他们悠闲地摆弄手中的乐器。

此时，一声"大王驾到"。

四周的声音戛然而止，就连一根针落地，也能听得见。

只见前首走来了楚考烈王，他身着红色纹龙王袍，头戴滚龙冠，脚蹬纹龙履。

后面紧跟着身着红色朝服峨冠博带的黄歇。

二人随同巫官，登上拜尹台。

巫官将待燃的三只粗大的檀木，奉至考烈王面前。

考烈王点燃檀木，将三只檀木插进大方鼎中。

一种沁人心脾的奇香，在空气里四下散开，与青草发出的气息混杂在一起，煞是好闻。

祭天祀地仪式开始。

考烈王双膝跪地。

黄歇也身随其后跪地。

坛下百官也随之跪下。

他们都注目着这场不同凡响的祭祀仪式。

考烈王双手捧着帛书，向天地祈告，祝词道：

"皇皇上天，德润万物，普照下土，集天地灵气，降圣贤于敝邑，庶物群生，各得其所，惟令寡人，社稷永存，敬拜上天，大大恩赐。"

言毕，再叩首。

在悠悠长鸣的号角和编钟鼓乐声中。

考烈王将金印紫绶，双手捧给黄歇。

黄歇虔诚地叩首跪拜。双手举起，从考烈王手接过令尹大印。

黄歇叩首跪地，手持帛书朗声念出誓言。

皇天在上明鉴：

微臣黄歇，楚地黄邑人氏。承蒙先王恩惠，赐臣左徒之职，遣臣出使强秦。臣护幼主十年，不辱使命，护驾返楚登基，此乃先王之功。今王又授微臣令尹，臣当竭尽全力，保大楚社稷长存，楚王江山永固，代代相传。若有异心，定遭天谴，身首异处，死无葬身之地。

誓言刚毕，就见西边天际，一阵狂风携带乌云，骤然而来，卷起地上的尘土和落叶，如黑龙狂飙一般，势不可挡地撼动着荒原上那几棵行将枯败的老树。

黄歇回国三个月后，当年秋天，被楚考烈王拜为令尹，并封为春申君。楚考烈王依照当年借黄铜锣时许下的诺言，封给了春申君黄歇淮北十二县。

黄歇初登高位，一时门庭若市。

春申君敞开大门，厚待来人。

朝野人士，车马多如过江之鲫。

申玉凤规劝黄歇：

"夫君，花无百日红，叶无百日绿。别只看当今显赫，宜留下后路，积累财富最为重要。古语云：'月满则亏，水满则溢'。当年，苏秦身负六国相印，何等显赫，何等伟业。请别过于自满，当心啊夫君！"

黄歇闻言，当即采纳夫人良言。

他认真研读了前人的经书史籍，也留心观察当时的七国割据形势，系统地设想出了一套治国安邦的方案。

黄歇被楚考烈王封了淮北十二县的消息传到黄邑城。老族长黄道非常高兴，真是感叹先祖恩惠，又说自己有眼力，黄歇果然不负众望。

黄邑城内一派喜气洋洋，黄姓人举邑欢庆。

谁料乐生悲，正当黄歇衣锦还乡时，老族长黄道突然暴病身亡。

黄道临终时还赞道：

"黄歇，好儿男！你为俺们黄姓族人争了光！老夫死也瞑目！"

恰在路途上的黄歇闻知，弃车换马，快马加鞭，星夜赶往黄邑城。

黄邑城内，老族长家中停着一口红漆棺木，黄邑城内男女老幼尽皆悼念老族长，穿白衣戴白帽，悲哭声令人心寒。

黄歇驰回黄邑城，扑倒在老族长棺木上，拍棺痛哭：

"老族长，黄歇回晚啦！黄歇回晚啦！"

众人闻之，莫不痛哭流涕。

黄歇脱下官服，换上孝服，为老族长披麻戴孝，办了丧事，并在老族长棺木前发下誓言：

"皇天后土，黄氏祖宗在上，黄歇乃黄氏子孙，定当不负黄氏家族众望，为黄姓人谋福利，乃我黄门祖训。黄歇当以振兴黄国、复兴黄氏家族为己任。天地人神共鉴，黄歇若违誓言，定遭五雷击顶，身首不全。"

事后，黄歇任命老族长儿子黄德为族长，掌管家族事务。

黄歇又上书考烈王，将熊宝撤换，把治理黄邑的大权交给了族长黄德，并任他为黄邑邑长。从此，黄邑大权就在黄姓人手中。黄歇研究了一套治理黄邑城的方案交给了黄德主办。

他们派人斩伐榛荆，开辟园田，挖掘沟洫，排水蓄水，挖掘陷阱，防止人畜践踏，引老龙埂之水灌溉黄邑田野，把整个黄邑城治理得"路不拾遗，夜不闭户"。

黄歇又组织人马修建黄姓祖庙，修复了"忏悔台"。黄邑城内大多是黄姓之人，黄姓人倘若犯罪，便送往祖庙进行忏悔，跪地思过。因此黄姓人就有了黄氏家训：家有家法，族有族规。

　　黄邑城治理成为典范，黄姓人深得黄歇教化。城内，再也见不到衣衫褴褛、蓬头垢面的人，黄邑城因此成为"无囚地"。楚国民众极为颂扬春申君。春申君因政绩得到楚考烈王的嘉奖。

　　黄邑城内的令尹府是建在高大夯力台基上，用复杂的巨木榫卯结构梁支撑起来的，呈现出精巧坚固、错落有致的楚式宫殿特色。宫殿区是以令尹府为中枢，前朝后寝，左祖右社，宫殿的地坪是用光洁砖石板铺成。两旁有雕花彩石栏杆，上边也是木质结构，廊棚相顺，这种古雅质朴的走廊连接着整个殿宇别寝。

　　黄姓人喜爱乐舞。黄国的乐舞始于黄帝，春秋时期，黄国的外交活动频繁。国君祭祀安享等许多场合，演奏皆以黄国喧天锣鼓为主，伴随着载歌载舞的场景，黄国也就成了歌舞之乡。流传而来的歌舞经黄歇之手发扬光大。

　　黄歇与族长黄德率族人及众弟子致慕于祖宗祠堂，聚揖于厅，少则一日，多则三日。族亲联恳，幢幢蔽日，户户焚香，家家结彩。

　　在黄姓族人眼里，五伦之中，惟君亲恩最重；百行之本，当存忠孝义先。

　　黄邑城里。

　　黄姓祖庙前。

　　黄歇命人竖起十四根盘龙石柱，用以纪念黄国立国一千四百多年。

　　春申君黄歇虔诚地跪地。

　　他头戴黄色的高冠，身披黄色的长袍。

　　黄歇身后跪着一大批身着黄衣黄冠的黄姓子孙。

　　他们虔诚地面朝高坛。

　　高坛之上摆放着一幅真人大小的陆终像。

　　像边还有一只凤鸟大小的玉黄鸟。

　　"赖先祖之德，宗庙之灵。歇得以继承先祖大业。"

　　黄家有三宝：铜锣、拐杖、蚌珠盒。三宝一直秘不示人，关键时刻，三宝自来。

　　后来，黄歇又在潢河的北岸建起令尹府邸（今河南省潢川县政府，古代为光州十景之一"春申遗宅"）。

　　题外话：

　　（1）诺言是该付的债务。

　　（2）成功男人的背后，必有贤妻良母。

第二十四回
磨盘山上桃花洞　桃花庙里桃花诗

　　阳春三月三的这天，春申君黄歇视察来到九江郡雩娄县（今河南省商城县东北部、固始县南部一带）的黄柏山。
　　众人陪其饮酒，酒酣之时。
　　黄歇忽问众人："此处可有极致景色？"
　　"有！有！令尹大人！"
　　"离此地可远？"
　　"不远！不远！"
　　"不远处有座磨盘山。"
　　"磨盘山？"
　　"对呀，令尹大人。"
　　"磨盘山上还有桃花洞。"
　　"桃花洞？"
　　"桃花洞里还有桃花庙。"
　　"桃花庙？"
　　"桃花庙里还有桃花夫人。"
　　"桃花夫人？"
　　"对，对，就是那个文王夫人！"
　　"噢，原来是她。"
　　"令尹大人知道她？"
　　"当然知道，赶快备车。"

趁着酒兴，驰车来到磨盘山里的春申君黄歇，踏着片片落地的桃花瓣，欣赏着正在盛开的桃花美景。

好大的一座桃花山呀！满山遍野的桃花开得正艳。

他信步来到桃花洞，进入洞中就见一座庙宇。

只见庙前门槛上书：

自古艰难惟一死
伤心岂独息夫人

推开庙门，分明看见庙堂正中供奉的，就是那位面若桃花、美轮美奂的"桃花夫人"像。

真是酒醉催人迷，黄歇当即想入非非，命随从取出刻刀，在粉墙之上题了一道《桃花诗》：

磨盘山上桃花洞，
桃花洞里桃花红；
桃花春雨桃花庙，
桃花庙里桃花人。
桃花三月桃花运，
桃花运连桃花情。
他年若得桃花人，
身首异处也甘心。

黄歇写完，掷刻刀于地，又命随从驾车而去。

"三月三，拜轩辕。"

"桃花夫人"从天宫朝拜轩辕，完毕之后，回庙猛然看见粉墙之上的《桃花诗》，怒道：

"好你个大胆黄歇，竟敢写此艳诗，亵渎本仙！"

"好你个'他年若得桃花人，身首异处也甘心'！"

"本仙要叫你身首异处，死无葬身之地！"

只见那"桃花仙子"，怒时桃花面更艳，纤手袖中取出一根桃花枝，迎风一招。

不一时，阴风袭来，一条美女蛇现身。
"桃花仙子"用桃花枝点了三点。
"美女蛇听我密旨：幻化李嫣，诱惑春申，断其应得江山。"
美女蛇听令，幻化息妫之貌，脱胎转世去了。

题外话：
(1) 桃花运是断头运。
(2) 美女惹不得。

第二十五回
修身敬祖黄邑城　　教育子孙好寻根

黄歇在他的封地黄国城建了令尹府,为了解决城内吃水困难,黄歇重金请来专门挖井的人,在城内挖了六十座"莲花井",加上城内原有的十二座,共计有七十二座"莲花井"。

那些挖井人非常有经验,他们先选好井的位置,在一块潮湿的地上先挖一个土井,当挖至接近水线的流沙层时,就将陶制的井圈放入井内,再从陶井圈内挖去沙土,陶井逐渐下沉,上边再放上陶井圈,井圈与井壁之间用土或碎陶片填实,就这样一层层地挖,直到挖至一定深度的水位为止。最深的水井有十六节陶井圈,每节陶井圈高约五六十厘米,井深在十米左右。这种井是饮水井或手工业用水井。

他们又在饮水井上采用桔槔汲水,这种装备很简单:在井旁立好木架,架上用绳子吊上一根长杆,一端系着汲水器,另一端坠上重物,后重前轻。引时即俯,舍时就仰,一起一落,汲水又快又省力。

夏天,黄国城黄歇的令尹府内,白果树下,黄歇一家人乘凉。黄歇向他的儿子黄尚、黄俊、黄义们讲着故事:

孩子们,我们这黄国,其实也是嬴姓子爵国,黄姓是以国为姓。嬴姓是始祖大业颛顼帝孙女女修在织布时,一只燕子飞来产下一个燕子蛋,女修看了惊奇地把燕子蛋捧在手中,审视良久,就吞下燕子蛋后怀孕。几个月后生下大业,大业见风就长,百日内就长成一个英俊的小伙子。黄帝的后代少典的女儿女华见大业如此俊美,顿生爱慕之心,二人一见钟情,就结为夫妻。婚后五十天,女华就生下一个男孩,取名叫大费,大费三十天就长成大人,也如他父亲大业那样俊美。

　　那时，正是尧帝在位时期，洪水滔天，无边无际，淹没农田，毁坏庄稼。世上只有几座大山没有淹没，尧的臣民只好躲在大山上，尧帝见天下黎民百姓，忍饥挨饿又受冻，心里非常着急，他就遍访治水能手，大家就推荐了鲧。鲧从天庭内偷来息壤，把洪水围堵起来，不让洪水外流，谁知水位越涨越高。最后冲垮了息壤，淹没了更多的山林土地，百姓更加遭殃，叫苦不迭。尧帝一气之下，就杀了鲧。自己把帝位禅让给德才兼备的舜。舜帝也遍访治水能人，众人便推荐了鲧的儿子大禹，大禹答应了舜帝的要求，并且请求道："舜帝啊！只是我一人无法完成治水，需得大费帮忙才可。"

　　舜帝找到大费，请求大费帮助大禹治水，大费愉快地答应了。大费陪着大禹在外奔走了十三年，他们测量水位，察看地形，遍访高山大川的山势走向，一反大禹父亲鲧的筑堰围堵办法，采用"疏导"的方法，把洪水引向大海。他们把天下分为九州，又治理九山、九川，把天下洪水疏导到地势低洼的大海。大禹和大费治水终于成功了，为了感谢二人，舜帝就准备把帝位禅让给大禹，把天下最美丽的女子姚姓玉女嫁给了大费。舜帝还特意送给他一面黑色锦旗，并私下告诉他："大费呀！你帮助大禹，完成了举世无双的治水大业，你的功劳其实和大禹一样大。可惜天下只能有一个帝，你要好好保存这面锦旗，你的子孙后代，就一定有可能像大禹一样登上帝位的！"

　　大费恭敬地接受了舜帝奖赏的黑锦旗，并听从舜帝的建议，辅助舜帝驯鸟兽。因为大费本来就是鸟的后人，他通晓鸟语兽音，很快就驯服了鸟兽。今天的马、牛、羊、猪、鸡、鸭，都是大费驯化出来的，舜帝在评定功劳赐赏姓氏时，赐大费姓嬴，并给他起个好听的名字叫"伯益"。

　　大费和姚姓玉女生了两个儿子，一个叫大廉，另一个叫若木。舜帝年老时就把帝位禅让给大禹，大费（伯益）又一心一意辅佐大禹治理天下，伯益和皋陶与后稷一起受到重用。后来，大禹东巡会稽时，遭遇山崩而死，按照大禹的遗愿，要求伯益承袭帝位。但是伯益品德高尚，他再三推辞，让大禹的儿子启继位。当时，启还年幼，仍由伯益代替掌管天下。启一天天长大了，但是，天下仍不太平，伯益决定再等几年，把天下治理的大权再交给启。谁知启听信恶人的离间，联合族人趁伯益熟睡时，把他捆绑起来，关进一间黑暗的牢房里。天下人闻听伯益被拘，纷纷指责启。启十分恼火，索性把伯益杀害，正式篡夺了帝位，建立国号为夏，把天下作为他一家的私有财产，并残酷地奴役天下百姓，又废除了自古流传的"禅让"制，由"禅让"变为

"世袭"，帝位也就由启的后裔代代相传。伯益惨遭杀害，他的两个儿子也被流放到东海之滨捕鱼，由此而形成了东夷部落。我们的先祖就是东夷部落中九夷之一的黄夷部落。

《诗经》中有这样的诗句：

葛之谭兮，施于中谷。
维叶萋萋，黄鸟于飞。
集于灌木，其鸣喈喈。

黄鸟上下翻飞于红花绿叶之间，歌喉婉转，每天给我们先祖唱着悦耳的歌，跳着欢快的舞，消除了先祖们长时间采集狩猎的疲劳，慰藉了他们寂寞忧郁的心灵。于是，我们的祖先为之感动，就对这种可爱的小精灵产生了特殊感情，把这种黄鸟视为图腾，对它顶礼膜拜，从而就有了我们黄鸟夷，又称黄夷。

时间不早，黄歇停止了他的故事，可是孩子们还要父亲讲，黄歇就说：

"孩子们，明天再讲吧！"

第二天，夜幕刚刚拉下，黄尚兄弟们就吵着父亲要讲故事，黄歇让儿子们围在身旁又开始了他的讲述；第三天，夜幕刚刚拉下，黄尚兄弟们就吵着父亲要讲故事，黄歇让儿子们围在身旁，又开始了他的讲述。

夏朝初年，在淮水南岸，居住着东夷部落伯益后代陆终及其族人。陆终父子带领族人，学会种植庄稼，发展农业生产，人们安居乐业，享受太平。可是，由于淮水连年泛滥成灾，严重地危害族人的安定生活，陆终父子就协助夏启王治理淮水，致使灾情大为改观。

一天，简陋的草棚里，正在研究灾情的陆终，突然听到他的两个儿子南陆和季连，一前一后满身雨水泥水地跑进棚来："父亲，父亲，大事不好！大堤决口了！"

陆终一听，慌忙转身如飞地奔向大堤，他的两个儿子也随后紧跟。棚外，暴雨已经连续两天两夜，暴涨的山洪势不可挡，只见淮水河堤被洪水冲开一个并不太大的决口，泻下滚滚洪水犹如一条土灰色的游龙冲向田野，冲向族人居住的茅舍，惊慌失措的族人们四处逃散。这时，陆终对着他们大声喊道："喂！大家不要惊慌，快到我这里聚集。"

族人们闻言，停止奔跑，很快都聚集在陆终身边，陆终带领他们跑向

133

决口。

洪水卷着杂草和泥沙，凶猛地冲向决口，眼看决口越来越大，情急之中，陆终抱起一块长着杂草的泥块，率先跳进洪流里，他的两个儿子也随后跳入水中，族人见状纷纷效仿。可是，投入水中的泥块很快被洪水冲走，急中生智的陆终命令水中的儿子和族人们手挽着手，用身体挡住决口，其他人赶快在他们身后，将一块块石头和泥土草皮填住决口，直到填得如同堤坝一般牢固，陆终才和众人松手爬上堤岸。

洪水被治理后，族人们振臂欢呼：

"我们得救啦！""我们平安啦！"

人们当即载歌载舞，庆贺苍天和神灵保佑他们。

这时，一位年长的族人感叹道：

"我们东夷免除这场灾难，多亏了陆公呀！"

欢乐的人群立即停下来，把目光都投向陆终，他们发现陆终的脸色苍白，就赶忙护送他回草棚休息。可是，陆终由于冷水的浸泡，再加上年老体弱，不幸染上疾病，从此一病不起，陆终妻儿守在床边，悉心侍候。

雨过天晴，族人们欢欣之余，更多的还是担心陆公的病情。这时，夏启王一行几人，走进陆终居住的茅棚，陆终卧病不能起身，妻子和两个儿子连忙跪下迎接。夏启王挥手示意叫他们起来，夏启王走近床边，握住陆终的手动情地说道："陆公，病好些了吧！"

陆终吃力地睁大眼睛抬起头，想挣扎着起来：

"大王，臣陆终怎敢劳您圣驾光临！"

夏启王忙用手按住他，叫他躺着别动，静心养病：

"陆公，您为我大夏立下如此功劳，却不幸积劳成疾，本王来此，一是探视您的病情，二是给您嘉奖与封赏。"

"多谢大王美意，封赏之事，臣万万不能接受！"

陆终挣扎着谢绝道：

"大王，臣的病情臣自己知道，往后，臣将再也不能为大夏社稷效劳啦！"

"陆公……"

夏启王沉思片刻，转身对众人宣布：

"为嘉奖陆公治淮功绩，本王现封陆公之子南陆于潢地，建立黄国，子爵国；封季连于罗地，建立罗国，二国皆赐臣民以国为姓。"

南陆和季连赶忙跪下叩头：

"多谢大王封赏！"

族人们闻听有此封赏，欢呼建立黄、罗二国，并有了自己的姓氏。记住孩子们，我们乃是嬴姓黄氏。

"噢，原来我们黄姓人，还是先姓嬴呀！"

"对，嬴姓也是我们的姓氏呀！"

旧的一年快要过去，新一年就要到来，按照黄国的风俗，在新年到来的晚上，大人小孩都不能睡觉，围坐在火盆旁听年长者讲述本族祖先的故事。大家边吃边聊，并把火烧得很旺很旺，寓意着来年日子红火，兴旺发达，熬夜的时间越长，表示人寿越高，来年的年景越好，人们把这种习俗叫"熬年"。

据老年人传说，"年"是一种非常凶残狡猾的怪物，它每年只在一年的年终来到人间，破坏人们辛勤劳动的果实，有时它还会偷偷把人吃掉，所以，人们十分害怕"年"的到来，就把年终这天夜晚，叫作"除夕"，又把"除歹"之夜叫作过年，也就是"过关口"的意思。后来，人们偶然发现"年"这种怪物，非常害怕火烧爆竹筒和敲锣打鼓的声音，因此，年终时就敲锣打鼓，并且把竹棍裁成一节一节，放入火盆燃烧发出"噼里啪啦"的声响，这样就可以把"年"吓跑，人们把这种习俗叫"除歹"。年长日久，人们觉得"除歹"不好听，就叫"除夕"。

题外话：

(1) 修身敬祖。

(2) "除夕"的来历。

第二十六回
善行天下肩上挑　击壤歌声乐逍遥

陈郢城内的楚国高官，一个个峨冠博带，文质彬彬，这里城郭坚固，市井稠密，真乃地灵人杰的胜地。暮春三月，气温日益变暖，大地顺次脱去枯黄的冬装，换上青绿而鲜艳的春装。楚人衣冠，男女皆与中原不同。

楚国的女服与别国不同，它特别宽大华丽，拖地的连衣长裙，腰系白色的宽带，衣领斜，延结折叠于背后，袖和下摆均有宽沿，帽子圆顶结缨，加上重粉覆面，确实有异于中原诸国，别具一格。楚国女服以绛红、青、蓝为主色，加上龙、凤、鸟形状的刺绣，辅以枝蔓、草叶、花卉与几何纹形，构图奇特，充分显示了楚国人丰富的想象力和充满神话色彩的文化。

楚国的男服较为朴素，衣长露脚，领长袖宽，袖口处略为收束，衣沿和袖口处饰以纹边，以红、黑、白等色为主，最为夺目的就是，束腰宽带，以不同颜色相映衬，上衣过腰，下穿束腰裤，脚蹬长靴，峨冠博带，乃是楚国男服的显著特点。

陈郢原是陈国的都城，当年楚灵王挟诈灭掉陈蔡之后，陈地也就成了楚地。后来，白起攻下楚国南郢，毁烧楚王祖陵，楚都被迫北迁。先是楚顷襄王在负函（今河南信阳一带）建立楚王城，成了临时楚都，后因秦楚战事频繁就迁到陈，改陈为陈郢。陈是舜帝后裔，因伐纣有功受封于陈，建立陈国。陈国立国数百余年，城池坚固，市井稠密，宫殿规模很大，加上楚顷襄王、考烈王两代君王的扩建，使陈郢规模仅次于邯郸与咸阳。

春申君上朝，考烈王将治理楚国的重任交付于他。黄歇退朝之后，思量肩上重担，辗转反复，彻夜难眠。

有一回，他听见几位陈国老农唱着歌：

> 盘古爷呀，嘿哟嘿哟，
> 开天地呀，嘿哟嘿哟；
> 女娲娘娘，嘿哟嘿哟，
> 生万民呀，嘿哟嘿哟。

黄歇便装前行，上前请教。

陈国老农就告诉黄歇：

> 知归知，识归识，有知无识，不可妄称知识啊！

黄歇默默无语，独自返回。

他一生都在行善，以善开始，想以善结束。殿上灯光黯淡，殿外雨声淅淅沥沥，黄歇烦躁地在殿中来回盘桓。

第二天一大早，黄歇驱车来到陈郢郊外，他听见一位牧羊老人唱出了《击壤歌》：

> 日出而作，日入而息。
> 凿井而饮，耕田而食。
> 帝力于我何有哉？
>
> 箕山之下，沛泽之滨。
> 苍茫沃野，颍水之阴，
> 山水伴我何乐哉！

黄歇停车驻足，听罢深有感慨：唉，我黄歇何尝不想，在山下平畴绿野烟霭迷茫处拥有一所茅庐，几亩田地，一头耕牛，有妻伴我男耕女织，有儿膝下相聚，与世无争，轻轻松松、自由自在、无拘无束地活下去，一家人共享天伦之乐，然后再生老病死，悄然离去。可是，现在的黄歇，我却身在江湖，心不由己。

题外话：

(1) 善行天下。

(2) 身在江湖，心不由己。

第二十七回
毛遂自荐救赵国　黄歇领兵解邯郸

　　清晨，平原君赵胜与春申君黄歇拾级而上，入朝拜见楚考烈王。楚考烈王赐座于平原、春申二君并坐在殿上，毛遂与其他十九人立于阶下。

　　平原君向楚考烈王提出了"合纵"抗秦的主张，楚考烈王立即反驳道：

　　"当年苏秦倡导的'合纵'一事，最早也是由你们赵国为盟主的，可后来由于听信张仪的游说，合纵之事便松动了。寡人先祖怀王，也被推为'纵约长'，曾多次联合列国伐秦，岂料没有打败强秦，反倒落个身死他乡的下场。齐闵王再次出任'纵约长'又怎么样呢？还不是诸侯纷纷背叛于他！如今，列国一盘散沙，'合纵'之事已经不再可能，请平原君回邯郸，再想别的办法吧！如果别无良策，就向秦王俯首称臣，也许能免除赵国的灭顶之灾。"

　　平原君从容地说道：

　　"大王，请听外臣奏明。自从苏秦倡导'合纵'以来，六国相约如兄弟一般，曾在洹水岸边誓盟。从那以后，五十年之久，秦兵未敢轻举妄动，一兵一卒也未敢走出函谷关。后来，齐魏两国受公孙衍的欺骗，背约伐赵，导致'约纵'失败。大王先祖怀王因受张仪这个卑鄙小人的蒙蔽，欲讨伐齐国，从而使得六国心存异端，'合纵'之约也就烟消云散。齐闵王虽为'纵约长'，可他哪里是想'合纵'抗秦，分明是心存兼并他国野心，盟约自然不能存在下去。"

　　楚考烈王反问道：

　　"平原君，六国形势发展到今天，已是江河日下，秦国却愈来愈强，能够保全自身已是万幸，谁还敢提出'合纵'抗秦这等引火上身、玩火自焚的傻事呢?"

平原君回答道：

"大王，秦强六国弱，已是不争之实，六国虽各自弱于强秦，可合六国之兵力，则必强于秦国，秦国虽强，怎抵六国合力？若六国合力抗秦，则必绰绰有余，假若六国都想各自保全自己，恐怕早晚要被强秦各个击破。正如一只筷子容易折，六只筷子就不容易断！"

楚考烈王听后，点头称善，可他还是十分忧虑地问道：

"平原君，秦兵一出就夺下上党十七座城池，坑杀赵兵四十五万，合韩赵两国之兵，尚且敌不过那个武安君白起，如今秦国大兵压境，赵国更是无人可挡，即使他国派出一队兵马，也是杯水车薪、无济于事，最后，还会落个陪葬邯郸的下场。"

平原君当即辩解道：

"大王，长平之败，并不能说赵国不能抗击秦国，那是因为赵王误中秦国的反间计，错换主帅所致。赵括虽是名将赵奢之子，可他仅是个只会'纸上谈兵'的庸才，他的父母都认为他不懂领兵打仗，赵王却让他代替能征惯战的廉颇，率领军队与能征善战的白起对抗，这岂不是让三尺孩童与五尺男子摔跤一样，不惨败才怪呢！"

停顿片刻，平原君又转而激动地说：

"大王，赵国正是因为长平惨败，才激起君臣将士和黎民百姓团结一致对抗强秦，赵国现在已是军民齐心、共御外侮，上下一致、同仇敌忾。秦军慑于赵国众志成城的气势，虽是大军压境，却不敢轻举妄动，打了一年多，仍未损我赵国分毫，何况现今，白起卧病不起，新换主帅郑安平和王稽皆是庸才，他们不足以畏！据赵胜所知，秦国内部也是矛盾重重，丞相范雎与大将白起一直不和，太子安国君也对其父秦昭王颇多微词，正是在此诸多条件下，赵国有了一国相助，就有能打败强秦的可能，外臣赵胜盼望大王千万不要错过此次良机，早日联赵抗秦。"

楚考烈王听罢，仍然推辞道：

"秦国刚刚主动与我楚国结盟，如果楚国先与秦毁约，去联赵抗秦，必然会激怒秦王，也许秦兵会弃赵攻楚，此举乃是代赵受怨呀！"

平原君忙说：

"大王，秦国和楚国结盟，实乃秦国丞相范雎的'远交近攻'计谋。秦国远交齐楚，就可专心近攻三晋韩、赵、魏，三晋若被秦国各个击破吞并，楚国岂能独存？请大王三思……"

可是楚考烈王心畏强秦，迟疑不决，春申君静坐在殿上一言不发。秦国丞相范雎是他至交，赵国平原君是他好友，救赵必断交于秦，不救赵又于心不忍，黄歇正在踌躇之间，就见一个人按剑快步闯了上来，楚庭当即出现剑拔弩张之势，春申君也忙着起身按剑，以备不测。

原来，此人就是平原君的门客毛遂，毛遂和其他十九人立于阶下静等，众人皆忐忑不安，交头接耳，并无良策可出。毛遂看太阳已近中午，仍不见平原君出殿，就携带着佩剑，快步拾级而上，闯过楚宫侍卫的层层阻拦，来到平原君跟前对他说：

"平原君，'纵约'之利害，三言两语即可决定，为何您从日出时入朝，日近中午仍未决定，请问到底是什么？"

楚考烈王一见来人按剑，旁若无人地打断他们的谈话，当即愤怒地问道："你是何人？胆敢擅闯朝堂，打断寡人谈话！"

平原君赵胜连忙解释道：

"大王，这是外臣的门客毛遂，请大王多多包涵。"

平原君又用眼神，示意毛遂赶快退下，千万别若怒楚王，使救赵成为泡影。

楚考烈王说：

"寡人与你主人议事，你有什么资格上前插嘴？还不退下！"

毛遂听罢，不退下，反而猛地向前跨出几步，"噌"的一声拔出腰间的佩剑，指着楚考烈王，愤怒地说道：

"'合纵'抗秦乃天下大势，凡天下之人，皆可议论！我家主人在此，你为何叱责于我?！'合纵'利害，大王也深深知道，为何以种种借口推辞。大王这样做，不说有负我家主人平原君，千里迢迢来此的诚挚之心，更有负于大王的列祖列宗。我们赵国请求大王联赵抗秦，不仅仅是为赵国的安危，更是为了楚国的社稷和宗庙着想！"

平原君深恐毛遂做出鲁莽事，引起更多麻烦，就急忙呵斥毛遂："毛先生不得无礼，有话慢慢讲。"

春申君黄歇此时也手握宝剑，做好应变准备。

幸好楚考烈王面色稍微舒展开来，他饶有兴致地问道：

"毛先生，您有何高见？请讲！"

毛遂就大声说道：

141

"大王，楚国地大物博，沃野千里，人杰地灵，物产丰富，百姓安居乐业，自楚武王称王以来，有号令中国俯视天下、并吞八荒之雄心壮志。可是，自从西秦崛起，楚国就日渐衰落，以致怀王被囚，身死秦地。白起这小竖子率秦兵攻楚，一战再战，败楚军势如破竹，鄢郢皆被秦国吞并，楚国只好迁都陈郢，楚国宗庙社稷遭此大劫，真乃百世不共戴天之仇，三尺孩童尚感羞耻，更何况大王乃是万乘大国之主，却把先人仇恨抛诸脑外，九泉之下的楚王列祖列宗，也会暗骂大王不孝不忠，百年之后，大王有何脸面，去跪见他们?！"

楚考烈王听罢，面红耳赤，如梦初醒，当即点头称赞道：

"好！好！寡人同意联赵抗秦。"

毛遂追问道：

"大王，您真的同意，联赵抗秦了吗？"

楚考烈王坚定地说：

"寡人主意已定，毛先生，请您主人来结盟吧！"

毛遂就喊人端来一盆酒，他用腰刀割破左手中指，将指血滴于酒中，又端着酒盆到春申君和平原君面前请求，两人也割破左手中指，滴血于酒中，毛遂双手托着酒盆，上前跪献楚考烈王。楚考烈王也割破左手中指，滴血于酒中。毛遂又跪下请求道：

"大王，您贵为盟主，理当先饮，其次是我家主人平原君，再次是令尹春申君，最后才是臣下毛遂。"

楚考烈王及平原君、春申君与毛遂等人饮了血酒，定下盟约，楚考烈王正在确定谁去救赵时，春申君自告奋勇地说：

"大王，老臣黄歇愿率八万楚兵救赵，以解邯郸之围。"

楚考烈王点头应允。平原君俯首向考烈王和春申君称谢后，就率毛遂及十九人回国。赵胜回国后当众赞叹道：

"毛先生三寸之舌，强胜百万之师呀！我赵胜虽说阅人无数，可却把毛先生埋没多年不用。唉，惭愧！惭愧！我赵胜从今不敢再轻言，能相天下之士啦！"

说罢，赵胜就拜毛遂为上客，对他言听计从。

这正是：

"橹樯空大随人转，秤锤虽小压千斤。

利锥不与囊中处，文武纷纷十九人。"

此时，秦军攻势更加迅猛，大有一种非破邯郸不可的架势。平原君接受门客李同的建议，散尽家财，犒赏守城士兵，同时，也把自己的妻妾仆从和门客们都编入队伍，参加守城，另外，他又重金招募勇士组成敢死队，准备与秦军血战到底，来个鱼死网破。平原君一方面参加指挥邯郸守军，加强城池防御，另一方面派人打探各国救兵。

　　一天，平原君忽然接到密报，魏国十万兵马由魏国大将晋鄙率领，驻扎邺城多日，迟迟不敢向赵国进发。平原君此时心急如焚，就赶忙写了一封紧急求援信，派人送到魏国，请求魏国相国魏公子信陵君无忌，发兵救赵。

题外话：
（1）三寸之舌，强胜百万之师。
（2）唇亡齿寒的启示。

第二十八回
信陵君窃符救赵　　武安君无罪获杀

大梁城内，魏公子信陵君府第。
信陵君无忌展开平原君门客送来的竹简。

信陵君阁下：
　　见字如面，邯郸十万火急，赵氏宗庙危在旦夕，君臣性命悬若游丝。胜所以自附婚姻者，徒慕公子之高义也，能急人之困耳。今邯郸旦暮降秦，而魏救不至，安在公子能急人之困也。倾巢之下，必无完卵。纵公子轻胜，不念赵臣民之悲，独不怜令姊忧城破，日夜悲泣，公子能忍心坐视，令姊蹂躏于虎狼强秦之魔爪？！

　　信陵君看罢竹简，心急火燎。姐夫平原君陷入绝境，才写此竹简。
　　他立刻入朝，请求魏王下旨命令晋鄙进兵救赵，魏王却推辞道：
　　"赵国不肯向秦国俯首称臣，岂能依靠他国军队，来免除灾难呢？！"
　　信陵君哑口无言，他又多次派门客劝说魏王，终因魏王心畏强秦，恐怕秦军会舍赵攻魏，总是不允。信陵君急得焦头烂额，他只好孤注一掷，把全部家财都拿出来发给门客，又准备了一百多辆车马，一千多位门客各执兵器，誓与秦军拼死一战，以此来报答平原君。
　　当他们一大群人马走到大梁的夷门时，碰见守门人侯嬴正在扫地。信陵君急忙叫住门客，下车与侯嬴辞别，谁知侯嬴却冷淡地说：
　　"公子好好努力吧！臣下年老力衰，请恕老臣，不能跟从公子，勿怪！

勿怪！！"

信陵君看了侯嬴一眼，只见他满头白发，衣衫破旧，佝偻着身子，自顾扫地。信陵君几次用目光注视侯嬴，希望能从他口里得到什么，谁知侯嬴却视而不见，低头扫地，不发一言。信陵君怏怏不快地上车离去，大约走了十多里，信陵君心想：我待侯生，可算是仁尽义尽，为何他今天面对我冒死救赵，没有一言半语为我谋划。他明知我以区区千人与十万秦兵搏斗，是白白送死，却不阻拦我，这岂不太奇怪了！老人一向足智多谋，为何连一点指教的话语也不说，难道我有什么地方待他不周？

信陵君越想越不对劲，立马叫停门客，他要单独回车，叩问侯生。

众门客劝道：

"公子，侯嬴这老头子，土已埋到脖颈，此等无用之人，问他能有何用？公子您又何苦呢？"

信陵君置若罔闻，当他车回夷门，远远望见侯生立在门外，翘首眺望。

马车行至近处，信陵君还未开口，侯嬴就说：

"老臣早就知道公子一定会返回，老臣在此恭候多时了，快随老臣到寒舍，叙一叙吧！"

"老先生，您怎么知道我一定返回呢？"信陵君惊奇地问道。

"哈哈！老臣能未卜先知，此事何难？"

侯嬴半开玩笑地说道，信陵君急忙施礼问道：

"老先生，您何以知道？"

侯嬴一本正经地说：

"老臣知道公子待老臣天高地厚，老臣心存感激，无以报答，然而，公子今日冒死救赵，与老臣诀别，老臣却态度冷淡，甚至连一点鼓励的话也没讲。老臣由此就知，公子一定会对老臣的所作所为产生疑虑，势必一定回来询问究竟。"

信陵君已被老人的话语折服，他连忙下拜道：

"无忌不才，敬请老先生指点。"

"公子快请起，别折杀老臣了。"

侯嬴伸手扶起信陵君：

"公子养客几十年，没听说门客出一奇计，纵是舍身以血肉之躯，与十万秦军交锋，岂不是以羊肉投饿虎之口吗？"

"无忌也深知，此为下策，可无忌与平原君，交情深厚，又有姻亲之缘，怎能坐视其亡而不顾？"

"公子快进寒舍入座，且容老臣从长计议。"

信陵君屏退侍从，随老人走入内室，坐下之后，信陵君就叩首问道：

"老先生有何良策，敬请指教。"

侯嬴不慌不忙地说：

"窃大王虎符，夺晋鄙之兵救赵！"

战国时期，君王授命将帅领兵作战，通常授予兵符作为凭证。兵符形似虎头状，又称虎符，用青铜铸成，背后铸有文字，分成两半，君王收藏一半，领兵将帅收藏一半。调动军队时，必须两半合而为一，方能生效。

信陵君一听让他窃符抢夺兵权，吃了一惊，连连摇头：

"老先生，此计使不得，使不得！盗符乃杀身灭门之罪。我无忌一向光明磊落，怎能做出那等鸡鸣狗盗令人不齿之事呢？传扬出去，岂不毁了我无忌的一世英名，令天下人耻笑！"

"唉！"

侯嬴长长地叹息一声：

"公子真乃愚迂透顶，宁肯白白送死，还顾及那些虚假名声。岂不知那些名声乃是一块遮羞布，留之何用？公子今日率门客救赵，明知一去不返，却义无反顾，为的仅是信义和名声。岂不知，那千余门客，上有高堂，下有妻儿，你们这一赴死，累及何止千人？公子何不选择一种事半功倍之策，成就自己的信义和名声呢？窃符救赵只是连累少许人，却能拯救千万人，如果救赵成功，也就安定魏国边境，过后，再向大王解释原因。到那时，公子的信义得到捍卫，名声远播，大王岂能违背众愿，而治公子之罪呢？"

信陵君低头沉思一会儿，就反问道：

"假若窃符失败呢？"

"纵使窃符失败，也累及不到公子身上，到时候，公子再率众赴死不迟。以老臣愚见，秦军围困邯郸已久，已是强势之末，且秦军孤军作战，粮草奇缺，赵军退守都城，别无选择，只有奋力作战。魏赵如果联合，定会打败秦军，况且老臣闻听，春申君已率八万楚军救赵。"

信陵君一听，当即来了精神：

"老先生，此话当真？"

"公子可能急晕了头，谁人不知平原君为救赵，亲率二十人赴楚，毛遂闻之，自荐随主，凭三寸不烂之舌，说服楚考烈王，派春申君率军救赵呢？"

信陵君终于被说动了，可他还皱着眉头问道：

"老先生，兵符藏在大王身上随身携带，如何窃得？"

"老臣保举一人，她能为公子完成使命。"

"谁？敬请老先生指教！"

"大王的宠妃，如姬娘娘。"

"如姬娘娘？"

"公子还记得，您当年为如姬娘娘的父亲，报仇雪恨之事吗？"

"无忌当然记得，当年如姬父亲被人杀害，如姬请大王为她捉拿凶手，三年多也不曾办到。当她向我哭诉时，我就派我门客，如大海捞针般斩杀元凶，将他头颅献给如姬。如姬感激得痛哭流涕，发誓愿为我无忌效劳，纵是赴汤蹈火，也在所不惜。"

"那就好办啦！公子，如姬娘娘感激公子，由来已久，现在能调动晋鄙之兵的另一半虎符，藏在大王的身上，只有宠妃如姬方能窃得。公子如果一开口，请求如姬娘娘，她一定听从。公子若得兵符，抢夺晋鄙的军队，用以救赵却秦，此功可与春秋五霸相媲美呀！"

信陵君如梦方醒，再三叩拜称谢退出，侯嬴送至门外。

信陵君让门客们先在郊外待命，他独自引车回家，派心腹向如姬请求窃符。如姬欣然受命，这是她日夜渴盼报答公子无忌的良机，虽万死，也不会推辞的事！

当天夜里，魏王被如姬殷勤劝酒，喝得酩酊大醉，如姬趁机盗出虎符，叫人连夜送给魏公子无忌。

无忌得到虎符，又向侯生辞别，侯生说：

"公子，老臣知道，'将在外，君命有所不受。'公子即使拿出真虎符，可晋鄙仍然怀疑，他可能又向大王请示，这就麻烦了。"

信陵君焦急地问：

"老先生，那我该怎么办呢？"

"公子不要着急，老臣有个好朋友朱亥，您也曾见过他，他是位大力士，公子可以把他带去，见机行事。倘若晋鄙看见虎符后，听从公子命令就更好，若不听从，就叫朱亥去杀掉他！"

信陵君闻言不觉泪如雨下，侯嬴惊问道：

"公子，您害怕了吗？"

信陵君以手执泪道：

147

"老先生，无忌并非贪生怕死之辈。无忌知道，老将晋鄙带兵多年，忠心为国，他必定怀疑我们。倘若不从，无罪获杀，我心伤悲，故此泪流满面，以致失态，让老先生疑我畏死。"

"公子勿怪，老臣这就引见朱亥。"

于是，侯嬴与信陵君上车，前往朱亥家。见面之后，朱亥笑着说：

"臣下乃是市井屠户，承蒙公子多次登门拜访，臣下为何不报，是因为小礼节无所用。今天，公子有急事，这正是臣下出力效命之际，臣下纵是刀山火海，也万死不辞！"

侯嬴闻言说道：

"公子，按理说，老臣应当跟从您。可是，老臣年迈体衰，经不得远途奔波，请让老臣用魂灵来送公子，预祝公子成就伟业！"

信陵君闻言不对，正欲制止，岂料侯嬴已拔出腰间宝剑，自刎于信陵君车前，鲜血溅了一地，信陵君见状，悲从心来，泪流满面地扑向侯嬴还带有余热尸身，朱亥一见故友身亡，黯然落泪。

良久，朱亥拉起信陵君：

"公子，人死不能复生，侯先生以死报公子，是恐怕拖累公子。我们还有急事要办，请公子节哀，公子当厚赏侯先生家人，为其殡葬。"

信陵君马上照办，他们不敢久留，就留下一批门客，仅带朱亥和几十名心腹同去邺城。救兵如救火，信陵君日夜兼程赶到邺城，晋鄙闻听魏公子到来，将他们迎入帐内，寒暄几句，信陵君就说：

"晋老将军，我家大王怜爱老将军常年在外，领兵打仗倍受辛苦，特此派无忌来替将军代劳，好让老将军保重身体。"

说罢就叫朱亥掏出虎符，交给晋鄙验证。晋鄙接符在手，与另一半相合，正好对了。可他心中踌躇：魏王以十万大军托付于我，我虽不才，却未有败迹。为何公子无忌没有大王只言片语诏书，徒手捧符，前来接我兵权，此事岂可轻信？

晋鄙就对侯陵君说：

"公子，请暂且休息几天，待晋鄙把士兵名单造好，清清楚楚地交付给您，怎么样？"

"晋老将军，邯郸势若累卵，十万火急，应当星夜救援，怎能左等右等呢？"

"公子，实不相瞒，此等军机大事，晋某还要奏明大王，方敢交割军……"

晋鄙话语还没说完，朱亥厉声喝道：

"元帅不听王命，便是反叛！"

晋鄙才问一句：

"你是何人？"

只见朱亥手疾眼快，从宽大的衣袖里，掏出一柄四十斤重的大铁锥，向晋鄙当头奋力一击，只听晋鄙"唉哟！"一声倒在尘埃，脑浆迸裂，登时气绝。信陵君口中叹息一声，握住虎符对众将说：

"大王有令，让无忌代替晋鄙救赵。晋鄙不听王令，理当诛灭。三军将士，安心听令，不得妄动！"

军中肃然起敬，信陵君犒赏三军，又精选将士，鼓舞士气，得精兵八万，率众攻秦。秦军没料到魏军进攻，仓促应战。平原君、春申君闻听魏秦激战，乘势进攻，秦军腹背受敌，大败而归。秦军主将郑安平兵败降魏，邯郸之围已解，赵国宗庙得以保存。

武安君白起在长平之战大败赵军，坑杀赵军降卒四十五万，他正准备乘势攻下邯郸，一举歼灭赵国。谁知朝中有人作梗，秦昭王命他班师兵回朝。想当年，白起率军南征北战，东伐西杀，屡立战功，令诸侯闻风胆寒。白起破楚，占领郢都，楚国被迫迁都陈郢；败韩魏，攻下几十座城池。今日大败赵国名将赵奢之子赵括，坑杀赵兵四十五万，赵国军精锐为之一空。此时，秦军如果乘胜前进，邯郸指日可下。

赵王见状，忙派人游说秦相范雎：

"丞相大人，赵国如果灭亡，武安君白起必升为三公，丞相大人能甘居白起之下吗？"

范雎听了，便劝秦昭王：

"大王，长平之战，我军虽然获胜，但将士死伤过半，急需休整，不宜继续作战了，臣下恳请大王退兵。"

秦昭王认为范雎说得有道理，便下令白起退兵。白起见赵国唾手可得，只因王命难违，不得已班师回国。知道范雎作难，白起心中怨，怏怏不快。

第二年，秦昭王见赵国违背盟约，不肯割让答应给秦国的六座城池，心中大怒，便命令白起道：

"赵国背盟，实在可恶。将军立即率领大军进攻赵国，一定要攻下邯郸，生擒赵王。"

白起谏道：

"大王，此事万万不可，去年长平之战后，如果乘胜前进，挟余勇，可将邯郸一鼓攻下。可惜战后一年，赵国结交诸侯，练兵储粮，养精蓄锐，早已做好应战准备，我大秦此时出兵，必败无疑。请大王厉兵秣马，等待时机吧！"

秦昭王和范雎多次请白起率军攻赵，都被他婉言拒绝，最后，白起干脆托病推辞。秦昭王无奈，只好改派王陵、王龁先后率军出征，结果正如白起所言，秦军在赵、魏、韩三国联军的合击之下，大败于邯郸城外。

白起闻讯，对人炫耀道：

"我说邯郸难以攻下，大王不听我的忠言相劝。今日惨败，何其痛心！早知今日，何必当初！"

秦昭王听人密报，恼羞成怒，就削夺了白起的官爵，贬为士卒，逐出咸阳。

武安君白起仰天长叹：

"唉！还是范蠡说得好，'飞鸟尽，良弓藏，狡兔死，走狗烹。'天可怜见！我白起为大秦帝国攻下七十多座城池，眼见得大秦一统天下，该烹我们这些功臣良将了！"

白起一咏三叹，无奈之下走出咸阳西门，行到杜邮待命。此时，范雎又向秦昭王进言：

"大王，白起被罢官，心中不服，常有怨言，他托病并非真的，恐怕是欲投他国，与秦为敌。"

秦昭王闻言大怒，急派特使，赐给白起一把利剑，令其自裁。特使行至杜邮，传令白起接旨，武安君持剑在手，一声仰天长叹：

"天帝呀！我白起为大秦南征北战，东攻西伐，攻下七十余座城池，能有何罪？"

忽然天空刮起大风，霎时电闪雷鸣，下起瓢泼大雨，白起披头散发，淋着大雨，仰天长啸：

"白起，你挟诈，坑杀赵军降卒四十五万，攻下七十多座城池，又屠杀多少无辜百姓，你看看你的双手，沾染多少鲜血。你罪孽深重，十恶不赦，还不了断，更待何时？"

白起闻言，看看自己的双手，虽是大雨滂沱，却是鲜血淋淋。他心中又惧又愧，只有自刎，以死谢天，当他刎颈倒地之后，大雨骤然停了，雨过天晴，太阳出来了。

此时，正是秦昭襄王五十年（前257）十一月，周赧王五十八年。

秦国人都认为，白起为大秦立下赫赫战功，无罪获杀，众人皆怜，就为白起建立祠堂，每年香火不断，用以纪念他。

题外话：

（1）窃符救赵，以暴制暴。

（2）飞鸟尽，良弓藏；狡兔死，走狗烹。

（3）士为知己者死，女为悦己者容。

151

第二十九回
春申门前珠履客　平原帐内惭愧人

平原君家的楼房鹤立鸡群般高高地矗立着。平原君宠爱的一个美人住在这座楼上,从这里可以俯瞰四周低矮的客舍。客舍里住着的皆是平原君的食客,各色人等皆有。

一天早上,美人梳妆打扮完毕,从窗户伸头一看,刚好看到楼下客舍里走出一个跛子,一瘸一拐地去打水。美人觉得很可笑,就哈哈大笑起来,她的笑声非常放肆地传到下面,引爆了客舍里另一群食客的笑声。跛子听见后,非常厌恶地抬头望了一眼楼上的美人,连水桶也不要了,一瘸一拐急忙跑进客舍,"碰"地关上门,倒在床上蒙头大哭起来。

第二天一大早,跛子捂着红肿的眼睛,一瘸一拐地来到平原君的相府,叩首拜见平原君赵胜,并向他请求道:

"相国大人,我们听说您很喜欢士人,所以,才不远千里来到这里,皆因为大人重士轻财,重义轻美色。我不幸得了残疾,而您的美人从楼上看到我一瘸一拐打水却嘲笑我。我希望能够得到这个嘲笑我的美人的头颅来雪耻,恳求相国大人成全。"

平原君一听,随意笑着答道:

"好吧!"

跛子闻言就躬身道谢,请求离去。

望着跛子一瘸一拐远去的背影,平原君暗笑道:

哼!这跛子,竟敢因此一笑而妄杀我美人,岂不太过分了吗?

平原君虽然表面答应,实际却不兑现。跛子再三请求,平原君也只是当面"好，好！"地应承，背后却推脱。跛子只有无可奈何地等待着。

过了一年多，平原君门下食客离去了很多，平原君再三挽留也挽留不住，眼看走了一大半，平原君非常着急。他就询问一位心腹门客几次，这位门客才告诉他：

"相国大人，正是因为您言而无信，重色轻士，不肯杀掉讥笑跛子的美人，众食客对您失望，故此托词而去，走了大半，眼看快有走光之势。"

平原君闻言如梦方醒，当即向门客躬身道谢，随后挥剑砍掉那美人的头颅，亲自提着美人头颅登门献给跛子，并向他道歉。

平原君的门客听到这个消息，一传十，十传百，众人皆知。此后，那些门客都回来了，并且还带很多人。从此，平原君门下宾客超过三千，使平原君的名声与其他三君子相提并论，传以美名。

面对四君子，范雎有他自己的看法，他认为四大公子中有的名副其实，有的却是名不符实。有人问他为什么，范雎说道：有一个故事最能说明此事：郑人买"朴"。郑人称未加工的玉为"璞"，周人称未加工成腊肉的鼠为"朴"。一天，周人怀揣着"朴"，去见郑国商人，问道："买朴吗？"郑国商人以为是"璞"，便说："当然要买啊！你拿出来看看。"周人将"朴"拿了出来，郑国商人一看，原来是鼠，便说："对不起，我不买了。"周人问他是何原因？郑商人答道："我要的是未加工成玉的'璞'，而非未加工成肉的'朴'。"如今，平原君自以为贤名传遍天下，但他参与了李兑围困赵武灵王于沙丘，活活将赵武灵王饿死这件事。而天下的君王，却还推崇平原君，可见这些人的智力都不如郑国商人，他们以为平原君是"璞"，其实平原君仅是"朴"，也就是无用之"鼠"也！

春申君效仿孟尝君田文、平原君赵胜、信陵君无忌，也以养士为荣，他招致宾客三千人，分上中下三等。

平原君赵胜与春申君黄歇关系非常好，他经常派遣使者到春申君令尹府。春申君就把赵国使者安排在上等馆舍，享受最高级待遇。

有一次，赵胜派使者拜访黄歇，黄歇让人把使者安排在一所非常豪华的馆舍。赵国使者想在春申君面前炫耀一番，他们头戴着饰有玳瑁的帽子，腰挎着剑鞘饰以珍珠的宝剑，前往令尹府去拜见黄歇。黄歇接见他时，左右簇拥着许多衣着华丽的宾客。赵国使者走近一看，暗叫一声：呀来！他们脚穿的鞋子上都缀满珍珠。赵国使者自惭形秽，从此不敢再炫耀了。

黄歇寝内，点亮蜡烛，室里照得如同白昼。寝内四壁都嵌着很多宝格，上面陈列各色各样的珍宝奇石，在蜡烛的光亮下，晶莹夺目，闪闪发亮。尤为引人注目的乃是黄歇卧榻前的"贤才屏风"。

黄歇礼贤下士，他把列国贤臣良将的名讳刻在卧榻前的屏风上，并以自己的喜好饰以几"星"。有一星、两星，有三星、四星，最多的就是五星。一星就是一颗珍珠，等级最低；五星就是五颗珍珠，等级最高。七国贤才名讳依次排列。黄歇每日晨起、午休、晚睡皆注视屏上贤才之名，默念贤才名讳……

黄歇为了门客，不惜重金，他把"黄家三宝"之一蚌珠盒启用了，收获了很多珍珠，可是蚌珠盒再也找不到了。他手中的门客个个衣着光鲜，浑身珠光宝气。他的上等门客就连穿着的鞋子上都缀着珍珠，他的下等门客也都衣冠楚楚，卓尔不凡。春申君黄歇这种仗义疏财礼贤下士之心，赢得了"士"们的尊敬。

有人这样作诗礼赞他道：

麟之趾，振振公子。
于嗟麟兮！

麟之定，振振公姓。
于嗟麟兮！

麟之角，振振公族。
于嗟麟兮！

有一个名叫汗明的人求见黄歇，等了三个月才被接见。汗明见了黄歇就问："令尹大人，您听过千里马骐骥拉盐车的故事吗？"

黄歇好奇地问：

"没听过，请先生讲讲。"

"从前，有一匹千里马名叫骐骥，它不幸被人当作常马，在太行山上拉盐车，累得它汗流浃背。伯乐看见了，忙请求车夫停车，并解下衣服为其擦汗，骐骥感动得仰头长鸣，声震长天。伯乐不忍其受困，就用千金买下骐骥，使它扬名天下。"

"噢！先生之意，黄歇明白，我非常欣赏你。"

汗明本想再谈下去，黄歇因有急事要办，就说：

"我已经了解先生，先生不必再说了。"

汗明摇摇头问道：

"令尹大人，我听说贤能的舜去辅助圣明的尧，三年以后，尧才了解舜。而今，令尹大人一会儿工夫就能了解我，难道说您比尧更圣明，而我比舜更贤能吗？"

黄歇听了很惭愧，当即向汗明拱手道歉，并立即招来家吏，把汗明的名字登记在贵宾册上，每五天可以会见一次。

黄歇礼贤下士、重义轻财的名声不胫而走，吸引了大批游侠武士。他们都竞相投奔春申君，以至春申君门下有三千多人。此时，春申君的影响力已远在孟尝君之上，所以，司马迁夸赞春申君，"使驰说之士南乡（通假向）走楚者，乃黄歇之义也。"

楚考烈王听人说，凤凰只落在梧桐树上，他就以为凤凰吃了梧桐果实，才成百鸟之王。

有一次，楚考烈王突发奇想，他叫侍者用梧桐的果实来喂养猫头鹰，希望它能像凤凰那样，发出美妙的叫声。

春申君知道后就进谏道：

"大王，这是猫头鹰啊，它生来就是这样特性，永远也无法改变，即使用梧桐的果实来饲养它，又有什么用呢？"

楚考烈王不以为然地说：

"太傅，寡人只是玩玩而已，何必认真呢？"

黄歇自讨没趣，就退回令尹府闷坐。

朱英得知此事就前往令尹府向黄歇进言道：

"令尹大人，您既然知道不能用饮食来改变猫头鹰习性而使它变成凤凰，可您门下所养食客，大半是好吃懒做夸夸其谈之辈，而您却宠爱他们，把他们奉为上宾，让他们食有美味佳肴，出门有漂亮车马，居住高楼大宅，就连他们脚之履也缀有明珠，大人期望他们将来像国士那样报效于您。依臣下看来这与用梧桐果实饲养猫头鹰，而希望它们叫出凤凰那样美妙声音，又有何两样呢？"

春申君听后默然无语。

题外话：

(1) 识人，任人，不要装饰门面。

(2) 人才重要，伯乐更重要。

第三十回

知错能改春申君　任用大儒兰陵令

> 人非圣贤，
> 孰能无过。

春申君黄歇派大军解了邯郸之围后，准备参加中原合纵大会。

大将景阳自告奋勇地说道："令尹大人，杀鸡何用宰牛刀，某将前往，定能成功。"

黄歇想了想，也是该放手，让手下大将有锻炼的机会，就亲口应许。

大将景阳派兵与秦军交战，两军正面交锋。

"申息之师"果然不愧威武雄壮之师。

战车辚辚，战马嘶鸣。

"楚"字大龙旗，好似一片巨大的红云，遮天蔽日，随风而起。

战马嘶鸣声、喊杀声，响彻天宇。

一路上，狼烟滚滚，铠甲隆隆。

一排排战车的车轮，把道路轧出沟壑。

一条条深深的沟壑。

一队队红盔红甲的将士，喊杀声惊天地。

他们将天边映成猩红的色彩。

无头的尸体横七竖八地躺在那里。

到处都是丢弃的盔甲和断戈突矛。

旷野尽显狰狞和疮痍。

战车过后。

荒郊野外,芳草菲菲,乌鸦长啼。

野风在哀号。

凹凸不平的荒丘上,随处可见新的坟茔。

几十面战鼓擂响了,排列整齐的战车开始向敌阵冲击。战国时的战车是战场上的主要作战力量。它由三个部分组成,通常前面有四匹马或者两匹马。最左面的叫左骖,最右边的叫右骖,车头站立三人,中间立的负责驾驭,左边的人管射箭,右边的人管持戈矛防御。敌方步兵卒进攻,车后又有乘坐的兵士六人,车下通常还有十五到二十人执戟或矛紧随其后,算下来,一辆战车的兵力,大致需要三十多人上下。

乌云密布,飞尘铺地,云头很低,似天公震怒。大地在这场惨烈的厮杀面前战栗!鬼神也为之哭泣,空气像要成为一块冰冷的冰块,窒息了人们的呼吸,刀矛剑戟与纷飞的流矢遮天蔽日。喊杀声、马嘶声、刀剑撞击声、惨叫声在旷野上荡涤着昔日的沉寂。

寒光和利剑之下,头颅随之滚落,尸横遍野。血、血……大地到处充满了喷射的横流的血。

士兵们不愧为神勇的壮士,那车骑闪电般冲过河流,冲过营寨。

一片兵士在密集的箭矢面前倒下。

后面的马上跟了上来!

死尸把战车的轮子埋没了,没法冲出重围,兵士们便从车上跳下来,挺戟向前。

此时,几次战役,楚军取得了胜利。

黄歇又想起了黄衣老人的话语:灭鲁夺地,开疆拓土。

公元前255年,春申君派了五万大军攻打鲁国,鲁国国君鲁顷公惊慌失措,朝中文武百官,无人敢应,只好举城出降,迎春申君于大殿之上。春申君怜其诚,就将鲁顷公迁封于莒(今山东莒县)。

兰陵地处鲁中南山地丘陵的南部,兰陵城建筑在高岭之上,加之此地盛产兰花,一年之内除了隆冬之外,皆是兰花繁茂,四处飘香,因此得名兰陵。

兰陵原属鲁国,历史悠久,民风甚古,又是北方边境重地。早在夏朝,夏王杼的二儿子曲烈的封国地——曾国故城在距兰陵三十里的地方。公元前487年吴王夫差北上攻鲁,曾将兰陵夺去;次年越王勾践东山再起,迁都琅琊，又将兰陵纳入越国版图。鲁国是孔子的家乡，是礼仪之邦，诗书礼义的圣地，居泗上十二诸侯之首，历来是魏、齐、楚争夺的主要目标之一。齐魏之战后，魏国势力渐衰，齐楚对泗上霸权，特别是对鲁国的争夺更加激烈。齐威王时期，齐国一直控制着泗上各诸侯国。公元前484年，齐为燕秦诸国所败后，国力大损，已无力维持泗上的霸权地位，这为楚国北上提供了有利条件。

公元前262年，楚考烈王任黄歇为令尹，赐他淮北十二县，黄歇的封地与鲁国接壤，公元前261年黄歇趁秦赵长平对峙，齐国无力干预之际，发兵攻打鲁国，占领徐州（今山东微山县东南），已先将兰陵夺到手中。为了控制楚国北疆，春申君设立了兰陵县，派人治理。长平之战赵国惨败，秦军又围邯郸，魏楚救赵，解邯郸之围，黄歇趁机攻打鲁国，于公元前255年攻占鲁国，迁封鲁君于莒，占领了鲁国的领土。如今灭了鲁国，如何治理兰陵和鲁国，这还是一个难题。

春申君正在令尹府思考这个问题，朱英来到他的面前，向他建议道：

"令尹大人，您何不请来荀卿呢？"

"荀卿？他在齐国稷下宫担任祭酒，他会来楚吗？"

"大人，您有所不知，荀卿在齐国虽被三任祭酒，可齐王并不信任他，听说有人诽谤他，他很伤心，早就有离开之意。"

"好，太好了！请此大儒来楚，真令楚国为荣。"

黄歇连连击掌道：

"朱先生建议真好，当年黄歇游学于齐时，与荀夫子有一面之缘，曾许下诺言，只能握权柄，定当请他相助，只是派谁去请合适？"

"大人若无合适人选，请看臣下如何？"

"你？噢，朱先生定能不虚此行。"

朱英化装成赵国商人，带着厚重礼物来到齐国。恰逢此时，荀卿在齐国又遭小人诽谤，使齐王对他产生怀疑，荀卿感到很为难。朱英到荀卿家中一说，两人一拍即合。次日，荀卿向齐王请求回赵探家，齐王当即应允。临行时，也无人欢送，荀卿感到很伤心。当朱英车辆走出齐国边境，立即折转马头直奔楚国。

黄歇请来荀况，就先在令尹府内设宴招待他。只见荀况身材修长，气宇轩昂，仪态潇洒飘逸，洋溢着智慧的光彩。

"荀先生，别来无恙，幸会，幸会！"

"幸会，幸会！令尹大人，别来无恙！"

"无恙，无恙，先生大驾光临，足令敝府蓬荜生辉。"

"荀况无才无德，惭愧，惭愧！"

黄歇朗声说道：

"不登高山，不知天之高也；不临深溪，不知地之厚也；不积跬步，无以至千里；不积细流，无以成江海；不闻先生儒学，不知学问之大。"

荀子曰：

"哪里，哪里！荀某不敢！"

"荀先生，当年黄歇听君一席话，胜读十年书。今日请先生来楚，一则，实现黄歇当年诺言；二则，请先生相助，实行兴楚大计。"

"令尹大人盛情，荀某实在愧不敢当。"

"荀先生何出此言，当今闻名诸侯的儒学大师，黄歇能请来，实在三生有幸！"

"唉，惭愧，惭愧！"

"先生不必客气，请来上座。"

荀况再三谦让，最终被黄歇与朱英劝住。黄歇站起来端着酒爵，向荀况敬酒，荀况接过酒爵一饮而尽，又斟酒回敬黄歇。

酒过三巡，荀况这才打开话匣子，侃侃而言道：

"令尹大人，荀况知道，当今天下，诸侯分割，群雄争霸。大人励精图治，有救民出水火之决心，此举甚善。今日令尹府内群贤辈出，人才济济，真可谓藏龙卧虎也！"

黄歇朗声笑道：

"承蒙先生夸奖，黄歇不才，浪得虚名，惭愧，惭愧！"

"然而，日中则移，月满则亏；物盛必衰，衰极必荣。此乃天地万物之规律、定数也。古人云：'鉴于镜者，知面容，鉴于人者，知吉凶。'荀况不才，仅能做令尹大人辖下一名县令，此愿已足！"

"荀先生大才大德，当拜三公六卿，黄歇明日早朝奏明我王，封为上卿，与黄歇共同治理楚国。"

荀况闻听此言，当下动情地说：

"令尹大人，这些年来，荀况曾游学过齐国、秦国、燕国，也曾到楚国，我向多位君王讲述过很多治国安邦的道理，有的被人接受，有的置之不理，终未能身体力行，亲见效果。此次承蒙大人高看，盛情相邀，荀况实在感激不尽。"

"荀先生不必客气，黄歇实在思贤如渴。先生有何愿望，尽管提吧！黄歇尽力满足！"

"令尹深明大义，荀况实在想得一方净土，身体力行，将我平生所学用于治理民众，将其经验得失，再行推广，或许于令尹和楚国，皆大有好处。"

"令尹大人请先生，就是盼望先生能治理兰陵。"朱英插话道。

"兰陵，鲁国的兰陵，那里的确是个好地方，荀况当然愿去。"

春申君黄歇派人千里迢迢，把驰名诸侯国的大儒荀况请到楚国，楚考烈王非常高兴，忙派人设下最为丰盛的国宴，请荀况坐于上座。楚国的公卿大夫也非常兴奋，他们以能一睹此大儒，实为三生有幸。

楚考烈王请荀况观看楚宫最好的歌舞，听楚国最美的编钟乐曲，食楚国最佳的美味，住楚国最豪华的客舍。最后，考烈王又请求荀况留在身边做客卿，如同当年他在齐国稷下宫那样，议国政教化楚人。可是，荀况并不答应，他看淡了这些，请求考烈王给他一方寸土，让他身体力行地去做一番事业。

楚考烈王示意他去问令尹黄歇，荀况又向黄歇请求。黄歇考虑再三，知道"三军可以夺帅，匹夫不可夺志"。荀况去意已决，不能勉强。临行前，春申君又在令尹府内设宴款待荀况，荀况对春申君的知遇之恩非常感激，但是，他非常想亲自做一番事业，再次婉言谢绝了黄歇让他朝中做官的请求，来到兰陵担任县令。

荀况治理兰陵很有功绩，得到了当地民众的敬仰，就连楚考烈王，也十分赞许。

可是，阳文君却不无忧虑地借机向黄歇进言道：

"令尹大人，臣下听说当年商汤在亳（今河南商丘），周王在崤（今河南三门峡境内），两地皆是不过百里之地。可是，他们都坐了天下，成了一代君王。现在，荀况乃当今天下名贤，兰陵又是令尹大人亲自率兵几经拼杀，方才得到的宝地。如果您给荀况百里之地的权势，我就实在为楚国和令尹大人担忧啊！"

黄歇一时糊涂，考虑荀况在楚国的名望越来越高，会超过自己。于是，就派人婉言辞退了荀况。

荀况带着满腹愁胀，离开了兰陵，回到了他的出生地邯郸。赵王闻听荀况回来，就派人远道迎接荀况，又设宴隆重地招待他，并当庭拜荀况为上卿。

朱英获知此事，十分忧虑，他向黄歇进谏道：

"令尹大人，臣下听说，从前伊尹离开夏都去了殷地（商朝的发祥地），因此，殷人称王而夏朝灭亡；姜尚离开商都朝歌，去了岐山，周王任用太公灭了商纣；管仲离开鲁国，去了齐国，因此，鲁国衰弱齐国强盛。臣下认为凡是贤人所在的地方，君主必定尊贵，国家必定兴盛。令尹大人辅助大王，志向远大，如果您欲使楚国成就一统大业，就不能没有荀卿这样举世闻名的大贤啊！可是，令尹大人，您却辞退了荀卿，难道是想让楚国衰弱赵国强盛吗？"

黄歇闻言大惊，赶忙派人到赵国去请荀况，荀况回绝了黄歇并写了一封信。

春申君微服亲自去请，荀况这才又回到兰陵。

黄歇任荀况为兰陵县令，并且，亲自前往兰陵县城，在兰陵城举行规模宏大的祭孔大礼，来祭奠儒家尊师。

鼓三通，启幕。

接着由正献官依序启扉，瘗毛血迎神，进馔、上香、行三献大礼，并由正献官饮福受胙，撤馔送神，焚烧祝文与丝帛，阖扉完成整个仪式。

黄歇与荀子共同祭奠，主持祭奠孔子，尊师重教，仪式非常隆重。

只听见荀夫子朗声念道：

日月轮值兮，斗转星移；
至圣先师兮，万代不替。
金秋五彩兮，风物祖宜；
莘莘学子兮，沐浴恭祭。

题外话：

(1) 识人，任人，不要装饰门面。

(2) 人才重要，伯乐更重要。

(3) 人非圣贤，孰能无过。

(4) 有忠必有奸。

(5) 大师的脾气。

第三十一回
痛失宝鉴申玉凤　侠骨柔肠春申君

公元前248年春天,黄歇的夫人申玉凤无疾而终。当时,黄歇带领楚国大军攻下鲁国,将鲁国国君贬为庶民,此时,传来了夫人申玉凤病逝的消息,黄歇闻言如遭雷击。他匆匆安排好军队,就驾轩车往他的封地疾奔。等他回到黄国城,夫人申玉凤已经入土为安了。

旷野的路上,春草芊芊,枯瘦了一个秋冬的春河,又渐渐丰腴起来,河里不再是粼粼的波光,而是涨满的春水,黄歇顾不得长途疲劳,驱车向东行至春河畔的玉凤墓前,祭奠一番。

黄歇下了轩车,他一步一步地走近了那座修得很有气势的坟墓。随从忙着在墓前摆好祭品。黄歇神色庄重地点燃香烛,默立墓前。物是人非,咫尺天涯。黄歇此刻已是泪流满面,悲哀的气氛笼罩着整个郊外,空气如同凝固一般,就连树上的小鸟儿,也不忍心鸣叫。墓的四周苍松翠柏皆含悲静立,只有诏虞河水,仍在静静地流淌着。

铅灰色的云布满了天空,低低地涌向地平线;淅淅沥沥的春雨,紧一阵,慢一阵,三月的风,还是有些刺骨的寒。

天仍然下着麻麻细雨,吊丧的人们衣裙湿透了,真乃是:苍天雨如沾,人间沾如雨,值此国家多事之秋,不可违拗。

睹物思人,黄歇的脑海里,映出这样的诗句:

　　　　昔我往矣,杨柳依依。
　　　　今我来兮,雨雪霏霏。

> 行道迟迟，载渴载饥。
> 我心伤悲，莫知我哀。

华灯高照，黄国城内，令尹府第，巍峨的宫殿沉浸在静谧的夜色中。令尹府的寝宫内，春申君黄歇自饮自酌。他愁眉不解，心事重重。一扇窗子开着，月儿照着那种静静的琴瑟，物在人亡，叫人如何不忧伤！

丧妻之后的黄歇，一人独坐宫内窗下发呆。他独举小盏，借酒浇愁。已是带有几分醉意的春申君一言不发。此时，一位侍女小心地挑灯过来，默默地沿着长廊走去……

面对一堆亡妻的衣物和她亲手给他缝制的绿衣黄衫，黄歇随口吟出《绿衣》这篇《诗经》中的悼亡诗：

> 绿兮衣兮，绿衣黄里。
> 心之忧矣，曷维其已！
> 绿兮衣兮，绿衣黄裳。
> 心之忧矣，曷维其亡！
>
> 绿兮丝兮，女所治兮。
> 我思故人，俾无訧兮。
> 絺兮绤兮，凄其以风。
> 我思故人，实获我心。

自从申玉凤病逝，黄歇总觉得自己陡然间已是苍老了许多，他的白发先是从两鬓冒出，原先从镜里看上去，是一片黑发中有白发隐现，现在已是一片白发中有黑发隐现。

一日，黄歇正在庭院闲坐，忽然听见空中传来一声鸟鸣，清脆怪异，他抬头望去，只见一只黄羽红嘴的黄鸟疾飞而来，降落窗台之上。

春申君征战刚回令尹府的片段

片段之一

床边，申玉凤轻轻地将手臂从春申君手中抽出，她轻手轻脚地取下挂在床边、春申君战时刮破的战袍，在柔和的烛光下缝缀修补。

蜡烛的光照在她的脸上，显得格外动人。

申玉凤想起当年的事，她抬起头，娇嗔地瞧了睡梦中的夫君一眼，随即又甜蜜地将头靠在他的胸前。想到这里，申玉凤忍不住抿嘴笑了，一不小心，针扎了手，忙用嘴吮了吮。

梦中的黄歇，口中喃喃地说了句什么，随即又翻身向里睡去。

申玉凤轻轻地抖了抖缝好的战袍，叠好放在桌几上面，轻轻地打了个呵欠，她蹑手蹑脚地走到床前，脱了衣服，小心翼翼地挨着黄歇身边躺下。每听着这熟悉的鼻息，搂着这发热的身体，她才感到充实和说不出的幸福。

结婚二十多年了，两人相濡以沫，同甘共苦。人是食五谷杂粮的，岂能没个三长两短。

春申君病了，申玉凤亲手熬药，侍候春申君服药。

片段之二

春申君前往秦国，为秦襄王吊孝的那段往事。

春申君一行十三人，日夜兼程，来到了函谷关。

函谷关，历来为兵家必争之地，更是秦国一统天下、成就霸业的一道天险。这里是沟壑纵横的丘陵向起伏平缓的高原过渡的地带。在褐色的土地上，布满茫茫无际还没融化的积雪，有透过落雪的阳光莹莹闪光。阳光照在关内秦兵的黑色铁甲上，反射出刺眼的寒光。

函谷关，自南向北一字排开，建于陡峭两壁之间，高高的十几米城墙正中，留有两个门洞，上面的石上刻着"函谷关"三个篆字，门洞上矗立着两座悬山式城楼，气势雄伟。关内残留着当年老子李耳的"望气台"和当年孟尝君的"鸡鸣台"。

函谷关，是一条十五里长的峡谷，这是远古时洪水在这片高原上冲刷出的一道裂痕，两面峰岩峭壁，高达六七十米，谷底宽处三丈有余，最窄处只有六尺不到。"车不分轨，马不并鞍"，用"一丸泥"封住东边的函谷关，就可关中称王，万世无忧了，真不愧为"天下第一险关。"

峡谷崎岖蜿蜒，异常幽静，一轮渐渐西沉的红日，在正西方的山谷里时隐时现。

车下厚厚的积雪，"嗞嗞"作响，仿佛是历史深处传来的朦胧声音，又如"落凤波"。山路奇窄，树木丛杂，仿佛听见头顶上一声炮响，高处竖起秦军战旗，顿时喊声震天，箭如飞蝗铺天盖地，正在胡思乱想，前面突现两只灰鹰"扑棱棱"振翅飞起，吓得人们一大跳。想经过此关，任何风吹草动都会让人草木皆兵，赶忙勒马疾退乱作一团。

春申君整理申玉凤的遗物，看到两篇诗文：

（一）

极目孤帆远兮，无言独上楼。
寒江沉落日兮，落叶不知秋。
风疾防侵体兮，云行乱入眸。
未晓天地外兮，更有几人愁。

（二）

一片残阳柳万丝兮，
秋风江边挂帆时兮。
伤心家园无穷恨兮，
青山绿树总不知兮。

黄歇读后不觉以泪洗面。

片段之三

墓园青青，清风徐来，一派肃穆景象。

黄歇缓步走近墓碑前，情不自禁地反复摩挲着墓碑，他凝望着墓碑上的碑文，默默站立了良久……

供桌上白烛高烧，香烟袅袅，祭拜仪式开始。

平日肃静而人迹罕至的墓园，而今却是热闹庄严。

春申君率领众家人来到春河旁诏虞亭前的申玉凤墓地，在墓前上香叩拜，敬献祭酒祭品。

众家人默跪墓前，低头哀思。

春申君默立碑前，掏出当年申玉凤赠给他的黄丝手帕，轻捧一杯墓前的黄土，庄重地包在黄丝手帕里，心是默念着贤妻玉凤的名字，回味着亡妻给他的无穷智慧和力量。妻贤子孝，兄弟和睦，多少美好回忆尽现眼前：

申玉凤的笑容凝固了，哭了一夜的红肿眼睛，又渗出眼泪，黄歇从背后抱住她：

"你太艰辛了，玉凤……"

黄歇眯着眼睛，蹲在地上不说话，申玉凤偎依在他怀里。

"夫君，妾闻圣言：天行健，君子当自强不息；地势坤，君子以厚德载物。又闻：天道酬勤，吃得苦中苦，方为人上人。夫君既想得高位，妾身当全力支持夫君……"

良久，春申君才被长子黄尚轻拽醒来。他默然包好一把黄土，轻抚胸前，面朝墓碑鞠躬三次，转身朝后面叩头的家人挥一挥手，走向停在路旁的轩车。

回到宫室，看着到处都是申夫人留下的物什。春申君这时才明白，他永远也不能停止对申玉凤的思念，因为他知道，这种爱谁也无法替代。

斯情斯景，令人扼腕！

晚来将欲雪，能饮一杯无？

伫立窗前，望着轻轻落下的细雨。

窗外，五彩缤纷的世界。

黄歇又温了温酒，饮下那杯。

此情此景，竟使得他心灵一点点地湿润，如同落入大地的细雨一般静细无声。

题外话：

（1）女人是一面镜子，她能照出男人的灵魂。

（2）成功男人的背后，必有贤良女人的支持。

第三十二回

移师江东修水利　解甲归田盼和平

一连数日，黄歇都沉浸在悲哀之中。他的爱妾彩玉，依照玉凤生前的遗言，劝他离开此地。黄歇知道楚国复兴和黄姓崛起全在他一人身上。恰逢此时淮北又起战事，黄歇趁此机会，就向楚考烈王进言道：

"大王，现在齐国与秦国交好，而淮北地靠齐国，军务紧要，应该在那里设置郡县，加强防务。"

"太傅，淮北十二县，皆是您的封地？"

"大王，老臣甘愿献出淮北。"

"太傅高风亮节，实令寡人感动。"

"大王，老臣忠心为楚，有何不可？"

"太傅，寡人封您东吴十二县，可否？"

"谢大王隆恩！"

周朝开始实行井田制，古老的井邑，每块百亩（约合今三十余亩），"井"字形划开九块田地。四周八块是私田，中间一块是公田，私田一家一块耕种，自种自收。公田共耕，收了全部交给诸侯。那时候，公私极为分明，不需要计算。后来，公田早被诸侯兼并，田地全部租给农夫耕种，诸侯贵族再向农夫收取税租。

周代的土贡有牺牲（供祭祀用的牲畜）、皮帛、宗庙之器、绣帛、木材、珍宝、祭服、羽毛等九类，叫作"九贡"。西周时，君主除征收九贡外，还从农民助耕的公田上，直接取得农产品，叫"助"。此外，君主为了军事需要，还直接向臣属征发士卒,军用牛马,兵车及其他军需品叫作"赋"。最初的赋就是军赋。

春秋时期逐渐产生了新的赋税制度。据《春秋》记载:鲁国在宣公十五年(公元前594年)实行"初税亩",就是国家以土地面积为根据,向田主征收一定的实物税,即按亩收税,叫税亩制。这种新税制度改变了以往强制劳役助耕公田,以直接取得农产品的办法。这是中国田赋的开始。随后,军赋也发生了变化。鲁国于鲁成公元年(公元前590年)作丘甲,即按土地面积(丘),出一定数量的军赋(甲),这使赋和税合在一起了。

古代的兵役制度,商周时已有。当时规定每个部落在战争期间,都有当兵作战的义务。军队的核心是由王室与贵族子弟即"王族"与"多子族"所组成,基干力量是由平民组成的甲士。那时,作战用战车,每辆车上有驾马、持干戈和拿弓作战人员三名叫"三甲士",战车的两侧与车后跟随的步兵几十名都由奴隶充当,他们既是战斗员,又是维持奴隶主的杂役。

战国时期,各国相继变法,封建经济逐步占据主导地位,开始建立了郡县制,兵役制也随之发生变化。当时,已经建立常备兵制度,常备兵是军队的基干,他们都是应招考试而来。

魏国选武卒,要求参选者穿"三层甲",拿一张要几百斤力气才能拉开的硬弓和装有五十支箭的箭囊,扛着戈,头戴铁盔,腰佩着剑,带着三天粮食,在半天之内走完百里路。凡是中选的人,免除全家的赋税和徭役。

面对苍天,这个百战余生的勇士,双腿一屈,"啪"的一声跪下了,眼泪无声地流下,真正的勇士,只对苍天下跪。

他像疯子一样怒吼,吼得山摇地动。

"用火不慎者将自焚!"

"学技不熟者将自杀!"

黄歇高喊一声,那个勇士迅速疾出。

"当彼攻我时,则我心闲,我之气敛,我之精神勇气,皆安逸宁静,于是乎,生气蓬勃,任人之攻,无所患也!"

"我最佩服你,就是这个!"

黄歇拍着黄田的肩膀说道:

"荣辱不惊,真乃伟丈夫也!"

大将黄田此时整整衣襟,右手拔出佩剑,扬起剑尖,指着左手肘下的铜龙符大印，大声说：

"诸位将士听令，令尹大人身体有恙，命我代行，铜龙符印绶在此，如同令尹大人在，若有不听令者，势如此案！"

说毕，一剑将面前桌案劈为两半。

诸将闻言看行，莫不悚然。

少顷，整装待发，列队恭迎。

只见黄田将铜龙符大印高挂大堂。细观铜龙符，上书"王命传铜龙符"，实为楚龙纹饰二龙戏珠图案。

黄田带领将士冲入敌阵。

黄田手中那把利剑，恰似白龙入水，出神入化，寒光闪处，溅起片片桃红，杀敌如砍瓜切菜般，如入无人之境。刀刃落处，溅起一道火光，一声炸响，马匹惊得嘶叫起来。

突然间，敌营忽放冷箭，射向黄田。黄田正在杀敌，背后中了两箭。

为了掩护春申君突围，黄田已经中了两箭，奄奄一息。驾车人因为身穿重甲，没有受伤，他拼命驾车狂奔。前面是一大片竹林葱翠连绵，在微风中发出悦耳的声响，真是凤尾森森龙吟彩。

营前的门士们这时急促地跃起，横着闪亮的戈头，对着他们，卫士们脸上的肌肉绷得十分紧，此时，春申君厉声喝令停手，从容地走下车，他举起手中的王命传铜龙符，大声喝道："楚王令到，赶快接旨。"

为首一位头领接过竹简，很仔细地端详了一番封印，再小心地掰开封印，解开竹简，疾起躬身接过诏书的丝绳和符节的绶印。

在一次宫廷宴会上，春申君黄歇与经他手提拔的年轻将领项燕碰杯。

"项燕将军，此次反击秦军入侵，杀得他们抱头鼠窜，全靠将军神勇，我代表楚国臣民，向将军敬一杯。"

说罢，黄歇高举酒爵与项燕猛地一碰，然后一饮而尽。

此时，项燕取过酒过来，亲自为春申君斟满一爵，又把自己一爵斟满，然后高高举起，对着宫廷内文臣武们大声说道：

"末将项燕，此次取得抗秦胜利，一靠大王洪福，二靠令尹大人运筹，末将按照令尹大人指令，避开秦军锋芒，迂回打击秦军后防，使其首尾不能相顾，故此取得胜利。末将代表全军将士，向大王和令尹敬酒三杯。"

摇摇晃晃中，春申君似乎还觉得，耳边有溢美之词，唇边还有美酒浓香。

这里横着一条大江，江流滚滚，波浪滔滔，江中船只很少，只有三两渔舟，也静止一般待在江汉内外。偶尔飞来的白鸥、黑鹜都是匆匆一掠便离开这里，似乎有人击楫，似乎有人在唱歌，皆隐隐约约、断断续续，如果留心仔细地听，在浪花起伏的间隙中，还可以听出那是《五味歌》的词句：

人间有五味，
我把五味辨；
醋是酸，糖是甜，
椒是辣，盐是咸。
百姓的日子是苦啊！
苦啊，苦难言！

打杀喧天，哭声喧天，
刀兵相连，灾难相连，
忙打杀的，动刀兵的；
姓氏常换，旗儿常变，
千变万换，五味依然；

醋还是酸，糖还是甜
椒还是辣，盐还是咸，
百姓的日子还是苦啊！
苦啊苦啊，苦难言！

题外话：
(1) 战争的目的就是为了和平。
(2) 盼望和平，过上好日子，是古今老百姓的迫切愿望。

第三十三回

治理苏沪功当代　春申黄浦泽后世

　　黄歇受封淮北十二县的第三年夏秋之交，淮水突遭洪水，老天发疯似的下了七天七夜的暴雨。本来淮水就是这样的一条河：

　　"夏季白茫茫，秋季水汪汪，十年就有九年荒。"

　　淮水两岸到处杂草丛生。

　　黄歇从李冰治水经验得到启发：

　　战国时期的四川被称为蜀地，蜀地有一条岷江连年发生水旱灾害。秦昭王五十一年（公元前256年），李冰被任命为蜀郡郡守。他到任后就和儿子二郎不辞劳苦，沿江实地考察，弄清了水情地势等情况，动员上万名河工，在阻碍江水流入内江的玉壁山下凿决口，由于山石坚硬，开始进度很慢。怎么办？李冰亲自到一些老河工那里征求意见，一位老河工建议他先在岩石上开些沟槽放些柴草，然后点燃柴草燃烧，使岩石爆裂，从而加快工程进度。经过长期努力，他们终于在玉壁山上凿开一个七八丈宽的江口名叫"宝瓶口"，江水从此可以畅通无阻地流入内江。他们又从当地人用竹子盖房、编竹笼装东西的做法得到启示，李冰让人们用竹子编成竹笼，里面装满鹅卵石，把竹笼相互连接起来，再一层层沉在江中筑成一道石堰，人们把这道分水大堤叫作"都江堰"，就这样水灾旱灾基本解决了。为了分洪，李冰带领人们筑建了"飞沙堰，做三石人立于三水中"，根据江水淹没部位来掌握江水流量，"水竭不至足，盛不没肩"，从而控制内江流量。

　　为了使这座水利工程能长久地为人民造福，李冰还规定在每年降水量最小的霜降时节（十月下旬）开始一年一度的整修，即为淘滩。每年淘滩都有一定的深度，当时，李冰叫河工在江底埋有石马，淘滩触到石马，就符合淘滩标准，如果过深或过浅就不适宜。李冰总结出"深淘滩，低筑堰"，这一宝贵经验为后世效仿。

每逢清明时节，内外两江都整修完毕，人们开始放水灌溉了。此时，成千上万的黎民百姓聚集在江边，观看放水盛况，人们一面分享着征服水害的胜利喜悦，一面欢呼着表达对李冰父子修堰治水的崇敬和爱戴，众人集资在都江堰边修建一座二王庙，把李冰父子奉为神灵，顶礼膜拜。蜀地成了沃野千里的"天府之国"，李冰父子功不可没。

春申君黄歇在治理长江期间，他趁着那些河工们吃饭时，命令早已准备好的乐队在饭棚里演奏音乐，目的是为了让那些河工们在吃饭时，消除疲劳，恢复体力。只见很大的饭棚前边搭一个高台，台中央，一架古琴一张椅子，一位身着红衣绿裤姿色绰约的女子来到琴旁，坐在琴边的漆木椅子上，她先调好琴弦，接着就弹出了轻快的琴声，声声悦耳动听。台下，劳工们边端着饭碗吃饭，边听着演奏。人们听着那琴声，仿佛看见一只燕子，突然从云间轻飞下来，左右盘旋，上下翻飞，边飞边鸣，燕语呢喃，似悄悄话，啾啾呜呜，稍后，渐去渐远，消失在缥缈的天际，此时，琴声若断若续，时有时无，时强时弱，它轻轻地好比雪花落地，悄然无声，重重地恰似雨打梨花。俄顷，琴声渐渐稠密，如同飞入云端的老燕子，带着一大群小燕子从天而降。一大群燕子欢叫着扑向大地，恍如成千上万只大大小小的燕子忽左忽右，忽上忽下，忽前忽后，忽快忽慢地飞舞着，欢叫着，人们感觉燕子如在眼前如在头顶，等到他们上下左右前后去寻觅时，却早已飞得无影无踪了。台下吃饭的河工们只感到一阵阵暖风扑面而来，分明是那群燕子扇起的……

这一曲《燕子》终了，全场先是一片寂静，吃饭的河工们忘记了吃饭，当他们从沉醉中醒来，顿时发出暴风骤雨般掌声和叫好声。

有天夜里黄歇偶得一梦：只见楚国的前任左徒、三闾大夫屈原峨冠博带，乘着五骏从云端疾驰而来，行至黄歇跟前，骏车忽然停下，屈大夫朗声说道："黄令尹，癸未祀鬼神！"

说完，只见屋门遍开，不见了踪影，黄歇顿时心急如焚，回首看时，也不见三闾大夫，一片雪白刺得他睁不开眼睛，黄歇猛地惊醒，心有余悸，他虽觉此梦非常奇怪,却又无法解释。

这天子夜,黄歇就在长江岸设起祭坛,焚香三炷,望空躬身跪拜,过后,他手持桑木幡龙杖,肃立坛前,默默祈祷一会,抬头观望天空,只见星空如故,四周并无变化,黄歇心中诧异,正要再拜,突然间,他觉得手中桑木幡龙杖又一次发烫,如火烧般烫手。

黄歇心中一惊,连忙松手,只见那桑木幡龙杖尚未落地,便弓成一条黄龙腾穿而起。黄龙升空,张牙舞爪,目光如灯,直照得江水顿时变成血红一片,片刻又有千万具尸体浮出水面,面目狰狞,又过片刻,一道黑气从水中逸出,飘忽散开,浮尸顿消,江水也恢复原样。

黄歇直惊得目瞪口呆,那条黄龙已然飞落船上,仍是一根桑木幡龙杖。

歌舞是人类与神灵沟通的桥梁。巫师是华夏民族第一代文化人记史的先驱和杰出的艺术家。巫师们创作的巫乐先是"娱神"为主,后来逐渐转为"娱人"为主。传说中的《九辩》《九歌》乃是大禹的儿子夏启驾着两条龙被三次邀上天庭做客回来时,顺手将天上的仙乐带下来。商朝文化比夏朝更进步,庶民的劳动培养出拥有较高知识的人物:"巫"和"史"。"巫""史"都代表鬼神发言,指导国家和国王行动。

"巫"偏重鬼神,能歌舞、音乐与医治疾病,代鬼神发言主要用"诬"法;"史"偏重人事,能记人事、观天象与熟读旧典,代鬼神发言主要用"卜(龟)法"。国王事无大小,都得请鬼神指导,也就是必须得到"巫""史"指导才能行动。商代注重"巫",才有很多甲骨文流传后世;周朝注重"史",才有《诗经》传世。然而,楚国自称蛮夷,与周天子作对,崇尚商朝文化,故此巫风盛行。楚文化上下求索,汪洋恣肆,上至天神,下至山鬼,莫不变幻万千,充满了浪漫色彩,楚大夫屈原正是在此文化背景下,才有《离骚》传世。

楚国巫师继承和发扬了这些传统,并且汲取了中原文化。《桑林》之舞乃是宋国的巫师在宋国被齐魏所灭时,逃到楚国带来的。它表演的是商王始祖契由先妣简狄吞下玄鸟而生下契的具体过程。据《左传》记载:公元前641年,商王室后裔宋襄公在楚丘为晋文公重耳举行了盛大宴会。晋文公提出要观赏宋国传统乐舞《桑林》。《桑林》乐舞是由打扮成先妣简狄的女巫和用羽毛扮成玄鸟的舞师表演,先是歌曰"天命玄鸟,降而生商",后细致演绎了简狄吞下玄鸟蛋后,如何生出商始祖契的产婴过程。这种粗野离奇的风格很是吓人,因而,使讲究礼法的晋文公重耳在演出进行到一半之时,因害怕而躲到房中不敢看。由此可见，那时的巫师演技多么形象逼真。

　　在开始治理长江时，黄歇命令早已准备好的乐队，在宽阔的大厅里演奏音乐。台上的乐器有琴、瑟、筑，还有编钟、架鼓等等，台下万头攒动，河工们聚精会神地观看演出《大禹治水》。

　　演奏开始时，只见一位身着白衣白裙的女子，在台上大力度地拨动、击打着筑弦，只听弦声如山洪暴发，又如江河决堤，有人敲击着编钟，震天动地的声响传来，仿佛屋顶在抖动，天地在旋转，山峰在倾斜。同时，隐隐约约传来孩童的啼哭声、父母的呼喊声，以及百兽可怕的吼叫声、万鸟惊慌的哀鸣声。过了片刻，筑声突然转换成激越昂扬的音调，钟鼓声传来，好像千百万人在抬石打夯挖出凿石，又好像数万勇士冲锋陷阵、杀奔疆场，其间传来激烈的拼杀声、雄浑的呼喊声，紧接着，筑声逐渐转缓，节奏趋向平和，如小溪水流潺潺，又如秋风阵阵。过后，似有牛羊欢叫禽鸟合鸣，夹杂人们的欢歌笑语、孩子嬉闹戏谑声，好一派祥和的景象，如同太平盛世。这分明是洪水被治理后，人们在享受幸福宁静的美好生活。乐声至此，演奏戛然而止。

　　这曲《大禹治水》的来历，还有一个美丽动人的故事：传说远古时期，洪水泛滥成灾，天下百姓民不聊生，五帝之一尧帝任命鲧治水，鲧用"堵"的办法去治理洪水，并从天庭偷来天帝的息壤，想来制服洪水，谁知却适得其反，洪水越堵越大。尧帝一怒之下，就派人杀掉了鲧。鲧无辜死后，怨气难散，尸体长期不烂，于是人们剖开他的肚子，一个小男孩从里生出来，这个小男孩便是大禹。大禹长大成人后，被接受尧帝禅让的舜帝任命继续治水，完成其父未竟伟业。大禹汲取了父亲鲧以"堵"治水失败的教训，采取"疏导"的办法，凿开龙门，疏通三江五湖，使得洪水通畅地流入大海。他又领导百姓开渠引水，兴修水利，发展农业生产，在他治水的十三年中，曾经三次路过自己家门。大禹想：水患还没治好，黎民百姓仍受洪水灾害，庄稼被淹，房子被毁，百姓无家可归，我大禹有何脸面去见家乡父老呢?! 于是，大禹三过家门而不入，终于治水成功，后来，这段故事就成为一段流传千古的佳话。

　　人们为了欢庆大禹治水的成功，歌颂大禹的功德，就创作了载歌载舞的《大禹治水》。

春申君黄歇曾经率领数万民众疏通太湖，将太湖之水引入长江。

在浦江有一个村庄，名叫黄泥浜，现为春申村，他们曾疏凿上海市境内的"黄浦江"，有民间儿歌传唱：

嘟嘟嘟嘟嘟，
嘟嘟嘟嘟嘟。
爷娘去开黄浦江，
回来再开春申塘。
领头大爷春申君，
住在伲村黄泥浜。

春申君黄歇改封吴地，他充分利用吴地有三江五湖之利，治水修路，曾在无锡修建陵道（今天无锡钱桥龙山梢尚留有遗迹），又治理了无锡湖（即芙蓉湖），后来又开凿了无锡塘。无锡惠山的春申涧又称黄公涧，乃是当年春申君放马饮水的一涧溪水。无锡舜柯山麓的黄城，也是当年春申君所筑。

黄歇领管江东吴国旧地，时常驻在姑苏（今苏州）。他精通水利，测得太湖地势高于姑苏，便在姑苏城外增开封门，修建了水陆两用城门，封闭胥门水门，使胥江之水绕道入城，以分减水势。同时，又在城内开凿了许多纵横交错的小河道，使河水流贯全城，既便于排泄洪水，又利于水上交通，使姑苏城内"家家门外泊船舶，户户人家尽枕河"，成了远近闻名的水上城市。

春申君黄歇征役开凿了第一条通江大河——春申浦（申港河），亦称申港。它疏导江水南流，经武进界分为二：东入无锡五泻河，西入武进三山港。接着又开通无锡河，"治之以为陂，凿语昭渎，以东到大田，田名胥卑，凿胥卑下，以南注太湖，以泻西野。"

商朝末期，吴国的开拓者：艰苦创业，筚路蓝缕。

几辆颠簸的牛皮车上，乘着几位峨冠古袍的中年人，在随从们前后护卫下，艰难地在黄尘滚滚的中原大地上缓缓地移动。他们是周王的两个儿子，为了让位于三弟。

他们找水找吃，相依相让，冒着酷暑，跪拜苍天，一路东去。

于是，他们盼来了青山，盼来绿水，看见了湖泊。

山绕水转，鸟语花香。

多么好的地方啊，可惜太荒蛮了。

泰伯先在无锡安顿下来，成了吴地的开拓者。

仲雍继续往东，到了海隅山，他开始了筚路蓝缕地开发，是常熟一带的开拓者。

仲雍死后，葬于海隅山，又名虞仲。

后人为纪念这位伟大的先驱，将海隅山更名为虞山。

虞山脚下有一湖，名曰尚湖，传说当年姜尚垂钓于此。

黄歇缓步走进他的宅院。

这是一座颇为优雅而宏大的园林。

园林里，厅台上，楼阁参差，错落有致，雕栏画廊婉转萦回，环绕一泊湖水的，是一条曲折小路，此时，正值深秋，天高云清，水静如镜。

这是春申君太湖边菰城封地（今浙江湖州市菰城遗址）的一所宅院里。

黄歇望着一片片随风飘飞的树叶，静静地出了神：老家黄邑城的秋天比太湖菰城，总要早个把月。此时的江东已然秋天，老家故城，恐怕早已秋叶落尽了，故园的亲人又何在呢？

菰城现在，凉风已起，满地落叶。

望着萧萧而下的秋叶，黄歇不由信口吟出一道《思黄歌》：

秋风起兮，秋叶飞，
太湖水兮，鲈正肥；
三千里兮，家未归，
恨难禁兮，仰天悲！

黄歇在蚌埠时，得到老黄君的指点，知道养蚌育珠。插入硬物使蚌受伤，蚌病养之愈久，其珠愈大。在治理苏州时，黄歇命人把蚌珠盒放入太湖里，并且在太湖里养蚌取珠，风光旖旎的太湖，湖光山色，静影沉璧，已有养蚌育珠的人群，因此，黄歇家族才有了珠履门客的显赫。

黄歇得到了奇人指点，总结了一套察人术：歪嘴斜眼不可交，最毒莫过一只眼，一只眼还怕水蛇腰。后来，他把此术叫作春申察人术。

长江一带年年发生水灾，就是因为那条白龙，总是不停地喷云吐雾，刮狂风，下暴雨，淹没了田野里的庄稼，冲毁房屋，折腾得人们吃没吃，住没住，恨透了白龙。

黄歇就带领成千上万名河工治理长江，他们万众一心修筑，加固堤坝，费了九牛二虎之力筑成的大堤，转眼就被白龙冲毁，黄歇只好又带河工筑堤固坝。一日，黄歇带着桑木幡龙杖指挥河工筑堤，忽然间，他手中的桑木幡龙杖发烫，心中一惊，赶忙松手。只见那桑木杖跃入江中，霎时化成一条黄龙，黄龙摇头摆尾，此时，白龙跃出水面，二龙相会，仇敌相见，分外眼红，当即拼命厮杀，江中卷起丈高浪头，直冲两岸。黄龙见状，边战边往东退去，直到东海岸边，两龙又是一番激战，茫茫无边的大海上波涛滚滚，一浪高似一浪地冲击礁石上，"唰"地卷起两三丈多高的浪头，猛力地撞击海边礁石，不时发出"哗哗"的声响。

黄龙与白龙激烈地搏斗一天，到了晚上，两龙都潜入海底，养精蓄锐。这时，海面上风平浪静，月光下，依稀可见的细浪，涌起银白色的浪花，温柔地舔着沙滩，发出一阵阵轻微的絮语声。海风带着淡淡的咸味，习习拂来，格外凉爽。

这根桑木幡龙杖的确是非同一般的宝物，它不仅变化莫测，腾云入水，而且还能未卜先知，能体察吉凶，救主人于危难之中。黄歇顾不得仍在危难之中，他望空拜了两拜，感谢祖先有灵，于冥冥中相助，是这根桑木幡龙杖让他黄歇逢凶化吉，遇难呈祥的呀！

此时，黄歇的脑海浮现这样的画面：两条龙一黄一白，杀气腾腾地进行着一场殊死搏斗，在淮水上空，在长江口岸。

东海边，江的入海口，两条龙，一黄一白在进行殊死搏斗，幡龙杖和白龙剑在天空中横飞乱舞，经过几天几夜的搏斗，黄龙终于打败了白龙，惨败的白龙落地时，化作一条龙形的山岗，也就是黄浦江东边的白龙港。

得胜的黄龙随即化成一阵阴风，飞沙走石而去，月色也为之暗淡无光。正是这根桑木幡龙杖，使得黄歇多次逢凶化吉，遇难呈祥。它的确非同一般宝物，不仅变幻莫测，能腾云入水，还能未卜先知，体察吉凶救主人于危险之中，只可惜此杖已脱手未归。黄歇顾不了许多，他又望空中拜了几拜，感谢先祖的神灵于冥冥中相助。

黄浦江上一场恶斗在所难免：
黄衣老人与白衣老人拼命地打斗。

从淮河上游的白水河与黄水河的交汇处，打到淮河中游又打到淮河下游。顺着邗沟又打斗到长江中下游。

他们拼命厮杀到太湖，使太湖之水陡然涨起数尺。只见那黄衣白衣争斗时，化作狂风暴雨，摧打着田野中即将成熟的禾苗，那沉甸甸的长穗，那黄澄澄的稻谷在风雨中飘摇，有的被狂风吹倒躺在泥水中。太湖的出水口被洪水塞满，翻滚着浊浪，水浪中卷动着杂草、谷穗和整棵整棵的树木向东流去。

黄衣老人从太湖退到淀山湖，白衣老人追到淀山湖。黄衣老人急忙往东海退去，白衣老人奋力追赶。

他们时而化龙，时而化人，所到之处，兴风作浪，掀起巨大洪水。

良田屋舍被淹。

百姓叫苦连天。

黄歇岸边焦急万分。

他急忙解下腰间黄铜锣，对着那股白浪奋力砸去，只见白衣老人情急之中，速用白龙剑回身猛击黄铜锣。

只听"咣当"一声，铜锣被白龙剑刺裂。

黄衣老人趁此良机，疾用桑木幡龙杖，击中白衣老人心脏。

"唰"一声响。

"唉哟！"一声惨叫。

白龙身负重伤，夹着尾巴向东海逃窜，一路溅起一道巨浪。黄衣老人不再追赶。

白龙负伤逃到了东海边，在东海边的岩石上倒下化成一个白龙港。根据传说，而今上海浦东川沙往东海的白龙港，就是那条负重伤而亡的白龙化成的。

得胜而归的黄龙回到了太湖养伤，最后功德圆满升天。当地百姓倍感其德，就在太湖湖州处黄龙养伤的地方，修建了一座黄龙宫，来纪念那条为民除害的老黄龙。

题外话：

(1) 养兵千日，用兵一时。

(2) 春申理水，彪炳史册。

第三十四回

好吃懒做王小二　恻隐慈心春申君

"一人当官，鸡犬升天。"春申君的家乡在河南信阳一带，诸多亲朋好友听说春申君在苏州得了势，便纷纷远道而来找他谋事。春申君是个重乡土感情的人，凡是姓黄的人，都被安排了大小官职。其他的人就常常被他冷落在一边。河南信阳有个人叫王小二，这人从前在春申君手下做过事，他想趁此机会，也来找春申君谋个一官半职，可是春申君见到名单上王小二是异姓人，便不予理睬。

王小二在苏州等了好长时间，盘缠也花光了，连春申君的面也没有见到。这天他找上门来，守门人是个苏州人，问他："你姓什么？"王小二说："我姓王。"原来，吴语发音，黄王不分，守门人以为又是春申君的本家，便放他进去了。

王小二见到春申君，先诉了一通苦，然后说："春申君大人，我跟了您多少年，您现在掌权了，怎么忍心把我丢掉呢？"

春申君一看王小二个子比较矮小，按照奇人指点的察人术：歪嘴斜眼不可交，他知道王小二不是好人，好吃懒做，扶不起。就心生厌恶之情，不想帮他，可是，王小二就是不走，春申君被王小二纠缠不休，又见王小二缺衣少食，便动了恻隐之心，对王小二说：

"王小二啊！你能做什么呢？我正在这里修水利，我看你就去上河工吧！"

王小二一听叫他上河工，把头摇得像拨浪鼓似的，这样的苦差事，怎么受得了。

春申君又叫王小二到乡下去务农，答应送给他一头牛，让他在城外找块地方，盖间草房，耕守田园。

王小二只好答应了，他到了苏州乡下举目无亲，楚国来的黄姓人不承认他是春申君的亲友，吴地老百姓也不欢迎他这个楚国来客。他只好一个人孤零零地过日子。

王小二种田，一年辛苦到头，吃不饱、穿不暖，过年也吃素。隔了一年老牛也死了，又过了一年，草屋也坍了。

"王小二过年，一年勿如一年。"

这句俗话就这样流传下来了。

题外话：

(1) 救急不救贫。

(2) 世上没有免费的午餐。

(3) 假善人很多。

第三十五回
苏秦合纵抗秦军　巧计连环荐张仪

战国时期从周元王元年（公元前475年）到秦始皇二十六年间（公元前221年），这二百五十多年中，几乎无一日没有战争，所以，历史学家才称之为"战国时期"。在这时期，各国之间在政治、经济、军事、外交领域展开了错综复杂的斗争，诸侯割据，你打我杀，都想消灭对方，统一天下，这时，纵横家也就是策士们，便在其中给诸侯出谋划策，进言献计，以争取胜利，谋取福利。这些人的计策确实高人一等，堪称奇计、妙计，令人拍案叫绝，因此，才引得史官们大书特书，既可发人深省，启发智慧，又可作为借鉴，指导人们作战或治国。在战国时期，有些君臣和策士品格高尚，助人为乐，救困扶危；有些君臣和策士腐化堕落，荒淫残暴，愚蠢自私，朝秦暮楚，不讲信义。有的被人讴歌，有的令人唾弃，他们的言行便成了史官们的捕捉对象。

苏秦与张仪同拜云梦山隐居的鬼谷子王诩为师，两人同学"纵横术"。学成之后，两人同时下山，鬼谷子勉励二人日后互相推让，共同协作，以成大业，勿伤同学之情。二人点头答应，鬼谷子又将囊中兵书取出两本赠送，苏秦、张仪一见，原来是姜太公《阴符》。二人不解地问道：

"先生，此书弟子早已熟背如流，临别之际，先生赠它何用？"

鬼谷子严肃地说：

"此书你们虽然熟背如流，却未得其精髓。若待你们游说失意之际，再将此书研读，必有益处。切记，勿忘，我也从此云游他方，不在此谷中了。"

二人又给师父磕了三个响头，方才离去，各奔前程。

苏秦回到洛阳家中，老母健在，苏秦还有一兄二弟，兄已先亡，只有寡嫂。一别数年，今日重逢，举家欢喜。忙了数日之后，苏秦就想外出游说列国，只因家中没有钱，准备变卖家财。可是他的老母、寡嫂和妻子，极力劝阻，二位弟弟也劝说他道："兄长既然善于游说，何不就近游说周王，能在他乡成名，在本乡也可成名，兄长何必舍近求远呢？"

苏秦为全家人所阻，只好就到洛阳王宫，求见周王，谁料周王左右嫉贤妒能，不欲引见。苏秦留在馆舍一年有余，未曾讨得一官半职。苏秦回家发下重誓，他不顾妻子反对，变卖家财，得黄金百两，购买貂裘大衣和车马，带着仆人游说列国。一路上，他考查各地山川地形、风土人情，详细地掌握了天下大势。

当苏秦听到卫鞅在秦国受封为商君，得到秦孝公的宠爱，就向西行至咸阳。可是秦孝公驾崩，秦惠文王即位，商君被五马分尸。苏秦求见秦惠文王，终因秦王厌恶游说之士而被辞退。苏秦仍不死心，连夜就将前朝五霸攻战而得天下之战术，洋洋洒洒汇成万言《苏秦以连横说秦王书》。次日早朝，苏秦恭敬地献给秦惠文王，秦惠文王虽是浏览苏秦大作，却无用他之意。苏秦退下，又去拜见秦相，请求引荐。秦相嫉妒人才，不肯为他引荐。苏秦在秦国待了一年多，百两黄金都已用尽，黑貂大衣也穿破了，仍然没有希望。他只好遣散仆人，又贱价卖掉车马当作路费，自己担着行囊，步行一个月方才到家。

老母见他如此狼狈，就骂他"败家子"，还有脸回家；妻子正在织布，看见他回来，也不走下织布机与他相见。苏秦饿得心慌，就厚着脸皮请求寡嫂烧碗饭给他吃，谁知寡嫂却以家中无柴为由，不肯为他做饭。苏秦闻言不觉悲从心来，泪流满面，他叹惜道：

"可怜我苏秦一生贫困，事业无成。妻子不把我当成丈夫，嫂子不把我当作小叔子，母亲也不把我看成儿子，这都是我的罪过呀！都是这些东西惹的祸呀！"

苏秦愤怒地扔掉行囊，"吧嗒"一声，从行囊中掉下一筒竹简书，苏秦拾起一看，乃是太公《阴符》，忽然想起鬼谷子先生临行赠言：

"若是游说失意，只需熟读此书，自有进益。"

苏秦捧起竹简书，读着读着，真与往日不同。直到腹中饥肠响如鼓鸣时，苏秦才放下竹简书，自己下厨，引火做饭。他虽然受到嫂妻嘲弄，却置之不理。自此，苏秦把自己关进一间小屋苦读，悉心钻研，夜以继日。每当夜阑人静，疲倦昏昏欲睡之时，苏秦就用一根铁锥刺扎大腿，直刺得血流满脚，苏秦又把自己的长头发束起悬系在梁上，一旦瞌睡低头，必然扯拉头发疼醒。经过一年多的勤学苦读，用心揣摩，苏秦就对天下大势了如指掌。于是，苏秦在其弟的资助下，再次出游列国。苏秦辞别家人，他本想再往秦国，却又寻思当今七国，唯秦国最强，可以成就帝业。怎奈秦王不肯收用，秦相妒贤嫉能，倘若再去，如同前番受阻，苏秦又有何脸面，再见老母兄弟……

苏秦站在那里左思右想，急切之中想出一个办法，那就是联合列国，齐心协力，共同拒秦，方可自保。想好主意，苏秦就打点行装，向东诣赵游说。可是，赵肃侯惧怕强秦，不敢采纳。苏秦只好向北到燕国，准备游说燕文公，谁知燕文公左右都不帮他传达，苏秦没有办法，只好住在燕都一家偏僻低档的旅馆里，等待时机。苏秦苦苦地等了一年多，临走时，弟弟们资助的金子用尽了，眼看连饭钱都没有了，他只好向旅馆老板求救。旅馆老板知道苏秦很有前途，只是时运未到，又看他饿得可怜，就借给他百钱，苏秦用充满感激的腔调说道："多谢老板！多谢老板！"

机会终于来了。

有一天，苏秦听到旅馆老板说燕文公出游，就伏在燕文公必经之道，拜见燕文公。燕文公问其姓名，方知是苏秦，惊喜地说：

"寡人早就久仰先生大名。今日，天助寡人，亲得先生赐教，真乃燕国之大幸也！"

于是，燕文公御驾亲迎，下诏请苏秦入朝，毕恭毕敬地向苏秦请教。

苏秦欣然问道：

"大王，燕国地域千里，兵甲数十万，不可谓小；然而比起中原诸国，尚未及其一半。大王为何能够耳不闻金戈铁马之声，目不睹覆车斩将之危呢？您知道这是为什么吗，大王。"

燕文公摇摇头说道：

"寡人不知道，敬请先生指教。"

苏秦朗声说道：

"大王，燕国之所以不被列国所侵，皆因赵国是燕国天然屏障。大王不知结好近邻赵国，却想割地讨好秦国，这岂不太不明智了吗？"

"请问先生，那该怎么办呢？"

"依臣下愚见，不如和赵国结成婚姻之国，因而又可连接列国，天下合而为一，相互协调，并力抗秦，此乃百世之安也！"

"先生'合纵'之策，寡人赞同，只恐诸侯不肯听从。"

"臣虽不才，愿意代替大王面见赵王，与他签订'约纵'。"

燕文公大喜，任命苏秦为特使，出使赵国。赵肃侯闻之，降阶而迎：

"贵客远来，有何见教？"

苏秦奏道：

"大王，臣下听说：'保国莫如安民，安民莫如择交。'当今山东诸国，唯赵最强，而强秦最恨的，也是赵国，然而，秦国不敢举兵伐赵，皆因秦国畏惧韩魏突袭其后，所以韩魏两国，乃是赵国的南方屏障。可惜韩魏两国没有名山大川之险，一旦秦兵倾巢出动，蚕吞二国，二国既灭，祸水必降于赵。"

赵肃侯低头沉思。

"大王，臣下曾经考察地理，知道列国地盘总和，多秦万里有余；诸侯之兵，多秦十倍。假若六国齐心协力，合而为一，并力向西攻秦，破秦何难！可是秦国挟一国之强，恐吓诸侯，使其割地求和。这种无故割地，实乃自杀短见。攻破别人和被别人攻破，哪一个好？"

赵肃侯还在低头沉思。

苏秦继续说道：

"大王，以臣愚见，不如纵约列国君臣，洹水聚会，结为兄弟，互为唇齿之攻守同盟也！秦国攻一国，其他五国共同出兵救助；若有违背盟约者，众皆出兵讨伐。秦国虽强，岂能以孤单一国，而欲与天下诸侯争胜负？"

赵肃侯闻之，肃然起敬道：

"寡人年少，即位时日短暂。今日上客想纠集众诸侯抗拒秦国，寡人岂敢不恭敬听从？！"于是，赵肃侯就把相印赐给苏秦，并赠以车仗百辆，黄金千两，白璧百双，锦绣千匹，请他做"纵约长"。

苏秦欣然领受，退朝之后就派人送百两黄金到燕国，偿还旅馆老板百钱。苏秦安顿完毕，正欲择日起程前往韩魏游说，忽见赵肃侯诏他入朝议事。苏秦慌忙来见赵肃侯，赵肃侯将秦国丞相攻魏斩杀四万魏兵，魏王割十座城市求和之事告诉苏秦。眼看秦军正欲移兵伐赵，国事十万火急，该当如何？

苏秦闻言，暗暗吃了一惊，秦兵若攻赵，赵肃侯必效魏求和，"合纵"大计，势必难成。他急中生智，故作安闲状，拱手对赵肃侯说道：

"大王，臣下考虑，秦兵战疲惫，势必不能攻赵。万一攻赵，臣自有良策可退秦兵。"

赵肃侯恳切地请求道：

"先生暂留敝国，待秦兵退回后，方可远离寡人。"

此言正中苏秦之意，苏秦点头应诺而退。

题外话：

(1) 师出同门，互相推让，共同协作以成大业，勿伤同学之情。

(2) 成者为王，败者为寇。

(3) 树挪死，人挪活。

第三十六回
张仪连横破联盟　方知背后有高人

张仪与苏秦同时辞别鬼谷子后，张仪本是魏国人，就回到了魏国。他对妻子说：

"楚国地大物博，前途无量，我要动身南下到楚国，去游说楚王。"

妻子为他整理行装，并嘱咐他到楚国后，行为一定要多加检点。

张仪到了楚都游说，楚国令尹昭阳知道他是鬼谷子门下高徒，就收他为门客。后来昭阳大败魏军，攻下七座城池，楚王就把楚国重宝"和氏璧"赐给昭阳。说到"和氏璧"，这里还有一番来历：

先前，楚国有个叫卞和的人，有一次，他在爬山时拾到一块玉璞。看出这块玉璞加工之后，必定是一块很珍贵的美玉，便把它抱到楚王宫里，献给楚厉王。

楚厉王叫来玉匠一看，玉匠说：

"大王，我看是一块石头。"

楚厉王听后大怒，叫来左右把卞和抓住，判他个欺君之罪，剁去了他的左脚。后来，楚厉王死了，楚武王继位，卞和拄着拐杖瘸着腿，把那块玉璞献给楚武王。楚武王叫来另一位玉匠，那位玉匠面对玉璞，端详了半天才说：

"大王，这分明是一块石头，哪里是什么宝玉呀！"

楚武王一听，愤怒地呵斥卞和：

"卞和，你好大的胆子呀！你骗过厉王，又想来骗寡人。"

于是，楚武王就喝令左右，把卞和押下去，斩断了他的右腿。

等到楚武王驾崩，楚文王即位，卞和再也不敢去献玉了。他捧着那块玉璞，坐在山脚下痛哭，一连哭了三天三夜。卞和的眼泪流尽，眼里流出了鲜血，昏倒在地上奄奄一息。人们听到后，一传十，十传百，终于传到楚文王耳朵里了。

楚文王就派人找到卞和问道：

"卞和，斩了脚的人多得很，你为什么斩了脚却哭个不停，以致眼里流血，生命垂危呢？"

卞和痛心地说：

"好生生的人被截去双脚，怎能不悲伤？但我悲伤的不是我的双脚，我最痛心的，就是一片忠心被当成欺骗，难得的宝玉被当作毫无用处的石头！我卞和就是死了，在九泉之下，也永不瞑目呀！"

楚文王知道后，很受感动。他立刻命令玉匠剖开那块玉璞。果然，那是一块宝玉，晶莹透亮地闪着白光，真乃举世无双的宝石！于是，楚文王就把这块宝玉命名为"和氏璧"，并且赏赐给卞和，后来卞和在临死前又把"和氏璧"献给楚王，楚王就把"和氏璧"视为楚国国宝。

有一天，令尹昭阳举行酒会，张仪也参加了。会上，令尹的"和氏璧"丢了，令尹非常着急，搜遍所有角落，也不见玉璧影子，昭阳十分气恼。

正在这时，他的门客对他说：

"令尹大人，从魏国来的张仪十分贫穷，他的人品很坏，经常好偷拿别人东西，说不定玉璧是他偷去了。"

令尹点头说：

"对，极有可能，我也正怀疑他！"

于是，令尹就命门客将张仪捉来逼问，张仪无辜受辱怎能承认。张仪口称"冤枉"，昭阳叫人用棍棒杖责他几百下，直打得张仪遍体鳞伤，奄奄一息。昭阳见他只有一口游气，恐伤人命，就叫人把他抬走，送到张仪家中。

妻子见他伤痕累累，问明原因就劝他道：

"夫君啊，世情险恶，你今日受辱，皆因读书游说引起。倘若你安心耕田种地，哪有此等祸事！"

张仪张口对着妻子让她看后问道：

"夫人，我的舌头还在吗？"

妻子苦笑着说：

"夫君的舌头还在。"

187

张仪欣然道：

"舌头在就好，舌头在就好！这是我唯一的本钱，我张仪就不愁受困啦！"

过了一会儿，张仪又愤然道：

"昭阳，你冤枉我，此仇不报，誓不为人！"

再说苏秦因为秦相攻赵，赵肃侯请求苏秦退兵。苏回到府中左思右想，终得一计良策。他叫来心腹，对他如此这般交代，心腹领命，假扮成商人，连夜向魏国都城大梁奔去，打探张仪住处。

张仪休养半年，伤已痊愈，闻听同学苏秦被赵王任为相国，正想前去拜访，谋得一官半职。

恰逢此时，一位"商人"在他门前停车休息，问候几句，方知从赵国来的，张仪就问：

"先生自赵国而来，应知赵国之事。"

"商人"道：

"那当然啦！"

"苏秦做了赵国相国，有此事吗？"

"先生姓啥名谁？难道您与我们相国有老交情吗？"

张仪笑着告诉"商人"：

"我与苏秦，乃是鬼谷子门下高徒，同学多年，又结拜为兄弟！"

"先生既是相国同学，何不前往赵国，求相国推荐，谋得一官半职？"

"我正有此意。"

"先生既有此意，我的生意也做好了，正准备回到赵国。先生若不嫌我车破，我愿载先生到赵国，求见相国，以谋共同富贵，求得一官半职。"

"噢，多谢先生啦！苏秦与我同学多年，情同手足，这点小事，还能不成？"

"那就多谢张先生啦！噢，张先生，还不快准备行李。"

"好的！"

张仪欣然答道。

"商人"用车载着张仪，晓行夜宿，一路畅通无阻地来到赵国邯郸郊外，"商人"停车说道：

"张先生，我家住郊外，因有要事，只得暂时和您告别，邯郸城内有一旅店是我熟人，请您暂住那里，等我过了几天，再去拜访您，失陪啦！"

张仪只好辞别"商人"，住进"商人"熟人的那家旅店。

第二天，张仪做好名刺（即今天的名片），求见苏秦。谁知苏秦早已告诫守门人不许通报。张仪苦苦相求，守门人就是不收，接连五天，守门人才勉强收下名刺进相府禀报，不料苏秦以事多为由推辞，请他改日再会。张仪没法，只好又等数日，始终未能谋面。

张仪非常愤怒：好你个苏秦，架子真大！一点也不顾同学兄弟之情，你既无情，我留邯郸何用？

张仪正想离开，旅店老板极力挽留他道：

"先生既然与相国是同学，又把名刺投进相府，未得相国接见，可能因为相国事务繁忙。万一相国来召见，您又走了，怎能见到他呢？所以，我奉劝先生，就是等一年半载，也不要离去。成大事者，必得有耐心呀！"

"对，成大事者，必得有耐心！"

张仪点头称善，只有留下来等待。可是，几天过去，仍没见动静，张仪心中苦闷，就满街去询问那个"商人"。不知问了多少人，众人皆言不知。又过了数天，张仪身上的金子用完，还欠了旅店老板的许多饭钱。张仪只好又写了名刺投进相府准备告辞。这时，苏秦传来"明日相见"之命，张仪闻言惊喜异常，旅店老板闻知喜讯也来祝贺，他看见张仪身上衣裳又脏又破，十分寒酸，就对张仪说：

"先生既见相国，穿此破衣，只恐丢了相国面子。"

张仪叹惜：

"可怜我张仪家贫，此来邯郸已用完金钱，哪有闲钱买新衣呢？"

店老板说：

"先生不要着急，你就把我的衣服和鞋子穿上，去拜见相国吧！"

张仪忙说：

"那太好啦！多谢老板啦！"

夜里，张仪兴奋得没睡……

第二天一大早，张仪起床，穿上借来的新衣履前往相府等候。苏秦知道张仪必来，就命人关闭相府大门，只开旁边小门。张仪只好随其他门客，从小门进去。

张仪正欲进入大堂，苏秦的随从急忙拦住道：

"相国的公事未毕，请先生稍等片刻。"

张仪只好立在阶下偷窥殿堂，只见很多官员，点头哈腰，拜见苏秦。拜见完毕，又有很多禀报事情的人排队等待。过了很长时间，时近中午才听见堂上有人高声问道：

"客人在哪里？请进。"

随从才对张仪说：

"相国召见客人，请进吧！"

张仪慌忙整顿衣冠，走上台阶。他心里只想苏秦会亲自下来迎接，谁知苏秦安坐不动。张仪忍气吞声，只好进去，向苏秦拱手相见。

苏秦这才起身，轻轻地抬手，示意算着相见。

苏秦问道：

"张先生别来无恙？"

张仪怒气冲冲，没有搭理他。

这时，苏秦随从禀报：

"相国大人，开午饭啦！"

苏秦才说：

"只因公事繁忙，麻烦张先生久等啦！唯恐先生腹中饥饿，先暂且吃便餐一顿，饭后再说。"

苏秦叫随从在堂下设座，搬来一桌一椅，端来一碗肉一碗菜，一碗米饭，也无酒。苏秦堂上山珍海味、美酒样样都有，众宾喧哗，杯盘狼藉。

张仪本想不吃，今日求见苏秦，实在指望他，纵是不肯推荐，也会给点金子资助一番，不想苏秦竟如此绝情。遭此冷遇，实在可气可叹。怎奈腹中饥饿难忍，况且他又欠旅店老板很多饭钱，正是："人在矮檐下，不得不低头！"

万般无奈，张仪只得拿起筷子吃起饭来，当他快吃完饭菜时，又偷偷向堂上张望，只见苏秦把他们吃剩的菜赏给左右随从。这些剩菜比张仪吃的还丰盛，张仪心中又羞又怒。

吃完饭，苏秦又传出话来：

"请客上堂。"

张仪走上堂，看见苏秦高坐堂上，低着头正在剔着牙。

张仪怒火直喷，走前去骂道：

"苏秦，你不是东西！我只想你不忘故交，千里迢迢投奔你，谁料你竟这样污辱我！同学兄弟之情，哪里去了？"

苏秦微微抬起头，慢慢回答道：

"张仪，凭着你自己的才能，我只想你会比我先发达，谁料你竟这样贫困。我怎能不愿意把你推荐给赵肃侯，让你也得富贵呢？我只担心你会仗着别人推荐，不思进取，无所作为，这样会连累举荐之人。"

张仪愤怒地说道：

"大丈夫靠自己谋取富贵，岂能依赖你来举荐呢？"

苏秦冷笑着说道：

"张仪，你既然能够自己谋取富贵，何必又来找我？念及同学之情，还念及你求我多日，我特意给你黄金十两，请你自行方便吧！"

苏秦说罢，就叫随从把十两黄金送给张仪。张仪一时性起，将黄金扔在地下，愤愤而出，头也不回。苏秦看见，也不挽留，只是笑笑而已。

张仪怒冲冲回到旅店，看见自己的行李，已被移到店外。张仪惊问何故。旅店老板说：

"今天先生见到相国，一定会得相国盛情招待。先生既然与相国是同学兄弟，必然会给先生安排上等馆舍，所以我就把先生行李移出。"

张仪一面摇头叹息道：

"唉！苏秦可恨，苏秦可恨！"

一面脱下衣服和鞋子，交给店老板。店老板故意惊问道：

"先生莫非不是相国同学，却想冒充，谋求富贵？"

张仪拉住店老板的手，就将往日两人交情和今天他如何相待，详细地叙述一遍。

店老板一听，就笑着说：

"张先生，鄙人认为，苏相国虽然傲视穷人，但他身居高位，理当如此。他送给先生十两黄金，也算够朋友了。十两金子虽是不多，你若收下也可偿还饭钱，剩下的金子还可以做回家路费。先生何必不要呢？真乃是'要饭的，还嫌饭剩'！"

张仪忍气吞声地叹道：

"唉！是我一时性起掷在地上。如今身无分文，这叫我如何是好？！"

真是天无绝人之路，他们正在说话间，就见前次那位"商人"走入店门，与张仪相见。这正是一场及时雨。

"商人"连忙拱手道：

"张先生，卑人因为琐事缠身，让您久等了。多有得罪，实在抱歉！"

"唉！"

张仪长长叹息一声。

"张先生见到苏相国了吗？您为何叹息呢？"

"商人"故意问道。

张仪把手往案上一拍，怒骂道：

"苏秦！这个无情无义的家伙，别再提他！"

"商人"惊讶地问道：

"张先生出言太重，为何发此怒火？"

张仪一言不发地站在案桌前。

这时，店老板代替张仪把相见之事叙说一遍，最后又说道：

"张先生今日身无分文，尚欠很多饭钱，又不能回家，故此苦不堪言！"

"商人"闻言说道：

"噢，原来是没钱这点小事好办。店家，张先生欠你多少金子？"

店老板惊喜道：

"你替张先生还钱？"

"这个当然啦！当初正是鄙人力劝先生前来邯郸，今日遭此冷遇，实是鄙人过错，又拖累先生。鄙人情愿代替先生偿还欠账，店家，张先生欠你多少金子？"

"不多不少，整整五两金子。"

"商人"从腰间掏出一块，足有十两，扔在桌上。

"店家，够吗？"

"够了，够了，还有多的。"

店老板连忙点头哈腰地说：

"客官，我还找你五两呢？"

"算了吧，就当小费给你。"

店老板连忙道：

"多谢客官，多谢客官！"

"商人"挥一挥手，店老板笑着离去。

"商人"又向张仪问道：

"张先生，我愿备下车马，送您回到魏国，但不知先生意下如何？"

张仪又是一声长叹！

"唉！我张仪现在一事无成，也无颜回家。噢，对了，多谢先生替我偿还饭钱，我本欲前往秦国游说秦王，只恨我现在身无分文。"

"商人"故作惊讶地问：

"张先生欲往秦国游学，莫非秦国还有你的兄弟同学吗？"

张仪答道：

"并无兄弟同学，当今七国中，唯有秦国最强，只有强秦可以克赵。我到秦国，若得秦王任用，必定派兵攻赵，以报苏秦辱我之仇！"

"商人"亲热地说：

"张先生若到别的国家，鄙人不敢奉承，先生如果到秦国，鄙人极力赞成。唉，对了，鄙人正想到秦国探亲，愿与先生结伴同行，不知先生可否接纳？"

张仪闻言大喜：

"唉，世间还有这等义气之人，足让苏秦惭愧！兄弟若不嫌弃张仪贫穷，愿与你结为兄弟。"

"太好啦！鄙人求之不得。"

张仪就和"商人"结了八拜之交。

"商人"备好马车，邀张仪上车，一同有说有笑，往西向秦国进发。路上，"商人"又为张仪添置精美服装与佩剑，还为他买了几名仆从。凡是张仪张口所要，"商人"倾囊相助。等他们到了秦都咸阳，"商人"又用大把大把的金子贿赂秦惠文王左右，让他们夸奖张仪。

此时，秦惠文王正在后悔没有任用苏秦，闻听左右推荐的张仪，乃是鬼谷子的高足，与苏秦同学数载。秦惠文王当即召见张仪，与他交谈几句，便拜他为客卿，赏他黄金、车马、美宅。张仪退朝，欣喜若狂，"商人"闻知张仪受到了重用，就与他辞别。

张仪握着"商人"的手，泪流满面地说道：

"兄弟，不要走，不要走啊！当年张仪厄运连来，一事无成，被人陷害，几乎死在老贼昭阳之手。及至后来，又被同学苏秦所欺，困在邯郸，身无分文，全靠兄弟鼎力相助，使张仪得到重用，拜为客卿。兄弟真乃张仪的知己，张仪正想报答兄弟大恩大德，为何突然又要离去呢？"

"商人"笑着说：

"张先生，您错了，您的真正知己，乃是相国苏秦啊！"

"相国苏秦？"

"对！就是我的主人苏相国。"

张仪惊讶半天才说：

"兄弟倾囊助我，为何又说是苏相国呢？"

"商人"满脸严肃地说：

"张先生，您听我细讲，便会明白。我们相国正准备倡导'合纵'之事，他担心秦国攻打赵国，败他好事，就想出好办法。他知道先生很有才华，能到秦国受到重用，只有您了。所以，相国派我假扮商人，接您到邯郸。他又怕您安于现状，就故意怠慢您，激怒您。您遭受此等羞辱，果然萌生游说秦王意愿。相国又给我很多黄金，让我拿来供您使用，直到您得到秦王重用。现在先生已得重用，我就赶快回去，禀报我家主人苏相国呀！"

张仪长叹一声：

"唉！我张仪陷在苏秦术谋之中而浑然不觉，我比他差得太远啦！"

良久，张仪又拱手向"商人"请求道：

"好吧！麻烦先生多谢苏相国了。我张仪对天发誓，请天地人神共鉴，苏相国在赵国为相一日，张仪就决不言'伐赵'二字，以报相国苏秦玉成之美德！"

"商人"回报苏秦，苏秦大喜，重赏"商人"。

随后苏秦就入朝向赵肃侯奏道：

"大王，秦兵果然不出啦！"

赵肃侯欲留苏秦，苏秦辞谢道：

"大王，臣欲劝韩、魏、齐、楚与燕、赵'合纵'抗秦，此乃百世伟业，请让臣去吧！"

赵肃侯留之不住，就把相印授给苏秦。苏秦驱车依次拜见韩、魏、齐三王游说，三王都将相印授给苏秦。

苏秦又驱车到楚国劝说楚威王："大王，贵国楚地，方圆五千里，物产丰富，人杰地灵。臣下认为天下没有一国比楚更强。倘若楚国更强大，秦国就变弱小；秦国变得强大，楚国就变弱小。当今各国，不是'合纵'，就是'连横'。假若'合纵'得势，诸侯就会争割土地给楚；假若'连横'得势，楚国将要割地给秦。这两个策略相去甚远，请大王定夺。"

楚威王连忙说：

"苏先生金玉良言，提醒寡人，真乃楚国福分！寡人愿将令尹大印，赐给苏先生，以助您'合纵'成功。"

苏秦躬身谢过楚威王，他身佩六国相印，向北准备回报赵肃侯。当他的车队经过洛阳时，沿途各国皆派人护送。一路上，各国各色彩旗飘飘，旗风猎猎。苏秦被人前呼后拥，威风凛凛，威比王侯。所经当地的官员闻风出动，望尘下拜。

周显王闻听苏秦佩六国相印而来，就命人打扫道路，并在郊外三十里处搭了一个巨大的帐篷迎接苏秦。

苏秦的老母亲挤在路边，看儿子被周王隆重接见，就啧啧称赞。苏秦的妻子见到苏秦，俯首不敢正视，苏秦说话，她总是毕恭毕敬地侧耳倾听。苏秦嫂子因为当初不肯给他做饭，如今见了苏秦，吓得匍匐在地，膝行而前，拜了四拜，向苏秦谢罪。

苏秦坐在车上，瞧见嫂子那种诚惶诚恐的样子，就停车问道：

"嫂子先前不给我做饭，而今又为何这样恭敬呢？"

嫂子恭敬地回答道：

"因为二叔做了大官，黄金多得车拉不动，连周王都尊敬您，我们怎敢不敬呢？"

苏秦闻言，喟然叹息道：

"贫穷时，父母都不肯拿你当儿子；富贵显赫后，连亲戚都敬畏你。唉！世情看冷暖，人面逐高低。我苏秦今天才知道富贵显赫，何等重要呀！"

于是，苏秦就招呼他的亲属们上车，用车把他们载回故里，拿出几千两黄金，盖了一大片住宅供家人们居住，又拿出千两黄金养活族人。苏秦的两位弟弟非常羡慕二哥的显赫，就向他学习《阴符》，苏秦因受两位弟弟资助，就非常爽快地传授他们游说之术。

苏秦在家停留数日，大会宾客之后，才发车前往赵国，赵肃侯封他为武信君。苏秦遣使邀约齐、楚、魏、韩、燕五国之君，前往赵国洹水会盟。五位王侯陆续到达，赵肃侯盛情接待五位王侯们。因为楚、齐、魏三国已经称王，赵、燕、韩还在称侯，王侯爵位高低不等，叙话不便，苏秦建议六国一概称王。众位齐声赞同。

苏秦又建议赵王坐首座，当为"约纵长"，居主位，楚王等依次客位。

六国君王皆登盟坛，照着地位排立。苏秦拾级而上，启奏了六王：

"诸位君王乃山东大国，位皆王爵，兵多将广，地大物博，皆足以称霸中原，岂能甘心被人奴役。秦国乃是周王马夫后代，只因占据咸阳之险，妄想吞食我们山东大国,诸位君王愿意面北,以帝礼侍奉秦王吗?"

众位君王齐声答:

"寡人不愿侍奉秦王,愿听先生圣明指教。"

苏秦朗声说道:

"'合纵'抗秦,我先前已向各位君王当面陈述。今日请来众位君王会盟洹水,当杀牲畜,供奉神灵。六王歃血结为兄弟,一定要同甘共苦,共抗暴秦。"

六国君王都拱手道:

"愿听先生指教!"

苏秦端着一个大盘子,大盘子上放一瓮烈酒和一把匕首。他依次跪请六国君王割破左手中指,滴血于酒盘中。苏秦将血酒放于供品前,焚香祷告天地和六国祖宗后,跪请六国君王写盟约:六国会盟,约为兄弟,六国之兵,并力攻打暴秦。倘若一国背约,五国共击之。

誓书六份,写于丝帛,六国君王皆人手一份。完毕之后,苏秦端着血酒斟了六杯,依次敬献六王。

最后,赵王说道:

"各位兄弟,苏秦先生以此大计,奠定六国,应该封他高官,任他在六国间往来,促使'纵约'大业根深蒂固。"

五王闻言都齐声说:

"赵王兄言之有理!"

于是,六国君王联合封苏秦为"纵约长",身佩六国相印和金牌宝剑,总领六国兵马与臣民。苏秦谢恩,六国君王各自回国。苏秦随赵王回到赵国。此时正是周显王三十年(前339),后来有史官题诗道:

相邀洹水誓明神,
唇齿相依骨肉亲。
假使合纵终不解,
何难协力灭孤秦?

齐、楚、燕、韩、赵、魏六王会盟之后,六国谋士也聚会赵国,准备实现"合纵"抗秦。秦惠文王心中忧虑彻夜难眠。

张仪趁机进言道:

"大王勿忧，请让臣下对付他们。"

秦惠文王惊喜道：

"张卿有何良策，为寡人解忧？"

张仪连忙跪下请求道：

"大王几年来四处出兵，树敌太多，战绩并不乐观。依臣下之见，不如派出密使，携带重金，分别结交山东各国，然后择其弱者而击之。这样，东方六国必被我大秦各个击破，统一大业岂不唾手可得？！"

秦惠文王一听，心中大喜道：

"寡人国内殷实，以为一鼓作气，可定天下，不料数年来，一事无成。原来是战略有误，先生出语惊人，一语中的，真乃王之师也！先生就留在寡人身边做丞相吧！"

就这样张仪凭着他三寸不烂之舌，做了秦国丞相。

张仪向秦王进言道：

"大王，臣下知道六国谋士与我大秦无冤无仇，他们聚在一起进攻秦国，无非就是想立功受赏，贪求富贵而已。"

秦惠文王点头赞同。

"大王，您见到您圈养的那群狗了吗？平时，它们或卧，或站，或走，或停，没有任何争斗。如果您投给它们一根骨头，它们就会扑过去，相互咬起来。这是为何呢？还不是它们都起了争斗之心，大王，请让臣下叫那六国谋士，像狗一样互相咬起来吧！"

"张爱卿，怎么办？您快讲吧！"

"大王，臣下需要很多金子。"

"金子，这好说，您要多少？"

"至少五千两。"

"好吧！"

于是，张仪派人载着乐工、歌女，带上五千两黄金，在赵国邯郸附近的武安，置酒设宴，歌舞玩乐，并且鼓动说：

"邯郸的人们啊，你们都快来领取金子啊！"

那些谋士听说有金子可领，都纷纷前来。由于人多金少，还有很多人没有得到金子，得到金子的人都在心中感谢秦国，没得金子的还想得到。

张仪又派人送去五千黄金，这五千两还没有散到一半，六国"合纵"谋士便大打出手，互相争斗起来，就这样张仪用七八千两黄金，就把六国那些

197

"合纵"谋士搞定了。

题外话：

（1）师出同门，相互利用。

（2）布局、造势、摆平，鬼谷子布下的局。

第三十七回

黄歇掌五国相印　王翦破合纵联盟

公元前241年，楚、赵、韩、魏、燕五国"合纵"，楚考烈王为"约纵长"，五国之师并力对抗强秦，战国时期最后一场"合纵"就这样开始了。六国中，除了齐国依附秦国外，其他五国都派出精锐部队，多的出兵四五万，少的也有二三万，他们共同推举春申君主持"合纵"大事，掌管五国相印。

赵国使者魏加问春申君：

"令尹大人，大战在即，您选好将军了吗？"

春申君回答道："选好了，我想让临武君做大将。"

魏加一听，大失所望，他想劝止，又怕春申君不听，便说：

"令尹大人，臣下年少时喜欢射箭，请让臣用射箭打个比方，好吗？"

春申君说：

"可以啊！"

魏加就说：

"有一天，魏国的神箭手更羸和魏王在高台上远眺，抬头看见空中有只鸟在飞。更羸便对魏王说：'大王，臣下不用箭，虚发一弓就能为大王射下一只鸟。'魏王惊奇地问：'更羸，你的射技可以达到这种地步吗？'更羸回答：'当然能呀！'不多时，一只大雁从东方飞来，更羸虚发一箭，就把它射下来了。大雁落在台前，只扑腾了两下，便一动不动了。魏王看见十分惊讶，他的左右也都齐声喝彩。更羸放下弓，只是不经意地笑了笑。魏王问道：'更羸，你的射技真能达到这种地步吗？'更羸笑着回答：'大王，其实这并没什么，这不是我的技艺高，而是这只大雁不行，这是一只带伤的孤雁。'魏王更加惊奇地问道：'更赢，你怎么知道呢？'更赢回答说：'大王，这只雁飞得很慢，而且鸣声悲哀。它飞得慢，是因为旧伤疼痛；它鸣声悲哀，是因为失群已经很久。这只孤雁因旧伤未愈而惊心不已，所以，它一听到弓弦声，便吓得向高处飞，终因用力过度，伤口崩裂而掉下来了。大王，这哪里是我射的呀，分明是恐吓的啊！'令尹大人，臣下认为临武君，曾是秦军手下败将，遭受过秦军的重创，千万不可做抗秦大将，否则，他就会像受伤的大雁一样，见了秦军就会败下阵来。"

春申君听了，点头称是，当下就打消了起用临武君为抗秦大将的念头。

五国之师共推春申君黄歇为上将。

黄歇就召集诸将商议道：

"合纵之师多次攻打秦国，皆从函谷关为突破口，秦军一定会设防严密，我们联军很难突破。再说我军平时也知道正面进攻秦军艰难，每人都有畏惧之心。倘若我军攻打薄坂（山西蒲州），由华州向西，径直袭击渭南，逼近潼关，秦都咸阳必破。这正是《兵法》所云'出其不意'。"

诸位将领都说：

"好！"

于是，五国之师分兵五路，从蒲关疾出，望着骊山一路进发，锋芒直逼渭南。

一场大战在即，春申君虽然掌管五国相印，却因为楚军多年未与秦军交战，他的心中忐忑不安。此次出兵，春申君未向楚考烈王禀报，就自作主张出兵攻秦，他非常渴望打一场胜仗，来向考烈王报功。他们虽是五国之师攻打秦国，可春申君难免有些心虚。

这时，秦国丞相吕不韦率领秦军，分兵五路，用"众星托月"之势，分驻在潼关周围，以逸待劳，等待五国之兵袭击。

王翦就提出了一个建议：

"韩、赵、魏三国经常与我大秦作战，早已被我军凶猛气势所服，不敢轻易出击，而楚军来自南方蛮夷，一向以骁勇善战闻名。可是，自张仪欺楚诱怀王入关死后，秦楚已近三十年没有攻伐，彼此将士都不曾接触，双方作战，胜负难以估计，而来犯之敌，是由当今四君子中唯一活在世上的春申君黄歇率领。此人名声远播诸侯之间，并非虚传，他也深谙兵法。因此，楚军应当是五路来犯之敌的劲旅，其次才是韩、赵、魏的军队，要想打败五国之师，必先挫败楚国军队。丞相大人，我们应该改变平均对敌，集中优势兵力打击敌军，由分头迎敌改为重点出击。正如'打蛇打七寸，擒贼先擒王'一样，只要楚军一败，赵军孤掌难鸣，其他几国就不堪一击，伤十指不如断一指，那时，我们就可稳握胜券！"

吕不韦采纳了王翦建议，重新布置兵力，令五营大军虚插旗帜，大造声势，暗中调集精锐部队，由王翦指挥，准备夜间偷袭楚军。

王翦回到营中，检查夜间行动的准备情况，发现所需粮草迟迟未能运到，就十分恼火。人马未到，粮草先行。负责押送粮草的牙将甘回比原先要求延误了一天，才把粮草运到军中。王翦派人查明粮草推迟原因，当甘回向他交差时，王翦不动声色地问道：

"甘回，你督粮来迟，贻误军机，丞相怪罪下来，责任谁负？"

甘回答道：

"回禀将军，只因道路遥远，路途曲折难行，今日到达已是竭尽全力。若换他人，只怕明日也难到达！"

"甘回，我只想问问你真正原因，若想隐瞒事实，拒不交代，定按军法处置！"

王翦很威严地发问道。

"回将军，粮草迟到，是因为路过熟人村庄耽搁的。"

甘回怯怯地答道。

王翦闻听此言，怒不可遏，高声叱道：

"来人，把甘回推出斩首！"

两名校卫上前就把甘回按倒在地，捆了起来。

众人闻之，皆跪下求情，方才告免。但死罪已免，活罪难逃。王翦就命令手下，重重鞭打甘回一百鞭，甘回被打得遍体鳞伤。他当众挨打，又羞又恼，心中怨恨无处发泄，就连夜潜入楚军大营，把王翦的奸计告诉春申君，春申君闻言大惊。本来早在前天夜里，黄歇坐在帐中，忽然一阵狂风由西而东猛刮过来，登时就把黄歇大营里的一面中军大旗吹倒下来，只见那一面"帅"字红旗随风飘荡，卷入东南一带。霎时间，满天黑雾四起，浓烟弥漫，黄歇心知不好，彻夜难眠。迷梦中，得神灵启示：退兵，不可与秦军交锋，天命难违，不要做历史的罪人！不要做历史的罪人！

当春申君听到秦军叛将甘回的密报：秦军合力偷袭楚军，请令尹早做准备。春申君本想急报其他四营，又担心来不及了，他就暗中传令，连夜拔营，兵退五十里后，方才缓缓而行。

等到王翦率兵赶到楚军营寨，发现竟是一座空营，楚军已不知去向。王翦心知楚军先逃，定是有人泄露计谋。但此计虽然不成，兵已至此，怎能无功而返。于是，王翦下令攻打赵营，庞煖早已探知秦军进攻，就亲自督战严阵以待，秦军几次攻打都没成功。直到天亮，韩、魏、燕三路援军赶到，王翦方才下令退兵，庞煖见秦军退后，仍无楚军消息，就派人打探，方知春申君已率楚军退到百里之外。韩魏闻楚军已撤，也请求班师。庞煖叹惜："唉，'合纵'大业从此就完啦！"赵军孤掌难鸣，也只好撤退。庞煖痛恨齐国依附秦国，就率领赵军、燕军攻打齐国，直到攻下饶安（今河北沧州）一城，方才班师奏凯而还。

由于那场战争失败，春申君退回陈郢。燕、赵、韩、魏四国派来使者，责问楚考烈王："楚王，您贵为'纵约长'，为何楚军不辞而别，率先退却，请问楚王是何原因？"

楚考烈王无言以对，只好把责任推在令尹黄歇身上。

他当着众人面前责备黄歇：

"黄令尹，你身掌五国相印，不战而退，究竟是何原因？"

停顿一会儿，楚考烈王又慨然叹道：

"可惜呀，'合纵'大业，多年之功，毁于一旦，岂不痛心疾首！"

黄歇此时觉得又惭愧又害怕。往日的能言善辩，竟然变得拙口笨舌，只有唯唯诺诺、支支吾吾应付了事。从那以后，接连几天，黄歇都不敢上朝面见考烈王及满朝文武大臣。他无法面对那些因他的一时失误，竟酿成千古大错，悔不该听了甘回的密报……

题外话：

(1) 打蛇打七寸，擒贼先擒王。

(2) 反间计。

(3) 文官带兵。

(4) 历史洪流，不可抗拒。

第三十八回
迁都寿州避强秦　扩建城郭为寿春

春申君黄歇在五国"合纵"失败之后，受到了楚考烈王的责备，他的心情非常郁闷，回到令尹府，在他的宫殿上来回地盘桓着，殿上灯光黯淡，殿外雨声淅淅沥沥。

黄歇烦躁地踱步。卫士惊恐地看着。

良久，踱得累了，卫士扶他回房。

黄歇躺在寝宫，忽生一梦。

那梦生得奇怪：

有一个五岁的顽童，在草地上发现了一个蛹，他把蛹拾起带回家。他要看看，蛹是怎样化成蝴蝶的。过了几天，蛹上出现了一道小裂缝，里边的虫子挣扎了好几个时辰，似乎被什么东西卡住，一直出不来，小孩看于心不忍，他心想：我必须助它一臂之力，于是他拿起刀子把蛹弄开，帮助蝴蝶脱蛹而出。可是，这只蝴蝶身躯臃肿，翅膀不硬，根本飞不起来，不久就死了。

这梦好奇怪，黄歇百思不得其解。

有一天，黄歇静坐在令尹府，愁眉不展独举小酌，借酒解忧愁。谁知借酒浇愁愁更愁。此时，朱英出来了。

当年，太子熊元和太傅黄歇"入秦为质"十年时，朱英作为报聘使者入秦，听从黄歇计谋，将熊元和他的驾车人换服装，让熊元驾车驶出秦地。朱英也因此受赏，做了春申君的门客，并被春申君委任为郎中，成了春申君的心腹。

朱英看见春申君一人正在喝着闷酒，他就快步走进去，劝说黄歇：

"令尹大人，您为何独自一人，喝着闷酒呢？"

春申君并没起身，他指着旁边的空座位示意朱英坐下。

朱英落座后，就开门见山地说：

"令尹大人，您是因为那场战争失利，遭受楚考烈王当众责备而闷闷不乐吗？"

春申君点点头，仍然沉默不语。

"令尹大人，您何必又为此事，忧伤烦恼呢？臣下认为其实天下事皆是如此：是非并肩，只需三思而行；得失同步，仅为一笑了之。令尹大人纵是喝光酒瓮，也无济于事。"

春申君听后，这才眉头舒展，他笑着问道：

"朱先生此来令尹府，有何贵干？"

朱英也笑着回答：

"令尹大人，臣下来令尹府，并没有多少贵干，臣下只是想向您提点建议，进献点忠言而已。"

"朱先生有何良策，请讲吧！"

"臣下朱英听人说的，众人都这样认为，楚国本来是一个强国，可是，到了春申君任令尹时，楚国就衰弱了。但臣下却认为事实并非如此，原先楚国是因为秦国离楚相隔太远，楚国南边隔着巴、蜀两个小国，西面又隔着二周，并且韩、魏两国在秦国背后虎视眈眈。所以，楚国才得以近三十年没受秦国侵略的危险，这并不是彼时楚国强大，而是天下大势使它这样。而今西周、东周已被强秦吞并，魏国正被秦国侵略，早晚会被秦国占领，并且陈国、许国已成为秦国攻打楚国通道，秦楚两国战争，恐怕从现在就要开始了，然而，大王的责备和不信任还没完毕。令尹大人，臣下认为，您为何不劝考烈王，向东迁都到寿城呢？"

春申君低头沉思。

"再说那寿城，曾经作为陈国、蔡国的都城，宫殿仍完好无损；那地方景色很美，物产丰富，人口众多，且离强秦很远。只要迁都寿城，把住淮水、长江这两道天险，来保护楚国，那么，楚国就一定会江山永固，大人也方保令尹大印无忧呀！"

春申君深思良久，方才点头赞许：

"看来只有迁都寿城，方保楚国江山永固。"

停顿片刻，他又对朱英说：

"朱先生真有先见之明，等到事成之后，黄歇定会上报考烈王，嘉奖朱先生。"

朱英连忙摇头摆手推辞道：

"多谢令尹大人厚爱，臣下只想替令尹大人分担点忧愁，以报知遇之恩而已。"

第二天早朝时，春申君就向楚考烈王进谏迁都事宜。考烈王先是不听从，况且朝中大臣有人赞成，有人反对。后来，经不住春申君再三劝说：寿城宫殿如何完美，景色如何迷人，人口如何众多，物产如何丰富，城池如何坚固，况且又离虎狼强秦很远，迁都那里，定保楚国江山永固。楚考烈王一听，欣然同意。可是，楚国迁都大事，必先求于卜。

楚考烈王斋戒三日，焚香沐浴求于卜筮，请巫史向神灵叩问，拯救楚国大计，众人皆屏息敛容，静静地等待着，空气像要凝固一般。求卜的结果是大吉。楚考烈王欣喜若狂。过了不久，楚考烈王又求卜问于巫史，择吉日迁都寿城。楚考烈王迁都寿城后，看见其城墙坚固，河池渊深，宫阙巍峨，风景秀美，人口众多，物产丰富，倒也欢喜异常。寿城也因为是春申君建议迁都的，因此，也被楚人称为"寿春"。

楚国曾经四次迁都，先迁都于郢，后迁都于鄀，又迁都于陈，今又迁都于寿春，后人有诗评论：

周为东迁王气歇，
楚因屡徙霸图空。
从来避敌为延敌，
莫把迁歧托古公。

寿州古城，城墙坚硬。这里还有一段故事：相传城北淮河里有一条黑龙，经常兴风作浪，发大水危害百姓。当时，有一个勇敢而又善良的青年，因以打柴卖柴为生，人们就叫他柴郎。柴郎有一个老母亲，母子二人相依为命。柴郎看见黑龙时常出来祸害百姓，决心为民除害。可他知道黑龙很凶恶，生怕自己斗不过黑龙，就整天苦思冥想。

一天，他正想着，不觉昏昏入睡。

梦中他听见一个白胡子老头对他说:"孩子,你想打败黑龙,必须得到一把石斧。哪里有呢?在凤凰山的洞里,就有一把石斧,那里有一龙一虎守着。你去取斧,千万不要怕它们,只管往里走。"

说完,白胡子老头一闪,便不见了。

柴郎醒来,把梦告诉了老母亲,并说:"为了百姓过上安稳日子,拼死也要除掉黑龙"。

老母亲虽舍不得相依为命的儿子,但知道儿子是为民除害,她就答应了。

柴郎来到寿州城北凤凰山,果然看见一个石洞,洞口果然有一只虎、一条龙守着。柴郎记住白胡子老头的话,挺身来到洞口。只见那龙那虎张牙舞爪向他扑来,模样非常吓人。可是,柴郎壮着胆子,继续往前走。奇怪,龙虎都没伤害他。柴郎到了洞里,果然拿到一把锋利的石斧。

柴郎高高兴兴地拿石斧回家,向老母亲告别,老母亲含泪嘱咐儿子千万要小心。柴郎点头答应,飞快地跑到淮河边,毫不犹豫地跳下河,潜入水底,寻找可恶的黑龙。柴郎找遍了水底,不见黑龙踪影,最后,他来到一座水晶宫门口,举斧砍死了把守的虾兵蟹将,惊动了黑龙。只听天崩地裂一声响,黑龙向柴郎凶猛扑来来。柴郎举斧便砍,双方你抓我确,互不相让,整整斗了三天三夜,打得天昏地暗,日月无光。最后,黑龙精疲力竭,被柴郎砍掉爪子,黑龙窜出河面逃命,刚飞到寿州地界便掉下来,身子化作了城墙。从此寿州便有了城墙。传说,此城城墙能防洪水,原因就在于此。

郢都寿州城(又称寿春)并不是楚人平地而建的新兴大城市。它的前身是下蔡,曾为春秋时期蔡国都城,下蔡之前称为州来。州来有城始筑于公元前538年。下蔡与州来,寿州与下蔡不是因袭旧城,而是重新建筑。

寿州城范围比下蔡城扩大了许多。新城建成后,下蔡城已不复存在,真名也为"寿州"所代。至于淮北凤台缘何旧称下蔡,则是秦汉以后,开始以筑城时,借用寿州前身"下蔡"旧名之故。寿州先是春申君淮北十二县封地,后经春申君重建,才开始称为寿春。

寿春城的外郭,南北长6公里,东西宽4公里余,城郭周长21公里,四周绕城的是30—40米宽的护城河,城区面积26平方公里,规模不断超过了鲁国的曲阜、晋国的侯马,更超过了齐国的临淄、赵国的邯郸,只略小于秦国的咸阳。

寿春城依八公山为固,傍淝水畅其流,布局不拘章法,讲究实效,城垣遇到高地就外凸包进,遇到洼地就斜切回避。东垣临淝水,故沿淝水夯筑城墙，不片面追求方整。城垣的拐角，设计成切角。这样，利用空间原理，可消除视角上的死角，拓展空间范围，增大守卫士兵的视野，又能多方位监视来犯之敌。这样"削折城隅"、消除防卫死角的做法，是楚人从军事防御思想出发的巧思，也是楚国筑城技术上的一大特点，据传说这是春申君总结出来的经验，为中原国家所未见。

春申君又充分利用这一地区的自然水系条件，着意规划由城南六十里芍陂引水与淝水之水交络城中，城中水道与水道相交，构成一个矩形方块，每个方块区域面积在1.5平方公里左右。"引水入城，交络城中"，既保证了城内的生产、生活用水，又构成了城内的航道网，充当了城内水上交通线。作为陆路交通的补充，城区还被划分出一定数量的相对独立单位，以利于城内的功能分区和管理。春申君这种成功的经验，是他从治理好姑苏城总结出来的。故建成之后，后人就寿州改为寿春，足见春申君之功劳，永铭后世。寿春城"倚山依水"，城垣依淝水，绵延曲折，俨然大水都，在我国城市建设史上大放异彩，永彪史册。

楚国自从秦将白起攻下郢都之后，楚顷襄王曾把负函（今河南信阳市一带）当作临时都城。后来，楚国被迫往东北败走，迁都至陈，改陈为陈郢。此次春申君黄歇"合纵抗秦"失败后，迁都寿春，离强秦愈来愈远。其实，淮东之地本属陈国，当年楚灵王挟诈侵陈蔡，陈蔡两国被迫迁都。陈国迁都到寿州城，蔡国迁都到寿州城北面建一城为下蔡。楚顷襄王收复陈国，得兵十万，又从秦齐手中夺回淮北十五县，声势浩大，楚势复振。

寿春位于淮水南岸，与另一军事重镇下蔡，成夹淮对峙之局势。由于交通方便，楚人在此区域，又有深厚的根基，人力、物力不缺，所以才有此一番盛况。寿春城很大，城为箕形，周围三十余里，外部则达五十余里，可算是当时最大的城市之一，规模仅次于秦都咸阳。寿春城还建有四个附城做屏护，城内人口众多，繁荣异常；加上此地河谷土壤好，粮食充足，使得寿春城成为继郢都之后，楚国最繁华的都市。寿春的楚王宫在原来陈国的宫殿基础上又扩建不少。寿春的重要建筑，大多集中在位于中央的内城。宫殿、台榭、仓廪、府库与祖庙，祀土神的社和祀谷神的稷，官卿大夫的邸第和给外国使臣居住的馆舍皆位于此。

寿春城的外城是纵横交错的街道，井然有序地分布着居户、墟市、馆舍和商铺。寿春城的防守极严，城门入口处，有以升降的悬门，城外有既宽又深的护城河，日夜都有楚军把守着，通过城门者均要纳税，或持有通关文牒。

题外话：

(1) 怕、怕，狗咬胯。

　　离虎狼强秦很远，迁都那里，定保楚国江山永固。

(2) 春申筑城在我国城市建设史上大放异彩，永彪史册。

第三十九回

英雄难过美人关　谁知天外还有天

春申君黄歇为楚考烈王在民间找了很多适龄宜孕妇女，成批成批地运到楚王宫中，想让楚考烈王得一儿半子。谁知楚考烈王却没有那个本事，进了王宫的妇女们，肚皮空空，不见动静。

黄歇十分着急，他生怕楚国江山，将要断送在这一代楚王手中。这段时间，春申君食不甘、寝不安，心事重重。偏偏这时，他的门客李园（赵国人）与他约好等着办一件很重要的事情，可那个李园，竟然三天不见踪影，真是烦死人！

第四天上午，李园才姗姗而来。这个李园来到令尹府，见到了春申君，马上纳头便拜，叩头请罪。

黄歇看了他一眼，皱皱眉头，故意问道：

"李先生何罪之有？"

"令尹大人与臣下约定期日迟了三天，让令尹大人久等，臣下深感惭愧！"

黄歇捋捋胡须笑着说："李先生不必过虑，唉哟！李先生干吗还跪呢？快快，李先生快快请起！"

李园站起来，凑近黄歇跟前说：

"圣人曾云：'言而无信，不知其可。'臣下实在非为不信之人，臣下确实是因为我家小妹嫣嫣（李嫣的乳名）之事。"

"噢！令妹嫣嫣，听其名而知其貌，令妹肯定是嫣然一笑百媚生吧！"

"令尹大人真乃神算之人，我家小妹嫣嫣的确如此！"

209

"那令妹嫣嫣又有何事，让你为难？"

"唉！真是一言难尽呀！"

"李先生，您有何难事，不妨讲来听听，有用得着黄某之处，必当尽力。"

"唉！不知何人向齐国国君夸赞我家小妹嫣嫣：年方二八，生得貌美如花人人夸；能歌善舞，喜弹琴瑟才艺俱佳。齐王就派使者，带着好几车精美贵重礼物，千里迢迢来到我家求婚。我父母英年早逝，只剩兄妹二人相依为命，父母不在，长兄为父。臣下为了应酬，就与齐王派来的求婚使者饮酒，被他们灌醉，耽误三天，让相国大人等得心烦。臣下心底里担心，并且惧怕令尹大人认为臣下是不守信用之人，所以，臣下一见到令尹大人，就叩头请罪。臣下实在不该为应酬而多饮酒呀！喝了那么多，误了令尹的大事，臣下真是该死呀！"

李园低着头，还在不停地为此事自责着，仿佛在忏悔，只是偶尔用眼角的余光，扫视一下太师椅上的黄歇。可是，黄歇却早已走神：嫣嫣芳龄二八，生得貌美如花人人夸；能歌善舞，喜弹琴瑟，才艺俱佳。此女可谓才貌双全。齐王千里派遣婚使重金求婚，可见此女定是非凡之女。况且，我黄歇痛失娇妻多年！我黄歇早年曾得一卦：得女嫣者，必为真爱伴侣。

想到这里，黄歇急忙问道：

"李先生不必过于自责，令妹嫣嫣的聘礼，你答应与否？"

李园闻听此言，就不再唠叨，他抬起头看看左右一眼，长叹一声：

"唉！令尹大人，臣下真是一言难尽呀！"

黄歇挥挥手，左右随从无声离去。黄歇的目光直视李园，他慷慨地说：

"左右皆去，只有你我二人，李先生有何难言之隐，但讲无妨。"

李园又是一声长叹才说：

"我家小妹嫣嫣，她有一个怪脾气，她说她不爱什么齐王八王，她只爱公子申歇一人。她说那些什么王呀侯呀！只不过命好，投了好胎，出身娇贵罢了。他们有何才德，饮誉世人呢？他们只不过靠祖上荫德，才享尽人间富贵的……"

黄歇急忙打断李园的话问道：

"公子申歇何人？能使令妹嫣嫣情有独钟？"

李园嘿然一笑，只是不再言语。黄歇急切问道：

"公子申歇到底何人？请李先生快讲。"

李园听后，哈哈大笑：

"公子申歇就是春申君黄歇，就是令尹大人您呀！"

黄歇听后，笑逐颜开。

"诸侯国中得王公侯爵的人是那么多，而名列君子的只有您和孟尝君、平原君、信陵君四人。名列四君子者，非才华横溢和道德高尚之人，不能进入的呀！我家小妹嫣嫣，经常在我面前夸赞令尹大人礼贤下士，遍选天下能人奇士，竟能把荀卿这样的大学者也招入门下为他所用；又能招纳门客三千多人，把个中道衰落的楚国，治理得风调雨顺、国泰民安，黎民百姓无不称功颂德。小妹认为，唯有此人才德方与她的花容月貌相匹配，她还对天立下誓言："'今生今世，非此郎君不嫁！'噢！对了，为了回避齐国婚使，我已把嫣嫣带到我的居处。"

春申君越听越喜欢，心底比喝蜂蜜还甜：想不到世间，竟有如此通情达理的红颜知己在等着他，真乃三生有幸呀！

"李先生可否领令妹嫣嫣，来此一见？"

"好！臣下马上就去。"

李园欣然答道。

当天晚上，一乘小轿就把打扮得花枝招展的李嫣，从令尹府后门送入令尹府密室。

黄歇连忙吩咐心腹卫士，设宴招待李园兄妹。

好个李嫣！只见她从小轿缓缓下来，脚踩莲花碎步，姗姗走来。远处看，好比移动的国色天香真牡丹；近处瞧，如同桃花灿烂三月间。只见她眼含秋水，顾盼生情；一颦一笑，荣光照人。进了黄歇的密室，把个烛光下鲜艳的密室，也映得黯然失色。

"桃花夫人"！莫非她就是，从桃花庙里走下来的"桃花夫人"！

黄歇在心中暗暗称奇道：

"抑或她是"桃花夫人"息妫转世？莫非……？"

"令尹大人，我家小妹嫣嫣可否中看？"

"噢！噢！我家小妹嫣嫣可否中看？"

黄歇不由自主地重复一遍，过一会儿，他仿佛才从梦境中清醒。

"噢！噢！你家小妹嫣嫣，真是美若天仙，她简直是桃花庙的"桃花夫人"再现，或许她就是"桃花夫人"息妫转世的吧！"

"令尹大人，我家小妹嫣嫣，她还能歌善舞，不信，请试一试看！"

李园插嘴道。

"好！好！快请嫣嫣小姐，抚琴一试。"

这位美女佳人真是艳冠群芳，增之一分则太高，减一分则太矮，多一分则太肥，少一分则瘦，敷粉则太白，施脂则太红。

春申君问：

"青春几何？"

"年属破瓜。"

"可曾婚否？"

"待字闺中。"

李嫣微笑着轻轻坐于琴边，只见她调紧琴弦，一开始即作兵戈杀伐之声，琴音高亢繁复，前后错综，表现出战场千军万马厮杀冲突情景。

忽的，她轻启朱唇，引吭高歌——

　　　　　操吴戈兮，被（披）犀甲，
　　　　　车错毂兮，短兵接。
　　　　　旌蔽日兮，敌若云，
　　　　　矢交坠兮，士争先。

接着声音一转低沉——

　　　　　凌余阵兮，躐余行，
　　　　　左骖殪兮，右刃伤。
　　　　　霾两轮兮，絷四马，
　　　　　援玉枹兮，击鸣鼓。

琴声缓慢、歌声变得感伤——

　　　　　天时怼兮，威灵怒，
　　　　　严杀尽兮，平原野。
　　　　　出不入兮，往不反（返），
　　　　　平原忽兮，路超远。

琴音又复急促，歌声却转高昂曼长——

> 带长剑兮，挟秦弓，
> 首身离兮，心不惩。
> 诚既勇兮，又以武，
> 终刚强兮，不可凌。
> 身既死兮，神以灵，
> 魂魄毅兮，为鬼雄。

琴弹到此，琴弦忽停；歌声唱完，其音呜咽；李嫣忍不住，以袖遮脸拭泪。黄歇感动得泪流满脸而不自觉。《国殇》，这是楚国大夫屈原的一首祭祀为国牺牲的英雄的诗歌，也是黄歇最喜爱的诗歌，不知是哪位精通音乐的作曲家把它谱成曲子，感伤的曲调和泪痕满面不同凡响的表演，早已深深地震颤春申君的心灵……

"令尹大人，宴席早已准备好了。"

黄歇的心腹卫士黄园在他耳边连说几遍，才把他唤醒。

黄歇连忙站起来，迎请李园兄妹入席，席间，黄歇亲自为李园兄妹斟酒布菜。酒过三巡，李园借故走开，卫士黄园悄然撤走酒菜，只剩下李嫣和黄歇二人。他们两人目光对视着，你看着我，我看着你，从熟悉到陌生，又从陌生到熟悉。只见李嫣：瓜子脸，柳叶眉，丹凤眼，唇若施丹，发如墨染，腰身纤细，柔若无骨，轻移莲步，目光一闪，似有一股幽怨，却又默默无言，令人见之，心跳怦然。只见黄歇他身着白狐裘袍，头戴黑色貂皮帽，身挂玉佩，飘逸潇洒，玉树临风。

李嫣蓦地站起来，她柔施水袖，翩翩起舞。如蜂采蜜、蝶恋花般在黄歇面前晃来晃去，把黄歇看得眼花缭乱，直到黄歇连声说：

"好！好！"

百媚顿生，又似孔雀开屏，直向黄歇眼前射来……

朦胧中，黄歇听见柔软的声音在说：

"妾身本为一弱女子，与兄长李园相依为命。我们兄妹辗转几国，方至贵国宝地。承蒙令尹厚爱，招我兄长为门客，锦衣玉食，使我兄长有出人头地之日，令尹再造之恩，小女子无以报答，妾身愿为令尹铺床叠被，还望令尹垂怜。"

　　春申君黄歇看着这似笑非笑、水波盈盈闪闪、溜溜光光的十分招人怜爱的美人，蓦然如见艳阳高照、春风拂面。都说英雄难过美人关，我不是柳下惠，怎能坐怀不乱。况且前世今生，你我有缘，千里姻缘一线牵。得一红颜知己足矣！纵是身首异处心也甘！谁能说清道明，这种缠缠绵绵。此时的黄歇早已销魂，忍不住把楚楚动人的李嫣，挽入绵罗帐内……

　　题外话：
　　自古英雄难过美人关。

第四十回
遭暗算偷梁换柱　兄妹成楚国权贵

春申君虽然上了年纪，但还是体力健壮，李嫣又正值青春年少。不久，就有了身孕。黄歇不敢明娶李嫣，怕妻妾争宠引起家庭不和，他就派心腹卫士把李嫣安置在密室里。

李园知道后，就趁黄歇进宫议事时，来到李嫣住处，他让李嫣支开心腹卫士后，就劝他妹妹：

"妹妹，当哥哥的有一件事情要问问你，不知当问不当问？"

李嫣连忙说：

"哥哥，您有何事，尽管说吧！"

"妹妹，你说说，是做小妾好，还是做夫人好呢？"

李嫣笑着回答：

"那当然是做夫人好呀！哥哥。"

"那么说，做哥哥的还想问一句，是做夫人好，还是做王后好呢？"

李嫣当即沉默不语，她不知道哥哥究竟是赞扬她，还是讽刺她，她现在只能偷偷地做人家小妾，怎能做王后呢？

李园皮笑肉不笑地对李嫣说：

"那当然是做王后好呀！当王后可以享尽人间荣华富贵呀！"

"可惜妹妹我，没那个命！"

李嫣苦笑着说。

"那不见得，如果你听从我的话语，按我的意图去办，定叫你当上王后，享尽人间荣华富贵。"

李嫣低头沉默不语，心里却在说：

可惜，我已是他的人了。

李园知道妹妹的脾气，就暂时告退。

李嫣虽是春风初度的女孩，但她因为从小受过教坊调弄，早已学得风流无比，再加上她美貌无双，十分惹人喜爱。她与黄歇正在如鱼得水、情深意浓之际，要让他们陡然分离，无疑是拿刀割她身上的肉呀！可是，经不住李园的软硬兼施和利用亲情的威胁利诱，李嫣终于被李园说动了心，又受李园的细心指点，她答应寻找机会再劝说黄歇。

被李园说动心肠的李嫣，终于寻找到机会，在一次酒后，黄歇知道了李嫣有了身孕后，欣喜异常，一阵耳鬓厮磨后，李嫣大献殷勤地向黄歇跪着进言道：

"公子，妾身有一言，不知当讲不当讲？"

"唉哟！我的好嫣嫣，你我已是夫妻，一日夫妻百日恩，啥事你我还分恁清呢？贤妻快请起来，贤妻快请讲。"

黄歇连忙扶起李嫣，拥她入怀。

李嫣在他怀里如燕语呢喃：

"公子，妾身认为，楚考烈王待公子你，比他亲兄弟还要亲，他把你视之若父，对吗？公子。"

黄歇点头微笑着说：

"对！"

"公子你当楚国令尹，已经二十多年，然而，楚考烈王没有儿子，百年之后，只好立楚王兄弟为王，楚王兄弟又各有宠幸之人，公子你又怎么能得到长久的宠幸呢？"

"噢，对！对！"

黄歇连声赞同道。

"况且公子你做楚令尹二十多年，竭尽全力为保考烈王的江山永固，得罪了不少他的兄弟，树了不少政敌。如果考烈王无子死后，立他的任何一位兄弟为王，到那时恐怕就没有公子你的令尹大印和富庶的江东封地了，说不定还会招来杀身之祸呀！"

春申君一听，心中着实一惊：

唉，这个李嫣确实不简单，她竟能一眼看出我的心腹大患，真不愧为巾帼奇女。其实，这段时间，我每天忧心忡忡的根结，就是楚考烈王无子，自己自从被楚考烈王任为令尹后，一心一意为了巩固他的江山社稷，不知道得罪了多少他的兄弟和朝中大臣。要是他无子死后，按照楚国的法律，王无子嗣当由兄弟继位。可想而知，任何一个楚王兄弟继承王位，都会对我不利。考烈王呀！考烈王，你也太不中用了，三宫六院那么多女人，你怎么就没有本事，给她们播下龙种呢？况且我还在民间，为你物色了多少身体健壮有生育能力的年轻女人，她们都让你白白浪费了，这真叫人干着急呀！考烈王呀！考烈王，我是看着你长大的呀！当年你为太子，我为太傅的时候，你的底细我一清二楚。在秦国为质人时，我是拼着老命把你救出火坑的呀！或许是因为那时你在秦国受了惊吓落下了病症？可是，王宫里那么多御医，还治不好你的病吗？唉！也难怪，考烈王你出身娇贵，本来就身体羸弱，却经常饮酒作乐，日夜又有那么如花似玉的美女们陪着，尽情地享受。还是常言说得好：酒是穿肠毒药，色是刮骨利刀。你又怎不被那些美女们掏空呢？考烈王呀！考烈王，眼看你身体一日不如一日，如果不抓紧机会想法子，恐怕就来不及了。

想到这里，黄歇连忙抱紧李嫣：

"嫣嫣说得对！贤妻嫣嫣说得对！此事我早已想过，但一直想不出什么好办法。实在不行，到时候我只好抛弃家园，单单带着你，远走高飞了。"

李嫣挣脱黄歇的拥抱，满脸红光地说：

"公子，你想过没有，当你真正成为楚王追捕之人时，还有哪个国家肯收留你呢？谁敢为一个落魄之人，而得罪千乘大国的一国之君呢？"

春申君身为令尹二十多年，那时他有桑木幡杖在身边和那位老黄君时来帮助。他黄歇不知道为楚王想过多少办法，出过多少主意，可就是因为治理长江时丢掉了桑木幡龙杖，使自己少了老黄君的神灵帮助，事情临到自己头上，却束手无策，只能长吁短叹。

"唉！我的贤妻好嫣嫣，我整天就是为此事忧愁烦恼，实在想不出什么好办法。"

李嫣微笑着看黄歇，只是不再言语。

黄歇马上醒悟：

"嫣嫣，我的好嫣嫣，你有何妙计，为夫解愁，但讲无妨！"

"不就是说楚王无子吗？何不'借鸡下蛋'呢?!"

"借鸡下蛋？"

"借谁的'鸡',下谁的'蛋'呢?"

李嫣目不转睛地看着黄歇,黄歇满脸疑惑地看着李嫣。

"借鸡下蛋?"

李嫣看他不明白,就装着无可奈何的样子说道:

"妾身倒有个好办法,只是不好意思说出口来……"

黄歇连忙说:

"唉哟!我的贤妻好嫣嫣,我们俩谁是谁呀!还有啥不好意思说出口来的呢?你都早已是我的心上人啦!"

李嫣羞怩地说:

"如今事情恁般紧急,为了你,为了我和我们将来的孩子,尽管说不出口,我也只好直说了。公子,我侍奉你时间不长,并且是偷偷的,我怀孕之事,没有人知道,只有天知、地知、你知、我知。如果你肯答应,就想法把我送到楚王那里,这样做还可以避免将来与你的妻妾争宠,引起家庭不和,有损公子名声。"

黄歇静静地听着,一言不发。

李嫣又十二分柔情地说:

"公子,我已是你的心腹之人,怀上了你的骨肉,我还能不为你尽心尽力吗?我想凭着公子你的信义,再加上我的容貌,楚王一定会宠爱我。万一老天保佑我,使我生下男孩,必然继承王位,楚国的江山,不都将是黄家的天下了吗?这与你失宠丢掉令尹大印,还有性命之忧相比,岂不是更好些吗?"

黄歇静静地听着,还是一言不发。

"说实在的,妾身本是一个风尘女子,与公子相遇,结为连理,这是妾身百年修来的福分。能与公子良宵一夕,妾身已是知足,更何况妾身已得公子血脉。妾身虽生不是黄家人,死却愿为黄家鬼。公子呀,说句心里话,我怎能舍得公子你,去侍奉一个体弱多病的男人呢?尽管他贵为楚王。可是,为了你的身家性命,为了你的宏图大业,为了你我将来的孩子,为了整个黄姓家族,就是刀山火海,妾身也敢去闯一闯呀!"

春申君仔细想想,的确合情合理。为了保住自己令尹大权,为了保护黄氏家族,爱妾竟要做出对于一个女人或妻子来说是最大的牺牲。一个文弱女子竟有如此胆识,真可谓是大智大勇的巾帼女杰呀!想到这里,春申君连声夸奖李嫣一番。他对李嫣又是亲又是搂,好像怕她和她的计划一块跑掉了似的。

（那段时期，黄歇精神恍惚如在梦中）

战国时代，这是一个战车加斧戟的时代，到处流淌的是鲜血。衡量一切价值的标准，就是刀剑的利钝和战争的成败。真可谓是"成者为王，败者为寇"。人与人之间的关系就是利用和被利用，利益可以驱动一切，只要有利可图，就可以把人间最珍贵的友谊和爱情置之不顾，甚至拿来交换。

第二天，春申君就偷偷地把李嫣送到一个无人知晓的地方，严加保护起来。

临别之际，李嫣一身柔情地倾诉：

"公子，妾身命薄，不能侍奉公子终生实在遗憾。如今，妾身的身子虽是去了王宫，可妾身的心，还是留在公子你的身边。如果有来生，妾身定要与公子再续良缘，永结同心，白头到老，厮守一生。"

说着说着，李嫣已是泪流满面；看着看着，黄歇再也抑制不住内心的激情。他伸手抱住李嫣，脸上的热泪与李嫣脸上的冷泪交混，形成一场泪眼婆娑的桃花雨。

黄歇真的舍不得自己心爱的美人儿，成为别人的怀中之物。可是，为了自己的宏图大业，为了自己多年的意愿，他只有忍痛割爱，挥泪送别。美人和江山，孰重孰轻？他心里明白，爱美人更爱江山。

春申君黄歇就把李嫣与那些从民间找来的相貌丑一点年龄大一点的妇女们，故意编在一组进献楚考烈王。楚考烈王先是不满意，心里直想发火。这时，只见一群宫女拥出一位美人，袅袅婷婷地轻移莲步，走近考烈王的御座前。考烈王不瞧犹可，瞧了一眼，直把他惊得魂飞天外。原来，此人竟是一位绝妙佳人，只见她云鬓拥翠，娇若杨柳迎风；粉面喷红，艳似荷花映日；两道黛眉，浅颦微蹙。似含羞却带笑，仿如空谷幽兰，直教后宫粉黛颜色皆失。考烈王当下如丢了魂魄，忍不住轻声问道：

"你叫什么名字？"

李嫣柳腰轻折，缓启珠喉，犹如呖呖莺声地启奏：

"贱妾名叫李嫣，乳名嫣嫣……"

"嫣嫣，好名字，好名字！"

李嫣含笑低首。

"嫣嫣，抬起头来，寡人问你可会歌舞？"

李嫣抬头含羞，秋水微眸，柳腰一摆，足尖轻轻几点，旋即舞态轻盈；轻启朱唇，亮响歌喉，声韵婉转迂回，有如莺啼燕语。

楚考烈王闻听，心旌荡漾，迷魂失魄，如听仙乐，良久，方才清醒。面对如此国色天香，他龙颜大悦，携回宫里，扶手同入芙蓉帐翡翠衾中……

那个李嫣，肌肤柔嫩细腻，挨着身子就把男人搞得软绵绵的；献媚时，她柔情似水；交欢后，她宛若处女。与楚王爱河初渡时，她使出浑身解数，把个楚考烈王弄得飘飘欲仙欲死，如醉如痴，接连几天都懒得上朝。

过了不久，李嫣便告诉考烈王：自己怀孕啦！楚考烈王一听，马上欣喜若狂：

"世人都说寡人有病，不能让女人怀孕，全是胡说八道！哈哈！寡人有后代啦！哈哈！寡人有后代啦！"

楚考烈王像疯了一样对天狂吼着，差点把李嫣吓了一跳。过后，李嫣又苦笑着注视着有点傻相的夫君，陷入了沉思。

光阴荏苒，李嫣临盆了。果然如愿生下男孩，并且是两个，长子起名叫悍，次子叫犹。楚考烈王非常高兴，他忍不住手舞足蹈地嚷叫道：

"苍天有眼，让寡人有太子啦！苍天有眼，让寡人有太子啦！寡人一下造了两个！"

过了三天，楚考烈王就在王宫里，封先出生男孩为太子，又封李嫣为王后，李园为国舅。李园理所当然地成了楚国的权势人物。

第四十一回
坏李园阳奉阴违　好朱英识破忠奸

李园一边饮茶，一边若有所思。年龄二十多岁，眉目端正，穿着精致华丽，表情气宇轩昂。他听见脚步声，一抬起头，满脸堆笑。突然间，嘴巴张开，脸上的肌肉突然凝固在那里。几种动作也难以掩饰他的失态。

一间牢房，狭小幽暗潮湿。一盏豆大的油灯，昏暗闪忽。狭小幽暗潮湿的地窖里。风从矮矮的大栅门缝里刮进来。雪从高高的小窗外面飘。

李园做贼心虚，他居心叵测，连日内惊心不已，一有风吹草动就马上行动。

只见他身躯短悍，举止迅疾。

李园说话时，眼珠总是频频地转动。

侍立于他左右的十多名彪形大汉，是他多年精心选拔着意训练的心腹武士。

他们人人提刀拿斧，个人虎背熊腰。

一支亮闪闪的长剑"唰"地高高举起。

同时，响起一声吆喝：

"把这个不忠的家伙给我宰了！"

片刻，一颗血淋淋的人头劈空丢来。

来是是非人，去是是非者。

朱英密告李园谋反，春申君反而笑道：

"李园乃妇人状，哪长那个胆！我黄歇没吃过大猪肉，还没见过大猪走吗？"

李园得知黄歇笑他妇人状，就于心中暗骂道：

"好你个黄歇，你笑我如妇人状，我却笑你有眼无珠！黄歇呀黄歇，你迟早要遭报应的，一旦你犯在我手，我会让你死无葬身之地！"

李园虽为楚国新贵，但他对春申君仍然唯命是从。他在春申君面前，总是说他有幸当上国舅，全靠令尹大人悉心栽培鼎力相助，再造之恩，他李家几辈子都报答不完，他自称为"春申门内人"，这些甜言蜜语覆盖的假象，使春申君十分满意和放心。

实际上，自从李园当上国舅有了实权，非常害怕春申君把他两次献妹的阴谋泄露出去，妨碍他的前程，更害怕春申君将来有可能夺得楚王江山，自己不甘心总为他的奴才。李园就在暗地里招募勇士豢养刺客，只等楚考烈王归西，他便把春申君一伙一网打尽。李园的阴谋，楚国有很多人知道，只有春申君还蒙在鼓里。

生下太子的李嫣，经过几个月的调养，精力更加充沛。她的嘴变更甜，脸色更加迷人，身段更加轻盈，举止更加温柔；然而到了龙床上，她的腰下功夫更加了得。她能侍弄得楚考烈王如痴如狂，不见了就想，见过了就爱，爱过了，又有些害怕。

楚考烈王自从得到李嫣之后，万千宠爱集一身，他不顾自己体弱多病，依旧荒淫无度。而李嫣正是欲火旺盛的少妇，再加上她本意想让考烈王早点死掉，所以一时也不放过他。李嫣使出浑身解数，挖空心思，想尽各种花招，挑逗引诱考烈王。考烈王有求，她竭力应承；考烈王体力不支，无心求欢时，她也不停地刺激诱惑，使得考烈王经常带病与她交欢。就这样楚考烈王终于被李嫣玩弄得一病不起了，尽管御医竭尽全力医治，也无济于事。

公元前238年，楚考烈王得了重病，眼看一天不如一天，春申君黄歇为此事既高兴又着急。

题外话：
(1) 来是是非人，去是是非者。
(2) "春申门内人"的教训。

第四十二回
朱英道出无妄灾　黄歇未纳埋祸根

春申君的门客朱英是一位明理之士，他侠胆义肝，忠诚刚直。朱英早已看清了李园的险恶用心，只是他苦于没有机会，向春申君进尽忠言。

有一天，朱英看准机会，就去拜见春申君。见到春申君，朱英就开门见山地说：

"令尹大人，臣下朱英蒙大人厚爱，招为门客，并委以郎中，锦衣玉食多年，臣下无以回报。今见令尹大人脸色灰暗，百日之内，必有灾祸临门。臣下特来相告，以报令尹大人知遇之恩。"

春申君听了后，捋捋胡须笑道：

"哈哈！百日之内，必有灾祸临门。我黄歇未曾招惹何人，但不知有何灾祸临门呢？还请朱先生不吝赐教！"

朱英朗声说道：

"当今之世，诸侯争霸，引起长期战乱和社会动荡不安，天下形势纷繁复杂、捉摸不定，它往往会有'出乎意料'的福和'出乎意料'祸；如今的令尹大人您，就是处在这'出乎意料'的时代，侍奉一个随时可能有一个'出乎意料'的楚考烈王，难道令尹大人您，就不想有一个'出乎意料'的人，来帮助您去对付那'出乎意料'的事？"

春申君被朱英一连串"出乎意料"给弄糊涂了，等朱英说完话，春申君便说：

"朱先生的话语，我听得似懂非懂，还请朱先生讲清楚点好吗？首先，是这个'出乎意料'的福，是何讲呢？"

223

朱英说道：

"令尹大人当了二十多年的令尹，由于考烈王体弱多病，朝中大权都交给您掌管，您名为令尹，实为楚王。而今楚王病重，危在旦夕，百年之后，令尹又要辅助年幼的小楚王，大权更是集中在您的手中。令尹大人，您虽名为令尹，实际却与楚王有何两样呢？这不就是你的'出乎意料'的福吗？"

春申君听了，微笑着点点头，他又问道：

"朱先生，那'出乎意料'的祸，又是什么呢？"

"令尹大人，既然您执意要问，臣下只好实话直说了。据臣下所知，国舅李园实在是令尹大人您一手提拔起来的。他知道考烈王有病，恐怕不孕，就先把他妹妹李嫣献给令尹大人，待李嫣有了身孕，他就劝通他妹妹，让她劝说您，让您把怀了身孕的李嫣再献给考烈王。这是一个'美人计'呀，令尹大人！李园因为妹妹贵为王后，也被封为国舅，与令尹大人同掌朝中大权。李园这个人，令尹大人您对他还不太了解，他虽然表面柔顺，可内心并不甘心久居人下，他阳奉阴违，笑里藏刀，包藏祸心。臣下听人说，他背地里养了不少勇士，并且他又叫手下人散布于令尹大人不利的谣言。据此看来，一旦楚王驾崩，他必定会先进王宫掌握大权，杀令尹大人灭口，篡夺楚国大权，这就是臣下所说的'出乎意料'的祸呀！"

"啊！"

春申君听了此话，心中猛地一惊：

难道他李园真的会这样做吗？不会吧！我曾救过他的性命，招他为门客；我又把他妹妹献给考烈王，使他当上国舅，享尽人间荣华富贵，我待他不薄呀！看那个李园的相貌，也算忠厚老实之人，我又是他的救命恩人，没有我春申君，也就没有他国舅李园的今天呀！他李园该不会这样吧！他把妹妹献给我，只有三人知道；他妹妹怀孕，也只有我和李嫣两人知道，何况这件事抖出来，对他又有什么好处呢？难道是朱英挑拨离间我和李园的关系吗？

春申君偷偷用眼角的余光瞟了朱英一下，见他神色庄重自若，春申君知道，朱英也并非拨弄是非之人。

良久，春申君皱了皱眉头问道：

"朱先生，那么说'出乎意料'的人，又是何指呢？"

朱英连忙从座上起身站起来，向春申君低头拜了两拜说：

"令尹大人待臣下恩重如山，大人有难，臣下不能坐视不管。现在，考烈王已经重病在身，一旦归天，李园必先对令尹大人下手。他会因为有他妹妹的内应，宫中一有风吹草动，他必定提前知道，而令尹大人身居王宫城外，行动起来，必晚一步，那可就会吃大亏了呀！"

春申君听后，又皱了皱眉头。

朱英并没有看他的脸色，继续朗声说道：

"如果令尹大人封臣下为郎中令（掌管宫殿门卫及殿中侍卫之人），臣下就能够领着众侍卫等李园进宫时把他杀掉，为令尹大人除掉这个敌手，朱英就是臣下所说的'出乎意料'的人呀！"

春申君听罢，思虑片刻：说了半天，他朱英原来想求高官得实权，可是无功不受封呀！

春申君皱一下眉头后说：

"朱先生此言恐怕是多虑了吧！从我黄歇与他李园交往来看，他李园并不是像有野心的人。他那个手无缚鸡之力，羸弱样的我看不会吧！况且我是他的救命恩人，待他恩重如山，他总不会忘恩负义，对我痛下毒手吧！朱先生的一片好意，我心领了。"

朱英捶首顿足道：

"令尹大人，臣下实在是一片好心好意，并非想讨什么官职，请求令尹大人明察！"

春申君面露不悦道：

"朱先生暂且退下，我黄某人还有要事等着办！"

"令尹大人，如果您不听臣下忠言相劝，到时候恐怕后悔都来不及了。"

春申君收敛不悦，严肃地笑着说：

"朱先生，你不要再多讲了，我已知道情况，让我再仔细观察研究一番，我要看清他李园到底是啥样人。我黄歇决不冤枉好人，坏我春申君名声！但也决不姑奸养息。如果他真的是朱先生说的那样，我黄歇立马派心腹请朱先生出山。唉！现在吗？对不起了，你请自便吧！"

听了春申君的一番话语，朱英感到一阵阵心寒：

悔不该呀！自己太痴心妄想，好心让他当成驴肺汤，把我朱英这一腔真情献给他这个不识货的人，弄得我里外不是人。唉！好后悔呀！我明明早就从他的眼神里看出他对我不信任，却把心底话"一骨溜"地吐出来，谁知他却下了逐客令。上次迁都寿春，也是我朱英进尽忠言，没有得到任何奖赏，今天却遭受如此大辱。唉！罢了，罢了，我朱英不如归去罢了。

沉默片刻，朱英再次向春申君深深一揖，转身离去，头也不回。

225

朱英在他的住处焦急地等了三天，不见春申君招见他的动静，他知道他的忠言不会被春申君采纳。朱英只好对着苍天，长叹一声，我朱英何不向范蠡学习呢？不然，必将大祸临头呀！临别之际，朱英又满怀深情对着春申君的令尹府，长叹一声：唉！春申君呀！春申君，您现在不听我的良言相劝，等到有一天您再想到我朱某人时，你可就身首异处了呀！

于是，朱英草草收拾行李，不辞而别，向东奔吴国故地，隐姓埋名在四海之内。

在朱英不辞而别的第十七天，也就是公元前238年十月初一那天上午，春申君守候在楚考烈王的病榻旁。

只见考烈王脸色蜡黄，气息奄奄，一双浑浊的眼睛望着春申君缓缓地说："太傅做楚国令尹二十余年，与寡人结下生死之交，情同父子。现在寡人已病入膏肓，寡人自知不久将要去见先王。请太傅传下寡人遗诏，让太子熊悍继承王位，寡人已将太子和小王子托付给太傅。请您像当年教导寡人那样教导他们，让他们兄弟和睦，继承先祖遗志，以保楚国江山永固，熊氏宗庙长存，寡人九泉之下，也会瞑目呀！"

黄歇闻言，顿首称臣，感激涕零：

"谨遵大王遗旨，老臣黄歇，誓死效忠王室，当竭尽全力，辅助幼主，请大王放心！"

说着说着，黄歇抽咽唏嘘道：

"大王，老臣黄歇，定当不私亲，不记仇，不结党羽，不受贿赂；不求不义之财，赤胆忠心报效大王。若为自身谋私，违此誓约，天诛地灭，损命惨死，身首异处……"

春申君说罢，抬起头，他看到考烈王睡意已来，早已闭上眼睛。黄歇此时才窥视一下病榻旁怀抱着幼子的王后李嫣，恰逢此时，李嫣也偷眼看他，四目相对，马上又各自躲开，两人都沉默无语，谁也无法猜透对方心思。

眼看考烈王已昏昏入睡，春申君既盼他早点死去，又怕他早点死去。春申君知道历来老王将逝，新王未立，朝政大权未稳，此时最易出事。因为"一朝君王一朝臣，改朝换代要杀人"。他得抓紧时机，赶快回去布置一番。主意已定，春申君便匆匆走出楚王寝宫，在两位心腹卫士的陪伴下，驾车回府。

朱英的话语曾使春申君有所惊心。在那几天内，黄歇经过了深思熟虑，他觉得李园这个人，如同羸弱的女人一般，不会做那种事。特别是李园被封为国舅之后，对我黄歇和门客，更是崇敬有加。

为了详细地了解李园情况，春申君就叫他的门客，将李园身份底细送来：

李园，赵国人。早年曾在平原君赵胜门下当过门客，但因为平原君门客数千，李园又无超群才艺，长期得不到重用。在平原君赵胜的府里，虽无衣食之忧，却难有出头之日，加上他碰上不愉快的事情，愤愤不平，一气之下离开赵国，来到楚国寻找机会。因为，李园对赵国的了解很多，令尹春申君就招他为门客。

李园来到楚国，几经打听，终于探听到黄歇的出入处。李园故意把自己打扮成风尘仆仆，好像刚从远处匆匆赶来的样子，他衣衫破旧，装扮成腹中又饥又渴、快成饿殍之人，果然在路边，李园被黄歇及其随从救起，黄歇见其可怜，又曾在赵国平原君赵胜手下当过门客，对赵国情况了如指掌，就赶忙将李园请进令尹府，待为上等门客。

此时，李园眼角里含着泪水，用充满感激的语调对黄歇说道：

"令尹大人，多亏您救了我李园，大恩大德，今生今世难报，来生定结草衔环来报。青山不老，绿水长流，我李园就是粉身碎骨，也要报大人再造之恩呀！"

画面：冬天里，寒冷的风呼呼地刮着，一个农夫看见雪地上，有一只冻得快要僵死的蛇，他就动了恻隐之心。农夫弯腰拾起僵蛇，把它藏进胸襟里，用他的体温暖和了蛇，救蛇一命。可是，被救的蛇是一条毒蛇，它最后还是咬了农夫一口，农夫中毒死了。

农夫临死时，说了这样一句话：

"毒蛇就是毒蛇，再可怜的毒蛇，人们也不要救它，否则，必被毒蛇咬死。"

"令尹大人，您救了我，大恩大德没齿难忘，纵是粉身碎骨，也要报答令尹的知遇之恩。"

"若非大人出手搭救，李园定会一命呜呼，大人又待我恩重如山，再造之恩，无以言表，大恩无以言报，我李园与大人同心同德。李园若有二心，定会头上长疮，身上冒脓，痛苦地死去，不得好死……"

善于伪饰的李园隐藏得非常妙，虽与春申君黄歇位居同列，可是，他仍然毕恭毕敬地侍奉春申君。他自称"春申门里人"，在春申君面前，感恩戴德，使春申君遭受蒙骗。

题外话：
(1)"出乎意料"。
(2) 糖衣炮弹最可怕。

第四十三回
明是非英灵宛在　泪洒地彪炳史册

　　天帝威严地坐在天庭大堂上方，众仙端坐天庭内，他们看着春申君，用竹鞭不停地抽打着李园魂魄，口里不停地念叨：

相鼠

相鼠有皮，人而无仪！

人而无仪，不死何为？

相鼠有齿，人而无止！

人而无止，不死何俟？

相鼠有体，人而无礼？

人而无礼，胡不遄死？

　　最后，春申君黄歇将李园的魂魄，击毁而亡。

　　这正应了"天作孽，犹可活；人作孽，不可活"。

　　"小人得志，不可与谋。"

　　此时，天帝把镜子一翻，时光倒流，回到几百年前，黄歇的先祖在齐国遭受非礼的待遇，就萌生了回到祖地黄国的愿望。这是他们对着黄鸟抒发自己的情怀：

黄鸟黄鸟，

无集于榖，无啄我粟。
此邦之人，不我肯榖。
言旋言归，复我邦族。

黄鸟黄鸟，
无集于桑，无啄我梁。
此邦之人，不可与明。
言旋言归，复我诸兄。

黄鸟黄鸟，
无集于栩，无啄我黍。
此邦之人，不可与处。
言旋言归，复我诸父。

当黄歇的先祖无奈之下，在鲁国当了上门女婿，由于人弱言微，备受岳父家族的气时，就激起逃离鲁国、回到黄国的决心：

我行其野，蔽芾其樗。
婚姻之故，言就尔居。
尔不我畜，复我邦家。

我行其野，言采其蓫。
婚姻之故，言就尔缩。
尔不我畜，言归思复。

我行其野，言采其葍。
不思旧姻，求尔新特。
诚不以富，亦祇以异。

黄歇的先祖由于不堪忍受在鲁国的非人待遇，终于偷偷地带着儿子逃出鲁国。他们几代人辗转赵国、陈国，方才回到已是楚地的黄国城。黄姓人与齐鲁两国结下梁子，也是后来黄歇灭鲁却齐的原因。

天帝说道：

"黄歇，你可曾忘记，你于黄柏山之内，磨盘山上桃花庙内题诗一事？"

黄歇陡然想起，他曾于一日在黄柏山之内磨盘山上，看见一座桃花洞，进入洞中，看见一座桃花庙，桃花庙里供奉的娘娘，即是桃花夫人，也就是息侯夫人息妫。后来，息妫被楚文王抢去做了夫人，生下两个儿子，灭掉黄国的楚成王熊恽就是她的小儿子。当时，黄歇酒后醉迷，立于桃花夫人像前，想入非非，迷乱之中刻诗一首《桃花诗》：

磨盘山上桃花林，桃花洞里桃花红。
桃花春雨桃花艳，桃花庙内桃花人。
桃花三月桃花运，桃花运连桃花心。
他年若得桃花面，身首异处心也甘。

黄歇行至一座山峰，月色朦胧之下，看见那座山峰的石崖上面，隐隐露出一个洞口。此时，黄歇已是人乏马困，他便跳下马来，向那洞中走去。岂料这个洞口如此神奇，一进洞口中，便有一道斜坡，一直行了下去，约有八九丈远近，越走越宽，到了后来，那洞中居然光明如昼。

黄歇惊诧不止，再往前去，只见眼前九座山峰参列，繁花盛开，松柏苍翠，竹林葱茂，几股泉水从地下喷出，汇成溪流向东方湍湍流出。抬头仰望，九座奇峰宛如九条巨龙，盘绕在悬崖绝壁之间，只见云雾漫漫，溪水潺潺，一棵老大桑树长在石缝间。

天帝说：

"黄歇，你初为左徒时，外无宾客之助，内无王室之亲，却能说秦却韩魏，以存楚室，后又以太傅身份，随太子入秦为质十载，终因设计而归太子，独赖其才而成大事，其智何其明也。"

停顿片刻，天帝又道：

"汝因功受封淮北，为楚令尹，尊号春申，兴复黄姓，使黄城治为'无囚地'。五年将兵救赵，八年北伐灭鲁，又治理江淮，兴修水利，复兴楚国，以非王室宗亲，而相楚二十五年，使得楚王待你，言必听，计必从；一人之下，万人之上，名为令尹，实则楚王也。汝文治武功，才能手段，可见一斑。一世英雄，暮年竟灭于竖子之手。唉！天妒英才，可怜矣！满门忠孝，可叹也!"

黄歇闻言,长叹数声过后,只见天帝又把镜子翻了翻,时光流到千年后的大唐末年。在一个风和日丽的春日下午,天上忽然下起雷阵大雨,天公降雷,劈死水牛一只,人们从牛腹中看见"白起"二字,众人不解,求问卜卦者方知:前朝武安君白起,因杀人太多,罪孽深重,数百年后变成畜生,尚且遭受雷震之报。由此可见,因果报应必有,杀戮之心不可太重,作为领兵打仗者,不可不戒!

此后,黄巢偶得一册天书,知道李姓天下本该属黄,他就以谶反唐。唐僖宗广明年间,黄巢起义,为了证明自己代唐有理,他也像过去很多人一样,借助谶纬符命。

黄巢对手下将士们说:

"唐僖宗似乎知道我将起义,改年号为广明,这真是天意啊!"

从将士们忙问为何?黄巢说道:

"从字面分析,'廣'字上广下黄,广为房屋,又为天地,广中蕴涵,正是在天地之间,黄家蠢然而立,今立广明年号,实将唐之内囊'丑口'除去,换上黄家,'廣明'二字就是天地之间,黄家日月,天地日月都归黄家统治。李唐天分已尽,本该我黄姓天下。黄在唐下,唐败黄兴,黄巢将替天行道,代唐而立。众将士不必犹豫,顺天行道,打入长安,建我大齐政权。"

公元841年,山东郡的冤句人黄巢"冲天香阵透长安",杀得李唐"甲第朱门无一半",也因杀戮太重,终未坐稳江山,此乃因果报应也!

天帝又把镜子翻了一翻,时光倒流,回到黄歇的童年时代:

黄歇家中突遭火灾,家园沦为一片焦土,父母双亡。孤苦无助的黄歇,蹲在老族长膝前,鼻子一酸泪水就涌了出来。

他呜咽道:

"老族长,俺爹娘都死了,俺还靠谁呀!"

老族长伸手一把抱住黄歇,动情地说:

"孩子,别哭,天下黄姓人皆一家,只要你长大,为黄姓人争光,能出人头地,光宗耀祖,我再苦再累,也把你养大成人。"

老族长把小黄歇安排在"众亲院"内,供他读书,小黄歇非常懂事,他就日夜勤学苦读,老族长看在眼里喜在心中,小黄歇小小年纪,竟是如此勤奋好学,将来必有出息,他实在令人欣慰。

等到黄歇被楚考王封了淮北十二县，衣锦还乡时，老族长刚刚病逝，黄歇就赶忙换上孝服，为老族长办丧事，并在老族长棺木前发下誓言：

"皇天后土，黄氏祖宗在上，黄歇乃是黄氏子孙，定当不负黄氏家族众望。为黄姓人谋福利，乃我黄门祖训。黄歇当以振兴楚国、复兴黄氏家族为己任，天地人神共鉴，黄歇若违誓言，定遭五雷击顶，身首不全。"

事后，老族长的儿子黄德当上了族长，掌管黄氏家族事务。

黄歇长叹一声：

"唉，天帝呀，想我黄歇多年来，统兵百万，未曾妄杀一人。我曾率领几十万河工，治理江淮，每年不知保全多少河工性命，保护多少楚国黎民百姓。天帝呀！难道您竟不知晓？"

天帝又道：

"黄歇，你不要悲伤哀叹，好人终归要有好报。你多年未曾妄杀一人，朕已特许你黄姓家族兴旺发达，子孙密如牛毛，后裔多如大桑树之子。你黄歇修河补路，治理江淮、苏沪，你已彪炳史册，早有定论。只是可惜你黄家没有做真龙天子之命，因为黄龙把到手的宝珠让给乌龙。不过，你黄家阴德所积，必有后福。活千人者，子孙有封，你当知因果报应。不信你且去看看，你的陵园坟冢，远超其他君子。如今你的故里遗宅，日新月异，国泰民安，人人共享太平……"

听到此处，黄歇的泪水，这才潸然而下，长叹一声。

"黄歇，你当记住，仁义如天，天理昭昭；功过是非，任留后人评说。君不见，多少帝王伟业，皆化为尘土，历史自有公断，你还有何叹惜？"

黄歇触景生情，想到自己从前父母双亡，"众亲院"内忍饥苦读，那种形影相吊孤苦伶仃的样子，就不觉阵阵心寒，此时此刻，黄歇的泪水夺眶而出，瞬间化为倾盆泪雨。

题外话：

（1）历史是一面镜子，它能照出各样灵魂。

（2）天作孽，犹可活；人作孽，不可活。

（3）小人得志，不可与谋。

附录一
黄歇大事年表

大约公元前314年二月初二，黄歇出生。

公元前292年，黄歇父母双亡，沦为遗孤，在黄国城的"众亲院"内读书。

公元前282年，黄歇十年间读遍黄国城的竹简木牍。

公元前281年，黄歇与申氏结婚。

公元前280年，申夫人生下一子黄尚。

公元前279年春，申夫人生下孪生子黄俊、黄义。

公元前278年春，黄歇辞别妻儿游学息国故城、期思故里；郢都被秦将白起攻破。

公元前278年五月初五，屈原投汨罗江自杀，黄歇遥祭屈原。

公元前278年—前274年，黄歇在齐、鲁、赵游学交友。

公元前273年，楚顷襄王三请黄歇，拜为左徒，秦、韩、魏欲攻楚，黄歇出使秦国，刻下《上秦昭王书》，秦楚议和。

公元前272年—前262年，黄歇以太傅身份，随楚太子熊元入秦为质十年，黄歇与秦相范雎结盟。

公元前262年，秦楚交好，朱英出使秦国，楚顷襄王病重，黄歇舍身救太子熊元，在范雎帮助下，黄歇载誉归楚。三个月过后，楚顷襄王薨，楚考烈王继位，任黄歇为令尹，封为春申君，授淮北十二县。

公元前261年—前260年，春申君治理淮北十二县，秦赵长平之战。

公元前258—前257年，秦国围攻赵都邯郸，黄歇率八万楚军救赵，信陵君救赵；解邯郸之围后，黄歇率军攻鲁。

公元前256年，黄歇救赵新中，秦灭东周。

公元前255年，春申君攻鲁，俘鲁君贬于莒，取兰陵，任荀况为兰陵县令。

公元前249年，春申君灭鲁，鲁顷公迁卞，绝祀，被贬为黄歇家臣。

公元前248年，黄歇夫人申氏病逝于黄国城，葬于诏虞水旁，春申君痛苦中离开伤心地，求封于江东吴地十二县；春申君治理苏州、无锡、江阴、上海等地。

公元前245年，李园献妹给黄歇，待其有孕，又动员其妹李嫣劝黄歇，终将李嫣献给楚考烈王。

公元前244年，李嫣在宫中产生孪生子熊悍、熊犹，被立为王后，李园封为国舅；

公元前243年—前241年，楚、韩、赵、魏、燕五国"合纵"攻秦，兵败盟散。

公元前241年春申君听从朱英建议，迁都寿春。

公元前238年九月二十五日，朱英向春申君建议除掉李园这个隐患，春申君没有采纳。

公元前238年十月初一，楚考烈王薨，李园借机诱黄歇入宫，李园豢养死士谋害黄歇于棘门，抛其头颅于棘门之外，李园又遣吏诛杀黄姓人，黄歇十三子逃走五人，黄歇后裔与其他黄姓人后来发展成中华七大姓氏之一。

主要参考书目

《史记》（西汉）司马迁

《东周列国记》（明）冯梦龙

《黄姓文化春秋》河南省黄川县黄姓研究会编

《中国通史》范文谰著

《中国百家姓一人一故事》张人元著

《诗经》《荀子》《楚辞》《战国策》

附录二
歌咏春申君

春申君碑
唐·皮日休

　　士以知己委用于人，报其用者术。苟不王，要在强其国，尊其君也。上可以霸略，次可以忠烈。无王术而有霸略者，可以胜人国。无霸略而有忠烈者，亦足以胜人国。春申君之道复何如哉？忧荆不胜，以身市奇计，不曰忠乎？荆太子既去，歇孤在秦，其俟刑待祸，若自屠以当馁虎，不曰烈乎？然徙都于寿春，失邓塞之固，去方城之险，舍江汉之利，其为谋已下矣，犹死以吴为宫室，以鲁为封疆，春申之力哉？当斯时也，苟任荀卿之儒术，广圣深道，用之期月，荆可王矣。然卒以猜去士，以谤免贤。於戏！儒术之道，其奥藏天地，其明烛鬼神。春申且不悟，况李园之阴谋，岂易悟载哉？岂易悟哉？

春申君
唐·杜牧

烈士思酬国士恩，春申谁与快冤魂？
三千宾客总珠履，欲使何人杀李园！

过慧山春申涧

唐·张继

春申祠宇空山里，古柏阴阴石泉水。
日暮江南无主人，弥令过客思公子。
萧条寒景旁山村，寂寞谁知楚相尊。
当时珠履三千客，赵使怀惭不敢言。

感春申君

唐·张祜

薄俗何心议感恩，谄容卑迹赖君门。
春申还道三千客，寂寞无人杀李园。

季子庙

元·萨都剌

公子不来春草绿，故宫禾黍亦离离。
沸原尚有千年井，古篆犹存十字碑。
去国一行轻似叶，归田两鬓细如丝。
李家兄弟一朝墓，羞见延陵季子祠。

春申君庙

明·高启

封吴开巨壤，相楚服强邻。
名重三公子，谋疏一妇人。
画帷留古像，珠履绝遗尘。
箫鼓时迎祭，还怜旧邑民。

过春申君黄歇冢上
明·季蓉

珠履三千客满庭,平原使君见皆惊。
杀身不听朱英策,空负当时好士名。

春申遗客
清·何兆勃

淮甸风和两袖轻,春申遗址向柴荆。
盈门珠履今何在?列座琼裙未足名。
频见饥鸟啼蔓草,时闻鸲鹆话山城。
早知富贵难长久,不羡连云甲第荣。

春秋战国门·黄歇
清·周昙

春申随质若王图,为主轻身大丈夫。
女子异心安足听,功成何更用阴谋!

君山怀古
清·史光有

芙蓉城北大江头,削出孤峰踞上流。
春草未忘珠履恨,寒潮犹诉棘门愁。
风帆岸柳啼鸟集,戍阜军笳牧马游。
闻说仙人遗旧迹,螳螂曾画岳阳楼。

春申君墓

清·卞存廉

无梁殿冷海门秋，黄歇豪华剩古丘。
自昔英雄皆一梦，满天星斗照寒流。

春申君

清·胡焯

国士酬恩意未平，春申应悔失朱英。
空来郢上三千履，不返江东十二城。
函谷著书人寂寞，夷门吊古泪纵横。
孤愤楚客谁浇酒，南国西风夜有声。

附录三
余士明的走访日记

　　穿越千年时空，我仿佛看见了，那意气蓬发的春申公子，当年他的足迹踏遍淮北十二县、江东十二县……飞扬的尘土，飘荡的龙旗，多少往事、多少梦想都在这里回荡。两千多年间，那些断垣残壁，当年是何等雄伟壮阔……全不见昔日那气势恢宏的模样，一切竟又是那么顺理成章……

　　如果你有兴趣，请你跟随我的脚步，让我们一起穿越这千年的时空隧道，去寻访黄公子当年留下的身影和足迹。

第一章　"海派"开山祖，告慰春申君

　　2009年5月8日6点38分时，我从我家乡的车站，坐上了潢川开往上海的长途班车。我带着68本我写的长篇历史小说《黄歇传奇》初稿，准备走访留有春申君足迹的地方。这天早上，天气很好，早晨的霞光普照着大地。空气真新鲜，让人心肺如洗。我不由想起了我在长篇历史小说《黄歇传奇》初稿中写出的那首主题歌：

男儿歌

男儿须立鸿鹄志，
不为将相誓不休！
诗书在，勤学苦读，
废寝忘食乐忘忧。

早研读，晚也研读，
韦编三绝不离手。
功名取，莫论先后，
誓把铁砚磨穿透。

读完五车书，
游学万里路，
锲而不舍终成就。
迎朝霞，精神抖，
江山代有人才出！

在沪宁高速沿途，车飞快地行驶，两边的广告牌往后奔跑。在苏州新区3.2公里的太湖黄金水岸，在留有当年春申君足迹的太湖边上，透出古老姑苏悠久的文化氛围和姑苏园林特有的东方水城之闲情古韵。

晚上6点多的时候，车至上海西郊，还未到申城中心时，就能看见很多地名与春申君黄歇有关，在嘉定区就有一个地名叫黄渡。进了站安顿后，我和司机们吃了晚饭，就自己开个房间整理思绪，写点与春申君有关的文字。

5月9日早上，我起得很早，从上海中山北路站坐地铁1号线到莘庄下车，又坐莘春线到达春申村，可今天是礼拜六，村干部管事的没上班，我只好坐下趟车在申光路下车，转个弯就到了春申祠。春申祠没有多大变化，只是门前又修建了一座非常漂亮的门房。到了门房，我又见到了守祠人李跃铨先生。两年前，我曾经拿着打印稿去见他，当时，他让我进祠拍了很多照片和景色。今天来到门房，他居然还记得两年前来过的我，我很感动。李跃铨先生与我谈了很多，他说，曾经有人想出资一千万买下春申祠，村里人没有同意，因为这是上海松江区新桥镇春申村人的骄傲。那些铜雕及室内的陈设都是精雕细凿而出的呀！闻听此言，我心中非常感慨，更加深了对春申君和春申村人的敬仰。李跃铨先生让我星期一再来。我只好恋恋不舍地告别了李先生和春申祠。

下午，我又到了上海城隍庙。这段路真的很繁华，有豫园、上海老街，人山人海。我买票进入城隍庙。烧香许愿的人很多，香气氤氲，人声沸腾，"正一派"道士的念经声、敲磬声不绝于耳。我在城隍庙里寻找好几本有用的资料，其中有一本《上海城隍庙大观》（桂国强主编），书中记载有春申君黄歇的故事，全文如下：

上海城隍庙在二十世纪二三十年代，庙内的殿堂和神像的设置已达到了相当的规模。

头门内：东置财帛司神，西置高昌司神。

东西看楼下：设置二十四个神像。

大殿内：正中供奉金山神主大将军霍光，其状剑眉虎须，十分威武；大殿背壁立有抗英名将陈化成将军的塑像，旁有四个判官神像，外立八个皂役塑像，他们依次是升钱、房昌、朱明、杨福、王昌、金齐、嘉周和祥陶。

中殿，在石门外设置了三班、二班、中军、使吏、门房等；石门内，牡丹亭正殿崇祀一位身穿蟒袍、佩玉带、脚登皂靴的城隍神秦裕伯。

东花厅，为城隍庙账房间。

西花厅，供奉城隍神父母。

内宫：正殿供财神爷赵公明元帅；东首供二十四使；西首供痘神、痧神。

星宿殿：正中供三皇，东西两侧供六十元辰；门口和对门供殷天君、许真君、蛇王神、祠山大帝、施相公等。

文昌殿：正殿供文昌帝君，楼上斗姥阁内供奉斗姥元君。

据清同治《上海县志》中的附记记载："新江司殿在邑庙西偏，别奉神于延真观中，今移穿心街。（前志载：乾隆二十六年移奉司神无可考证，俗即指为春申君云。）高昌司殿在邑庙仪门右，别庙向在南门外黄浦滨，俗称老高昌庙，后移奉立雪庵。嘉庆十五年僧于庵前建庙。有司岁于此迎春，今改屯兵，权奉神于海音庵左。五路司殿在城隍庙仪门左，别奉神于镇海庙旁。"

又据火雪明《上海城隍庙》记载：

与城隍神同时出巡的四司，即新江司、长人司、高昌司、财帛司是。这几位神道的出巡，得附城隍神后，不见出何书籍。

据上海县志上说：

四司随城隍登坛，系乡人好事者为之，本不足道。然新江、长人，皆邑原管乡。而高昌司该全境，以土地故，祀之可也。至五路俗称财神，又谓即道路之神，五祀中之行神也。果尔，则亦土地之类矣。因民间久奉香火，姑志于此。

四司的来历，约略列表如下：

神名	敕封	原名	行辕
新江司	海崇侯	蒋芳镛	大东门内肇嘉路财神殿
长人司	春申侯	黄 歇	老北门内穿心街三茅阁
高昌司	永宁侯	石万彻	邑庙头门内西班房
财帛司	护国公	杜学文	邑庙头门内东班房

表中的长人司，就是战国末期叱咤风云的春申君黄歇。前几年，苏州郊区浒墅关镇农民在小镇开山采石时，偶然炸出一座古墓，墓中有青铜器及青铜器残片，还有一方官印，据考古人员抢救发掘，辨认出官印上的文字为"上邦相玺"。"上邦相"即黄歇。战国末期，为了共同对付秦国，楚考烈王为列国的纵长，黄歇为楚相，封地江东，以吴为郡，从而确认此墓即黄歇墓。近年上海有多家报纸报道了这一发现，其中，有一则报道特别指出黄歇与上海的关系："黄歇号春申君，所以上海历史上，就有春申之别称。"

过去关于他的墓在何处，并无记载。至于这凿山而墓究竟是谁而为，也已无法考证了。

黄歇与上海的关系非同寻常，上海曾是他封地的一部分，横穿上海的那条大江，据传就是他疏凿而成的，因此，得名"黄歇浦"，也就是现在的黄浦江，别名"春申江"，简称"申江"，所以，上海又别称"申"。不知哪年哪月开始，黄歇成了上海民众敬奉的一个神，他在上海城隍神系中的神职是"长人司"。据元代唐时措记，1292年春，元天子命高昌、长人、北亭、海隅、新江五乡凡二十六保，立县上海。可见上海在开城前就已有长人乡，黄歇可能是长人乡的乡城隍。过去，在老城厢福佑路旧校场街口，还有他的庙宇"春申君府"，供着他的塑像。黄歇在上海成为神的历史，恐怕要远在秦裕伯成为上海（县）城隍之前。秦裕伯在元末官至行省郎中，到明初当过翰林院侍读学士，死后被明太祖封为上海城隍，成了上海冥间最高行政长官，于是，春申君成了秦裕伯的下属。过去城隍庙每年举行的三巡会，都是由秦裕伯率领四司出巡，四司的轿前有装扮成阴皂隶的人开道。这些"皂隶"，身穿黄纸印马甲，二人一对，四目对视，成为三巡会的一大景观。每年的2月21日，是城隍秦裕伯的生日，人们在这一天，也会把黄歇等塑像用大轿抬来礼拜。

　　5月10日，我到上海东方明珠电视塔观赏了半天，又到塔里书店买了几本书。真的如人们所言，"到上海，不到城隍庙、不到东方明珠等于没来"。这两件事我都做到了，心愿已足，只有我魂牵梦绕的春申祠，还没有仔细观赏，等明天再去吧！下午，我又见到我们黄国故里人黄建顺先生。我此次寻访多亏黄建顺先生在我县李龙、黄培玲夫妇的九龙大饭店里，用2000元购买我的100本书，全部送给他的亲朋好友。没有他的"雪中送炭"，受伤花光积蓄的我根本没钱去寻访。对他的无私帮助，我真的感激不尽，他还再三嘱咐我，到上海有什么困难尽管找他。

　　5月11日，我早上起来洗漱完毕，吃过早餐，就乘地铁1号到莘庄下车，坐莘春线，沿途又见到很多与春申君有关的命名。申之春、申春、春之光、中申、春申塘、春申塘桥、沁春路、春西路、申光路、申新路、申昕路、春华苑等地名，这些到处都是"春申"的回响，到处都是"春"和"申"的延伸。

　　星期一，我到了春申村，见到春申村的村委主任施国民先生，我把介绍信和我写的书《黄歇传奇》初稿交给他看，他看了一会儿很感兴趣，就向我提问几个有关春申君的事儿，我对答如流，他很满意。我向他提出了想见见春申村原支部书记何德明先生，他就打电话与何先生联系。何先生现任新桥镇副书记，听说后，就让施主任带我去见他，施主任马上驱车带我去见何书记。因为，我是从网上查到了很多有关何德明书记的资料，对他比较了解，我们一见如故，相谈甚欢。我孤身一人千里迢迢寻访春申君足迹也让他深为感动。时近中午，何书记和施主任邀请我下酒店，席间我们畅谈了很多有关春申君黄歇的故事。我们深信这句话：

　　"一个人，只要做过于国于民有利的事情，是不会被历史和后人遗忘的。"

　　临别时，何德明先生又赠送我一本他主编的书《春申雅集》，挥手道别，依依难舍，相信我们定能后会有期。

　　之后，施国民主任又带我回春申村，他将很多有关春申君和春申村的资料都复印给我，让我带走，又打电话给春申祠的守门人李跃铨先生。过后，我乘车到了春申祠，李跃铨先生领我去参观拍照，他打开一条小河桥上的一道小门，进入春申祠，首先扑面而来的是一道主题为"上海之根"的大型铜雕塑，栩栩如生地再现了当年春申君黄歇领着当地居民治理、疏通黄浦江的情景。壁前有池，池中有莲，池清莲绿，相得益彰。院中有鹅卵石铺成的八卦图案，往前就是春申祠，这座仿古民居建筑的祠堂占地500平方米。正堂中供奉着春申君画像，画得相当好，再现了当年楚国黄公子的形象，画像下面是一只象牙，堂内清静典雅，陈列的古典家具齐全，室内陈列着春申君的相关资料及淞江古迹、淞江历史名人、名作。来到此地，真是不虚此行，难怪给春申村民一千万元也不愿出卖这些永留后世的家产。他们也和我一样，都是为了这个人，这位两千多年的历史名人，这位我们家乡的英雄人物。让我们打开往昔的画传，来重温这位英雄的动人事迹吧！

2002年12月3日，摩洛哥蒙特卡洛传来喜讯，上海从韩国的丽水、俄罗斯的莫斯科、墨西哥的克雷塔罗和波兰的弗罗茨瓦夫等5个竞争城市中脱颖而出，获得了2010年世博会主办权。中国申博代表们一起高唱歌曲《告慰春申君》，场面十分感人。

上海市申办世博会成功之后，全市一片欢腾，欢庆的人们唱出的第一首歌，也是《告慰春申君》。

一向以"海派"文化著称的上海人，为何对春申君念念不忘呢？他又为何深得上海人的青睐呢？

公元前248年，春申君请封江东十二县，他首先征役开凿了第一条通江大运河——春申浦（申港河），亦称申港。它疏导江水南流，经武进界分为二：东入无锡五泻河，西入武进三山港。接着又开通无锡河，"治之以为陂，凿涠召渎以东到大田，田名胥卑，凿胥卑下，以南注太湖，以泻西野"。以土掩水筑堰埭，因此有黄埭，开凿"西龙尾陵道"，对今江南运河苏州至无锡间的运河加以整治，疏浚了东江、娄江、吴淞江，特别是开浚了上海的母亲河——黄浦江，又称申江。

黄浦江原先是一条连接太湖和淀山湖的小江，江水有一定的含沙量。潮涨时，江水挟带泥沙进入沿河两岸其他河港，退湖时流速减慢，导致泥沙沉积，使河床不断淤高，两岸丰水期内涝成灾，尤其是淀山湖至东海之滨的广阔原野，一片沼泽，当地人烟稀少，满目荒凉，因此，这条小江，也被当地百姓称为"断头河"。公元前247年前后，春申君治理太湖和苏州的同时，又大规模地组织人力、物力，疏浚了这条浅水滩似的"断头河"，使其向江南扩展300多米，水深至十余米，并与东海、黄海之间的长江出海口连通，使水满为患的太湖水流入东海。2000多年过去了，此江沿岸的后世之人，继承和发扬了春申君的治河精神，不断地深挖疏浚，至今黄浦江仍然江阔水深，可通3000—10000吨级船只，属一级航道。

黄浦江疏浚后，当地的水系日益分明起来，泽国变成了良田，经济长足发展，经济地位日彰。有一年夏天，当地的人们为了迎候春申君这位开拓者的到来，特地建造了一座华丽的凉亭。古上海地区因此也叫作"华亭"，在中国历史上开始有了自己的名字。上海人把春申君治理疏浚的这条江，起名叫申江，又因纪念春申君而把上海简称为申城。2002年12月上海申博成功的欢庆晚会上演员们引吭高歌的第一首歌就是《告慰春申君》。因此，也有人把春申君黄歇尊为上海的"开山鼻祖"。

今天的上海市松江区新桥镇的春申村，相传是当年春申君治理黄浦江的"指挥所"，春申村建有春申君祠堂，祠堂西边的春申塘，就是当年春申君黄歇带人修建的。春申村的男女老幼世代传诵着这首儿歌：

> 嘟嘟嘟嘟嘟，
> 嘟嘟嘟嘟嘟。
> 爷娘去开黄浦江，
> 回来又开春申塘。
> 领头大爷春申君，
> 住在伲村黄泥浜。

春申村的人们为了纪念这位领头的大爷，于2003年重新扩建了春申君祠堂，并且，在春祠堂西面铸造了一组巨大的铜浮雕，栩栩如生地再现了当年春申君黄歇领着当地居民治理疏通黄浦江的情景。浮雕两端的纪念碑上雕刻着松江区在纪念松江置1250年时献春申君的颂诗：春申治水、黄浦滔滔；陆逊封侯，华亭昭昭。岁当辛巳，世纪之交，适松江置县，壹仟贰佰伍拾秋。云间感奋，盛世以庆；河海清晏，桑梓萌动。为长卷再现，华亭神奥，含英咀华，餐风饮露，数度寒暑……

重建的祠堂占地500平方米，为仿古民居建筑，室内陈列着春申君的相关资料，以及松江古迹、历史名人名作。祠堂里的匾额分别为著名松江籍学者和书法家施蛰存、程十发、郑为题写，祠堂西边的大型铜雕照壁，主题叫作"上海之根"。

中华人民共和国成立以来，特别是党的十一届三中全会以来，春申村的村民在村党总支部的带领下，在各级党委的关怀下，坚持改革开放，坚持走社会主义道路，农副工三业协调发展。村民们用自己的双手创造美好的新生活，在市郊率先初步建成"电话村""有线电视村""电脑村""液化气村"。

1996年8月15日，上海市委书记前来视察，他说："这里是上海农村一道风景线。"

1996年，春申村党总支部被中共中央组织部命名为"全国先进基层党组织"，村委会被民政部命名为"全国模范村民委员会"，同时，还被中共中央宣传部、中华人民共和国司法部授予"法制宣传教育先进单位"，被中央社会治安综合治理委员会、中华人民共和国人事部授予"全国社会综合治理先进单位"，1999年9月被中央文明办授予"全国文明村"的光荣称号。

1998年10月，中共中央总书记江泽民亲切地接见了松江区新桥镇党委副书记、春申村党总支书记、上海市劳动模范、上海市人大代表何德明，江总书记在饶有兴趣地听取了何德明的工作汇报以后，对春申村的工作予以肯定。

在迎接21世纪到来之际，春申人决心继承和发扬古代春申君疏凿黄浦江那种勇于开拓、造福后代的奉献精神，团结拼搏，再接再厉，为把春申村建成具有中国特色的社会主义现代化新农村而奋斗。

另外，还有与春申君有关的是上海市静安区方滨中路的上海老城隍庙。这里原先曾是金山神庙，明朝永乐年间改为城隍庙，供奉着土地神和春申君。以后这里开始主祀道教，现在关公和观音菩萨也跻身其间，众神和平共处，分享着俗世顶礼膜拜的飨饷，可惜的是春申君的神像在日军占领上海时被毁。

春申君是多种文化的传播者和"海派文化"的始祖。春申君黄歇出身楚国的黄邑，是古黄国的黄君嫡传后裔，家道中落，幼年曾于黄邑忍饥苦读，受黄国文化和楚文化的熏陶，稍长就出外游学交友，在齐国的稷下宫结交祭酒荀况。"稷下之学"是以"黄老之学"为主体，其他学说兼容并包，《管子》则是此学的体现。其中，最为有名的治国安邦经验就是"仓廪实而知礼节，民不足而可治者，自古及今，未之尝闻也"。这是后来黄歇治理楚国25年把它奉为宝典的根源。儒学大师荀况继承并发扬了"稷下之学"的传统。黄歇与荀况一见如故，结为至交，这也是后来荀况放下"文化部长"不当，而当一个小小的兰陵县令，二者有"知遇之情"和春申君遇难、荀况终死兰陵而不去的"感恩之谊"。黄歇游学齐鲁，深受"齐鲁文化"影响，懂周礼，知外交礼节，故此黄歇能在楚王城里受到重用，以左徒身份出使秦国，为质十年，与秦相范雎相交,深受秦文化的影响,所以,春申君开发江东十二县把楚文化与吴越文化融合,带去周文化,利用大规模军屯、民屯方式开垦江南(秦文化的表现),不愧是多种文化的融合者与传播者。

有人认为上海引以为荣的"海派文化",也始于春申君黄歇。"海派"一词始于晚清时期"华洋杂处"的租界,一大批画家来到上海租界,受新风气的影响,他们在中国画的传统基础之上,借鉴西洋画的技法,逐渐形成了"贯通古今、融合中外"的画派,"海派"只是这种"海上画派"的简称。这种"兼容并蓄、多元互补、不拘一格、灵活而创新"的文化风格,逐渐由画坛扩展到戏曲、电影、小说乃至社会风尚、生活方式等方面,"海派文化"的概念由此产生。

上海学者张汝皋认为,"海上画派"只是"海派文化"的起端,而非源头,黄歇应为"海派文化"的"开山鼻祖",因为"海派文化"的地域由他而来。他的提法得到上海部分学者的认可。春申君开发上海,带去的楚文化与吴越文化的融合这是不争的事实,黄歇治水采用大规模"军屯""民屯"的方式难道不是秦文化的表现?春申君以"仓廪实而知礼节"的务实精神去开发江东,使当地变成楚国的粮仓,难道不是齐鲁文化的表现?

上海大学教授张童心说,战国时期的上海,传统的吴越文化和外来的楚文化是并存的,这两种文化的混合情形,与我们现在一般概念中的"海派文化"是极其相似的,战国时期应该是为"海派文化"发展奠定了深厚基础的时期。

"海派文化"之于上海的重要性不言而喻,正因为"海纳百川"的"海派文化"影响,上海才成为世界最为重要的国际大都市之一,在经济和文化的意义上,上海人对春申君的纪念,将是世世代代持续永远的事情。

第二章　湖州第一人,三进"下菰城"

2009年5月12日,我早早起床,坐长途汽车到湖州,沿途也有很多与"申"有关的元素,如:申龙、申花等,车在申江流域的高速公路上飞驰,江南水乡,风景绮丽,扑面而来。车过吴堰时,我不由想起南宋词人蒋捷的词句。

一剪梅·舟过吴江

一片春愁待酒浇，江上舟摇，楼上帘招。秋娘渡与泰娘桥。风又飘飘，雨又萧萧。

何日归家洗客袍？银字笙调，心字香烧。流光容易把人抛，红了樱桃，绿了芭蕉。

我在寻找黄浦江的源头淀山湖和太湖，何日真的归家洗客袍呢？我还不知道。我只知道，"流光容易把人抛"。到湖州之后，我去湖州市政府，直接来到市史志办公室，见到主编嵇发根和赵才宝先生，复印一些与春申君有关的资料。时近中午，他们把我引进单位食堂，招待了我一顿工作餐。走出市政府后，我又到湖州历史文化名人园，看见一尊20多米高的春申君塑像。塑像面朝大河，背靠湖州市政府。远远看去，气势恢宏，让人心生景仰之情。

黄歇塑像铭文是这样写道：

黄歇（？—前238年），楚国人，封号春申君，与赵国平原君赵胜、魏国信陵君魏无忌、齐国孟尝君田文，并称"战国四公子"。考烈王即位后，受封淮北十二县，考烈王十五年（前248年）改封江东，在太湖南岸菰城，修农田兴水利，为湖州"开城鼻祖"。

离开湖州市政府，我又坐车到长途站，问了很多人，才问到坐什么车到下菰城遗址。坐301到施家桥下车，在当地找一个三轮坐到了云巢乡窑头村，几经颠簸，才到下菰城。那里有一块石碑，是国务院早在2001年就公布的全国重点文物保护单位，可惜天公不作美，正下着大雨，我也没法仔细观看，只好坐车回到施家桥。路上拦了一辆进城的出租车，回到城南离汽车站很近的地方——城南旅馆住下来。没能找到更多的有关湖州和下菰城遗址的资料，只好上网搜索，从网上搜到——

湖州位于浙江省北部，介于北纬30°22′—31°11′、东经119°14′—120°29′之间，东界江苏省苏州市吴江区，南连嘉兴、杭州，西接安徽、江苏，北濒太湖。面积5737平方公里，人口254.6万，辖长兴、德清、安吉3县和城区、南浔、菱湖3区。

湖州市是江南著名古城，自公元前248年后，楚春申君黄歇在此筑菰城，至今已有2200多年的历史。隋仁寿二年（602）置州治，以滨太湖而取名湖州。宋太平兴国七年（982），将乌程县划分为乌程、归安两县，县治均在湖州，隶湖州郡。元改湖州郡为湖州路。明洪武二年（1369）改称湖州府。清袭之，民国废府。1949年4月27日，湖州解放。以后市县几经撤并，到1979年撤销吴兴县，建立县级湖州市。1983年8月建省辖湖州市。1988年11月，撤销城、郊两区，由市直接领导乡镇。

湖州是长江三角洲地区重要的对外开放城市，是国务院确定的接轨浦东"先行规划、先行发展"的14个重点城市之一。改革开放以来，全市经济快速、持续健康发展。农业、工业、交通、邮电、商贸、金融、科技等欣欣向荣，社会各项事业成绩显著。

湖州素有"丝绸之府、鱼米之乡、文物之邦"之称。自战国时期（公元前248年）楚春申君筑菰城至今，湖州已有2200多年的历史。市内名胜众多，古迹遍布。湖州是世界丝绸文化发祥地之一。在市郊钱山漾遗址出土的蚕丝织物，是迄今为止发现的世界上最悠久的蚕丝织物之一，有4700多年历史。湖州丝绸不仅早已"冠绝海内"，且经丝绸之路获"湖丝衣天下"的美誉。历代被列为"文房四宝"之首的湖笔，也产于湖州。

公元前246年，春申君黄歇为治理太湖南岸重地，防止越族残余作乱，在吴国废弃的军事城堡上置菰县，并多次巡察菰县，从此就有了浙江湖州。湖州人把黄歇视为"开城鼻祖"，位列200多位湖州市历史名人之首，2000多年过去，当年春申君修建的下菰城遗址依然挺立。

位于湖州城南9公里的下菰城，史传是战国时期楚国春申君的封邑故城，总面积达68万平方米，是浙江现存最大、最完整的先秦古城址，全国重点文物保护单位。下菰城以"城面溪泽、菰草弥漫"而名。菰，为禾本科植物，其籽实叫雕胡，即菰米，历史上被视为珍贵食物，位列"六谷"之一。菰草在春季萌生新株，夏秋抽生花茎，如果此时被黑粉菌侵入即不能正常抽薹长花，而茎部形成肥硕的嫩茎、它就成了食用菜蔬——茭白，因为它味美价高，而成为国人餐桌上的佳肴，后人也只知有茭白而淡忘了菰米，所幸的是菰城旧垣为它留下了"文化化石"。下菰城建于和尚山南麓的坡地上，北依金盖山、东南面朝东苕溪，里港绕城南擦身而过，山水形胜成了它的天然屏障。东苕溪北注太湖、直通姑苏，南下经钱塘、可下会稽，菰城地处要冲，是当时吴国南疆进逼越国的军事重镇。城由内外两重组成，平面均呈圆角等边三角形，内为城、外为廓。古代"筑城以卫君，造廓以守民"，衙署居子城，百姓住外城。从高空中俯瞰，松竹茂密的双圈城垣带内镶嵌着桑地稻田组成的五彩色块，显得极其壮观。走近菰城，"重城屹然，坚固雄伟"。内城居于外城东南隅，周长1350米，北部为一自然高冈，中间尚存人工开凿的方池，军署县衙应该在附近。外城残长2000米，南侧城墙不见，西城墙之南隅明显内拐、靠向内城，而内城南墙已是紧靠里港，估计当年的菰城是利用了里港、东苕溪的双重屏护而不另筑东南城墙，以水为垣，船是联通外界的"水门"。环绕内外城的周围，各有一圈宽约30米的水稻田带，地势相对较低，这是取土筑城留下的遗迹，也自然成了增强城防能力的壕沟。城垣全部用泥土夯筑而成，外峭陡近成直角，内坡缓约成40度角，平均高度9米，最高处越15米，墙顶面宽6—8米，底宽30米。内城有门阙四（东北、西南、东南、南），外城现存城门遗迹4处（东北、西北、西、西南）。

内城南墙暴露的断面清晰地显示了城的堆筑情况：上部为黄土间杂砾石，土质较松，包含物较杂，发现较多的春秋战国板瓦碎片及印纹陶片；下层则由黄土和灰黑色沼泽土夯筑，结实而坚硬，厚约4—5米，包含物较单纯，多为马桥文化陶器残片，可以推断战国末期的春申君菰城是在原有春秋城址的基础上修筑、扩建而成。

20世纪年代中期，在菰城外不远的云巢龙湾，发现一处古代墓葬群，出土的一组原始瓷器闪现着鲜明的荆楚风骨，能否勾起楚国黄公子的无尽往事？

这么好的下菰城遗址竟埋没在那里，连当地人也不太清楚，真可惜，我为当年的楚国黄公子伤心，也为湖州人惋惜。如果开发此地，用直升观光机来鸟瞰下菰城遗址，就是机票三四百元也值得一饱眼福啊！

第三章 苏州城隍庙，东南"保护神"

5月13日上午，我从湖州长途站坐车到苏州，到了苏州南站，我就打车直接到苏州市政府，在市政府地方史志办公室见到了丁瑾处长和副处长石磊，石磊帮我复印了好多苏州的资料。从他给我的资料上，我了解到如下内容。

春申君黄歇改封吴地，他秉承其先祖伯益治水的遗风，充分利用吴地的"三江五湖"之利，治水修路。他曾在无锡修建陵道，治理无锡湖，后来又开凿了无锡塘。锡惠公园的"春申涧"又称"黄公涧"，乃是当年春申君放马饮水的一涧溪水。无锡舜柯山麓的"黄城"也是当年春申君所筑。

春申君黄歇领牧江东吴地，时常驻在姑苏。黄歇精通水利，他测得太湖地势高于姑苏，便在姑苏城外增开了葑门，修建了水陆两用城门，封闭了胥门水门，使胥江之水绕道入城，以分减水势。同时，又在城内开凿了许多纵横交错的小河道，使河水流贯全城，即便于排泄洪水，又利于水上交通，使姑苏城内"家家门外泊船舶，户户人家尽枕河"。成了远近闻名的水上城市。苏州人民为了纪念春申君，就在苏州市阊胥路王洗马巷建造一座春申庙。春申庙始建于明初，后又于清朝同治年间重建了。苏州人民还把春申君奉为城隍神供在苏州城隍庙里。

公元前247年，春申君请封江东十二县后，把"故吴墟"设为自己封地的都邑。"故吴墟"到底是什么地方，有学者说是现在的江苏省无锡市梅村镇，也有学者说就是现在的苏州。大约公元前1100年周太王长子泰伯偕其二弟仲雍，为了让位给其三弟季历，由陕西迁到这里。泰伯筑城建国号称"勾吴"，仲雍到江苏常熟海虞山隐居。周武王时期，周封泰伯五世孙周章为吴君。吴国随之建立，都城仍在梅里，称姑苏。吴国阖闾成为春秋五霸后，就在姑苏东面的太湖水滨建筑苏州城。就这样，建都于苏州的吴国与浙江一带的土著古越人争霸数百年。越王一度将吴王从苏州赶回无锡。吴王夫差灭越后，再次迁都苏州。后来，越王勾践卧薪尝胆，一举攻占苏州，夫差自杀，吴国灭亡。公元前333年楚国又灭掉了越国。在吴、越、楚三国争霸之中，苏州数度遭受战火洗礼。当初"吴歌越弦夜夜嘹亮"的豪华宫殿，大都沦为残垣断壁，无锡梅村与苏州距离很近，因此，"故吴墟"就是以苏州为中心的苏州及梅里故城。"姑苏"也就成了"苏州"的代名词。黄歇首先清理废墟整修城郭，在吴都的故址大兴土木，让苏州得以重建，封闭胥门水门，增开葑门水陆两用门，使胥江之水绕道入城，又开挖内河道，"四纵五横"，奠定了苏州城几千年的城市格局。司马迁曾在《史记》中赞叹道："吾适楚，观春申君故城，宫室盛矣哉！"

后来，我又打的到了位于景德路94号的苏州城隍庙，用我的两本书换来苏州城隍庙住持道士的两本书。在城隍庙里，我看到有块招牌写道：

楚相春申君（神诞于农历八月十八日）（公元前？—公元前238年）姓黄名歇，战国楚人。顷襄王时出使于秦，考烈王继位，以歇为相，封春申君，赐淮北十二县，后改为江东。曾救赵却秦，攻灭鲁国，相楚二十五年，有食客三千余人，与齐孟尝君、赵平原君、魏信陵君俱养士著称，后人称之为

"四公子"。歇在吴之时造蛇门，抵御越国进犯，同时，又因歇治水有功于民，唐代被封为苏州府城隍神，上海旧称为"申"，黄浦江及苏州黄棣等皆因春申君而称其名也。

城隍神简介

城隍为护国佑民之神，其职能是：护城佑民，惩恶扬善，监察万民，判定生死，祛除灾厄，掌管士人科名挂籍，赐人福寿。

城隍崇拜，古代被国家列入祀典，明代达到极盛。据史料记载：明清两代府、州、县官员莅任，必先祭拜城隍。

城隍除了"保护神"的身份外，还如同人间地方行政长官一样，为阴间各级衙门和官吏的首长，冥间事务皆由其统领。据《道门定制》："道士打醮为世人祈福、死者超度，要俱呈'城隍牒'。"

其神公忠正直，有求必应，如影随形，功施社稷，普救生民。《太上说城隍感应经》曰：世间善男子、善女人，广积阴功，行诸方便，施财周急，爱老怜贫，则城隍赐赠福寿，世代昌荣，子嗣绵永。

苏州，昔称吴郡，其城隍为府城隍，辖苏、锡、常、上海（申）、嘉兴等大片地域，其风俗多拜城隍。信众至任何庙寺朝拜，后必返城隍庙烧回头香，家中长辈先逝，必至城隍庙寄名挂号，因城隍神为其地方阴间行政长官之故。

城隍庙为满足广大信众之需要，于每年春节举办"城隍庙迎新春城隍赐福、送财、保平安等民俗文化活动"；每年清明举办追忆、祭祀度亡大法会；城隍圣诞前农历七月十四至十六举办盛大的城隍庙会。

苏州城隍神——春申君

城隍是护城佑民之神。城隍之祭最见于《礼记》："天子大域八，水庸居其七。水则隍，庸则城。"中国古代有都、府、州、县城隍，分别封为王、公、侯、伯。城隍崇拜被国家列入祀典，明代达到极盛。明太祖朱元璋对其推崇城隍信仰之意为："使人知畏，人有所畏，则不敢妄为。"明清两代府、州、县官员莅位，必先祭拜城隍。城隍神既在冥冥之中护佑百姓安康，又监察和纠正人之功过。其职责：代天理物，剪恶除凶，护国安邦，普降甘泽，判定生死，赐人福寿。

翻开那两本书，我看到书中对苏州府城隍庙的历史与现状的介绍。

苏州府城隍庙坐落在苏州古城繁花地带景德路，历史悠久。其渊源可上溯至唐代。《卢志》云："今长洲县西北二百步，旧城隍庙祠也。唐天宝十载，采访使赵居贞修庙立碑，碑阴有梁贞明五年刺史钱传璙重修题名。"城隍庙历经唐宋毁于元末，明洪武三年（1370）重建于今址。其庙基为三国东吴周瑜古宅址。据张霞房《红兰逸乘》记载："中和道院在宋亦系雍熙寺址，今分西偏作郡城隍庙，东偏仍为寺，而在三国时，皆周公瑾故宅也。"城隍庙历经明弘治、嘉靖、清顺治、康熙、乾隆年间多次重修，明代万历二十三年（1595）在府城隍庙之东西两翼分别重建长洲县、吴县城隍庙，左右对称，合成了十分壮观的古建筑群。一府两县城隍庙坐落于一起，这在全国来说较为罕见，从某一方面反映了苏州的政治、经济、文化地位。

苏州府城隍庙在20世纪中叶，占地32余亩。其规模东至雍熙寺弄，西至河沿下塘，南至景德路，北至范庄前。山门之外，石狮对立、旗杆分峙，四柱三楼之坊巍然居中，与南之照壁呼应，其间为神道，至今神道街犹存。十年浩劫，神像法器俱毁。20000多平方米的古建筑群只留下了大殿和仪门（东侧长洲城隍庙大殿、仪门尚存），城隍庙历经600年沧桑已是面目全非。2002年苏州市道教协会在政府有关部门的支持帮助下，自筹资金先后动迁了相关单位，于2002年9月动工维修。大殿、仪门、寝宫、附房和东西厢房于2003年12月修复竣工，2004年元月又在头门原址重建山门，于4月中旬竣工。重塑神像、定制法器、装饰殿堂。逐渐使沉寂了50余年的城隍庙恢复了往日的庙貌。于4月27日正式对外开放。

现苏州府城隍庙占地约八余亩，庙由山门、仪门、工字殿、寝宫等殿堂组成。其工字殿是全国保留至今为数不多的明代初期古建筑（1956年被列为江苏省文物保护单位）。主殿城隍爷正阳而坐，文武判官分立左右，两侧供奉二十四司。堂前衙役三班两排站立，后殿供奉城隍夫人。这些都是城隍庙固有的神系。东西偏殿供奉着十尊土地神。如东园的蛇王、相王弄的相王等。这种做法（把土地神供奉在城隍庙）虽与原城隍庙神系布局不协调，但这是道教与当今社会农村城市文化进程中的相适应性行为。

苏州府城隍庙在人们的心中有着特殊的地位。自创建以来，香火鼎盛，经久不衰。据清代袁景澜在《吴郡岁华纪丽》中对当时苏州城隍庙做了描述："牲醴酬谢，笙歌演剧，庙无虚日。"神佑保福者、告痊拔状者、许愿还愿者，每天络绎不绝。吴中民俗每年春节、清明、中元节城隍庙最为热门，清明节家家户户更是酬香祈愿，祝祷风调雨顺，健康平安。届时城隍出会，从景德路城隍庙出发，仪仗队伍浩浩荡荡，男女老少执香跟随。一路上人山人海，人流如织。吹奏弹唱，鼓乐震天，七里山塘舆马塞道，舟舫鳞集。沈朝初在《忆江南》中生动地描述了当时城隍出会的场景。词云："苏州好，节序届清明，郡庙旌旗坛里盛，十乡台阁半塘迎，看会遍苏城。"

这种民俗活动作为一种传统文化的继承和延续，在当今社会亦有强大的生命力。苏州城隍庙自2004年重新开放以来，继承传统，于每年春节举办"城隍赐福、送财、保平安"等系列活动；中元祭祖庙会活动；清明祭祀，腊月的祭灶日为市民送春联，送桃花坞年画（列为非物质文化遗产保护，刻有城隍赐福字样）等活动。与市民需求、群众信仰有机结合。春节期间，城隍庙连续几年举办"城隍赐福、送财、保平安"大型民俗拜年活动，已成为每年苏州春节民俗活动的一大亮点。苏州府城隍庙是苏州地方民俗文化的重要载体，供奉着苏州城市的庇护神——春申君，保佑着苏州风调雨顺、国泰民安，已经成为苏州地方特色的祭祀人物和仪式。而对广大百姓而言，城隍保佑家家平安、户户发财，所以，城隍文化是本土的祈福降财文化。对苏州人而言，年初一烧头香，年初五迎财神，与城隍文化对接，是最好的去处。

书中对春申君这样写道：

苏州城隍爷春申君，本名黄歇，战国时代楚国人。楚考烈王时期曾官至楚国令尹（即丞相），著名的政治家、辩论家，为楚相期间施仁政，重农商，强兵革，功绩卓著，和平原君赵胜、孟尝君田文、信陵君魏无忌合称为"战国四君子"。少时，游学博闻，以善辩、见识广博，深得楚顷襄王的赏识。

楚顷襄王熊横为太子时，曾为质秦国。前302年，熊横在私斗中杀死秦国的一位看守大夫逃回楚国，秦国和楚国的关系遂恶化。前299年，秦国伐楚，掠八座城池，楚怀王入秦国求和，被秦昭王强行扣留，最后客死秦国。前298年，楚顷襄王即位，秦昭王大举出兵准备灭掉楚国。白起攻下巫、黔中郡两郡，并于前278年攻下楚国都城鄢郢，向东直打到竟陵，楚顷襄王被迫把都城向东迁往陈县（即陈郢，今河南周口市淮阳区）。楚顷襄王急于和秦国求和，于前272年派遣辩才出众的黄歇出使秦国。秦昭王原本命令白起同臣服的韩国、魏国一起进攻楚国，在黄歇游说下，秦昭王与楚国缔结盟约。

黄歇接受盟约后回到楚国，楚顷襄王又派黄歇和太子熊元到秦国为质十年。前263年，楚顷襄王病重，秦国不同意熊元返回楚国，黄歇说服与熊元关系很好的秦国丞相范雎，表达熊元希望归楚，与秦保持结盟关系的意愿，通过范雎将熊元返回楚国的意图告之秦昭王。秦昭王没有同意。黄歇让熊元扮成楚国使臣车夫出关，返回楚国。然后黄歇向秦昭王道出实情，秦昭王勃然大怒，令黄歇自尽。范雎劝秦昭王，如熊元即位，必定会重用黄歇，不如让黄歇回去，以示秦国亲善。秦昭王听从了范雎的意见，将黄歇送回了楚国。

黄歇回到楚国三个月，楚顷襄王去世，熊元即位，称为楚考烈王，楚考烈王元年（前262年），楚考烈王任命黄歇为楚国令尹（即丞相），封为春申君，赐给淮北十二县的封地。15年后，由于与齐国相邻的淮北经常发生战事，春申君请求楚考烈王把自己的封地淮北十二县换到江东，楚考烈王答应了春申君的要求。这时春申君的封地由淮北12县改封吴地，其家族也随之迁离黄国故城。他在改封的广大地域内分设都邑，在今上海、苏州一带，治理申江，疏通河道，抑制水患，政绩显著，深得民心。他兴修水利，造福一方。公元前241年，楚国都城由陈郢迁到寿春（今安徽寿县）。故此，当地人纷纷以其姓或号为许多山、水、地方命名，如江苏省江阴市君山也叫黄山，今天无锡的黄埠墩、上海的黄埔港，上海简称为申，都是因纪念春申君而得名。

公元前260年，赵国与秦国战于长平，相持不下。后赵国中了秦国的反间计，用"纸上谈兵"的赵括取代老将廉颇，结果导致赵国的大败。前257年，秦国的军队包围了赵国的都城邯郸，赵国的形势非常危急，赵国的丞相平原君赵胜到楚国请求救援，楚考烈王派遣春申君领兵救援赵国。与此同时，魏国也派出信陵君魏无忌救援赵国。在楚、魏、赵三国的联合下，一举击溃秦国，解邯郸之围。前256年，楚考烈王派遣春申君向北征伐鲁国，次年，春申君灭掉鲁国，任命荀况为兰陵县令。通过援赵灭鲁，春申君在诸侯中的威望大增，也使楚国重新兴盛强大。春申君在对外征战的同时，对内则和齐国的孟尝君、赵国的平原君、魏国的信陵君竞相礼贤下士，招引门客，最高峰时春申君有门客3000多人，其数量在"战国四公子"中居于首位。

前256年，秦灭西周；前249年，又灭掉东周。前242年，各诸侯国担忧秦吞并中原的野心，于是互相订立盟约，联合起来讨伐秦国，并让楚考烈王担任五国盟约的首脑，让春申君主事。五国组成合纵联军，由春申君任命的庞煖为联军主帅，五国联军曾一度攻至函谷关（今河南灵宝境内），秦国倾全国之兵出关应战，五国联军战败而逃。楚考烈王将作战失利的罪责归于春申君，从此开始冷落他。

前238年，楚考烈王病重，当时楚国的国舅李园恐春申君权大位重，想取而代之，于是暗中豢养了刺客准备刺杀春申君。春申君的门客朱英得到了这个消息，提醒他注意李园的动向，但春申君认为李园乃一羸弱之人，不会威胁自己，没有理会朱英的警告。不久，楚考烈王去世，李园抢先进入王宫，在棘门埋伏下刺客。待春申君前去王宫奔丧，在棘门受到李园刺客的伏击，当即被杀。同时，李园派官兵前去春申君的家中，将春申君的家人满门抄斩。名重一时的英豪春申君就此陨灭。

春申君死后，由于曾经造福于封地，当地人们纷纷修祠纪念，苏州更是将其作为城隍爷祀奉至今。

苏州，享誉"人间天堂"，姑苏自古繁华，城市巨丽，人烟稠密。然而，这些都曾洒下过黄公子治水修城的汗水。如今，还留下不少地名，在向世人诉说着当年那段历史的辉煌和那些遭受劫难的日子。走过那些饱经沧桑的街市、仿古或者古老的建筑物，古城的味儿仍在。沿着这些街市，缓缓地走去，2000多年的历史，其实并不遥远。

姑苏小巷，风情迷人，它的魅力来自古城悠久的历史和深厚的文化底蕴。小巷深深深几许，走进去可以从现在一直走到从前……

当人们从伍子胥弄、专诸弄、采莲巷经过，便如同翻开了古城历史的扉页。后来，楚春巷里走来了楚相春申君，城里也有了孔夫子巷（含孔付司巷）和孟子堂。尤其是位于中街路王洗马巷16号的春申庙，让人惋惜不止。

坐落在阊胥路（又称中街路）王洗马巷内的春申庙，2007年6月份我曾慕名来过一次，当时，此庙正在大修。而今两年过去了，春申庙修好，却没有一尊春申君的塑像，完全是一座空庙。这么好的古建筑，三进的古建筑物却没有被开发利用，只好租给一家园林公司办公用，真是令人惋惜啊！想当年这位叱咤风云、珠履三千的楚国令尹的庙宇，竟然冷落到如此地步，真是遗憾又伤心呀！天下黄姓人那么多，竟没有人来此凭吊；天下黄姓人那么多富豪，有很多人都自称裔缘春申，竟无人资助！未能重新修建春申塑像，未能使其香火不断、兴旺发达，真是遗憾呀！君若不信，请到苏州王洗马巷一趟，定能探究明白，但愿黄姓富豪中的有识之士，能伸出援助之手，继承其先人遗风，也算是积功积德之大善举呀！

王洗马巷春申庙始建于明初，清康熙、乾隆时两度重修。咸丰十年（1860）又毁，同治五年（1866）重建。庙前有照墙，两株古银杏左右耸峙，树龄在200岁左右，庙门3间南向，上层为戏楼。戏台朝北伸出4米见方，下承方石柱，上覆歇山顶，楼下置牌科。面对戏台有前后两进殿堂，均为硬山顶，面阔3间，高与戏楼相仿，此外还有附房若干。

唐人有诗谓之："君到姑苏见，人家尽枕河。古宫闲地少，小巷小桥多。""绿浪东西南北水,红栏三百九十桥"。水港、小桥的水乡风光,与车水马龙相辅交映。据现存的城市地图,南宋绍定二年(1229)所刻《平江图》碑所载:苏州古城区水道纵横,河街并行,这一基本格局至今未变。这里气候宜人,物产丰饶,绅商皆于此寓居,精心构筑私家园林,"移山水之胜于闹市之中"。晋即筑有名园辟疆园。历代造园不辍,至明、清间,私家园数以百计,曾有"江南园林甲天下,苏州园林甲江南"之说,誉满海内外。

　　世相百态,勾勒出一幅幅乡情浓郁的姑苏风情画卷。俗话说:"千里不同风,百里不同俗。""一方水土,养育一方人。"吴地古称荆蛮,上古先民断发文身,火耕水耨,渔猎为业。自泰伯、仲雍奔吴,带来了中原文化,变其旧俗,渐为文明之乡。由于水的缘故,千百年来孕育出苏州人温润的性格和儒雅的气质。同时鱼米之乡,物产丰富,故而易生夸豪奢侈之习,千百年来苏州古城还建成一批著名的宗教建筑,充满了水乡情调和古城风韵。

　　种种传说和趣闻,则更令人心驰神往,像一首美妙的乐曲,不知人间还有几处可闻,良辰美景,人间天堂,难怪人们把苏州排在杭州之前,上有天堂,下有苏杭,真的是名副其实。苏州园林名扬天下,苏州号称半城园亭,数千年的岁月,便堆积在这一砖一瓦和一草一木之间。

第四章　无锡"故吴墟",舜柯"黄公城"

　　5月13日下午,告别了苏州,我坐上苏州开往无锡的D5438次列车,抵达后,又至锡惠公园旁住下。次日,到无锡市史志办复印相关资料。又四处寻问吴文化研究会的地址,终于在无锡市学前东路一号,见到《吴文化》专刊执行主编吴林法先生,并互赠书籍。他给我的是《春申君黄歇》(特辑)。内有《黄埠墩和治水文化》(宗菊如)一文,写得很好,给我留下非常深刻的印象。现特辑录如次——

　　京杭古运河流过惠山脚下,穿过无锡城。在城中古运河的西段,水面开阔,为芙蓉湖。湖面上有一个小土墩,称黄埠墩。土墩只有200多平方米,然而,名气很大。原因有:墩上有一座小庙,是为纪念战国时楚国的春申君黄歇建造的;黄埠墩的小庙中有民族英雄文天祥的一首诗,这首诗是南宋德佑二年(1276)初春,文天祥被元军羁押沿京杭大运河北上,经过无锡,夜泊黄埠墩的小庙里写下的。

　　春申君黄歇的主要功绩之一是治水,特别是对芙蓉湖的治理。古芙蓉湖比现在的芙蓉湖大得多。该湖位于无锡、江阴和武进三县的交界处。志书上记载，"湖的东西四十五里，南北四十里"，"东通大江（今为长江），南接龙山（今为惠山），西连云渎，北抵晋陵郡（今为常州）郊，中包芳茂、秦望诸山"，"湖波浩荡，相望百里"，有几万亩的水面。无锡地区的湖面就在现今洛社、玉祁和前洲一带。最早治理芙蓉湖的人，就是春申君黄歇。黄歇是战国四君子之一。他于公元前248年封江南。当时，吴地已经是楚国的领土。吴地源于吴国，是由吴泰伯创建的，存在了600多年。后来，吴国在吴王夫差时，被越王勾践征服，吴地就成了越国的领土。以后，越国又被楚国征服。黄歇作为楚国派到吴地的首领，在太湖流域经济发展中做了许多有益的事情，对后世有很大的影响。他重视水利建设，在无锡和江阴疏浚芙蓉湖，指挥人们治水，立塘垦殖，并把芙蓉湖的水引到太湖，然后湖底的泥土围起高埂，后来称为圩，人们可以在里面种田。这样，不仅可以治理水患，还增加了大量的农田。这些在后来玉祁的考古发现中得到了证实。黄歇还在江阴疏凿黄田港，北通长江，并与苏北诸港相连，南接锡澄运河，分别与无锡、常州、常熟相连，并直通太湖。这些工程对推动无锡、江阴农业生产的发展、促进水运起到了很大的作用。在无锡和江阴有许多以他的姓名命名的山水和各种纪念建筑。黄埠墩就是其中之一。

中国古代社会是农业社会，经济和社会的发展与治水密切联合，谁领导人民治理水患，兴修水利，谁就得到人民的尊敬和爱戴，人民就世世代代纪念他。首先受到纪念的就是大禹，他用疏堵相结合的方法治理洪水，成效显著。他三过家门而不入的精神，几乎是家喻户晓。古吴国的创建者泰伯之所以得到人们的尊敬和爱戴，除了他的谦让精神外，他开凿伯渎河，发展了吴地的农业生产。

江南地区的水利工程并不是一劳永逸的。在历史的长河中，人们不间断地与水患做斗争，并不间断地发展利用水利资源。除了古芙蓉湖的治理和开发，历史上比较有名的还有北宋范仲淹曾经在江南大力发展圩田，从而推进了芙蓉湖筑圩的水利工程。明朝江南巡抚周忱治理芙蓉湖，功绩显著，受到当地百姓的称颂，人们在无锡、江阴两地建了三座祠堂以纪念他们。经过1000多年的治理，古芙蓉湖基本上变成了陆地，湖区变成圩区。现今芙蓉湖就缩小成为京杭大运河的一段开阔地带了。但是，随着逐年汛期洪水的大小，圩岸有时就会淹没，需要不断整修。如果长久失修，一遇洪水，又是一片汪洋。在清朝，严重的水灾就有11次之多。

1991年，与黄歇治理芙蓉湖相隔2200多年后，太湖流域又发生百年未遇的特大洪涝灾害。7月初，短短几天的瓢泼大雨，把整个太湖流域变成了一片泽国。全无锡市145万亩农田和5000多家工厂被淹，有20多万户城乡居民家中进水，4万多间房屋倒塌。无锡地区受灾最严重的地区之一，就是历史上的芙蓉湖地区，城区就是黄埠墩周围的北塘圩区。在抗洪中形成了众志成城、顽强拼搏，服从指挥、同心协力，一方有难、百方支持的精神，这种抗洪精神正是我们中华民族精神的生动体现。我们应该在黄埠墩上竖一地石碑，上面要刻上1991年太湖洪涝灾害的情况，以及无锡市军民是如何发抗洪精神，取得抗洪救灾胜利的。这是教育我们后代的一部很好的教材。

　　在《吴文化简史》一书中，对有人把吴文化说成水文化，我提出"从某种意义上说吴文化是治水文化。吴文化是吴地人民千百年来与水做斗争和利用水的文化"。吴地确实是鱼米之乡，但是，"没有人们的劳动，没有人们的创造，吴地是不可能有鱼米之乡美称的"。

　　治水文化是农业社会的产物。随着江南地区工业化的率先实现，从前那种千军万马战洪魔的场面，也许很难再现了，但治水文化所创造的辉煌业绩和伟大精神，将永远铭刻在江南的大地上，铭刻在历史的书卷中，就如黄埠墩千百年来，依然屹立在滔滔的运河上一样。

　　我告别吴林法先生之时，他又赠我二十本《吴文化》专刊。依依惜别。

　　之后，我又从书店购到一本与春申君有关的书籍。内有如下记载：

　　黄歇兴修水利，地处锡惠公园碧山吟社旁的春申涧，俗称黄公涧。每当黄梅季节或大雨过后，飞瀑溅激，顿成奇观，是无锡人观赏瀑布的最佳地方。相传，黄公涧就是楚国令尹春申君黄歇率军在此山涧里放马饮水而得名。

　　考烈王十五年（前248年），黄歇改封于江东，以故吴墟为都邑，在今无锡城中公园一带设立了行宫，曾在无锡惠山西北的舜柯山筑城，俗称"黄城"。太史公司马迁在为黄歇作传后写道："吾适楚，观春申君故城，宫室盛矣哉！"

　　黄歇为官，治吴十年，为无锡百姓做了不少好事。据《越绝书》载："春申君，立无锡塘，治无锡湖。"又载："无锡湖者，春申君治以为陂，凿语昭渎以东到大田。田名胥卑。凿胥卑下以南注大湖，以泻西野。"这就是说，他十分重视兴修水利，疏通了无锡的河道，"以通太湖之水"。他还带领官兵和百姓治理好连年造成水灾的无锡西北的古芙蓉湖。由于水位降低，芙蓉湖露出一岛，即名"黄埠墩"。民间传说：他兴修水利时挖土形成的黄泥堆就在岸边堆放，无锡有些街巷名称，就因为这些黄泥堆而得名，如"黄泥头""黄泥桥""黄泥墩"等。

当时，江阴地区北有长江，南有芙蓉湖和太湖，一遇暴雨，便成水灾。黄歇在疏浚芙蓉湖的同时，曾在江阴开凿了通向长江的河道，既可以在雨涝时将积水排入长江，又可以在干旱时引水灌溉良田。现在的黄田港和申港均是当年黄歇所凿，现已成为南北交通的一条重要水上通道，对江阴地区的经济发展起了重要作用。黄歇还"治水松江，疏导入海"，上海的长江段被称为"黄浦江""春申浦""申浦""歇浦"，上海称为"申"，均由此而来。

公元前238年，黄歇被李园谋害，死后，葬于距黄田港不远的一座山上（或说是衣冠冢），后人把这座山称为君山。明代诗人高启曾来此瞻仰，并作诗《春申君庙》：

> 封吴开巨壤，相楚服强邻。
> 名重三公子，谋疏一妇人。
> 画帧留古像，珠履绝遗尘。
> 箫鼓时迎祭，还怜旧邑民。

这是对春申君黄歇一生的写照。

春申君封吴十年中，无锡属春申君封地。他充分利用这里有三江五湖之利，特意治水筑路。他曾在无锡修建陵道，即陆道，至今无锡钱桥的龙山梢尚留遗迹。他还治理无锡湖（即芙蓉湖），开凿无锡塘。惠山的春申涧，俗称黄公涧，相传是春申君黄歇饮马处。唐朝诗人张继为此曾经写过一首诗，名为《过慧山春申涧》——

> 春申祠宇空山里，古柏阴阴石泉水。
> 日暮江南无主人，弥令过客思公子。
> 萧条寒景旁山村，寂寞谁知楚相尊。
> 当时珠履三千客，赵使怀惭不敢言。

舜柯山的黄城，相传为春申君黄歇所筑之城。因该城地近范蠡所筑的斗城，俗称"黄斗城"。

1973年，无锡县前洲高渎湾出土了一批楚国青铜器，包括鉴（水器）、豆（食器）、洗（水器）等，通体光素无纹饰，其中一件铜鉴和两件铜豆上，各有铭文30字，字体纤细秀丽，具有楚国文字特有的风格。

江苏江阴有"春申旧封"之称，相传春申君在江阴开凿申浦河、黄田港，江阴的申港、黄田港、黄山（亦即君山）之名都因春申君黄歇而得名。相传春申君死后葬于江阴君西麓，后改称为黄山。现有清代乾隆年间墓碑，上镌"楚春申君黄歇之墓"，墓地上原有东岳庙，作为祭祀之处。

战国"四君子"之一的春申君，壮年时曾以雄辩说秦王，保楚国一方安宁，并只身陪楚太子熊元入秦作人质，后又巧设计谋，送太子归楚为王，他亦任楚相20余年。其间，励精图治，竭诚辅佐，使楚国这个当时千疮百孔、战祸频频的国家，一度出现回光返照的局面，其才智、胆识和功绩当推"四君子"之首。

公元前247年，春申君黄歇以淮北战事紧急，向楚考烈王上表改封江东十二县后，把"故吴墟"设为自己封地的都邑。

"故吴墟"到底是什么地方，有学者说是现在的江苏省无锡市杨村镇，也有学者说就是现在的苏州。

从无锡吴文化研会副会长吴林法给我的相关资料就会知道：

大约公元前1100年，周太王太子泰伯偕其二弟仲雍让位给三弟贤者季历，由陕西迁到这里。泰伯于此地筑城建国，号称"勾吴"，仲雍到江苏常熟海虞山隐居。

周武王时期，周封泰伯五世孙周章为吴君。吴国随之建立，都城仍在梅里，始称"姑苏"。

吴国阖闾成为春秋五霸后，在姑苏东面的太湖之滨建苏州城。就这样，建都于苏州的吴国与浙江一带的土著古越人争霸数百年。

越王一度将吴王阖闾从苏州赶回无锡，吴王阖闾之子夫差发愤图强，打败越王之后，再次迁都苏州。后来，越王勾践卧薪尝胆，采纳范蠡的"美人计"，用美人西施使吴王夫差沉迷于声色犬马之中，用大夫文种休养生息的政策，使越国日益强大，最终趁吴国兵力北征时，一举攻占苏州，吴王含羞自杀，吴国从此灭亡。

公元前333年，楚国又灭掉了越国。

在吴、越、楚三国争霸之中，苏州数度遭受战火洗礼。

当初"吴歌越弦夜夜嘹亮"的豪华宫殿，大都沦为残垣断壁，无锡梅村与苏州距离很近，因此，"故吴墟"就是以苏州为中心的苏州及梅里故城。

"姑苏"也就成了"苏州"的代名词。

春申君黄歇首先清理废墟整修城郭，在吴都的故址上大兴土木，让苏州得以重建。

在群雄并起逐鹿中原，勾心斗角的战国年代，四君子飘逸才俊至今令人神往。孟尝君、春申君、信陵君、平原君各具风采，其中，以春申君最使我黯然神伤。楚国黄公子少年聪慧，才华出众，即便在四君子以才论亦无出其右者。少年时与太子熊元质于强秦，以一篇纵论天下人情具理的妙文，使秦王汗颜，天下诸士为之仰慕。他又冒死设计使太子回归而独留于秦，其大智大勇，又怎不会使天下群豪为之喝彩?！太子（楚考烈王）即位，立春申君为令尹，赐封淮北十二县，后又改封江东十二县，治理江淮，治理太湖，引太湖之水入申江（即今上海黄浦江），使江东十二县成了楚国的大粮仓，此时的黄歇尽展雄才，一时间意气风发，指点江山，何等淋漓痛快?！

然而，物极必反的命运不幸应在他的身上，出兵援弱却得城而归，失信于人，受柄于齐鲁，至此走向人生的下坡路。当时秦国日益强盛，开始了吞并诸侯的行动。诸侯相约以楚为首，推为纵长，联合五国之师合纵抗秦，春申君被委以上将军，执掌五国相印，号令诸侯。当时秦国以"擒贼先擒王"的战略，先攻击楚军，以求各个击破。春申君竟在此时与其他四国之师不加谋划独自退却，致使他如日中天的威信一落千丈。后来的春申君更是昏了头，听信门人李园妖言，所用非人，最终被门人李园斩首于寿郢棘门之外，身首异处。可叹！可叹！

后世人有这样写诗悲叹：

少年意气天骄纵，
浊世翩翩翔鹤风；
飞雪无边纷如雨，
仿佛依旧悔哭声。

第五章 江阴君山寺，春申旧封地

5月14日下午，我从无锡坐长途汽车到江阴。5月15日晨，到市政府史志办，得到一些有关春申君的资料：

江阴滨江近海，是历史军事重镇和著名的商港。位于市区东北部的黄山，雄峙江干，隔江与靖江的孤山相对，江面最狭处仅1.25公里。大江自京口折向东南，奔腾到此，形成重险，而后滔滔入海，有"江海门户""锁航要塞"之称。

黄山以春申君姓为名，它西衔鹅鼻山、君山，东接萧山、长山、巫山，循江逶迤10余公里，似一条弧状的山丘之链，屏蔽着锦绣江南的平畴沃野，也构成于江阴"枕山负水""水环峦拱"的天堑地势。

市区西北，君山之麓，连着一个古老的港湾，即世传春申君黄歇凿以溉田的黄田港，为江潮出入之总汇，北与靖江八圩港相呼应，南接锡澄运河，沟通长江和太湖水系。港城相依，腹地宽广，宋《太平环宇记》称之为"三关襟带之帮，百越舟车之会"。

北宋王安石有"黄田港口水如天，万里风樯看贾船。海外珠犀长入市，人间鱼蟹不论钱"的诗句，赞誉黄田港的繁华盛况。

君山位于市区北端，背临大江，海拔72.5米，面积40.4万平方米。旧名瞰江山，后以春申君得名。旧志称此山隆起平畴，横枕大江，邑中诸峰，四面环拱，北眺维扬，南挹姑苏，东望海虞，西盱京口，为一方之大观，列郡之雄胜。群山西麓有东岳庙，明太祖曾驻兵于此。相传庙阶之下，有楚春申君黄歇墓。循庙而上有松风亭，始建于宋，后易名心远亭，为六角形石质仿木结构，高5.4米，柱之间距1.5米。山巅原有玄天宫，因屋无梁，俗称"无梁殿"。有楼面江，名"望江楼"，楼有楹联"此水自当兵十万，昔人曾有客三千"。旧时阴历三月二十八日为东岳庙香节，香客上山进香，游人登楼瞰江，热闹竟日。抗日战争爆发前一年，黄山驻军将玄天宫及望江楼拆毁。民国三十六年（1947）构筑炮台两座，与黄山互为犄角，为军事必争之地，历有"主山"之称。由于江沙冲积，今距江已有1公里之遥。

伟大的革命先行者孙中山先生，于民国元年（1912）10月在江阴各界欢迎会的演讲中，为江阴的文明建设勾画蓝图，殷切期望："叫响全国的文明，从江阴发起。"

处在澄常公路沿线的申港镇，系申港河流经的一大市集，集镇以河命名。

申港古名申浦。清顾祖禹《读史方舆纪要》中有如下记载："申浦，县西三十里，一名申港。相传春申君所开，导江南流，置田，为上下屯。又南经武进界分为二：东入无锡五泻河，西入武进三山港，俱达于运河。"清代《乾隆江阴县志》称申港"廛肆比密，墟落郁葱。当郡行之半道，俗尚耕读"。

申浦相传为战国时楚相春申君黄歇所疏凿。黄歇治政有功，楚考烈王将包括江阴在内的江东吴地封给他，垒建城郭，营造宫室，开辟了"吴市"。

黄歇相楚25年，曾将兵援赵，北伐灭鲁，联六国合纵对付秦国，使楚国逞强一时。春申君黄歇门下招纳食客三千，多蹑珠履。公元前238年，楚考烈王死，黄歇被他的门客李园谋害，全家灭门，李园夺取了他的令尹职位。明高启有《春申君庙》诗云："封吴开巨壤，相楚服强邻。名重三公子，谋疏一妇人。画帏留古像，珠履绝遗尘。箫鼓时迎祭，还怜旧邑民。"

春秋时代，在徐国（今江苏徐州泗洪一带）流传着一首《季子歌》：

延陵季子兮，不忘故，
脱千金之剑兮，带丘墓。

这首诗歌的意思是说：延陵季子啊，不忘记旧友；解下珍贵的宝剑啊，挂在旧友的墓前树上。诗句简短而质朴，歌唱的是一则真实而感人的故事。

季子，就是当时吴国国王寿梦的四公子。寿梦有四个儿子：长子诸樊，次子余祭，三子夷昧，四子季札。兄弟四人，唯小儿子季札最贤良，寿梦想立他为王，季札很谦让，借口上有三位兄长，不敢接受，寿梦只好传位给大儿子诸樊，并立下遗嘱，兄死传弟，必将王位传给季札为止。季札贤能多才，人们都很敬重他，由于他的封邑在延陵，所以，都尊他为"延陵季子"。季札在诸侯中比较有威望，吴国国王经常派他出使各国，做些外交工作。

春秋时吴余祭四年（前544），季札出使晋国，路上经过徐国。徐偃王在国宾馆里举行宴会，隆重地招待季札。席间，两人一见如故，谈古论今，话语十分投机。仁者相见，遂忘年，徐君瞥见季札腰间挂着那柄长剑，装饰精巧非同寻常，就想起了吴国铸剑素来驰名天下，禁不住连连看了几眼。季札发现徐偃王对他的佩剑感兴趣，急忙解下来，呈递给徐偃王观赏。

徐偃王接过宝剑，轻轻地抚摸了一阵，"嚯"的一声，抽剑出鞘。顿时，一道寒光，森然夺目。他失声赞叹道："啊！真是稀世之珍呀！"他一时兴起，离席舞了一回剑。舞罢，长叹一声说："我国所铸之剑极其粗劣，真缺少能工巧匠啊！今日目睹宝剑，真是大开眼界！"

季札很理解徐偃王的心情。可是，他当时正要出使晋国，按照春秋礼仪，

265

一个使者一定要佩带长剑，他不能解剑相赠。但心里暗暗盘算，回程途中一定要把宝剑留赠给徐偃王。

季札凭着他的政治才能和卓著的声誉，很快完成了吴晋交好的使命。使事刚毕，他马上驱车返程，盼望早些了却心愿，让徐偃王高兴一下。谁知就在季札离开徐国不久，楚国侵犯徐国，徐偃王抗击楚军，不幸血洒沙场。季札难过极了，他准备了酒食，亲自去徐偃王墓祭奠一番，他神情忧伤地解下腰中佩剑，亲自佩剑挂在徐偃王墓旁的一棵松树上，至今江苏泗洪县仍留有"挂剑台"遗迹。

"这是吴国的国宝啊，公子您为什么把它挂在树上呢？"季札的侍从奇怪地问。

季札十分悲哀地说："你们当然不知道啊！当初偃王流露出喜爱这柄宝剑的神情，我已在心里默许赠送给他。如今他虽然仙逝，我岂可吝惜宝物而背信弃义呢？人是应该讲信义的啊！"

季札再次向徐偃王墓鞠躬行礼，挥泪而别。徐国人的后裔们都被季札恪守信义、生死不渝的高贵品质感动了，他们赋诗谱曲，编写了上面这首歌，用来表达对季札的尊敬和感激。

季札的故事详见于司马迁《史记·吴泰伯世家》："季札三初使，北过徐君。徐君好季札剑，口弗敢言。季札心知之，为使上国，未献。还至徐，徐君已死，于是乃解其宝剑，系之徐君冢树而去。从者曰：'徐君已死，尚谁予乎？'季子曰：'不然。始吾心已许之，岂以死背吾心哉！'"

"季札挂剑"之所以成为青史流芳的著名典故，得到后世人的称赞，正是他不仅发扬其凭祖泰伯、仲雍的谦让精神，更秉承和发扬了他重信义的品格。《史记》中记载季札的行为表明，他已远逾"言而有信"的层面，达到了"心诺"的境界。在此境界上，季札和他的先祖泰伯、仲雍有着内在的一致性。出于对季札敦信厚义的深深感佩，在传记的篇尾，司马迁颇有感慨地写道："孔子言：泰伯，其可谓至德也已矣，三以天下让，民无得而称焉。"余读《春秋》古文，乃知中国之虞与荆蛮勾吴兄弟也。延陵季子之仁心慕义无穷，见微而知清浊。呜呼，又何其闳览博物君子也！难怪孔子在延陵季子墓只能写下十字的碑文：呜呼有吴延陵君子之墓。

吴延陵季札的诚信精神，千古流芳。季札挂剑，一诺千金。《季子歌》短短两行十七字也会流传千古！

据明代都穆考证，十字碑是唐开元年间由玄宗授命拓刻的。大历十四年（779）润州刺史萧定重新刻石于延陵庙中。宋崇宁三年（1104）常州知事朱彦再刻。

季札的品行和才德，广受人们称道。为了纪念这位先贤，当地建造了季子庙。元代诗人萨都剌有《季子庙》诗云："公子不来春草绿，故宫禾黍亦离离。沸原尚有千年井，古篆犹存十字碑。去国一行轻似叶，归田两鬓细如丝。李家兄弟一朝暮，羞见延陵季子祠。"申港集镇中心区条条道路通往季子墓，以便人们谒墓。相传农历四月十三是季札逝世的日子，每年农历四月十二至十四日，申港形成颇具规模的集场。从西横河至缪家店一里多长的河道里泊满了船只，彻夜灯火通明，盛况空前。集场规模从江阴西门至常州北外一线各镇首屈一指。

唐永泰元年（765）申港置市，兴元元年（784）韩镇守润州（今江苏镇江），造楼船战舰30多艘，率领舟师5000人，由海门检阅至申浦而还。宋代，申港为江阴境内四个大镇之一，并设寨，置巡检司。

申港是一个有着2500多年灿烂文明史的名镇。早在4000多年前，这里就有人类繁衍生息。境南部的舜过山相传就因舜帝路过而得名。春秋时，吴王寿梦四子季札三让王位，避耕于舜山脚下，受封于延陵，称"延陵季子"，古申港就是其封地的一部分。战国时，属楚相春申君黄歇的封地，其间，他征役开凿了第一条通江大河——春申浦（申港河），申港因此而得名。唐朝申港置市治，宋朝设乡治，明清设二乡二镇。民国时期，大部分时间设一镇四乡建置。中华人民共和国成立初，申港设一镇五乡建置。1957年，申与港合并为申港乡，1958年成立申港人民公社，1984年处在澄常公路沿线的申港镇，系申港河流经的一大市集，集镇以河命名。

申港古名申浦。清顾祖禹《读史方舆纪要》中有如下记载："申浦，县西三十里，一名申港。相传春申君所开，导江南流，置田，为上下屯。又南经武进界分为二：东入无锡五泻河，西入武进三山港，俱达于运河。"清代《乾隆江阴县志》称申港"廛肆比密，墟落郁葱。当郡行之半道，俗尚耕读"。

申浦相传为战国时楚相春申君黄歇所疏凿。黄歇治政有功，楚考烈王将包括江阴在内的江东吴地封给他，垒建城郭，营造宫室，开辟了"吴市"。

第六章　淮南李郢孜，千秋春申陵

5月16日，我从江阴至淮南，再转车至谢家集区李郢孜镇政府。得到了相关资料：

1999年之前，位于谢家集区李郢孜镇境内的春申君黄歇墓，就像一个"大土堆"立在一片开阔的荒草地里。人们很难想象这就是在中国旅游地图上和《安徽旅游览胜》一书中都有标注的淮南市唯一的景点。对于这一大片开阔地，李郢孜镇准备将其建成一个休闲游园。消息传到谢家集区政协，政协委员们立刻意识到这个计划的不妥之处。春申君黄歇墓是谢家集区，乃至淮南市的一个重要古墓遗址，是文物，岂能随便开发利用？经过认真调研，区政协提出修建"春申君陵园"的建议。这一站在文物保护立场上提出的建议，得到了区委、区政府的认可。在项目建设过程中，区政协认真参与规划设计，并组织施工，花钱少、见效快、档次高。目前，"春申君陵园"已基本建设完毕，古墓葬得到有效保护，也成为人们游览的好去处。

众所周知，早在2000多年前，谢家集地区就已是蔡楚文化的集中繁荣地区，古遗迹、古墓葬比比皆是。列为重点保护的古墓葬有几十座，其中，著名的有楚国令尹春申君黄歇墓、蔡声侯墓、蔡元侯墓、唐太宗李世民第十八子李元裕太妃崔氏墓、清代水师提督杨歧珍墓等，并出土了大量珍贵文物。淮南市博物馆馆藏的数千件文物，绝大部分由谢家集地区出土。丰厚的文化沉淀和煤炭一样，都是谢家集地区的宝贵资源。如何保护和发掘这些宝贵的资源，也成了谢家集区政协工作的一个新课题。多年来，谢家集区政协围绕这一课题，结合社会发展的需要，走出了一条"古为今用"的路子。区委、区政府也充分认识到区政协人才荟萃的优势所在，大力支持区政协广泛征集挖掘文史资料，出版了七辑《蔡楚古今》文史资料，并鼓励政协委员为文物保护献计献策，在社会上引起了很大反响。

20世纪90年代初，区政协根据当地有关杨军门的传说，对清代光绪年间福建水师提督杨歧珍的史料进行了深度发掘，多次赴浙闽沿海地区收集史料，出版了《水师提督杨歧珍》一书，并为其墓的迁址做了大量工作。在卧龙山公园的开发过程中，区政协也自始至终参与项目论证、策划规划和景点实施，既有效保护了景区内文物，又为群众开辟了一处游览胜地。为了加大景区的宣传力度，区政协还出版了《蔡楚古今》卧龙山专辑，以配合景区开发。

多年来，数以百计的政协委员为文史资料征集和文物保护付出了心血。区政协和政协委员成为谢家集区委、区政府和当地群众心中劳苦功高的"文物史料护航员"。

随后，我又到春申君陵拍了照片，感觉陵园建得非常好。我就在淮南李郢孜镇春申君陵园写了一首诗《春申陵》：

> 四十左徒赴强秦，
> 一纸奏书朝野惊。
> 十载护主立功勋，
> 五十五年续楚庭。
>
> 春申门前珠履客，
> 平原帐内惭愧人。
> 名重三君凭谁说？
> 试看多少春申陵！

我又从网上得到如下记录：

在淮南市赖山集，距寿县城12.5公里处，有一黄歇冢，又称黄歇墓。墓为一大土堆，封土高11米。东西长约90米，南北宽约80米，占地面积约6000平方米。

清《凤台县志》载："（春申君墓）在城内东北，今人指县署西大官塘中土堆为春申君墓。又，县东隗家店西大阜名黄歇冢，或是也。"经实地考察，县署西大官塘中土堆不是古墓。今淮南市赖山集大土堆，即与县志春申君墓记载相符。

第七章 寿春古县城，棘门留余恨

5月17日，我从淮南坐车来到寿县，看见古色古香的寿县通淝城门，不由想起：2007年10月份，笔者曾经一个人前往安徽省寿县实地考察与春申君有关的遗迹，在寿县通淝城门的城墙边，巧遇寿县县政协的一位退休干部。我向他询问春申君和李园的遗迹，他说他通过多年查找资料和实地考察、证实，通淝城门就是当年的寿郢棘门，门中还有一个石瓮刻着"门里人"，说的就是春申君和李园的故事。我问他，还有没有关于李园的遗迹。他说他在政协工作多年，查找资料知道了李园在寿县境内李柿园的地方有一座墓，却不敢树碑，因为李园是忘恩负义的奸诈小人，人人都唾骂他，他的后人也不敢明目张胆的树碑立字，怕人家抄他的坟墓，这就是当奸诈小人的下场。

我又到寿县史志办复印有关春申君的资料：

古代营国典范——楚都寿春城。

郢都寿州城，又称寿春，是楚人平地而建的新兴大城市。它的前身是下蔡，曾为春秋时期蔡国都城，下蔡之前称为州来。州来有城始筑于公元前538年。下蔡与州来，寿州与下蔡不是因袭旧城，而是重新建筑。寿州城范围比下蔡城扩大了许多。新城建成后，下蔡城已不复存在，真名也为"寿州"所代。至于淮北凤台缘何旧称下蔡，则是秦汉以后始以筑城时借用寿州前身"下蔡"旧名之故。寿州先是春申君淮北十二县的封地之一，后经春申君重建始称寿春。

寿春城的外廓，南北长6公里，东西宽4公里余，城郭周长21公里，四周绕城的是30—40米宽的护城河，城区面积26平方公里，规模不仅超过了鲁国的曲阜、晋国的侯马，更超过了齐国的临淄、赵国的邯郸，只略小于秦国的咸阳。

寿春城依凤凰山为固，傍淝水畅其流，布局不拘章法，讲究实效，城垣遇到高地就外凸包进，遇到洼地就斜切回避。东垣临淝水，故沿淝水夯筑城墙，不片面追求方整。城垣的拐角，设计成切角。这样，利用空间原理，可消除视角上的死角，拓展空间范围，增大守卫士兵的视野，又能多方位监视来犯之敌。这样削折城隅消除防卫死角的做法，是楚人从军事防御思想出发的巧思，也是楚国筑城技术上的一大特点，这是春申君总结出来的经验，为中原别国所未见。

春申君又充分利用这一地区的自然水系条件，着意规划由城南六十里芍陂引水与淝水之水交络城中，城中水道与水道相交构成一个矩形方块，每个方块区域面积在1.5平方公里左右。"引水入城，交络城中"既保证了城内的生产、生活用水，又构成了城内的航道网，充当了城内水上交通线，作为陆路交通的补充，城区还被划分一定数量的相对独立单位，以利于城内的功能分区和管理。春申君这种成功的经验是从治理好姑苏城总结出来的。故建成之后，后人就将寿州改为寿春，足见春申君之功劳，永铭后世。寿春城"倚山色水"，城垣依淝水绵延曲折，俨然大水都，在我国城市建设史上大放异彩，永彪史册。

听当地老人讲的故事，郢子何其多哉！

《史记》记载：楚考烈王二十二年（前241）楚国自东（陈城，今河南周口市淮阳区）迁都到寿春（今安徽寿县），称都城为"郢"。定都寿春的四代国王都称楚都郢都，直至楚国灭亡。秦国灭了韩、赵、魏等国，便由王翦率兵六十万攻楚，楚国军民英勇抵抗，终因寡不敌众被秦所灭。郢都内外，尸横遍野，血流成河！

楚国人民莫不哀思悲泣！亡国恨、民族仇，只是深深地埋藏在心底。为了不忘故国，楚民们纷纷把自己所在的村落改称为"郢"。

过去的张家庄叫张家郢，李家村叫李家郢，五里村叫五里郢……

沧海桑田，多少世纪已去！看今日神州大地，一统天下，当年的楚国早已是伟大祖国的一部分，而"郢"却沿袭至今。

公元前278年，秦大将白起攻占楚都郢（即南郢，故址在今湖北荆州市城北8千米），楚王室东迁陈城。此后直至公元前241年，楚国君臣在陈度过了37个春秋。尽管如此，陈也只是一个临时的都城，或称别都。

《史记·楚世家》载，公元前241年，楚考烈王与诸侯共伐秦，不利而去，东徙都寿春，命名曰"郢"。但楚人怀旧念祖，国都虽迁，其名不改，以致楚国僵域内的许多村庄，至今仍以某某郢名之。楚定都寿春，表明楚已决定在东方扎根，暂且搁置收复江汉失地之望。此后，楚国政治、经济、文化中心逐渐移到东境。这一带成了楚人的最后归宿地和楚文化的最后集中表现地。

郢都寿春城不是楚人平地而建的新兴大城市。它的前身是下蔡，曾为春秋蔡国都城，下蔡之前称州来。州来有城始筑于公元前538年。根据考古资料，下蔡与州来，寿春与下蔡，不是因袭旧城，而是重新建筑。寿春城范围比下蔡城扩大了许多，新城建成后，下蔡城已不复存在，其名也为"寿春"所代。至于淮北凤台缘何旧称下蔡，则是秦汉以后始筑城时借用寿春前身"下蔡"旧名之故。

此地曾为"战国四君子"之一的楚春申君黄歇的封邑。大量资料证明，

271

楚寿春故城为春申君始筑。楚东徙后，考烈王在都城大兴土木，寿春进入了新的发展时期。寿春地处水上交通要道，加之优越的区位条件和丰富的资源条件，经济上便获得了繁荣，成为当时我国东南第一大商业都会。

楚考烈王选定寿春为郢都，不外乎是看中了它所具有的优越的地理条件。

一、交通要道

寿春具有水陆交通之便，为南北运道的冲要。自春秋以降，中原通往江南地区的西道，是沿颍水、涡水入淮，又沿淝水、施水入长江，寿春正好处于重要位置。春秋时，孔子的高徒、"七十二贤人"之一的宓子贱使吴途中，"道卒寿春"——东南淝水岸边的瓦埠镇就地安葬。其墓至今尚存。瓦埠镇古称"君子里"，由此而来。另外，从寿县出土的《鄂君启节》铭文可知，寿春向西向南还有车道可循。正所谓"水陆舟车，是焉萃止"（《水经注》）。

二、军事要塞

史谓："寿州当长淮之冲，东据东淝，西扼涡、颍，襟江而带河"，"南人得之，则中原失其屏障；北人得之，则江南失其咽喉"，"故楚人即尽大江以南，欲窥中原，遂迁都于是，以为进取之资"，"昔人以为建业之骨髓，故魏武帝据之以窥吴，晋谢玄据之以破秦。隋欲破陈，亦先屯兵于此。杨行密据淮南，寿州之防尤重。（南唐）刘仁赡坚壁自守，周世宗攻之，三年不能下，其形势盖可知也"，"地险所在，古今莫能易"，"得之则安，是称要害"。

三、产粮基地

自古这里就有着得天独厚的地理位置和优越的经济发展条件，尤其是春秋时期芍陂水利工程的创建，更是大大推进了当地农业经济的发展。《南齐书》载："寿春……地方千余里，有陂田之饶。"粮食是极重要的军需物资。当年，孙叔敖"佐庄王以霸"，如果没有芍陂水利工程的创建而使这里变为米粮仓的话，楚庄王要想成就其霸业，成为"春秋五霸"之一，那至少要打上一个问号的。

另外，寿春不仅物产丰富，还是许多土特产的集散地。正如史书所说，"苞木箭竹之族生焉，金石皮革之具萃焉"，"南引荆汝之利，东连三吴之富"，"运漕四通，无患空乏"，等等。故《明史》称地此"财力雄壮，独甲诸州"。如今寿县已是全国商品粮生产基地。

四、风景秀丽

寿春还有优美的城市景观环境。城北八公山"含阳藏雾",时节流转,呈四季妙景。《水经注·淝水》:"淝水自黎浆北迳寿春县故城东,为长濑津……又西北右合东溪,溪水引渎北出,西南流径导公寺西,寺侧因溪建刹……淝水又西经东台下,台即寿春外廓东北隅阿之榭也。东侧有一湖,三春九夏,红荷覆水,引渎城隍,水积成潭,谓之东台湖,亦肥南播也。淝水西径寿春县故城北,右合北溪水,水导北山泉源下注,漱石颓隍。水上长林插天,高柯负日。出于山林精舍右,山渊寺左,道俗嬉游,多萃其下……亦胜境也。"郦道元所述虽是北魏时环境,但其自然景观,楚时亦应如此。

楚之故郢城池、宫室早已茫然无存,今之寿县城为南宋嘉定重建,"周围十三里有奇",其规模仅及楚故郢的十分之一。1985年,公路拓宽工程中,在寿春城址东北部的柏家台发现有楚建筑遗址。这是一批有关楚国建筑的宝贵材料,因而被列为当年全国十大考古发现。结合实地调查和考古发掘,1988年考古界对寿春城遗址进行遥感测定,确定了外廓范围及城内有关规划布局,揭示出了当年寿春城的雄奇与壮观。

寿春城的外廓,南北长6.2千米,东西宽4.25千米,城郭周长20.9千米,周绕30—40米宽的护城河。城区面积达26.35平方千米,不但超过了曲阜的鲁城、侯马的晋城,更超过了齐之临淄,赵之邯郸,韩之新郑,只略小于燕下都遗址。处于强弩之末的楚国,其新筑都城竟如此恢宏壮大,实堪惊叹!都城依八公山以为固,傍淝水畅其流,布局不拘成法,讲究实效。城垣遇到高城就外凸包进,遇到洼地就斜切回避。东垣临淝水,故沿水夯筑城墙,不片面追求方整。城垣的拐角,设计成切角。这样,利用空间原理,可消除视角上的死角,拓展空间范围,增大守卫士兵的视野,又能多方位监视来犯之敌。这种削折城隅、消除防卫死角的做法,是楚人从军事防御思想出发的巧思,也是楚国筑城技术上的一大特点,为中原所未见。

寿春城充分利用这一地区的自然水系条件,着意规划,由城南30千米的芍陂引水与淝水交络城中。城中水道与水道相交,构成一个个矩形方块。每个方块区域的面积在1.5平方千米左右。"引流入城,交络城中",既保证了城内的生产、生活用水,又构成了城内的航道网,充当了城内水上交通线。作为陆路交通的补充,城区还被划分为一定数量的相对独立的单位,以利于城内的功能分区和管理。寿春城"倚山包水",城垣依淝水"绵延曲折",俨然一大水都，堪称"东方威尼斯"，在我国城市建设史上放出了异彩。

五、寿县郢子何其多

初到寿县的人，总会发现许许多多叫郢的地名，什么张家郢、李家郢、柳树郢、大孟郢……你一定要问，这里的村庄为什么不叫村、不叫庄、不叫寨，却一色头叫郢？

这还是从寿县历史讲起。据《史记》记载：楚国考烈王二十二年，国都迁到寿春，称都城为"郢"，直至楚国灭亡。秦国灭了韩、赵、魏等国后，便由王翦率兵六十万，攻打楚国，楚国军民英勇抵抗，终因势单力薄，被秦所灭。郢都内外，尸横遍野，血流成河。

楚民亡国，莫不悲伤。亡国恨，民族仇，只能深深埋藏在心底。为了不亡故国，楚民们纷纷把自己所在的村落改称"郢"，所以，才有众多郢子，一直沿用至今。

门里人在寿州古城南门的"通淝门"城瓮墙上嵌着一块石刻，上刻着一个作行刺状的石人，这就是"寿州内八景"之一的"门里人"。这里记述的是一段楚国的历史故事。

公元前241年，楚考烈王接受相国黄歇的建议，把都城迁到寿春。黄歇为相期间，施仁政，重农商，政绩卓著，深得楚王的信赖。但是，考烈王没有儿子，王位的继承成了问题。黄歇为此日夜操心，但毫无结果。黄歇门下有个叫李园的舍人，是赵国人，为了巴结黄歇，把妹妹嫁给了黄歇。李氏颇有姿色，又能说会道，深得黄歇的宠爱，不久李氏怀了孕。狡猾奸诈的李园，野心勃勃，想出一条诡计，让其妹妹去实施。一日，李氏花言巧语地对黄歇说："楚王没有后嗣，一旦死了，王位就会被别人夺去，你为相多年，得罪了不少人，到那时，只怕你连性命也难保！现在我已有身孕，你何不把我献给楚王，要是生个儿子，不就能继承王位了吗？到那时，楚国不就是我们的了？"经过反复思考，春申君黄歇终于同意了。李氏献给考烈王后，不久真的生了个男孩，楚王高兴万分，宣立太子，就是后来的楚幽王。李园阴谋得逞，成了国舅爷，根本不把黄歇放在眼里。公元前238年，考烈王病重，黄歇手下一个门客私下对黄歇说："李园是个奸诈小人，他收养了许多杀手，只怕考烈王一死，他要夺王位，必杀你灭口。"黄歇自信李园一向对他很好，不会对他下此毒手。事隔十七天，考烈王病逝，李园把刺客埋伏在棘门内，等黄歇去吊丧经过这里时，将他杀害了。

人们为了不忘这血的教训，在春申君黄歇遇刺身亡的地方，立上这块石刻"门里人"，以示后人。

5月18日，我结束了此次的寻访，回到了黄国故地，春申故里。

第八章　黄国古城久，春申故事长

穿越千年时空，我仿佛看见了那意气蓬发的春申公子，当年他的足迹踏遍淮北十二县和江东十二县……飞扬的尘土，飘荡的龙旗，多少往事、多少梦想都在这里回荡。2000多年间，那个黄君台和断垣残壁，当年是何等的雄伟壮阔……全都不见了那些气势恢宏的地方，一切又都是那么顺理成章……已有千年历史的旷野，我对这座故城遗址有一种铭心刻骨的感情，或许就是因为那片曾经有过的旷野，何等辉煌，何等壮观。

如果你有兴趣，请你跟随我的脚步，让我们一起穿越这千年的时空隧道，去追寻黄公子当年留下的身影和足迹。

走上古城墙，就仿佛走进历史，在历史与现实的边缘，我细细地品味着，向南眺望，只见城南远处波光粼粼的湖水，如同一条巨龙盘桓在旷野之上，它原本是老龙埂水库，形状特像一条龙，姑且让我称它为"黄龙湖"吧！天下黄姓人这么兴旺发达，或许因为这里风水特好，龙脉连绵吧！

沿着古城遗址慢慢地走着走着，苍翠的水杉，连同我并不喜欢的土馒头似的坟茔，青草绿树缠绕的黄土城墙，手捧黄土，仰望城墙，如此厚重，让人油然而生怀古恋旧的悠悠情怀。

穿越千年古城墙的历史，你会惊讶：那么厚实的城墙和明显高于四周三米多的雄居故城之中的黄君台遗址，是多么气势威武和雄壮，它们像楚辞汉赋、唐诗宋词一样盛开在人们的心里，镌刻着文化芬芳的痕迹。

如今的黄国故城早已不再是旧时的模样和情调，千年的雨侵风蚀，盛极则衰，万物不过如此，都似这般付与破旧斑驳，抑或残垣断壁，就像一位佝偻的老者，遥望四周绿树掩映的城墙遗址，艰难地支撑着庞大的躯体，静默在似水的时光流年之中，故城内的人们早已安于习以为常的生活，并不太在意它还有多久的生命力。

登上高高的西城墙的旧址向东眺望，屋舍楼群，鳞次栉比，错落有致，别有一番风味。西望是一片荒岭，那里是黄国人的墓葬区，保存着大量古黄国文物，也是盗墓者虎视眈眈的宝藏之地，也是天下黄姓人最关心的地方。

翻开《史记》中战国晚期的历史，我们就会从春申君第十八列传中知道：春申君是战国时期楚国人，姓黄名歇，《史记》中没有明确地说清他到底是楚国何处人。

据《光州志》记载：黄歇，汝南阳城人……阳城，究竟在何处，我们无法考证，但是遗留在河南省潢川县隆古乡境内的黄国故城遗址和城中的黄君台，足以证明这些现存的黄国故城（今河南省潢川县隆古乡境，国家级文物保护单位）建于周成王平定"东夷之乱"后，为西周嬴姓封国，公元前648年为楚成王所灭。公元前262年，春申君领封淮北十二县后对其修复，黄国故城保存完整，古城平面近似长方形，城内面积2.8平方公里，城墙周长6670米，城墙高5.7米，城壕宽3.6米，城址内分布宫殿区、冶炼区，城西北边为墓葬区，是我国目前发现保存最完整的古代城址之一。黄国故城的发现印证了文献记载关于黄国故城和墓葬的研究，我国著名学者郭沫若、李克勤等都发表了重要文章。多年来，故城周边先后发掘出土了大批黄国青铜器、陶器、玉器、竹器、漆木器、丝织品等，这些文物是研究周代方国、春秋战国时期的历史地理和中原文化与楚文化关系弥足珍贵的资料。

公元前262年，春申君黄歇因功受封淮北十二县，其出生地黄邑也是其封地之一。黄歇派人斩伐榛荆，开辟园田，挖掘沟渠，排水蓄水，挖掘陷阱，防止人畜践踏，引老龙埂之水灌溉黄邑田野，把整个黄邑城治理得"路不拾遗，夜不闭户"。

黄歇又组织人马修建黄姓祖庙，修复了"忏悔台"。黄邑城内大多是黄姓之人，黄姓人倘若犯罪，便送往祖庙进行忏悔，画地为牢、跪地思过。因此，黄姓人家有家法，族有族规。

治理黄邑城为典范，黄姓人深得黄歇教化。黄邑城内再也见不到衣衫褴褛、蓬头垢面的人，黄邑城因此成为"无囚地"。楚国民众颂扬，春申君得到楚考烈王的嘉奖。

黄邑城内的令尹府是在高大夯土台基上，用复杂的巨木榫卯结构梁支撑起来的，呈现出精巧坚固、错落有致的楚式宫殿的特色。宫殿区是以令尹府为中枢，前朝后寝，左祖右社，宫殿的地坪是用光洁砖石板铺成。两旁有雕花彩石栏杆，上边是木质结构，廊棚相顺，这种古雅质朴的走廊连接着整个殿宇别寝。

黄姓人喜爱乐舞。黄国的乐舞始于黄帝，春秋时期，黄国的外交活动频繁。国君祭祀等许多场合，演奏皆以黄国的喧天锣鼓为主，载歌载舞，黄国也就成了歌舞之乡。流传而来的歌舞，经黄歇之手发扬光大。

黄国故城中间的黄君台，又被当地百姓称为光武台，相传是当年东汉光武帝刘秀为躲避外戚王莽的追杀，逃到黄国故城，凭着城坚池深与王莽对垒数年，又得到庙中黄君的神灵启示，终于打败城南的王莽。刘秀称帝后，为感谢黄国故城及庙中黄君，就为黄君重塑金身，扩建庙宇，在当地留下一段"王莽赶刘秀"的佳话。

相关链接

春申君列传第十八
司马迁

春申君者，楚人也，名歇，姓黄氏。游学博闻，事楚顷襄王。顷襄王以歇为辩，使于秦。秦昭王使白起攻韩、魏，败之于华阳，禽魏将芒卯，韩、魏服而事秦。秦昭王方令白起与韩、魏共伐楚，未行，而楚使黄歇适至于秦，闻秦之计。当是之时，秦已前使白起攻楚，取巫、黔中之郡，拔鄢郢，东至竟陵，楚顷襄王东徙治于陈县。黄歇见楚怀王之为秦所诱而入朝，遂见欺，留死于秦。顷襄王，其子也，秦轻之，恐壹举兵而灭楚，歇乃上书说秦昭王曰：

天下莫强于秦、楚。今闻大王欲伐楚，此犹两虎相与斗。两虎相与斗而驽犬受其弊，不如善楚。臣请言其说：

臣闻物至则反，冬夏是也；致至则危，累棋是也。今大国之地，遍天下有其二垂，此从生民已来，万乘之地未尝有也。先帝文王、庄王之身，三世不妄接地于齐，以绝从亲之要。今王使盛桥守事于韩，盛桥以其地入秦，是王不用甲，不信威，而得百里之地。王可谓能矣。王又举甲而攻魏，杜大梁之门，举河内，拔燕、酸枣、虚、桃，入邢，魏之兵云翔而不敢救。王之功亦多矣。王休甲息众，二年而后复之；又并蒲、衍、首、垣，以临仁、平丘、黄、济阳婴城而魏氏服；王又割濮、磨之北，注齐、秦之要，绝楚、赵之脊，天下五合六聚而不敢救。王之威亦单矣。

王若能持功守威，绌攻取之心而肥仁义之地，使无后患，三王不足四，五伯不足六也。王若负人徒之众，仗兵革之强，乘毁魏之威，而欲以力臣天下之主，臣恐其有后患也。《诗》曰："靡不有初，鲜克有终。"《易》曰："狐涉水，濡其尾。"此言始之易，终之难也。何以知其然也？昔智氏见伐赵之利而不知榆次之祸，吴见伐齐之便而不知干隧之败。此二国者，非无大功也，没利于前而易患于后也。吴之信越也，从而伐齐，既胜齐人于艾陵，还为越王禽三渚之浦。智氏之信韩、魏也，从而伐赵，攻晋阳城，胜有日矣，韩、魏叛之，杀智伯瑶于凿台之下。今王妒楚之不毁也，而忘毁楚之强韩、魏也，臣为王虑而不取也。

《诗》曰："大武远宅而不涉。"从此观之，楚国，援也；邻国，敌也。《诗》云："趯趯毚兔，遇犬获之。他人有心，余忖度之。"今王中道而信韩、魏之善王也，此正吴之信越也。臣闻之，敌不可假，时不可失。臣恐韩、魏卑辞除患而实欲欺大国也。何则？王无重世之德于韩、魏，而有累世之怨焉。夫韩、魏父子兄弟接踵而死于秦者将十世矣。本国残，社稷坏，宗庙毁。刳腹绝肠，折颈摺颐，首身分离，暴骸骨于草泽，头颅僵仆，相望于境，父子老弱系脰束手为群虏者，相及于路。鬼神孤伤，无所血食。人民不聊生，族类离散，流亡为仆妾者，盈满海内矣。故韩、魏之不亡，秦社稷之忧也，今王资之与攻楚，不亦过乎！

且王攻楚将恶出兵？王将借路于仇雠之韩、魏乎？兵出之日而王忧其不返也！是王以兵资于仇雠之韩、魏也。王若不借路于仇雠之韩、魏，必攻随水右壤。随水右壤，此皆广川大水，山林溪谷，不食之地也，王虽有之，不为得地。是王有毁楚之名而无得地之实也。

且王攻楚之日，四国必悉起兵以应王。秦、楚之兵构而不离，魏氏将出而攻留、方与、铚、湖陵、砀、萧、相，故宋必尽。齐人南面攻楚，泗上必举。此皆平原四达，膏腴之地，而使独攻。王破楚以肥韩、魏于中国，而劲齐。韩、魏之强，足以校于秦。齐南以泗水为境，东负海，北倚河，而无后患。天下之国莫强于齐、魏，齐、魏得地葆利而详事下吏，一年之后，为帝未能，其于楚王之为帝有余矣。

夫以王壤土之博，人徒之众，兵革之强，一举事而树怨于楚，迟令韩、魏归帝重于齐，是王失计也。臣为王虑，莫若善楚。秦、楚合而为一以临韩，韩必敛手。王施以东山之险，带以曲河之利，韩必为关内之侯。若是而王以十万戍郑，梁氏寒心，许、鄢陵婴城，而上蔡、召陵不往来也，如此而魏亦关内侯矣。王一善楚，而关内两万乘之主注地于齐，齐右壤可拱手而取也。

王之地一经两海，要约天下，是燕、赵无齐、楚，齐、楚无燕、赵也。然后危动燕、赵，直摇齐、楚，此四国者不待痛而服矣。

昭王曰"善"。于是乃止白起而谢韩、魏。发使赂楚，约为与国。

黄歇受约归楚，楚使歇与太子完入质于秦，秦留之数年。楚顷襄王病，太子不得归。而楚太子与秦相应侯善，于是黄歇乃说应侯曰："相国诚善楚太子乎？"应侯曰："然。"歇曰："今楚王恐不起疾，秦不如归其太子。太子得立，其事秦必重而德相国无穷，是亲与国而得储万乘也。若不归，则咸阳一布衣耳；楚更立太子，必不事秦。夫失与国而绝万乘之和，非计也。愿相国孰虑之。"应侯以闻秦王，秦王曰："令楚太子之傅先往问楚王之疾，返而后图之。"黄歇为楚太子计曰："秦之留太子也，欲以求利也。今太子力未能有以利秦也，歇忧之甚。而阳文君子二人在中，王若卒大命，太子不在，阳文君子必立为后，太子不得奉宗庙矣。不如亡秦，与使者俱出。臣请止，以死当之。"楚太子因变衣服为楚使者御以出关，而黄歇守舍，常为谢病。度太子已远，秦不能追，歇乃自言秦昭王曰："楚太子已归，出远矣。歇当死，愿赐死。"昭王大怒，欲听其自杀也。应侯曰："歇为人臣，出身以徇其主，太子立，必用歇，故不如无罪而归之，以亲楚。"秦因遣黄歇。

歇至楚三月，楚顷襄王卒，太子完立，是为考烈王。考烈王元年，以黄歇为相，封为春申君，赐淮北地十二县。后十五岁，黄歇言之楚王曰："淮北地边齐，其事急，请以为郡便。"因并献淮北十二县，请封于江东。考烈王许之。春申君因故城故吴墟，以自为都邑。

春申君既相楚，是时齐有孟尝君，赵有平原君，魏有信陵君，方争下士，招致宾客，以相倾夺，辅国持权。

春申君为楚相四年，秦破赵之长平军四十余万。五年，围邯郸。邯郸告急于楚，楚使春申君将兵往救之。秦兵亦去，春申君归。

春申君相楚八年，为楚北伐灭鲁，以荀卿为兰陵令。当是时，楚复强。

赵平原君使人于春申君，春申君之舍之于上舍。赵使欲夸楚，为玳瑁簪，刀剑室以珠玉饰之，请命春申君客。春申君客三千余人，其上客皆蹑珠履以见赵使，赵使大惭。

春申君相十四年，秦庄襄王立，以吕不韦为相，封为文信侯。取东周。

春申君相二十二年，诸侯患秦攻伐无已时，乃相与合从，西伐秦，而楚王为从长，春申君用事。至函谷关，秦出兵攻，诸侯兵皆败走。楚考烈王以咎春申君，春申君以此益疏。

客有观津人朱英,谓春申君曰:"人皆以楚为强而君用之弱,其于英不然。先君时善秦二十年而不攻楚,何也?秦逾黾隘之塞而攻楚,不便;假道于两周,背韩、魏而攻楚,不可。今则不然,魏旦暮亡,不能爱许、鄢陵,其魏割以与秦。秦兵去陈百六十里,臣之所观者,见秦、楚之日斗也。"楚于是去陈徙寿县,而秦徙卫野王,作置东郡。春申君由此就封于吴,行相事。

楚考烈王无子,春申君患之,求妇人宜子者进之甚众,卒无子。赵人李园持其女弟,欲进之楚王,闻其不宜子,恐久毋宠。李园求事春申君为舍人,已而谒归,故失期。还谒,春申君问之状,对曰:"齐王使使求臣之女弟,与其使者饮,故失期。"春申君曰:"娉入乎?"对曰:"未也。"春申君:"可得见乎?"曰:"可。"于是李园乃进其女弟,即幸于春申君。知其有身,李园乃与其女弟谋。园女弟承间以说春申君曰:"楚王之贵幸君,虽兄弟不如也。今君相楚二十余年,而王无子,即百岁后将更立兄弟,则楚更立君后,亦名贵其故所亲,君又安得长有宠乎,非徒然也?君贵用事久,多失礼于王兄弟,兄弟诚立,祸且及身,何以保相印江东之封乎?今妾自知有身矣,而人莫知,妾幸君未久,诚以君之重而进妾于楚王,王必幸妾;妾赖天有子男,则是君之子为王也,楚国尽可得,孰与身临不测之罪乎?"春申君大然之,乃出李园女弟谨舍而言之楚王。楚王召入幸之,遂生子男,立为太子,以李园女弟为王后。楚王贵李园,园用事。

李园既入其女弟,立为王后,子为太子,恐春申君语泄而益骄,阴养死士,欲杀春申君以灭口,而国人颇有知之者。

春申君相二十五年,楚考烈王病。朱英谓春申君曰:"世有毋望之福,又有毋望之祸。今君处毋望之世,事毋望之主,安可以无毋望之人乎?"春申君曰:"何谓毋望之福?"曰:"君相楚二十余年矣,虽名相国,实楚王也。今楚王病,旦暮且卒,而君相少主,因而代立当国,如伊尹、周公,王长而反政,不即遂南面称孤而有楚国?此所谓毋望之福也。"春申君曰:"何谓毋望之祸?"曰:"李园不治国而君之仇也,不为兵而养死士之日久矣,楚王卒,李园必先入据权而杀君以灭口,此所谓毋望之祸也。"春申君曰:"何谓毋望之人?"对曰:"君置臣郎中,楚王卒,李园必先入,臣为君杀李园。此所谓毋望之人也。"春申君曰:"足下置之,李园,弱人也,仆又善之,且又何至此!"朱英知言不用,恐祸及身,乃亡去。

后十七日,楚考烈王卒,李园果先入,伏死士于棘门之内。春申君入棘门,园死士侠刺春申君,斩其头,投之棘门外。于是遂使吏尽灭春申君之家。

而李园女弟初幸春申君有身而入之王所生子者遂立,是为楚幽王。

是岁也,秦始皇帝立九年矣。嫪毐亦为乱于秦,觉,夷其三族,而吕不韦废。

太史公曰:吾适楚,观春申君故城,宫室盛矣哉!初,春申君之说秦昭王,及出身遣楚太子归,何其智之明也!后制于李园,旄矣。语曰:"当断不断,反受其乱。"春申君失朱英之谓邪?(摘自《史记》)

安陵古城
——豫南最早古城遗址

坐落在河南省信阳市潢川县双柳镇天桥村境内,有一道几百米长的古城墙遗址。根据有关专家考证,这就是距今四千多年前的皋陶封城,也是远古豫南最早的安陵古城遗址之一,它和紧邻的商城县汪桥乡天井村,同属于安陵古城遗址之一。

安陵城从古至今保持原名,距现河南省信阳市的商城县城22公里,坐落在现汪桥乡天井村,亦称天镜湖遗址。安陵城内城墙由夯土而成,至今几千年残墙仍在,高于地面五米左右,东西城墙埂长三公里余,南北两公里余;古城埂和城池遗址内绳纹等远古陶片俯拾即是。

据《路史》记载:"庭坚封安。"安,旧载今商城境,高阳氏即颛顼,庭坚即皋陶。《左传·五帝本纪》记载:"帝颛顼高阳者,黄帝子孙昌意之子也"。《左传·文公十年》记载,"高阳氏有才子八人",其第六子曰"庭坚"。《左传·文公十八年》记载:高阳氏"才子八",有"庭坚"。杜注:"庭坚,即皋陶字。"《史记·正义》解:"皋陶,字庭坚。"又据明嘉靖《固始县志·沿革》记载:固始县地在昔黄帝受命披山通道南至于江,乃在江北为南境。高阳氏封子庭坚于安。

古安国(亦称子安国)的中心位置为安陵城。明嘉靖《固始县志·古迹》记载:"安阳去邑百五十里,今析商城。"又载"商城有安陵城"。明嘉靖《商城县志》记载,安陵城遗址在"安城里,县西五十里"。1957年,商城文物普查,在县西55里天镜湖村,安城遗址尚存。再据商城县县志记载:1955年在安陵城遗址发现陶井24个,可见当时城市之大,人口之多。由此推断,此古城是当时大别山区最大的古城。理由是:安陵城为皋陶封城,在禹时皋陶作为帝位继承人,有贤名,称古之四圣之一,说明地位之高,且处于领导地位；加之和其紧邻的隆古乡距离今潢川县城6公里的黄国故址为皋陶长子伯益的封地，而今河南固始县在夏前为皋陶二子的封地（在固始县有奉祀皋陶和仲甄的蓼侯祠和东北蓼城岗遗址），安徽的六安（皋陶墓在此）则为皋陶幼子的封地，据此可以推断，安陂城当时所享有的地位和作用为大别山区最大的城市，可能是一个分封国的都城。另据考证，大别山区在这一时期各地都有先民居住，且多处有小城镇遗址。

皋陶是黄帝之子少昊之后，生于公元前21世纪，是中国司法的鼻祖。是十八个姓氏的初始祖，也是李氏的血缘始祖。皋陶为李（李理官），以官命族。《虞书》《左传》《水经注》《括地志》《太平寰宇记》对于皋陶的事迹和六安的皋陶墓皆有记载。据《史记》引《括地志》记载：禹封其少子于六，以奉其祀，以后六便成为一个偃姓小国，楚穆王灭之，无谱。皋陶有长子伯益，《帝王世纪》说："伯翳（益），为舜王畜多，故赐姓嬴氏。"可知，伯益因善训鸟兽而被舜帝赐了嬴姓，成为嬴姓部落的首领，皋陶的次子名仲甄，又叫仲偃，仍以偃为姓，以后，偃姓奉皋陶为祖，以姓为氏。皋陶之后，历虞、夏、商，二十六世为李（理）官，按照古人以官为氏的习惯，故称皋陶及其子孙为李（理）氏。《秘笈新书》引《姓纂》及《新唐书·宗室世系表》记载："李氏，帝颛顼高阳之裔。颛顼生大业，大业生女华，女华生咎繇（皋陶）。"传至李（理）徵时，任商纣王的李（理）官（亦称士师）。唐玄宗以李氏血缘始祖皋陶为荣，于天宝二年（743）追封其为"德明皇帝"。他辅佐夏禹理政、治水和发展生产，并为融合夷夏和后来中华民族的形成做出巨大贡献。皋陶与尧、舜、禹齐名，被后人尊为"上古四圣"。禹根据皋陶的品德和功劳而举他为继承人，并授政于他。但皋陶未继位即去世，禹便把大别山区一带封给其后裔。皋陶文化的内容主要是：兴"五教"。五教即"父义、母慈、兄友、弟共（恭）、子孝"。定"五礼"。五礼即"吉、凶、宾、军、嘉"。吉礼即祭祀之礼，凶礼乃丧礼，宾礼系部落与部落联盟之间、部落与部落之间以及与联盟之外的友好部落之间的聘享之礼，军礼为组织氏族、约束大众成军之礼，嘉礼为"饮食、男女"之礼。创"五刑"。五刑即"甲兵、斧钺、刀锯、钻笮、鞭扑"。甲兵，即对外来侵犯和内部叛乱的讨伐；斧钺，系军内之刑，属军法；刀锯，系死刑和重肉刑；钻笮，是轻肉刑；鞭扑，是对轻罪所施薄刑。皋陶在习惯法的基础上整合为"五刑"，无疑是一大进步，创我国刑法之始。立"九德"。九德即宽而栗（秉性宽宏而有原则）、柔而立（性情温良而能立事）、愿而恭（质朴而能尊贤）、乱而敬（有才而能敬事）、扰而毅（谦和而有主见)、直而温（正直而不傲慢）、简而廉（具大略而能务实）、刚而塞（果敢而不鲁莽）、强而义（刚强而不任性违理）。皋陶制定的"九德"，内涵包括人的禀赋、气质、品德、才干等许多方面，是目前所知的我国历史上最早考察、选拔公职人员的标准。亲"九族"。九族即部落联盟核心的亲属部落。部落联盟是一个松散组织，联盟的权威没有可靠力量作后盾是维持不下去的，所以亲"九族"亦是当时历史条件下一项重要的政治策略。

《史记》引《括地志》云：皋陶死后"葬之于六"。即现安徽省六安市城东7.5公里、六安至合肥公路北侧15米处，东北35米处，为皋陶祠旧址。皋陶被孔子列为上古"四圣"之一，《史记·索隐》载，"六安国六安，咎后偃姓所封国"，故六安有皋城之称。皋陶墓为圆形土冢，周长97米，高6.2米，墓顶平面直径4米，上有黄连木一棵，形同华盖，墓前有清同治八年（1869）安徽布政使吴坤修手书"古皋陶墓"碑刻一块，碑高1.82米，宽0.92米。皋陶墓1981年公布为六安县重点文物保护单位，同年被上海辞书出版社收入《中国名胜大辞典》。皋陶墓属安徽省重点文物和国家级重点文物区。

黄族与中国玉文化

黄的初文是一个形象字，从字形上看"黄"字像上古先民们身上经常佩饰的玉佩，黄的原始意思就是指玉佩。郭沫若在《殷墟书契前编》中指出："彝铭中锡命服之例多以市黄以言，如'赤市幽黄''赤市朱黄'……凡二十四例，均一律用黄字，无一例外。"

《礼·玉藻》中说："黄即佩玉，自殷代以来所旧有。后假为黄旧字，卒至假借义兴而本义废，乃造珩若璜以代之。"即是说"黄"字指玉佩，它为何成为黄色的代表符号，然又何故而成为黄姓家庭的血缘标志的呢？

"黄色"是具有抽象意义的名词，却无法图画其形，只有假借来表示其意，如假红表示红色，借白表示白色等。古黄姓人因崇拜黄色就叫黄族，他们对生长万物的黄色大地，对金秋收获的累累黄色果实，对滋润上古文明的黄河，甚至对生活的黄种人，倍感亲切、神圣和尊贵。先民们自认与这色彩有神秘的联系，所以他们选用了这色彩作本族的护佑与标志，以佩玉的图形符号代表他们的民族。其子孙或迁徙异国他乡隐居或成为郡望大族，均继承古黄国爱玉、尊玉的传统。

玉器是古黄国文化宝库中的璀璨遗产，在漫长的人类社会发展过程中，将"玉"与人格化相结合，水乳相融，血肉相连，并出现了权威、等级、信仰、迷信色彩。在已出土的黄君孟夫妇墓中对此就有鲜明的体现。黄君孟有玉虎19件，黄夫人仅15件，黄夫人玉器（131件）比黄君孟（54件）多，而证明君臣、夫妻身份不同，以及权威的大小、多少的差异。春秋时期，在黄国的版图里，黄国上下触目均是"谦谦君子，无不以玉为典范""古之君子必佩玉"。董仲舒在《春秋繁露》中言："玉润而不污，是仁而至清洁也。"所以，自古有"君子于玉比德""玉不离身"之说。

玉器被黄氏宗族所推崇，浸透于民间习俗，又体现在"忠孝仁义"之中。1995年4月，菲律宾黄氏宗亲总会派员来黄国故城寻根拜祖，特地赠送潢川一面锦旗，红底白字"江夏黄氏"，正中央的会徽为圆形玉璧，周围遍饰春秋时期盛行的蟠螭纹，充分体现黄姓人爱玉尊玉。同年11月，"香港世界第六届一次黄氏宗亲会"上徽章及马来西亚、新加坡等国的金黄色徽章也都是圆形玉璧状，2001年，韩国黄氏宗亲总会赠送给潢川的一幅书法"中朝玉佩浮海而东，克开克晶万世为宗"，再次证明了黄氏宗族爱玉尊玉古往今来一脉相承。

黄姓爱玉尊玉，玉器给黄姓赋予更灿烂的文化。明朝，潢川南城曾矗立三座黄氏牌坊，惜毁于清末兵燹。据中华人民共和国成立初期文物调查资料表明，每座牌坊高约5丈，青石凿成，分3门6柱，结构严谨，宏伟壮观。牌坊的顶端中央，有一圆形玉璧图案，直径约70厘米，阴刻黄氏后裔，璧的周围遍饰云龙纹，身尾缠绕成环状，似在护卫"玉璧"。牌坊中门石柱镶嵌一副对联：右书"以玉为鉴人"，左曰"以璜礼天下"。黄姓人爱玉之意，昭然若揭矣。

黄族与中国凰文化

黄国是在黄夷迁入河南境内之后逐渐形成的。讲黄姓图腾，意在追溯黄国之前，黄姓人祖先取"黄"为名的来源。黄夷为东夷之一，与东夷各族有着共同的文化心理，其图腾崇拜大多为鸟类，黄夷选择可爱的黄鸟为图腾，从而有了氏族之名黄鸟夷，后被简称为黄夷。在其演变成为小国之后，便自然得名为黄国，黄姓便也由此而来。

在对黄姓图腾的传说中，黄夷在其部族发展强大之后，为了更神化其图腾形象，将图腾逐步演变为凰鸟。这是因为黄夷的通婚氏族是东夷的凤夷，其图腾为凤鸟，黄夷便将凰鸟作为新的图腾，意在既显示其宏图大展的雄心，又有凤与凰不可侵害的恩爱关系。大家知道，凤凰本来是一种虚构的神化物，其形象是多种动物的集合形态。《韩诗外传·卷八》载："黄帝即位，宇内和平，未见凤凰，惟思其象。召天老而问之……天老对曰：夫凰象，鸿前麟后，蛇颈而鱼尾，龙纹而龟身，燕颔而鸡喙。"《山海经·南次三经》说："丹穴之山有鸟焉，其状如鸡，五彩而文，名曰凤凰。"《尔雅·释鸟》郭璞注为："鸡头、蛇颈、燕颔、龟背、鱼尾，五彩色，高六尺许。"这样一来，凤凰荟萃多种动物特征，成为一种神秘灵异的生物，并予以美化。至此，黄姓图腾从形象单一的黄鸟变成了综合多种特殊神化物——飞禽之王圣鸟凤凰，借以象征"王气"和"吉瑞"。

第九章　陈郢登政坛，淮阳叶茂盛

2009年6月8日早上7点左右，休息了20天的我冒着倾盆大雨，坐上商城到郑州的长途班车，沿途雨下得好大呀！可是，我的心早已飞到陈楚故城了，我知道陈楚故城所在地是春申君黄歇登上政坛和进入楚国权力中心的地方。长途车飞一样在大广高速路上前行，到了10点多钟时，车到周口淮阳站，我下了车打着雨伞拉着行李箱，步行1000多米到了周口东收费处，向一位警察问路，并说明来意，他听后让我进屋喝茶，帮我联系了一辆出租车，我送他一本我写的书，他很感兴趣。我坐出租车一直坐到淮阳县（2019年撤县，设立周口市淮阳区）委办公室门前，见到了淮阳县地方志办公室主任李乃庆先生，向他说明来意，他帮我复印了有关春申君的资料，又送我两本他的著作，一本是《太昊陵》，一本是《淮阳历史文化考》，我很感激他，也送了他两本书。向他辞别后，我打车到淮阳车站，坐上了商丘到信阳的长途班车。雨过天晴，下午5点多时到信阳住下，整理一些资料，从李乃庆先生给我的《淮阳历史文化考》一书中，可以详细了解陈楚故城的情况。

陈楚故城

陈楚故城即今河南省淮阳县城，西周初陈胡公始筑，为陈国都城。楚灭陈后，迁都于此。为陈楚两国都城，故称"陈楚故城"。1986年11月被河南省人民政府公布为重点文物保护单位。

故城位于河南省东部，周口市十县市区的中心，保护范围1.2平方公里，现有城市面积35平方公里，14.2万人，地理坐标为北纬33°20′至34°00′，东经114°38′至115°04′，海拔45米。境内属暖热带季风气候，气温、降水、风向随季节变化显著，且有气候温和、四季分明和冬长寒冷雨雪少，夏季炎热雨集中，春秋温暖季节短，春夏之交多干风的特点。

淮阳古称宛丘、陈、陈州，因处于淮河以北而得名淮阳。这里历史源远流长、文化底蕴丰厚。著名地质学家李四光说，在57000万年前，中国境内大部分地方都是海洋的情况下，就出现了淮阳古陆。淮阳在中国历史发展进程中占有重要地位，是中华民族最早的发祥地之一。

6500年前，三皇之首太昊伏羲在此建都。

陈城，羁齐王韩信于城西门，后西门曰"平信"即此意。

新莽：改淮阳为新平，改陈县为辰陵。公元前9年至公元23年在王莽新朝时期，"陈"与"新"有相反之意，因改之。陈有辰陵亭，故名。春秋宣公十一年楚子陈侯郑伯盟于辰陵。

东汉（25—220）仍称淮阳为郡，章和二年（88）改淮阳为陈国。辖县16个。有陈（附郭）、阳夏、宁平、苦、柘、新平、扶乐、武平、长平、西华、项、新阳、圉、宜禄、扶沟、新汲。至永元十一年（99）削西华、项、新阳，十二年削圉、宜禄、扶沟等。隶豫州刺史部，治陈城。

三国魏（220—265）复称陈，置陈郡。太和六年（232）二月，曹睿作《改封诸侯以郡为国诏》，以陈四县封其叔曹植为陈王。陈城为陈国之都城，属豫州。

晋（265—420）武帝司马炎合陈郡于梁国，惠帝复陈郡，属豫州。陈城为郡治和豫州州治。

南北朝（420—589）东魏天平二年（535）置扬州治项。北齐天保二年（551）改曰信州，以陈人不附侯景之乱，故名。治在项县，项县移陈城。北周易信州为陈州。陈州之名自此始。

隋（581—618）废州为郡，复称淮阳。开皇十六年（596）置陈州，大业初废州为淮阳郡。辖有宛丘、扶乐、太康、鹿邑、郸城县、项城、南顿、潵水、西华九县。陈城复为郡治。属豫州。

唐（618—907）为陈州淮阳郡，领6县：宛丘、太康、西华、潵水、南顿、项城。属河南探访使。陈城为州郡治所。

五代（907—960）仍称陈州，开平二年（908）置陈州镇安军节度使。

宋（960—1279）为陈州，宣和元年（1119）升淮宁府，置淮阳郡镇安军，辖有宛丘、项城、商城、西华、南顿。隶京西北路。陈城为州、郡、府治。

金：（1115—1234）陈城为陈州、宛丘县治。隶南京路。

元、明、清都设置为陈州。雍正二年（1724）改陈州为直隶州，仍统四县，十二年升为陈州府，附郭淮宁县，有益开封之太康、扶沟。领七县：淮宁、太康、扶沟、西华、商水、项城、沈丘。

自南北朝北周易信州为陈州后，虽时有变化，大都称为陈州。特别是随着"包公下陈州"的戏剧名而扬名。

民国二年（1913）裁府复县，改淮宁县为淮阳县。从此，陈州又称淮阳县，隶河南省。民国二十一年（1932）设河南省第七区行政公署。行政公署设在淮阳城内。

1947年9月，淮阳县城第三次解放，11月建立中共淮阳市委和市人民政府，1949年3月建淮阳专区，淮阳县属淮阳专区，隶河南省淮阳专员公署，治淮阳。1953年，淮阳专区撤销，县改属商丘专区。1958年12月，商丘专区撤销，县改属开封专区。1961年12月，恢复商丘专区，县再改属之。1965年5月，置周口地区，淮阳县属之。2000年撤地设市，淮阳县从属周口市至今。

名城风貌

陈楚故城位于16000亩的龙湖之中，四面环水，仅四关四条路可使城内外相通。但四门"南北相对，东西不照"，并有"四门五关"，即北门外又有一"小北关"。古城四周筑城墙，墙内四角皆有城池。城墙外湖水荡漾，蒲苇婆娑，荷花争艳。湖外为环湖路，环湖路外为新城。古城新貌，相互辉映。城在湖中，湖在景中，景在城中，人在画中。

陈楚故城西周始筑，汉、宋、明、清各代都有修复，是自兴建以来延续使用时间最长的古城，历代都是豫东政治、经济、文化发展的重镇。

1980年5月中旬和6月中旬，河南省博物馆在周口地区文化局文物科和淮阳县文物保管所的协作下，对故城进行调查和试掘。试掘结果表明，这座古城自兴建后，曾经多次修葺，延续使用时间甚长。从开挖在南城墙上的"探沟1"获得的资料来看，最早的城墙叠压在最下层，高度在2米以上，夯土筑成，夯层在0.1米左右，出土陶片以板瓦、筒瓦居多，筒瓦外饰绳纹，间饰凹弦纹。淮阳城"探沟1"最下层发现的板瓦为方唇，瓦面绳纹清晰，筒瓦的榫口较斜，同时出土的盆、罐也是较早的器物。

此城城垣在初建之后，又多次加以修复。第一次是外附加，附加的宽度为 1.5 米至 2 米,高度比原来的城墙增高 1.5 米,夯层厚 0.10 米至 0.15 米,出土陶片中仍然以板瓦、筒瓦居多,筒瓦的榫口棱角明显,易于衔接,还有鬲口、豆盘、陶网坠、铜蚁鼻钱、铁器等。楚币可能是筑城役人失落在夯土中的。从出土的楚币看,这次修复的时间当是在楚灭陈以后楚国所修。陈城的第二次修复仍然是外附加,这次附加的宽度是 4.4 米,较第一次增高 1 米多。从附加的工程之大及出土的文物看,这次修复的时代是在战国晚期楚都陈时所修,即公元前 278 年都陈以后。城墙的第三次修复是西汉时期,是内附加。第四次是宋代,也是内附加。第五次是外附加,在砖块,是洪武年间修的砖城。

楚考烈王六年(前 257),毛遂至楚都(陈城)"按剑历阶而上",与楚王歃盟于殿上,可见城内已宫殿巍峨。城东南于庄西汉墓中出土的三进陶院落,规模布局严谨,错落有致;九家冢出土的东汉彩釉陶楼模型,斗拱飞檐,独具匠心,在国际博览会上,为西方建筑学家所叹服。由此证实,汉代境内建筑水平居世界领先地位。隋朝置临蔡县,治临蔡城,建城垣,周有城壕,"丁"字形大街,此时城镇建设已具较高水平。宋时,城内建筑技术有较大进步,除普通民房外,高大寺庙建筑如太尉赵公祠、晏公祠、灵通院、真武庙、开元寺等,相继拔地而起,巍然屹立。明代,建筑技术又有新发展,官府、民间鸠工庀材,大兴土木,广建寺院,先后重建或修建有太昊陵、弦歌台、画卦台、火神庙、城隍庙等。

清道光六年(1826)《淮宁县志》载:"明洪武辛亥,指挥陈亨易砖垣,延袤七里有奇,高三丈,址广五丈五尺。四门各增瓮城,四隅各为角楼。敌台四十九,堞计二千七百,深池一丈五尺,广二丈有奇。"明朝后期因战乱频繁,城墙多次坍塌,几经修复。

清代,县城建筑以寺庙修葺为主,民间富豪多建造楼房;农村泥木匠人增加,多建筑乡居民舍。民国时期,县城乡建筑发展缓慢,房屋以土木结构为主,砖木结构较少,且贫富悬殊。贫者常栖身草屋破庙之中,富者则多居于深宅大院,楼堂成片,多为四合院布局。

清乾隆二十七年(1762)重修故城,规模最大。其制"东西南北各三里……东门曰明化、南门曰孝义、西门曰平信、北门曰永安。"南北门相对,而东西二门不照,东门偏北,西门偏南。四门之外,设有五关,北门有大小二关。城内正中建有鼓楼,其东建有钟楼;彭楼前为学署、学宫,鼓楼西为三皇庙、火神庙、关帝庙、昭忠祠、火神阁等,是一座布局严谨的传统古城风貌。城内有72条街,取八九吉祥数。

清末,内城城垣周长4.5公里,高8米,堞计2111个。城墙上每隔90米建5米见方的敌台(由青砖垒砌),共有敌台49座。墙内各隅建一座8.3米见方的砖木结构、绿瓦覆顶的阁楼,飞角棱角,结构奇特,典雅别致。东南有魁星楼。城垣四方出入各有三道城门:第一道门高约6.7米,宽5米,门厚0.25米至0.3米,由铁皮包面,铁帽钉镶嵌,上方为青砖砌成的扇形拱门。第二道门与第一道门相隔6.7米,连接两道门的墙成弧形瓮券(也叫瓮城)。墙上有用于护城的炮眼,两边有配房。第三道门与第二道门相隔约10米;两条呈弧形的短墙分别由第二道门两侧瓮券。瓮券两边各设门卫房,置有护城设施。第三道门上方各建三楹二层砖木结构门楼。城池深5米,宽6.7米,城门置有吊桥。故城共有44条街。

故城明清两代各有七台八景。七台是伏羲画卦台、狄青梳洗台、苏辙读书台、孔子弦歌台、神农五谷台、秋胡台、紫荆台。七台一致,但八景有别。明八景是太昊遗墟,即太昊伏羲陵;白龟灵池,即画卦台前传说伏羲养白龟的地方;卦台秋月,即画卦台,因其在湖中,秋天明月高照,景色宜人;胡公铁墓,即陈氏始祖陈胡公的墓地,西周时是墓而不坟的年代,胡公墓是用铁汁浇铸而成,故称胡公铁墓;弦歌西照,即弦歌台,因其在故城西南湖中,夕阳西下,景色优美,故为一景;思陵暮霭,即曹植墓,在故城南侧,因其高大宏伟,暮色中更令人为之赞叹,故为一景;古宛晴烟,即古宛丘城,今全国重点文物保护单位平粮台古遗址;柳湖春晓,即故城西北的西柳湖,春天湖岸垂柳依依,景色秀丽。清八景是:羲陵岳峙,即太昊伏羲陵。蓍草春荣,即伏羲陵后面的蓍草园。相传,太昊伏羲氏曾用此草"揲蓍画卦",被称为神蓍。蔡池秋月,即白龟灵池。弦歌夜读,即弦歌台。孔子在陈绝粮7日,仍坚持诵读学习,此为纪念他弦歌不衰的厄台。卧阁清风,即汉代汲黯卧治淮阳的地方。汉时,淮阳盗坊甚嚣,帝令卧病在床的汲黯出任淮阳太守。汲黯卧治淮阳,淮阳政清,淮阳人把此地作为淮阳八景之一。望台烟雨,又称西铭山,在故城西侧,四面环水,阴雨天气,烟雨蒙蒙,别有洞天。苏亭莲舫,即苏辙读书台,台成船形,喻宦海泛舟之意。亭周围植莲花,象征"出淤泥而不染"。柳湖渔唱,即城西北的西柳湖,盛产鱼类,湖中朝夕景色艳丽,月下镜影沉壁,渔民在湖中打鱼,风光绝妙。

1947年淮阳县城解放,有关部门组织民众拆掉城墙。由于战争的原因,虽然古城建筑大部分被毁,但是基本城市格局未改。此城四周环以16000亩龙湖（1996年命名），只有四关四条路与外部相通，是一座我国北方古城中极为罕见的、名副其实的水上名城。

陈楚故城保护范围1.2平方公里。为了保护这一历史文化名城，2007年《淮阳县城市总体规划（2006—2020）》出台，以"东控、西联、北抑、南拓"为城市发展方向，以保护名城原有风貌为目标，坚持"保护为主、抢救第一""整体保护和重点保护相结合"的原则，特别制定《历史文化名城保护规划》《重点历史遗存保护规划》等文件，把历史文化名城的保护纳入规范化、法制化道路。

楚顷襄王的墓葬位于县城东南4.5公里。墓为南北两座相连，有高2米至4米的封土堆，状如马鞍，故称"马鞍冢"。

南墓平面呈"中"字形，五级台阶；北墓平面呈"甲"字形，七级台阶。墓中文物早年被盗。两墓西50米各有一座陪葬的大型车马坑。北坑进北长35米，东西宽4.72米，西侧有两个斜坡通道，南部葬有肩舆（桥）和泥质器物，中部葬马24匹，车8辆，狗2只，西北角葬有陶鼎、敦、壶等器物。其鼎大而制作精细。车的木件虽已朽，其他构件完好，有铜车环、铁轴承、车棚上有轺，盖弓帽，车辕上有衡、环等。车的种类大部分为战车，其中一辆车厢周围安装铜板数十块，颇似现代的装甲车，有一面旌旗上镶嵌贝壳，呈梅花形，极为壮观。从车马坑规格及墓葬形制等特征判断，南墓墓主系楚顷襄王，北墓墓主系其嫔妃。这两座墓及车马坑是目前考古发现形制最大、埋葬马匹最多、随葬品丰富的战国晚期楚王室大墓。1988年被淮阳县人民政府公布为重点文物保护单位。2006年7月被周口市公布为重点文物保护单位。

试想，春申君从秦国回到楚国之后，被拜为令尹。三月之后，楚顷襄王驾崩，春申君辅佐幼主、主持朝政。此墓的修建，可能是春申君黄歇所建。

第十章 亡羊思补牢，城阳楚王城

6月9日早上起来，我吃过早餐，打车到市委大楼，拜见市直工委书记黄振国先生，他知道我的辛苦，就送我9本他的著作，又预付我600元钱。我真的很感激他，去年他帮我售100本书，今天他又这样帮助我，真让我感激不尽，与他依依道别，他又送我到电梯口，我不敢看他关注的眼神，怕眼中的泪水忍不住流出。出了市委大楼，我坐车到车站，坐上到城阳城的车。

在城阳城，我了解到很多相关资料。

战国晚期，作为楚国地域的淮河上游国黄国遗民后裔黄歇，是怎样由一介外族平民登上楚国的政治舞台，成为声名显赫的战国的公子？作为一个非王族的人，非有超世之才和朝廷执鼎人物不可。从史料记载中我们知道，公元前278年春，秦昭王派大将白起攻破鄢郢，焚烧了楚先王陵墓，楚顷襄王被迫逃至城阳，大批楚国奴隶主贵族聚集于此。城阳城就是楚王城，原是楚武王攻破申国时所筑，当时称为"城阳"。

面对如此惨败的局面，楚顷襄王想起了被自己放逐到赵国的谋臣庄辛，就派人把他请到楚王城，这也就是"亡羊补牢"的典故。其中，楚顷襄王与庄辛的一段对话如下：

楚顷襄王曰："寡人不能用先生之言，今事至于此，为之奈何？"

庄辛对曰："臣闻鄙语曰：'见兔而顾犬，未为晚也；亡羊而补牢，未为迟也……'"（引自《战国策·楚策》）

楚顷襄王任庄辛执掌军政大权，以"亡羊补牢"的精神培养人才，力挽败局，驻守楚王城，凭借义阳三关与淮河天险，挡住了秦兵的进犯，这才使楚国有了喘息的机会，在陈（今河南淮阳）重建郢都，楚国历史又延续了55年。这段历史的大致时期是在公元前278年—公元前273年。黄歇是在公元前273年前后被任为左徒，估计是庄辛的发现和引荐，才使他脱颖而出。

庄辛的伟大之处，就在于他不计前嫌，高风亮节，一片丹心，并将"亡羊补牢"的理论化作楚国君臣及万民上下一心的一种生存精神信念而付诸后来的实践。

庄辛派兵驻守"义阳三关"，阻挡秦军北上，用"申息之师"，借淮河天险布防，挡住后援秦军南下，并在西线与秦军展开了激烈地争夺，一度收复被秦军攻占的长江沿岸的15座城邑，并在那里设置郡县，抵御秦军，楚国终于在楚顷襄王的一声喘息中缓过一点劲来，在信阳的楚王城住了3年后，迁徙陈国旧地，重建郢都，使楚国绝处逢生。

黄歇的封号春申君，他对"申"如此念念不忘，或许就是他在"申"城得到庄辛赏识，被引荐给楚顷襄王，楚王认为黄歇能言善辩，又懂周礼，就委以重任。公元前278年—公元前273年此间5年，也就是黄歇步入楚国政坛的时候，与史料记载相吻合。

城阳城：历史悠久　山灵水秀

说起城阳城，对没有来过信阳的人可能了解得并不深，但提起亡羊补牢、叶公问政、孔子至楚等这些脍炙人口的历史典故,那就是家喻户晓了。城阳城,即楚王城,这座承载着信阳1300年历史文明的楚国古城,以它厚重的历史文化和无可比拟的文物珍藏当之无愧地步入全国重点文物保护单位的行列。城阳城,这座具有楚风豫韵的豫南山镇,宛如一颗集休闲、旅游、教育等功能为一体的新星,正在豫南大地上冉冉升起。

走出了东周王朝的开国皇帝

据现存资料考证,城阳城最早的"乳名"叫榭城。西周后期,随着楚国力的不断增强,其势力范围从长江流域向淮河流域渗透。周宣王时,派国戚伯侯带兵南下,在今城阳城至南阳一带抵御楚国北进。在淮河北岸筑"榭城",作为西周王朝南部的一个军事重镇。西周最后一个皇帝周幽王仍娶申侯之女为皇后,但周幽王沉湎美色,昏庸无能,废申后及太子宜臼,立褒姒为后,并以"烽火戏诸侯"的千古笑谈来博得褒姒一笑。为顺应民意,巩固周王朝的统治,申侯暗中把太子接到自己的领地,在城阳城东2公里处修一座新城——太子城,将太子宜臼隐藏于此。宜臼长大成人后,在其外公申侯和少数民族的帮助下,战败周幽王,被大臣拥之为皇帝,将都城从镐京迁至洛阳,史称东周,时间被定格在公元前771年。

延续了楚国命运的临时国都

当春秋的战火蔓延到楚国大地时,昔日"春秋五霸"之一的楚国开始走向了衰亡之路,秦统一的战车驶进了楚国的领地——长江流域。战国时期,负函更名为城阳城,在楚国衰落的过程中,又扮演了楚国"大后方"的角色。公元前278年,秦将白起攻占楚国都城——郢。楚顷襄王带着楚国的王公贵族迁都至城阳城。据《战国策》记载,"襄王流掩于城阳",城阳城成了楚国的临时国都。此时,楚顷襄王后悔当初没有听从大臣庄辛的"规劝",导致今天国破家亡的境地。于是,就派人将庄辛从赵国请回,寻求治国之策,这便有了《战国策》上"庄辛说楚顷襄王"的千古美谈。在城阳城的4年时间,收复了大片失地,楚国的历史又延续了55年,公元223年,在安徽寿春被秦国彻底灭亡。

见证了孔子周游列国的最后驿站

孔子周游列国最后一站是楚国重镇——负函城,即城阳城。这绝非历史的偶然，孔子历尽千辛万苦，从中原进入南楚，一方面体现了孔子孜孜以求的"授业解惑"精神，另一方面也反映了楚国在春秋诸侯国中的独特位置，使这位大圣人在周游列国的过程中，不能存在一个地域的缺憾。因此，孔子历经"陈蔡之厄"的艰苦磨难，从今罗山县的子路乡进入楚国的城阳县，中原与楚国文化、习俗的差异，让孔子师徒们经受到了强烈排斥。同时，楚人深邃的思想和厚重的文化给予了这位圣人及弟子们无限的向往。

在负函城内，孔子见到了楚三公子之一的叶公子——沈诸梁，两人促膝倾肠，相互切磋，纵论天下时事与治世之道，这就是《战国策》记载的"叶公问政"。的确，孔子使楚最后下榻何处，可能是史学界永远也解不开的谜题。但孔子的楚国之行，让这位大圣人深深自责，自己知道的东西确乎是太少了，不如老农，不如老圃，不如采桑女，不如八岁顽童。"三人行，则必有我师焉。"这是现实的概括与总结，真理的体现，大约包括孩子们在内。同时，孔子在楚国境内政治抱负受到的冲击和文化习俗的巨大差异，孔子和弟子们都能真实记载下来，这不正是体现了孔子作为一代圣人的学习精神和博大的胸怀吗！因此，我们说，孔子使楚实际上代表了中原文化和楚文化的一次碰撞，是一次后来百家争鸣思潮的大演练。

展示了厚重灿烂的古代文明

如果说东周文化吹绿了我国古代文明的灿烂春天，那么，楚文化便是这个春天最耀眼的花蕾。城阳城，这座演绎了春秋战国兴衰的历史古城，2000多年来用自己的热土呵护着我们祖先创造的神奇文明。城阳城是现存6座楚王城中规模最大、保存最好、最具有考古价值的一座古城址，城址包括内城、外城、太子城，面积达250万平方米，城墙保存完好，依稀彰显着楚王不可一世的气概。

在城阳城，最让人惊叹的还是数量众多的楚墓群及出土的文物。据专家考证，城阳城保存大小墓葬近千座，其中大型墓葬百余座。由于自然的侵蚀和人为的破坏，中华人民共和国成立以来，国家、省、市文物部门先后在城阳城抢救挖掘了7座楚墓，出土文物近4000件，许多都是国家一级、二级重点保护文物，其中1957年一号墓出土的我国第一套最完整的青铜编钟，填补了我国历史文物中的一项空白。2002年挖掘的7号楚墓，出土的两组青铜套盘"玉碧辉煌、一丝不锈"，均为迄今为止的首次发现，被誉为稀世珍品。同时，在出土的众多文物之中，保存着珍贵的文献资料，为今人研究古代文化、佐证历史事实提供了有力的证据。

第十一章　大爱遗楚地，江夏成望族

6月9日下午，我坐上14点43分到武昌的火车，5点多到了武昌。我就住到了儿时的同窗好友倪天国的工地白沙洲大市场，他盛情地款待我，使我如沐春风，仿佛又回到少年时光。

6月10日，在白沙洲大市场路旁坐上公交车，到了武汉江夏文化研究会所在地——和平农庄，这里是武汉和平科技集团股份有限公司董事长黄崇胜先生出资捐建的。我见到了武汉江夏文化研究会秘书长黄绪珍老先生，与他畅谈两个多小时。我俩相见恨晚，我将我写的书送4本给他们研究会的几位领导，又将我拍到的与春申君有关的照片悉数复制给他，他送我3本书，又把武汉江夏区的地方志的相关资料复印给我，时近中午，他们盛情款待我。与他们挥手道别，我坐车到郑店，包了一辆出租车，几经周折到了江夏区黄鹤庄黄质山上的黄歇墓，首先看到黄如论先生题写牌坊匾额："声震华夷"（源自苏轼的诗：宏才伟略，大度深思。三千朱履，百万雄师。名列四杰，声震华夷）。

我又看见墓前有一座春申君雕像，如我们潢川县的那一座春申君雕像很像，我的心中有了很深的认同感。

在春申君黄歇的墓茔和江夏区五里界镇的江夏黄氏大宗祠，我拍了很多照片。

从黄绪珍先生给我的资料，了解到江夏区原为江夏县，是武汉市的南大门，素有"楚天首县"之美誉。江夏的历史悠久、人杰地灵、文化厚重。长江黄金水道、京广铁路、107国道、京珠和沪蓉高速公路纵横贯穿全境。江夏区位于武汉市南部，北与洪山区相连，南与咸宁市咸安区、嘉鱼县接壤，东临鄂州市、大冶市，西与蔡甸区、汉南区隔江相望。江夏，得山之灵气、水之秀美，湖山秀美，气候宜人。

第十二章　常德春申阁，南门珠履坊

6月11日早上，我的同窗倪天国又送我500元路费，满怀感激的我坐上公交车，到新华路长途站坐上武汉—常德的长途班车，下午4点左右到常德，我找间房子放下行李，就出门坐车来到中国常德诗墙春申阁、排云阁等地。这里真是世界一大奇观：诗墙全长3000米，刻有诗文1260首和40多幅画，我从中找了两首古人描写春申君的诗：一首是《感春申君》（唐·张祜）——

薄俗何心议感恩，谄容卑迹赖君门。
春申还道三千客，寂寞无人杀李园。

另一首是清朝胡焯所作——

国士酬恩意未平，春申应悔失朱英。
空来郢上三千履，不返江东十二城。
函谷著书人寂寞，夷门吊古泪纵横。
孤愤楚客谁浇酒，南国西风应有声。

另外，还有一幅《春申保国图》（石刻钟增亚画）。

3000多米长的诗廊，我一直到观看到夜里10点多才转回，收获真不少。

6月12日，我到常德市地方志办公室，复印了地方志上的很多资料，史志办办公室主任娄建英女士，赠我一本傅启芳先生的著作《常德方志考》，内里有一篇文章《春申君墓与珠履坊》，写得非常好——

春申君墓与珠履坊

在常德城内有纪念春申君的建筑，一是春申君墓，旧址在今三味书店，二是珠履坊。前者"文革"时期被毁掉，后者至清末犹存，今虽然旧迹不再，但它毕竟是常德楚文化曾有过的标志，我市一些造诣高深的学者，对它的形成及春申君的历史，作为曾经进行过富有成果的研考，对人们了解和弘扬常德这一历史文化大有裨益，令人欣慰和鼓舞。

对春申君墓葬何物的研究有了新的认识。原有的志书记载：春申君被害后，"葬常德"。学者们的研究排除了这一说法。指出：春申君自公元前262年至前238年任楚相25年，自恃功高权重，晚年政治野心膨胀，与李园妹为谋，试图谋夺楚祚，然而，却败在野心更大的李园手下，于公元前238年被李园诛杀于禁宫，落得个被抛首弃尸、全家尽被诛灭的悲惨下场。在此乱局之下，李园之辈岂能为其善后建墓旌表？况且，此事件发生在楚国东迁后之新都寿春（今安徽省寿县西），与常德相隔遥远，何能运尸"葬常德"？对此，韩隆福、彭其芳、应国斌等先生在论著中，以翔实的史料排除了春申君死后"葬常德"之说。笔者以为是很正确的，无疑是给志书做了新的注脚。

是不是"衣冠冢"？研究认为，似乎亦无可能。春申君当时被害，祸及全家，即使人有幸免，逃亡避祸已为要务，难有可能收其衣冠来常德建个衣冠冢。如果说，南宋祝穆作《方舆胜览》所记，是指衣冠冢，亦当是后人修建，有学者考究说其墓建于唐。若此，离春申君死去已越千年，未必尚能收集到其衣冠筑墓葬之？况且，"文革"期间毁墓建粮店时，据今健在的目击老人讲，墓掘开后什么也没有。可见，春申君墓是个空冢。完全是后人为怀念他而修建。有的朝代几次修葺，谅是多出此因。

珠履坊是源于春申君养士斗富的故事。战国中后期，由于争夺天下的政治需要，因而，对人才的争夺特别激烈，各国兴起了一股养士风气。这方面最著名者，当数齐国的孟尝君、赵国的平原君、魏国的信陵君、楚国的春申君，各养食客数千人。春申君居楚国相位长达25年，先后收养天下士人三千之众，在他的治理下，楚国得以复兴，并成为关东六国合纵抗秦之盟长。因而，楚国与各国的外交活动日趋频繁，互使不断。一次，赵国的平原君派使臣到楚国，为向楚国炫耀他们的富有，就在头上插着玳瑁簪子，佩戴着用珍珠宝玉装饰鞘套的刀剑，请求会见春申君的门客。于是，春申君就叫他三千门客中的上等宾客都穿着缀有珍珠的鞋子，来会见赵国的使臣，赵国使臣见了大感惊惭。这就是"珠履"的来历。

既有"珠履"，自然有产地，但史书并未记产何处，常德的志书则补了史书之遗缺。《清嘉庆常德府志》有记，新纂的《常德市志》再次明记：春申君"曾养士三千，常德城有为其制作鞋袜的珠履坊"。旧址在今下南门附近。此坊虽已不复存在，但毕竟在常德历史上有过。为繁荣旅游计，若能恢复"珠履坊"的古迹，并与蓬勃发展的淡水珍珠产业相结合，作为一个地方品牌打造，则仍不失三千珠履之风流，大可使这一历史文化遗产再现光彩。

千秋功过自有后人评说。大凡历史上为国家为人民做过一些好事者，人民总是不会忘记他。对春申君的评价，不少有识之士发表过许多精辟评论。赖汉屏先生《史记评赏·三千珠履说斯人》一文（见台湾三民书局1998年1月版第151—165面）指出："春申君是一个充满矛盾的人物。一方面，他有过人的才智，有大功于楚，对六国合纵抗秦事业做出过很大贡献；另一方面，他晚年以恶行秽德构祸，谋夺楚祚，被人暗杀于宫禁之中。"作者对"他一生前后判若两人的"的分析，可谓是鞭辟入里，入木三分。同时，对这位历史名相又表示了深深的同情和呼唤："斯人不泯，魂兮归来！"充分表达了常德人对他的怀念，引人共鸣则是必然的了。

翻开复印的《常德市志》上的资料，我可以看到如下记载——

黄歇（？—前238），楚国黔中（今常德市）人，战国四公子之一，被封为春申君。史称其"游学博闻"。在楚顷襄王时，他上书秦昭襄王，巧妙地制止秦国联合韩、魏两国伐楚，被用为左徒。顷襄王病重，黄歇冒着生命危险帮助作为人质的楚太子逃出秦国继承王位。楚考烈王时，黄歇任相国25年，北伐灭鲁，使楚国重新强盛起来。他广纳贤士，号称门客三千，大思想家荀况也投在他的门下，出任兰陵令。旧志称春申君在常德养有食客，今民主街至下南门旧称珠履坊，是专门为食客制作装饰珠玉的鞋子的作坊。公元前241年，楚国联合赵、魏、韩、卫四国合纵伐秦，黄歇为纵长，在函谷关战败。春申君从此被考烈王疏远，最后被李园阴谋杀害。《方舆胜览》载常德城有黄歇的住宅和坟墓。历代有关于整修春申君墓的记载，直到1918年冯玉祥进驻常德，都曾为春申君墓封土树碑。

我和娄建英女士道别后，回来汇丰旅馆收拾好行李前往福州。

6月13日下午2点到达福州火车站，我在高铁旅馆住下，洗涮之后，打电话给福州江夏黄姓研究会常务副会长黄致宏先生，他让我坐5路在省老年医院的对面下车，我坐上车后，在福苑大厦下车，见到黄致宏先生，他又是华美（福建）设计院的董事长，我将我所收获的资料图片全部复制到他的电脑，他充分肯定了我此次寻访的价值。天色已晚，他邀我到福州体育馆对面的海鲜馆吃饭。

6月14日，我坐上K666福州到沈阳北的火车，早上7点55分发车，夜12点时分到老家潢川火车站，在我曾经租房写作的地方，故地重游，心中升起无数感慨。美景温馨旅社的苏永河夫妇忙着炒菜，下挂面，做了一碗西红柿汤，喝瓶啤酒，真是宾至如归，我送他们一本我写的书，安然入睡。

6月15日早上8点钟坐上公交车，在新潢桥头下车，坐上潢川到双柳的车回到了家中。8天时间我走了5个地方，收集了很多与春申君有关的资料，提在手里，真有些沉甸甸的啊！真是不虚此行！

附录四
媒体文摘

一、潢川县打工仔于世民：边打工边写长篇

（录音采访，于世民应为余士明）（2005-02-07）

《大河报》　记者：辛渐

"2003年，我曾经绕着黄国故城遗址转了两圈儿。我看见城墙遗址上稀疏的树林和荒坟，很痛心，我看见一万多平方米的黄国宫殿遗址和黄君庙台皆被四周的村庄当作稻场。当年那么显赫的黄国故城竟冷落荒凉到如此地步，真令人心寒。也就是从那时起我心中一直有一个信念：不管多么艰难我都要把黄姓的大显祖春申君黄歇写出来，为修复黄国故城尽我的微薄之力。"

于世民边取文稿边向我们讲述他写长篇小说《黄歇传奇》初稿的初衷。于世民从潢川县仁和镇来郑打工，现担任郑州十一中新校址建设的木工，平凡的岗位给了他一份平和的心态，他却用这一份平和的心态支撑起心中美丽的信仰。

于世民谈吐随和，时常发出憨厚的笑声，掩饰不住的淳朴。于世民说，他从小就喜欢文学，阅读书籍，"小时候家里也没什么书，最初的阅读对象就是连环画，四大名著。也喜欢听评书，一听评书就忘记吃饭、睡觉了。"

由于家庭困难，于世民又是家中长子，理所应当担当起家庭重担，于是在1992年高中毕业之后，他没有像别的孩子一样选择考大学而是决定走打工挣钱的路。十多年间他曾经做过搬运工、泥工、木工，也给别人养过鱼，拾过破烂。前后辗转上海、北京、郑州、杭州等各大城市。但无论生活怎样繁

忙和劳累，他都没有放弃过读书和写作。艰难的环境磨炼了他坚强的意志，不懈地追求也给予了他丰厚的回报。在1997年，他的诗歌发表。拿到稿费的那一刹那，他笑了。

2002年的春天，他有幸见到了上海同济大学的教授黄昌勇先生，黄先生对楚文化和潢川文化很有研究，通过和他的一次深谈之后，于世民心中便萌发了为自己美丽的家乡写一部书的念头，同时，他决定把自己的写作重点放在黄姓的大显祖春申君黄歇身上。这个念头一直在他头脑中盘旋，直到2003年他拜访了当地的文物考古副研究员杨履选先生，他把自己的想法告诉了杨先生，杨先生对他的想法大加赞同，并为他找到了许多有利于写作的资料，对他说："春申君是值得大写的，我支持你！"

美好的种子一旦在心中萌芽，便要让它长成参天大树。于世民从此便开始了收集资料、写作文稿并坚持打工的日子。为了更加安心地写作和收集资料的方便，他租下了工地附近的一个地下室。作为一名木工，工作量相当大，每天晚上七八点一下班，他便回到自己租的地下室里面开始查找资料和写作。地下室空间过于狭小，他只能跪在地上，趴在床上写，通常都是凌晨之后才睡觉，睡眠极度缺乏。有一次写作太晚了，于世民竟然昏倒地上，下巴都磕破了，缝了9针。"这么辛苦，你曾经想过放弃吗？""没有，我从来没有想过这两个字，尽管很辛苦，甚至有时会遭到工友善意的嘲笑，但我却从未后悔过。"

2003年于世民收集资料的工作基本完成了，初稿也写了十万多字，望着自己的初稿和那半麻袋的草稿，于世民感慨万千！2005年1月，他完成了17万字的初稿《黄歇传奇》。

他说："由于资料还不够充分，文稿还有四回是暂空的，我准备今年回家乡找县里领导写一封介绍信，允许我去上海、苏州、无锡、福州等地方充实一下材料之后，再开始写作。""那么新的一年有什么心愿吗？"我们问。"希望我的《黄歇传奇》初稿早日出版，并编成电视剧，我准备把版权所得捐出大部分为修复黄国故城尽我的微薄之力。"

望着于世民真诚的笑容，我们祝福他好人好梦！

二、农民工余士明想出书

2008年4月23日星期三　　《钱江晚报》　　记者：王玲瑛

我的创作很艰难，我的作品很有价值。

余士明的开场白有点像最近颇受关注的文艺片《立春》的主人公王彩玲。生活在小城市中的王彩玲不甘心现实的平庸，梦想着调到北京大剧团，到巴黎去演唱歌剧。余士明在杭州的一个工地做木匠，心中向往的是出书。把书拍成电视剧，做一个拿笔杆子的文化人。但他没有王彩玲那种自信和傲慢，说自己理想的时候低垂着眼睑，不敢看周围的人，却拿了两包口香糖涩涩地往人手上塞。

到报社来时，余士明换了身最新的衣服，希望留给别人一个好印象，他看起来不特别像农民工，只有贴着创可贴的手能看出平时是干体力活的人。他说，看过本报一篇报道，一位大学生休学，写了个剧本希望有人帮助发表或拍成电视剧，所以也想来试一试，因为他也是一个文学爱好者，爱了十多年了。

从2004年到2008年，余士明花了4年时间创作小说《黄歇传奇》初稿，约18万字。春申君黄歇是春秋战国时期四君子之一，随着上海世博会临近，这位古人越来越受人关注，在上海市申博成功的欢庆晚会上，演员们唱的第一首歌就是《告慰春申君》。因为他，开凿疏浚了黄浦江，被誉为"上海之根"，上海的简称"申"就是源自春申君黄歇。

余士明为了写这本书吃了不少苦头。除了利用打工间歇写稿，还专门拿出两个月时间租房闭门写作，租的是间地下室，通风不好，他因写作过度及缺氧晕倒，下巴摔破缝了九针。顾长卫拍《立春》时说过，有个性的小人物，为实现梦想奔波劳顿的生活轨迹，其实很精彩也很感人。余士明去不起电影院，他不知道他们有"王彩玲"这样的代表。写完小说，每天的生活还是特别现实，每块木头的尺寸要精确到毫米，不然就契合不上。但他还是痴心守卫着他的梦想。

春申君是位古代名人，他在许多地方留有遗迹。余士明在打工之余，曾去实地考察。他到过江苏，去过上海，拍了一摞照片，照片全是春申君的雕像和散在各地的墓，照片中没有余士明自己。

"今年3月,我对小说作第二次修改,然后在郑城找出版社,出版社要拿50000块钱,出三千本书。我是一个农民工,家里有60多岁老父母要养,还有两个孩子,一个上初中,一个上小学,他们都反对我写作,更别提自费出版了。"余士明说。

亲人们都劝他,打工只要身体壮,做事踏实,千万别想入非非。但余士明说,"这件事让我的心每天在受煎熬"。

三、农民工把"春申君"写得荡气回肠

2010年01月07日06:02　浙江在线-钱江晚报　通讯员：贝楚楚　记者：余雯雯

44岁的农民工余士明,有个旁人看起来很不切实际的梦想,他想当作家,想出书。2008年4月的一天,他曾到《钱江晚报》寻求帮助,希望能出版自己写的书(见本报2008年4月23日D3版《农民工余士明想出书》一文)。事隔近两年后,昨天,余士明再次来到本报,除了带着自费出版的两本书外,还带来了另一个梦想："我希望能够寻找一个合作人,把我的书带到世博会去,拍成纪录片。"

书商抛出2.5万元买署名权,他拒绝了。余士明的老家在河南潢川,仅有高中学历的他几度与大学擦肩而过,迫于生计就到处打工,当过泥工、搬运工,给人喂过猪、养过鱼,打工之余他唯一的兴趣就是搞创作。

2008年余士明在杭州转塘当木匠,那时候,他已花了4年时间完成了处女作《黄歇传奇》初稿。

他的故事刊登后,马上有印刷厂的老板和纺织厂的老板要帮助他,还有一个书商要用25000元买断他的署名权,但最后因种种原因他都没有接受。

2008年9月,余士明放弃了一个月三千多元的工作,回到家乡,一边打工一边寻找机会出版自己写的书。

最终,通过朋友介绍,他自掏腰包10000元,自费出版了《黄歇传奇》初稿。

出书的费用是命换来的

余士明自取笔名"余味",他的解释是"余味无穷"。眼前的他穿着一身干净的迷彩服,一双黝黑粗糙的手小心地护着自己的两本书："这书可是我用命换来的。"

2008年12月5日,余士明骑着电瓶车回家,心里正在为自己的小说

《黄歇传奇》初稿能改成电视剧而激动着。就在那时，一辆飞速的车子把他撞飞，他摔成了重伤，昏迷了整整三天后，他才脱离了生命危险。他在病床上一躺就是3个多月。

重病之时，余士明对写书出书一事一直惦记着。伤愈后不久，他又花了8个月的时间，走遍了12座城市，写下了游记体文集《未了春申情》。他多次探访这些留有春申君黄歇遗迹和传闻的地方：上海、苏州、无锡、湖州、江阴、淮南、寿县……每到一处，他就带着自己的理念和热情拜访当地的史志办，用自己出版的第一本书"换"史料，搜集、考证春申君的生平。

去年9月，余士明获赔医药费9.6万元，除去治病用掉的7万余元后，他不顾家人的反对，用剩余的2万多元出版了第二本书《未了春申情》2000册，还自费再版了第一部《黄歇传奇》初稿。如今，他负债累累，欠条加身，但追逐梦想的心却推动着他继续向前。

想把书献给世博会

上海又名申城，黄浦江也因春申君黄歇的治理命名。余士明记得，上海申请世博会，以及申博成功时都演唱了《告慰春申君》，这让一直醉心于春申君的他萌发了一个大胆的想法："我要把我的书带到世博会，让大家更加了解春申君。"

余士明说，春申君是他家乡的历史人物，他对春申君有一种深沉的感情，希望有人帮他策划春申君的纪录片。

春申君其人其事

"战国四君子"之一的春申君（公元前320年—公元前238年），姓黄名歇，以礼贤下士、门客众多而著称。太子熊元继位后称楚考烈王，黄歇时任令尹（相国）并得到"春申君"的封号和淮北十二县的封地。

他兴修水利，造福一方。在今上海、苏州一带，治理申江，疏通河道，抑制水患，深得民心。故此，当地人纷纷以其姓或号为许多山、水、地方命名，比如上海的黄埔港，上海简称为申，都是因纪念黄歇而得名。

四、十八年磨一剑　打工仔出长篇

——访边打工边写作的潢川县农民工余士明

《信阳晚报》　记者：汪俊、毛东方

日前，听说潢川县有一位农民工，在打工之余搞创作，自费出版了一部

20多万字的长篇历史小说《黄歇传奇》初稿。带着崇敬和好奇，我们来到他近日打工的工地采访了他。

在潢川城南的一处工地，我们找到了这位农民工。只见他身穿橄榄绿工作服，头戴一顶竹编安全帽，正在和几位工友支柱子、锯木板。见有记者来访，他显得有些紧张，黄色泛黑的脸上肌肉有点颤抖，说话也口吃起来，一副憨厚腼腆的样子。

通过攀谈，我们了解到，余味，原名余士明，1967年6月出生于河南省潢川县南部的一个小山村。他自小就喜欢文学，尤其喜欢看一些描写英雄人物的书，他曾幻想将来写他所崇拜的大英雄。1990年，高中毕业的他因家庭贫寒不得不放弃学业外出打工，至今已有18年。他当过泥工、钻子工、搬运工，拾过破烂、卖过水果，给人喂过猪、养过鱼，进过印刷厂，后转行做木工。18年来，他背着背包和书籍，辗转大半个中国，坚持在打工之余搞创作，曾在浙江《东海》《江南》等杂志上发表过不少诗歌小说和散文。长篇历史小说《黄歇传奇》初稿，是他用了4年多的业余时间写作成的。

余士明的几个工友也纷纷围了上来向我们介绍说，余士明为人忠厚老实，工作上很能干，是工地上的一把好手。他平时不爱说话，见人就傻乎乎笑笑，没事就搂着书看，在铺板上写写画画，像个"书呆子"。他怕打扰我们休息，还怕我们说闲话，每天夜里躲在堆放杂物的工棚里看书，有时我们一觉醒来，还发现工棚里的灯还在亮着，几乎每个夜里我们都不知道他啥时偷偷地钻进被窝睡觉的。每逢停工放假，他就带着简单的行李匆匆出门，问去哪儿也不说，回来后满身的灰尘，见着我们咧着嘴笑，好像捡了宝贝似的。直到前天上午，他用车拉回来十几捆新书，我们才知道余士明出书了，我们大家都非常高兴。"咱农民工也能出书"！我们也感到自豪和骄傲。

在余士明的住室里，我们见到在一排通铺靠近窗户的上面整齐地摆放着十几捆新书。不用问这就是他自费出的新书《黄歇传奇》初稿。新书的旁边还有很多书籍，其中还有一些手稿。他说这就是他一笔一笔写的手稿。这些手稿大部分是他在郑州汽车站黄家庵2号那栋楼地下室的一间房子写出来的，小部分是在潢川县火车站旁边的美景苑旅社三楼的一间房子写出来的。

提起"黄家庵"，余士明至今还记忆犹新。余士明告诉我们说，"2004年，我在郑州北站黄家庵2号一个'不开灯就永远漆黑一团'的地下室里闭门写作两个多月，那个只有一尺高两尺宽的窗口可以透进空气的地下室，使我养成了'夜间不开灯睡不着觉'的坏习惯。那间地下室的门前，那几百页手稿还残留着我因写作过度疲劳，摔破下巴，流了很多鲜血没钱在医院治疗，只好在小诊所缝了九针的痕迹"。

其实，早在2004年底，余士明就完成了初稿，因为没有春申君开发江东十二县的素材资料。他认为，凭空想象，不实地考察探究，就会"纸上得来终觉浅"。于是，2005年，他到南方去打工，边打工边收集素材。从2005—2008年，这几年间他利用业余时间跑遍了留有春申君黄歇遗迹和传闻的地方：上海、苏州、无锡、湖州、江阴、淮南、寿县等地，通过实地考察、走访，证实了春申君黄歇是第一个开发上海和苏州、无锡等地的河南人。

"春申君黄歇是我们河南人的骄傲，也是我们家乡的骄傲！"余士明激动地说。正是因为他自小就怀着崇拜英雄的虔诚之心，才使他百折不挠，勇敢地走下去，写下去……

我们驱车来到余士明的老家。在他的藏书室，除了有一片能容纳三四个人站立的空间外，其他的空间全部堆满了书，其中有一个破旧的书柜，里面装满了各种各样的书籍杂志和报纸，顶子上还存放着四个大纸箱子，里面装的是他的日记本和规格不一的手写的草稿。

看到这些手稿，我们都很感动。余士明的母亲告诉我们说，士明是个孝子，从不胡吃胡喝胡赌，就是贪上了看书、写划这"管地"啦！每年在外打工回来都带着两箱子书和半布袋破报纸，谁也不许动，像宝贝似的。为这，他媳妇跟他吵了多少次嘴，打了多少次架，骂他书呆子，说他是没用的家伙，天天不务正业。我和他爹也不知劝他多少次，他就是不听，就是放不下，有几回他说不写了，过后又偷着在外面租房子写……

2008年正月初十，余士明不顾家人反对和亲友们的劝告，毅然在潢川火车站美景苑旅社租间房子，日夜发奋写作、修改，用一个月时间把小说的第二稿写成。他曾经找过出版社，出版社要他拿50000元自费出3000本书。"可我一个农民工，上有老下有小，还有两个孩子上学，怎能承担得起这笔费用"。他被迫放弃了。后来他到杭州打工，在打工间歇，通过《钱江晚报》记者的帮忙介绍，有一个印刷厂的老板和一个纺织厂的老板提出要帮助他，还有一个书商要用25000元买断他的署名权，终因种种原因他都没有接受。2022年8月份，他用他的伤残赔偿金出版了此书。

长篇历史小说《黄歇传奇》初稿出版了，圆了余士明的一个"出书梦"。回顾这段写作史，其中饱含了余士明的多少辛酸和无奈。"这四年多的时间，使我想起了法国生物学家法布尔的《昆虫记》里的蝉，由蝉的生活经历我想起了我的生活：四年黑暗中的苦工，一个月日光下的享乐，这就是蝉的生活，我们不应该讨厌它那喧嚣的凯歌，因为它掘土四年，现在才忽然穿起漂亮的衣服，长起可与飞鸟匹敌的翅膀，沐浴在温暖的日光中，什么样的钹声能响亮的足以歌唱它那来之不易的刹那欢愉呢？"余士明非常感慨地说。

五、一个农民工的"作家梦"

《东方今报》　　记者：张雅平、刘羽、刘栋杰

10年来，余士明在建筑工地当过小工，喂过猪，拾过破烂，卖过水果，已经出版了两部书，一间不足10平方米的地下室，两张简易桌子，半箱桶装方便面，46岁的潢水农民余士明在郑州构筑着他的"作家梦"。

1月8日上午，余士明打通了《东方今报》的热线电话，他希望找人帮他出本书。10年来，他在已经出版了两部书，目前还有两部书稿等待出版。

《东方今报》记者来到余士明在经三路某小区的住所——一间约10平方米的地下室，靠近门口的地方，摆着一张桌子，上面杂乱地摆着毛笔、书和纸等物品。墙上唯一的装饰是一幅字：我是我命运的主人，我是我灵魂的舵手。

余士明说，他住在工棚太吵了，写不下去，这个地下室是一个熟人的亲戚家的，房子租出去了，地下室暂时没用，就让他住了。"这里清静，我一天能写三五千字。"他说。

余士明所写的这部半自传体小说叫《幸福船》，2013年12月开始在起点中文网连载，截止到2014年1月9日，小说上传十余万字。

虽然余士明充满自信，但他的口袋里只剩下1000多元钱，顶多还能撑一个月，到那时，他只能继续打工以维持生计。《东方今报》记者离开时，余士明忍不住自嘲：理想很丰满，现实很骨感。

六、余士明：草根也有作家梦

2021.03.12　　10:20:26　　来源：中原经济网《河南经济报》　　记者：付宜成

通讯员：赵永红

古诗云："宝剑锋从磨砺出，梅花香自苦寒来。"只有经历炼狱的劫难，

才能磨炼出创造天堂的力量；只有流淌过鲜血的手指，才能弹奏出享誉世界的乐章；只有不懈努力，才能拨开云雾见到彩虹；只有经过挑战，才能磨砺意志，实现梦想。潢川县农民工作家余士明（笔名：光州余味）凭着执着的追求和顽强的毅力，30多年始终坚持写作，阴暗的地下室，尘土飞扬的工地，都是他写作的场所。突如其来的车祸没能把他打倒，反倒让他越来越强。

1987年余士明从双柳高中毕业后，又到潢川高中补习班复读，高考不幸落榜后，他决定不再参加升学考试。后来他放弃高考，在村里当了一名扫盲教师。有一次，当他遭遇村霸辱骂羞辱，奋起反击，痛打了村霸一顿，最后他愤而辞职，开始了走南闯北四处打工的生活。30多年间，他边打工边写作，喜欢看书和买书，几乎每年年底都会带回一个蛇皮袋的书籍回家。

2002年春，他到上海拜访潢川籍现任上海戏剧学院院长黄昌勇教授，得到了他的指点，萌生了写作一部关于春申君黄歇的小说的念头。

2003年9月，他有幸得到潢川县乡贤杨履选先生的指点，并且，从杨老先生那里得到了许多有关春申君黄歇的宝贵资料，使他写作的信心大增，杨老先生的鼓励和帮助真让他感激不尽。

2003年到2004年期间，他租住在郑州市某地下室，他一边在工地打工，一边利用业余时间坚持写作；那间地下室，只有一线光亮从那个一尺高二尺宽的窗口透进，尽管条件如此艰苦，余士明仍抓住一切业余时间拼命写作。

为了写好这部作品，他吃尽苦头，经常夜里12点才睡，早上5点又起床，骑着二手自行车到十多里外的工地干活儿，晚上回来吃过饭，洗过澡后，又抓紧写作。有一次，他由于趴在床上写得太久，他感到头昏脑涨，突然摔倒地上，摔破了下巴。在小诊所花100多元，缝了九针，养了好几天才能下床走动。至今，他的下巴上还留有疤痕，成了一小块"不毛之地"。为了写小说，他写写改改不知多少遍，终于完成15万字的初稿。

2008年4月23日，《钱江晚报》记者王玲瑛写了一篇名为《农民工余士明想出书》的文章对他进行了报道，引起了不少人的关注。有人愿意帮助他出书，并想用2.5万元买断他的署名权，他没有接受。

2008年9月12日，时任上海同济大学宣传部长的黄昌勇教授正在承担上海市委宣传部的一个项目《名人·名事·名著——上海文艺创作资源研究》，黄昌勇了解到余士明对春申君黄歇颇有研究，就向他约稿。余士明用了3天时间，完成了10000多字的初稿。当他把手稿交到潢川县黄姓文化研究会时，无意中发现了一本潢川籍环保志愿者叶榄的书，记下了上面的电话号码，他与叶榄取得联系，叶榄建议他自费出书。在叶榄的推荐下，并在老同学彭邦的帮助下，余士明自费出版了《黄歇传奇》初稿。

2008年12月5日，余士明与黄昌勇联系后，准备第二天到上海商谈为春申君黄歇筹拍电视纪录片的相关事宜。回家的路上，他在106国道上被后面疾驶而来的轿车撞了出20多米远，拉断了小肠，大脑被撞导致蛛网膜下腔出血，腿部骨折。得到消息后，他的妻子租了辆救护车，把他拉到了武汉协和医院救治。养伤期间，他仍不放弃写作。等到伤势稍微好点之后，他又走访了十多个留有春申君黄歇遗迹的地方。

余士明用他的自费出的书作敲门砖，叩开了十多个市县地方史志办的大门，得到了当地很多珍贵的第一手资料。又花了两个月时间写了《末了春申情》一书。由于大脑受伤严重，他请徐涛等几位文友帮助修改和校正，完成了定稿。由于无钱出书，他只好用自己车祸赔偿金自费出了4000本。

为了生存，为了养家糊口。余士明只好又回到工地，他一手拿着电动扳手和钉锤子，一手拿着笔，在工地边打工，边坚持业余写作。为了一部书，为了一个誓言，他坚持了30多年，仍未放弃。后来他又写了几部书稿，包括《一个人的上海》《文化源流学》和自传体长篇小说《梦想正实现》，以及多首诗歌和十多个中短篇小说。

他像一只候鸟，今天在郑州，明天或许又到了杭州或其他城市，但他始终不忘为春申君黄歇拍纪录片的初心。多少次失败和挫折，是他越来越坚强。时间是神奇的魔法师，让他的作品等来了素材的发酵期，使他对素材的改造能力增强了不少，使他把他原先酿造的略带苦味的美酒，逐渐去掉苦味，变得越来越醇厚，越来越余味悠长。

他花了很多业余时间，完成了20多万字的《黄歇传奇》初稿，同时他又写出了很多爱国诗文。他说："写作要讲文德，文德高，文章的水平就不会低俗。感谢上苍给了我这样的考验。我是自己命运的主人、是自己灵魂的舵手。正如贺拉斯所言：不论风暴将我吹到哪里，我都将以主人的身份上岸。"

他清澈透明的眼神告诉我们：他的话绝对是发自内心的。记者相信，他将来必有大发展和大成就。这不仅因为他的才华与勤奋，更因为他的人品和道德，我们相信苦难的尽头就是幸福的港湾。

余士明说："如果成功的前奏太长，不妨坚韧一点，努力一点，低调一点。前奏既不是空等，更不是绝望。只要始终坚信，并为之努力，这便是成功的前奏。正如赛车道那样,弯道前面是直道,弯道超车,成功就在眼前。"面对苦难,他总是带着微笑去面对,并努力战胜它。

唯有经历了"多事之秋",才有成熟的自信;唯有敢于面对未来,才有从容的自信。我们细读了余士明的文章,才会发现写作不仅需要智慧,更需要勇气。自古雄才多磨难,从来纨绔少伟男。祝愿余士明早日实现梦想,为春申君黄歇拍一部电视纪录片,这是记者最诚挚的祝福。

七、一个人的上海

作者:吴基民

上海是一个海。它是高楼的海,是金钱财富的海,同样也是人的海。现在海纳百川的上海常住人口有1600万,每天流动人口有300万,走在大街上,尤其是走在南京路、淮海路这样的名扬世界的繁华商业街上,从早到晚都是摩肩接踵的人,令人有一种喘不过气来的味道。

但是,上海在它的历史上,曾经有很长一段时间,也许总有1000多年吧,只不过是一个人。孑然一身、形影相吊。人家提及上海只晓得他,于是,他也就代表着上海。孤寂地、落寞地、默默地……他便是黄歇,或许别号更响一点,叫春申君。

他生在哪一年?没有知晓。死在哪一年?人们记下了:公元前238年,如果活到今天应该有2200多岁了。

史书记载,他是战国时代楚国一位非常有名的贵族,能文能武。楚顷襄王时,他担任左徒;不久考烈王即位,他担任令尹也就是宰相,封地在淮北有12个县。在此期间他做了两件大事,一是派兵前往邯郸救赵攻秦;二是在归国途中顺便将鲁国给灭了。于是,在楚考烈王十六年,即公元前248年,他改封于吴,富饶的苏州、松江,包括整个上海一带,都是他的封地。

给黄歇带来更大名头的在于养士。那与春秋战国时期的习俗有关。一些有钱的贵族大旗一挥,招天下之士以备不时之需;而一些具有大智慧、大本领的侠士又不甘心被碌碌无为的小官吏小贵族差遣,往往也隐名埋姓浪迹于士林之中,蛰卧下来等待时机,比如齐国的孟尝君,门下有食客三千,鸡鸣狗叫之徒无所不有。与孟尝君齐名的赵国的平原君,魏国的信陵君,再有便是春申君。著名文学家贾谊在《过秦论》中写道:当是时,齐有孟尝,赵有平原,楚有春申,魏有信陵。此君者,皆明智而忠信,宽厚而爱人。但即便是宽厚爱人,即便是门徒三千,也未能救得了他的一条性命,考烈王一死,黄歇即在楚国上层人士的内讧中丧生,又过了18年,楚国灭亡,秦始皇统一了中国。

上海已有5000年的历史,现在根据考古发现,又将它推前了2000年。上海地区丰饶富足,元代之后"木棉文绫,衣被天下",即以一个地区的种植与纺织便可解决全国的衣服被絮。但在人文景观上却显得非常落寂。漫漫十几个世纪,人们记住的也许有黄道婆、有徐光启,还有便是这位黄歇。就拿被上海人称作为母亲河的黄浦江来说,从来就没有一个名字,一直到南枕头乾道七年即1171年,才第一次被称之为"黄歇浦",简称为"黄浦",更多的文人墨客还是喜欢将它叫作"春申江"。同时,人们还造出了许多故事,据说黄歇曾率士将它疏浚过。而真正宵衣旰食,整整二年过家门而不入,率领数十万民工疏浚了黄浦江,使黄浦江形成了今天这样波澜壮阔的气势。

黄歇对上海的影响是巨大的,上海人将上海这座城市称为"申"城。1872年上海创刊的第一份报纸称作为《申报》,上海一份发行量很大的娱乐服务类报纸《申江服务导报》,一直到今天上海新建成的高架道路还被称之为"申字型"高架道路。2400年前的春申君黄歇,给上海这座城市,给见多识广的上海人,留下了深深的无法磨灭的印记!

现在,上海跨入了一个历史新时代,其发展之迅速,其变化之剧烈,远不是黄歇那个时代的人所能企及、所能梦想得到的。但上海人不能忘怀自己的历史。也许会有一天,在黄浦江的东岸,在那花团锦簇的新浦江大道上,会树一块碑,会立一个像,塑的便是那个黄歇——头戴高高的帽子,腰佩长长的宝剑,面容清癯,目光炯炯,默默地注视着日新月异,生生不息、咆哮奔流的黄浦江……

——摘自1998年《文汇报》

2014年8月4日,新华社、《楚天都市报》曾报道:

楚文化研究者刘玉堂,通过考证得出,楚人最早"开发"了上海,由于黄浦江西段,传说是春申君黄歇开凿的,所以,简称"黄浦",又称"申浦"。

范雎于秦昭王(公)四十年(前266年)相秦,被封为应侯。

公元前262年—公元前263年,黄歇保太子熊元回国(楚考烈王元年),楚国取得徐州(鲁顷公十九年)。

公元前257年,秦军进攻赵国,遭遇邯郸之败(魏信陵君窃符救赵,楚春申君救赵)。范雎在秦国的政治地位发生了动摇,不久被罢去了相位。

公元前 255 年,范雎因王稽事坐罪。楚春申君伐鲁灭鲁迁鲁,鲁顷公二十六年)。同年,楚考烈王八年,春申君任荀况为兰陵县令。

附录五
知名教授、作家、评论家谈余士明

一、黄昌勇教授的约稿信

余味：您好！

  我正承担上海市委宣传部一个项目《名人·名事·名著——上海文艺创作资源研究》，其中，黄歇理所当然被评为名人，因为觉得你有研究，所以，这一条就想委托你来写，我发一份写作规范给你，另外这个条目中，要有黄歇的全貌，也要突出他在苏州、上海一带的重要贡献，文字可在8000左右，正文你根据内容可以分几个部分，用叙述的语言，不描写、不抒情、不评价。点评中可以就谁为创作素材进行评论。索引中列出有关遗址，特别是在江苏、上海一带，上海有关方面有拍电视剧打算，但可能是多方的合作，你的这份东西可以起一个引导作用，你争取国庆放假前完稿，交昌喜送人打印，也请他把把关，具体事宜也可电话联系。

  拜托了。

昌勇
2008年9月12日

二、知名评论家徐涛的评论

余士明：告慰春申君
——余士明和他的长篇历史小说《黄歇传奇》

2008年11月23日上午，作家余味（原名余士明，曾用名于世民）带我游玩了潢川的小潢河、小南海、五教圣地、春申君广场等景点。下午到黄国故城遗址（已于2006年5月被国务院批准列入第六批全国重点文物保护单位名单）、黄君台、天池，最重要的是要陪同余兄带着他的新著长篇历史小说《黄歇传奇》初稿和写有"告慰春申君"（2002年9月，上海申博成功的欢庆晚会上唱得第一首歌就是《告慰春申君》）的书法条幅及两枝青翠的松柏等，去拜谒春申君之墓，以告慰春申君。缘由说来话长，且听我慢慢道来——

余士明早在1987年的夏天，在《豫南史话》上读到杨履选先生的文章《黄国故地话春申》，被春申君黄歇的事迹所感动，那时，他就立志要将家乡的这个中国历史上赫赫有名的战国四公子之一、黄姓的大显祖写成小说。而正式着手写作还在2003年，他在得到乡贤黄昌勇（上海同济大学教授、《王实味传》的作者）和杨履选（河南省潢川县文物研究员）的点拨和帮助之后，打工之余，历尽艰辛与磨难，于2004年底在郑州北站黄家庵完成这部长篇的初稿。并在2005至2008年间，他游历了留有春申君黄歇遗迹和传闻的一些地方——上海、无锡（包括苏州、江阴）、湖州、寿县、淮南等地，通过实地寻访、考察，再次证实了春申君黄歇乃是第一个开发苏南和上海的河南人。他既是中华黄姓的骄傲，也是我们河南的骄傲，更是潢川县（黄国故里、黄姓祖籍所在地）的骄傲！黄歇开发或治理"淮北十二县""江东十二县"，并"引太湖水入上海"的功绩，后人不会遗忘，至今上海简称申城，流经申城的那条江叫黄浦江（又称申江），苏南一些山水、地方的命名（如：江阴的君山也叫黄山；无锡市的上马墩、黄泥头、黄巷、春申路、春申广场等），皆源于此。黄氏惠及斯民，至今犹遗有庙堂多处（上海松江区新镇春申村有春申君祠堂、苏州城内王洗马巷有春申庙等）。

正是源于对家乡历史人物的崇拜与敬仰，今年年初，余士明不顾家人、亲友的反对，毅然在潢川火车站美景苑旅社住了下来，用一个月的时间完成了小说的二稿。九月份回乡联系出版事宜。鉴于当前自费出书费用较大，几经周折，后经文友叶榄介绍，在信阳市作家协会主席兼秘书长田君先生的帮助下，终以丛书形式出版。

《黄歇传奇》初稿这部长篇小说，全书共分43回。虽然，此前我市的陈峻峰先生写了中篇小说《永远的黄歇》，祝凯写了史话《春申君，你让后人费评说》，等等，但余士明却是比较全面的、以长篇小说形式写作春申君黄歇的第一人。

全书围绕春申君的一生，对我国春秋战国时期的这段历史做出了精彩而生动的再现。作者以传统的神话传说的形式，在一种历史话语的大背景下展示春申君黄歇的前世今生。从春秋战国祸乱的缘起（"通天教主"的弟子误放"龙蛇"），到黄歇（为黄母唤"黄血"而出生）的得名；从"众亲院"的苦读，到诗情画意、奇绝动人的婚恋；从他游学四方、"楚王（顷襄王）三请"，到"与秦盟好"（成功使秦，令楚转危为安而延续五十年）而名满天下；从他相楚迁都、"珠履三千门客"，到"误信李园"而终酿悲剧性的结局……我们可以看出作者驾驭历史题材（此前作者曾写过历史题材的中篇小说《野菊花》，又曾做过《中华艺术》编辑）已较为娴熟了；从中我们也可以领略到作者丰富而奇妙的艺术想象的才情。

如今，作为颇有影响的历史名人春申君黄歇，他的生平事迹及是非功过，已然被潢川籍作家余士明以长篇小说的形式写了下来，也终于完成了作者多年来的一个夙愿！在当今我国倡导加强文化软实力建设，共建和谐社会，推动和亲睦族，宣传大河南、开发潢川旅游资源等课题上，这位将因此而"一炮走红"的农民工作家余士明，其功莫大焉！

这个下午，我和余兄，在春申君黄歇墓前，恭敬地献上两枝青翠的松柏和一部长篇小说《黄歇传奇》初稿，并焚书拜祭，以告慰春申君！说来奇怪，当我们离去之时，原本阴沉雾霾的天空，竟奇迹般地夕阳惊现而彩霞满天！

又据余兄回忆，年初此书终稿之时，因苦于生活压力而不能出版，作者曾怀揣文稿，来到黄歇墓园，徘徊复长叹良久，竟痛苦地决定欲焚稿而去！当时晴空万里，丽日当头，竟多次点不燃，最后只得放弃。而今日天气湿度极大，点燃起来却极其容易，火势烘烘而起，纸烬飘飘而飞，宛若蝴蝶欣舞之状。前此后此之迥异，似乎暗中自有神助，岂非春申君显灵哉！

跋一

黄致宏

巍巍华夏，浩浩黄姓，源出黄国，根归潢川。厚土黄国，裔源帝封，南依大别，北临淮河，东达鄳娄，西联申弦，襟带江淮。立国日久，足有一千四百余年。

峨峨故城，雄伟挺拔，风雨侵蚀，神采依旧，岁月流逝，历史悠久。黄国以降，几易其名：汉晋弋阳、北齐定城、唐设光州、民国潢川。

潢河入城，势分南北，南镇弋阳，北城春申。两城峙立，潢水东流，两桥相连，碧水相映，风景旖旎，世人盛誉"豫南小苏州"也。

昔日黄国，宫殿巍峨，繁花似锦，歌舞升平，堪称"淮上文明"之典范。楚成王灭黄，南北文化融合，奠定今日潢川"豫土楚风"之文化格局。

三百年后，黄君后裔，世称歇公者，才华横溢，胆识过人，为楚说秦，面对汤锅，舌战群臣，奏书秦王，化干戈为玉帛。忍辱负重，陪太子入秦为质，苦守十年，巧计救主，不辱使命，延续楚祚五十五年。楚王欣然，赐地千里，拜为令尹，以嘉其功。春申治淮，而后江东，引太湖之水而入黄浦，逐使昔日东海渔村，巨变为今日国际都市。姑苏城里，故吴宫殿；无锡境内，开辟"吴市"；江阴君山，春申旧封；湖州市外，"下菰遗址"。江南淮北，留有众多春申遗迹，上海申城，溯源春申，抚今思昔，千年感怀：斯人未泯，魂兮归来。

故里黄国，地灵人杰，群英荟萃，继往开来。赤子余士明，仰慕春申，遍查史书，踏遍千山万水，走访歇公遗迹十二城，呼朋引伴，编撰成文；几易其稿，终成此书。邀我作序，身为黄姓后裔，感其真诚，嘉其辛勤，遍阅其稿，觉其史料翔实，图文并茂，遂欣然命笔，作此拙文，以励后人。

黄致宏，福建省姓氏源流研究会常务副会长。

跋二

刘建奇

追溯历史之源，探寻黄姓之根。

通过周边几地大批考古挖掘的古黄国文物及保存完好的故城遗址，足以印证史书的记载：黄国故城是古黄国的都城，今日潢川就是举世公认的中华黄姓祖根之地。在这片钟灵毓秀、物华天宝的土地上，曾留下黄姓始祖披荆斩棘、繁衍生息的神奇足迹，书写了古黄国先祖艰辛创业、开疆拓土的旷世辉煌，孕育了枝繁叶茂、世祚绵延的中华黄姓，保存着闻名遐迩、光耀全球的黄国古都遗址——黄国故城。

参天之木，必有其根；怀山之水，必有其源。

巍巍大别山铭记着黄国的昔日辉煌，滔滔淮河水诉说着黄族的千年史话，涓涓小潢河见证了黄国故城和春申遗宅的沧桑变化。在古黄国灭亡三百多年后的战国晚期，中国历史上出现了被誉为战国四君子之一的黄姓名人——春申君黄歇。细读《史记》就会知道：春申君是战国四君子中唯一的一位非王室出身的大人物。他虽非楚国王室，却能在秦国大兵压境、楚国即遭灭顶之灾的关键时刻，挺身而出，凭着雄辩的口才，促使秦、楚议和，拯救了楚国，而后又陪太子入秦为质，舍身救主，因功受印封相。他礼贤下士，珠履三千，治水修城，开疆拓土，救赵却秦，延续楚祚五十五年。与其他三君子相比，他执政时间最长，才华最高，影响最为久远，留下遗迹也最多。至今在河南、湖北、湖南、上海、江苏、浙江、安徽等地，留有他曾修建的城池、治理的江河和许多故事传说，并且留下后世纪念他的很多陵园和衣冠冢，以此事实足以证明春申君功绩卓著，将永载史册，他被后世黄姓人尊为大显祖，诚不为过。

春申君裔源黄国，他继承和发扬了黄国文化的精神内涵，在推进楚文化与吴越文化交融中起到了不可替代的桥梁作用，春申君的业绩将永远激励后世。作为黄姓祖地的潢川人，我们要深入挖掘和弘扬黄国文化"胸怀天下，崇尚和谐，艰苦创业，自强不息，睿智进取"的精神内涵，继承和发扬"精忠报国，孝敬长辈，仁义待友，平和人生的忠、孝、义、和"的黄氏理念，保护和开发"黄姓故里、黄湖人文、潢川花卉"旅游资源，以黄姓祖地为纽带，以黄国故城为载体，以黄国文化为脉络；集结人文史资，以史为媒聚人气，积极加强与海内外黄氏宗亲联谊，积极参与武汉江夏区合作，再次办好世界黄姓大会，启动黄国故城保护一期工程，带动黄姓文化寻根游，借力发展，聚力发展，全力做好"让黄国文化光大潢川"这篇大文章。

我县农民工余士明在打工之余，用五年业余时间写出了十八万字的长篇历史小说《黄歇传奇》初稿，于2008年11月出版。之后，他意外遭遇一场车祸，出院后，他带伤走访了十二个留有春申君足迹的城市，写出了走访游记。他又与徐涛、毛东方、叶榄等人合作编著了《未了春申情》。四位青年为弘扬黄国文化做了不少贡献。此书即将付梓，不由感慨潢川乃人文荟萃、人杰地灵之地，正如元朝大文学家、中原硕儒马祖常盛赞的那样——

莫道楚乡风物陋，文章屈宋到如今。

春申君黄歇不仅是天下黄姓人所敬仰的人物，而且是我们89万潢川人民的骄傲。2009年3月，黄姓后裔、福建黄氏源流研究会会长、全国商业联合会副会长黄如论先生在黄姓祖地出资兴建黄国历史文化陈列馆，为黄国文化的发扬光大搭建了重要载体，《未了春申情》一书的出版，又从文化史学的角度为黄国、黄姓、黄歇文化增辉添彩，可喜可贺。

余士明同志在2021年8月14日于工地摔伤，腰椎骨骨折三根，住院四十天，八级伤残，他用赔偿金出版他二十多年写作的《黄歇传奇》，他的精神实在令人感动！同时我们开放的黄姓祖地潢川伸出双手，张开怀抱，诚恳欢迎天下黄姓儿女、有识之士来潢共创大业，共建黄姓祖地潢川的美好未来。

让我们共同肩负起传承、光大我们潢川的历史文化责任吧！

谨以此为跋。

刘建奇，男，汉族，1967年7月生，潢川县卜塔集人。现任潢川县政协教科卫体和文化文史委主任。

跋三

黄振国

2008年12月2日上午，我的忘年挚友、著名的中国十大杰出青年志愿者叶榄同志领着余士明同志（潢川仁和镇农民）来见我，并向我介绍说，这是我们县的余士明，在四五年的打工之余，跑遍了许多留有春申君遗迹的地方，在极端艰难的情况下，几经挫折，创作并借贷出版了《黄歇传奇》初稿一书。

听后，让人油然而生敬意！我深为我县有此勤奋向上的青年感到由衷的高兴。当即为他写了一首诗：

读《黄歇传奇》初稿致作者余士明
余味无穷绵悠长，笔耕不辍写华章。
千古美传春申君，黄氏文化正弘扬。
寒门难掩赤子情，自学自立自图强。
故里黄国人才出，愿君扬帆再远航！

与此同时，又欣闻叶榄前不久刚获中华慈善大奖，随即又写赠叶榄一首诗：

贺叶榄出席中华慈善大会并获大奖
风雨兼程十六年，万水千山路途险。
"绿色行者"传佳音，"文化使者"书巨篇。

慈善事业榜有名，当之无愧亦灿然；
位卑未敢忘忧国，绿色慈善双翼展！

我作为潢川黄姓历史文化研究会的名誉会长，理应帮助弘扬黄国文化的家乡人。谁知几天后，听说余士明不幸遭遇车祸，我不禁为他担心。半年之后的一天上午，初愈的余士明，来到信阳。他找到我，说他又要实地走访留有春申君遗迹的地方，并赠我一首诗：

家住光州仁和镇，魂牵梦绕黄国城。
自幼播下文学根，苦苦追寻十八春。
破釜沉舟立壮志，五年写下春申君。
蒙君点拨又启航，挥笔再叙春申情。

我深为余士明同志的这种锲而不舍的精神所感动，在他的新作《未了春申情》尚未写出之前，就预付部分书款来激励他。三个月之后，他呼朋引伴编撰此书稿，邀我作跋。我用心遍览此书，真为家乡黄国故里多出人才感到由衷的欣慰！

余士明同志的作品感动了我！

余士明同志的处境触动了我！

余士明同志的精神激励了我！

黄振国，男，汉族，1952年2月出生，潢川县奚店村人，大学文化，中共党员，曾任信阳市委副秘书长、市直工委书记。曾在青少年时务过农，当过多年组、村、乡干部，先后在县委、地委、行署办公室工作十多年，在业余时间不断从事文学创作，现系信阳市作家协会名誉主席、河南省作家协会会员、潢川县黄姓文化研究会会长、中国黄河文化研究会理事。目前，已发表作品三百多篇（首），与人合著合编的散文集《青春作伴》及《县级领导学》《趣味诗词故事》《趣味成语游乐园》《图说清廉》《图说信阳》《唱响信阳》《民歌何来——99首经典歌曲的传奇故事》和个人诗文专著《青春无价》《黄振国诗集》等书，分别由解放军文艺出版社、湖北教育出版社、河南人民出版社、内蒙古人民出版社、海风出版社和香港天马图书有限公司出版发行。他先后担任潢川、淮滨、光山县委副书记（在光山兼任县政协主席）和信阳市经济体制改革委员会（经济研究中心）党组书记、主任以及信阳市体育局党组书记、局长，其间，还分别主持、参与编印出版了内部书籍十多种。此外，还总策划、监制出品了《首届"唱响信阳"诗歌朗诵会》和《信阳经典歌曲集锦》两套光碟。

后记

后记本是可有可无的作品休止符。休而不止，是本书的未尽宗旨，我编著此书的愿景就是：渴望梦想成真！

我的梦想是拍摄电视纪录片《黄歇传奇》和电视连续剧《黄歇传奇》。

从2003年7月份和9月份，我曾经绕着黄国故城那周长6770米的遗址步行两圈儿，看见城墙遗址上尽是稀疏的树木和茂密的荒坟，我就忍不住向苍天和大地发问：这就是有着四千多年历史的黄国故城遗址吗？我看见一万多平方米的黄国宫殿遗址和黄君台皆被四周的村庄当作稻场，垛着七八座杂乱无章的草垛。我看见一座一大一小两块墓碑的坟墓，坐落在荒草丛生的桃树林里，这就是当年"珠履三千""名为令尹，实为楚王"的春申君黄歇之墓吗？

目睹这些，那么悠久的黄国城，那么显赫的春申君，竟然荒凉冷落到如此地步，真令我心寒。就是从那时起我心中一直初有这么一个信念：不管多么艰难，我都要把我们家乡的大名人、大英雄、黄姓的大显祖春申君黄歇写出来，为修复黄国故城和修建春申君陵园倾尽我的微薄之力，这也就是我写作长篇历史人物传记小说《黄歇传奇》的初衷。

为了写成此书，我真的吃了不少苦头。2004年，我在郑州北站黄家庵2号，一个"不开灯就永远漆黑一团"的地下室，那个只有"一尺高两尺宽的窗口"可以透进空气的地下室，至今我还记忆犹新，它使我也养成了"夜间不开灯就睡不着觉"的嗜好。那间地下室的门前，那几百页手稿还残留着我因写作过度，摔破下巴，没钱在医院治疗，只好在小诊所缝了九针，流了很多鲜血的痕迹。这也就是那个如烙印永远烙在我记忆里的地下室房间。可是，我的厄运并没有完。早在2004年年底，我就完成了初稿，因为没有春申君开发江东十二县的素材资料，凭空想象，不实地考察探究，"纸上得来总觉浅"，所以在2005年至2008年，这几年间我就到南方去，边打工边收集素材。从2005年我利用业余时间，跑遍了留有春申君黄歇遗迹和传闻的地方：上海、苏州、无锡、湖州、江阴、淮南、寿县等地，通过实地走访、考证，证实了春申君黄歇是第一个开发上海和苏州、无锡等地的河南人，他是我们河南人的骄傲，也是我们河南潢川的骄傲，正是因为我怀着崇拜英雄的虔诚之心，才使我走下去，写下去，不然我早就放弃了，这也正是我为之付出无数个日日夜夜，喜怒哀乐，流下不知多少汗水、泪水和鲜血，苦思冥想，历经艰辛万苦而为之不放弃的原因。

所以，2008年正月初十，我不顾家人反对和亲友们的劝告，毅然在潢川火车站美景苑旅社租间房子，日日夜夜发奋写作、修改，用一个月的时间总算把小说的第二稿写成。我曾经找过出版社，他们要我拿50000元自费出3000本书，可我一个农民工，上有老下有小，还有两个孩子上学，怎能承担得起。后来，我到了杭州，在打工间之余，我通过《钱江晚报》记者帮忙把我的事情传出，马上有印刷厂的老板和纺织厂的老板要帮助我，还有一个书商要用25000元买断我的署名权，终因种种原因我都没有接受。2008年9月份，我放弃一个月3000多元的工资回家乡边打工边寻找机会出版此书。值得庆幸的是通过朋友介绍要我拿10000元自费出版。由于家贫和亲人的反对，没钱出书，我只好找朋友、熟人借钱，借了好几个人才凑够8000元，还欠2000元，打了欠条，终于出了此书初稿。

2008年12月5日，我与黄昌勇教授约好，准备第二天到上海见面商谈拍摄有关春申君的电视片。不料，在回家的路上被后面的轿车撞出20多米远，小肠拉断，被救护车送到武汉协和医院抢救，缝了18针，大脑受伤，在武汉协和医院住院10天，又回到潢川县人民医院住院160天。潢川县授予我首届潢川县五四青年荣誉奖章，与黄久生、叶榄、张建新等人同台演讲。受此影响，我在出院后，沿着留有春申君足迹的地方，用我的书与当地的史志办人员交换资料，又写出了《未了春申情》一书，没钱出书，我就用我的车祸赔偿金出版，并把书无偿地捐送给参加武汉江夏世界黄姓人大会和潢川县黄国故城陈列馆的黄姓人，将近两千本。为了还书款，我又打工3个月才还清。

2021年8月14日，我在工地摔伤，腰椎骨骨折三根，住院40天，八级伤残，本该赔偿32万元，为了我多病的母亲，我忍痛只要16.2万元（包括二次手术）一次性了断。

回顾我的这段写作史，从2003年年底到2021年8月份，这些年的时间，我的头发也愁白了不少。这多年的时间，使我想起了法国生物学家法布尔的《昆虫记》里的蝉，由蝉的生活经历我想起了我的生活："多年黑暗中的苦工，一个月日光下的享乐，这就是蝉的生活，我们不应该讨厌它那喧嚣的凯歌，因为它掘土多年，现在才忽然穿起漂亮的衣服，长起可与飞鸟匹敌的翅膀，沐浴在温暖的日光中，什么样的钹声能响亮的足以歌它那来之不易的刹那欢愉呢？"宛如一只沐浴在日光下的蝉，我的生活里也有一抹活泼的亮色。亲爱的朋友，当我尽情唱的时候，请不要把它当成噪声。

我不后悔我的选择、我的追求。我，一个农民工，活在世间，不仅要靠劳动养家糊口，还要为家乡为社会多做点贡献。我觉得宣扬我们家乡的伟大历史人物、我们家乡的英雄——春申君黄歇，他是我们河南人的骄傲，再苦再累也值得。"见贤思齐""高山仰止，景行行止，虽不能至，心向往之"，这种"英雄情结"使我"不抛弃，不放弃"，永不言败。

我几经修改，终成此书。搁下手中的笔，我第一个念头就是：但愿不会有人看完此书，对春申君黄歇无动于衷。如果你真的无动于衷，不妨沿着留有春申君遗迹的地方，走一走，访一访，无法不感受到心灵的震颤，除非你心似坚冰！

为此，我非常诚恳地列出了一份长长的感谢名单：首先感谢的是中国作家协会会员、留余文化研究院院长余英茂老师，他为我租房写作并为我出书提供了很多帮助，为我作序并隆重地推荐出版。感谢上海戏剧学院院长黄昌勇教授对我进行了深度指点。感谢河南省大明动物药业有限公司董事长张荣晓先生，在我连生活费都没有的情况下，给我提供了必要的帮助。感谢华美（福建）建筑设计院有限公司董事长黄致宏先生对我大力支持。感谢黄学禄将军在百忙之中为我做了非常厚重的推荐。感谢河南省信阳市作协主席陈峻峰老师为我做了热情洋溢的推荐。感谢中国作家协会会员李乃庆老师的推荐。感谢原《信阳晚报》总编辑黄正连老师的推荐。感谢信阳市作家协会主席田君老师的推荐。感谢河南省信阳市作协名誉主席黄振国为我写了非常中肯的跋。感谢中国知名环保志愿者叶榄为我作序言。感谢潢川县领导涂白亮和我的同学彭邦昕对我的支持。感谢中国书法家协会会员、郑州市书法家协会会长、郑州美术馆馆长、郑州画院院长罗鸣先生为我题写书名。感谢黄久生、黄俊勇、黄西成。感谢知名作家潘新日，知名评论家徐涛，知名记者辛渐、王玲瑛、汪俊、毛东方、付宜成、童明峰、甘友燕、王修中、郑先刚、李学海、王道成、叶巍、王定众等位老师对我的帮助。感谢河南省黄姓研究会黄士虎先生。感谢余翔会长，感谢余第和、余保林、余善伟。感谢潢川县黄姓研究会的黄运庚先生、黄昌喜先生、黄宏斌先生、黄鹤先生、黄俊洁女士、涂秋菊女士。感谢潢川县九龙大饭店的老板娘黄培玲女士和上海人黄建顺先生。感谢我的同学沈传江、杨咏、胡仿会、汪成洲、付亚伟、冯长才、洪克森、涂志斌、倪天国、郑宝中、周进、向立红、李春慧、黄宏新等人。感谢那些还未提到的热心人，我在此一并谢过！

　　滴水之恩，必当涌泉相报。

　　余士明谨此代笔。

感恩榜

（排名不分先后）

福建省姓氏源流研究会常务副会长	黄致宏
湖北省武汉和平科技集团股份有限公司总裁	黄海音
上海戏剧学院院长	黄昌勇
上海市海涛电子商务有限公司董事长	黄真勇
湖北省江夏文化研究会执行会长	黄　海
大宋官窑股份有限公司董事长	苗峰伟
河南省余氏文化研究会会长	余　翔
河南省留余文化研究院院长	余英茂
河南省盛世园林集团公司董事长	余保林
北京市温馨伟业超市有限公司董事长	黄昌楼
北京九头鸟餐饮集团董事长	余兵国
乐氏同仁药业董事长	张　楠
河南悦道建设实业集团有限公司总经理	欧阳洪剑
河南中之达建设集团有限公司董事长	余西兵
河南省潢川县全国道德模范获得者	黄久生
河南四季春园林艺术工程有限公司董事长	张　林
北京熊沐武侠文化有限公司艺术总监	余　锦
苏州一甲文化艺术公司董事长	余一甲
河南省黄氏集团董事长	黄德宝
湖北省江夏文化研究会常务会副会长	黄德光

河南信阳文新毛尖集团有限公司董事长	刘文新
河南潢川光州茶叶有限公司董事长	刘　磊
河南木瓜香酒业有限公司董事长	余美兵
河南省时代报告杂志社社长	张富领
河南省郑州美术馆馆长	罗　鸣
河南省郑东新区书画家协会会长	梅松龄
河南省信阳市作家协会名誉主席	黄振国
河南省信阳市作家协会主席	田　君
河南省大明动物药业有限公司总经理	张荣晓
河南省郑州玉林木业有限公司董事长	冯长才
河南省信阳市华辉实业有限公司董事长	习培军
湖北省余姓宗亲联谊会会长	余　峰
河南乐酿商贸有限公司董事长	李秀文
河南浩翔知识产权服务集团公司董事长	张东亮
上海魅力景观雕塑设计公司董事长	魏开来
河南省黄姓文化研究会秘书长	黄士虎
河南省宇美弦影视传媒公司董事长	余维望
河南省潢川县黄国故城陈列馆主任	黄俊洁
河南省潢川县宗亲联谊会会长	黄运庚
河南健平园林绿化公司董事长	余建平
河南尚杨国际文化传播有限公司董事长	叶　巍
河南宝莱坞影影视文化发展有限公司董事长	孙　勇
河南郑州东胜傲来文化传播有限公司董事长	王军城
河南版筑文化传媒有限公司董事长	胡德兰
河南信阳市知己传媒有限公司董事长	徐　涛
河南知联会网络分会副会长	刘学友
河南广播电视台乡村频道记者	汪　俊
河南艺雅文化传播有限公司副总监	王　耀
河南春阳网络科技有限公司董事长	魏春阳
河南省潢川县新茗茶叶专业合作社（新岗茶场）总经理	沈传江
河南大别山乡土旅游服务有限公司总经理	胡仿会
广东明诚玩具实业有限公司、台湾可依贸易公司总务	舒连忠

河南豫达集团董事长	胡红军
中国国际文化艺术研究院院长	余剑宇
河南米柯沃影视制作有限公司总经理	余士国
河南省华侨国际文化交流中心副主席	张　潮
胜利园林有限公司董事长	简新春
固川建设集团有限公司董事长	高继奎
河南省潢川县万仟食品有限公司总经理	万　千
河南省潢川亿通商贸有限公司董事长	刘　振
河南旺鑫食品有限公司总经理	刘虹蕾
河南省斌斌文化交流有限公司总经理	张建军
河南省六合生态园林发展有限公司总经理	李更生
河南省潢川县博宇花卉有限公司总经理	冯晓晟
河南捷菱电梯工程有限公司总经理	刘建明
潢川县圣宇服饰科技有限公司总经理	马登云
河南四季青建设工程有限公司总经理	彭代明
潢川县天福顺实业有限公司总经理	王素华
河南嵩高书院执行院长	余　刚
河南省潢川县仁和美术馆馆长	陈　苑
河南省著名诗人、诗歌评论家	郭栋超
《大家文学》主编	西玛珈旺
《时代报告》副主编	郑旺盛
《散文选刊》原副主编	李海波
《天涯诗刊》主编	白恩杰
《中华风》主编	张栓固
泰中关系协会顾问	张平瑞
河南省孝文化促进会副秘书长	王金辉
河南省王姓商会执行会长	王　朝